华夏英才基金学术文库

俄罗斯文学的神性传统
——20世纪俄罗斯文学与基督教

任光宣　刘　涛　著
任明丽　陈　方

图书在版编目(CIP)数据

俄罗斯文学的神性传统：20世纪俄罗斯文学与基督教/任光宣等著.
—北京：北京大学出版社，2010.1
（文学论丛·北大欧美文学研究丛书）
ISBN 978-7-301-16186-9

Ⅰ.俄… Ⅱ.任… Ⅲ.文学研究-俄罗斯-20世纪 Ⅳ.I512.065

中国版本图书馆CIP数据核字(2009)第222015号

书　　　名：俄罗斯文学的神性传统——20世纪俄罗斯文学与基督教
著作责任者：任光宣　等著
责 任 编 辑：初艳红　王　帅
标 准 书 号：ISBN 978-7-301-16186-9/I·2165
出 版 发 行：北京大学出版社
地　　　址：北京市海淀区成府路205号　100871
网　　　址：http://www.pup.cn
电 子 邮 箱：zbing@pup.pku.edu.cn
电　　　话：邮购部 62752015　发行部 62750672　编辑部 62767347
　　　　　　出版部 62754962
印　刷　者：北京山润国际印务有限公司
经　销　者：新华书店
　　　　　　650毫米×980毫米　16开本　17.25印张　272千字
　　　　　　2010年1月第1版　2010年1月第1次印刷
定　　　价：36.00元

未经许可，不得以任何方式复制或抄袭本书之部分或全部内容。
版权所有，侵权必究　举报电话：010—62752024
　　　　　　　　　　电子邮箱：fd@pup.pku.edu.cn

《北大欧美文学研究丛书》编委会名单

主编：申　丹

委员：(以姓氏笔画为序)

　　　王守仁　王　建　区　鉷　任光宣　刘文飞
　　　刘象愚　刘意青　许　钧　张中载　陆建德
　　　陈众议　罗　芃　赵振江　胡家峦　秦海鹰
　　　郭宏安　盛　宁　章国锋　程朝翔

本书的研究得到"北京大学创建世界一流大学计划"的经费资助,以及北京市教委专项资金的资助,特此致谢!

总　序

　　北京大学的欧美文学研究经历了不同的历史发展时期,具有十分优秀的传统和鲜明的特色,尤其是经过1952年的全国院系调整,教学和科研力量得到了空前的充实与加强,汇集了冯至、朱光潜、曹靖华、杨业治、罗大冈、田德望、吴达元、杨周翰、李赋宁、赵萝蕤等一大批著名学者,素以基础深厚、学风严谨、敬业求实著称。改革开放以来,北大的欧美文学研究得到了长足的发展,各语种均有成绩卓著的学术带头人,并已形成梯队,具有可持续发展的基础。已陆续出版了一批水平高、影响广泛的专著,其中不少获得了省部级以上的科研奖或教材奖。目前北京大学的欧美文学研究人员承担着国际合作和国内省部级以上的多项科研课题,积极参与学术交流,经常与国际国内同行直接对话,是我国欧美文学研究的一支重要力量。2000年春,北京大学组建了欧美文学研究中心,欧美文学研究的实力得到进一步加强。

　　世纪之交,为了弘扬北大欧美文学研究的优秀传统,促进欧美文学研究的深入发展,我们组织撰写了这套《北大欧美文学研究丛书》。该丛书主要涉及三个领域:(1)欧美经典作家作品研究;(2)欧美文学与宗教;(3)欧美文论研究。这是一套开放性的丛书,重积累、求创新、促发展。我们希望通过这套丛书来系统展示在多元文化的背景下北京大学欧美文学研究的优秀成果和独特视角,加强与国际国内同行的交流,为拓展和深化当代欧美文学研究作出自己的贡献。通过这套丛书,我们希望广大文学研究者和爱好者对北大欧美文学研究的方向、方法和热点有所了解。同时,北大的学者们也能通过这项工作,对自己的研究进行总结、回顾、审视、反思,在历史和现实的坐标中研究自己的位置。此外,研究与教学是相互促进、互为补充的,我们也希望通过这套丛书来促进教学和人才的培养。

这套丛书的出版得到了北京大学外国语学院的鼎力相助和北京大学出版社的大力支持。若没有他们的支持和帮助，这套丛书是难以面世的。

北大欧美文学研究者的工作，只是国际国内欧美文学研究工作的一部分，相信它能激起感奋人心的浪花，在世界文学研究的大海中，促成一道亮丽的风景线。

北京大学欧美文学研究中心

目 录

序 言 / 1

上篇　20世纪俄罗斯本土文学与基督教

概　　述 / 3
第一章　"头戴白色玫瑰花环"的耶稣基督 / 18
第二章　史诗《安魂曲》的《福音书》层面 / 31
第三章　"新福音书"
　　　　——《大师与玛格丽特》/ 51
第四章　《日瓦戈医生》的基督教氛围 / 67
第五章　20世纪的受难圣愚——维涅奇卡 / 90
第六章　小说《生》的宗教寓意 / 106
第七章　魔幻的《金字塔》/ 118
第八章　世界终结的神话《昂里利亚》/ 129
第九章　基督再临的故事 / 142
第十章　新"圣徒形象" / 163
第十一章　"天路指南"小说 / 172

下篇　20世纪俄罗斯侨民文学与基督教

概　　述 / 185
第一章　基督教道德伦理的艺术阐释 / 193

第二章　获得救赎的《神的禧年》/ 205
第三章　《福音书》之光照亮《格烈勃的旅程》/ 216
第四章　虔诚的罪和《赞美诗》/ 231

结　　语 / 242
参考文献 / 244
后　　记 / 249

序　言[①]

> 受难之主在每棵树上，
> 基督之身在每颗麦穗里，
> 祈祷的纯正的道义
> 能治愈疼痛的肉体。
> ——A. 阿赫玛托娃

　　文学和宗教是两种不同的社会意识形态和文化现象，但两者有着深刻的同族关系和不可分割的联系。俄罗斯诗人 H. 古米廖夫曾经形象地说，诗歌和宗教是一枚铜钱的两面。文学与宗教并肩前进，互相补充，构成人类文明史的丰富图像。

　　公元 988 年，基辅罗斯大公弗拉基米尔（？—1015）把基督教定为国教，即"罗斯受洗"。"罗斯受洗"是俄罗斯历史上的一个重大的事件，此后，基督教渐渐成为俄罗斯人的宗教信仰并决定着他们认识世界的思维方式。在基督教和基督教文化影响下，俄罗斯创建了自己的文学。因此，俄罗斯文学的产生是"罗斯受洗"带来的，她从诞生之日起就与基督教有着不解之缘。

　　在自己的历史发展长河里，俄罗斯文学虽然与多种宗教有着这样或那样的联系并受到其影响，但俄罗斯文学与基督教的关系最为密切，受基督教的影响最大，基督教的教义《圣经》的思想、形象、情节和契机贯穿在许多俄罗斯文学作品中并成为俄罗斯文学文本的一个重要特征。

　　17 世纪以前，俄罗斯文学基本上是在基督教思想和东正教文化的背景上发展的。中古时期的大多数俄罗斯文学作品与基督教思想、与《圣经》有密切的联系，因此在俄罗斯有些文学研究者把 17 世纪以前的俄罗斯文学称作宗教文学。17 世纪后半叶，在俄罗斯开始出现文学世俗化的

　　[①]　本序言的部分内容来自任光宣的《俄罗斯文学研究的发展和深化——20 世纪 90 年代下半叶俄罗斯文学与宗教关系研究管窥》一文，刊于《当代外国文学》，2001 年第 4 期。

萌芽，但基督教思想和圣经文化在俄罗斯文学中依然占据重要的位置。

18世纪，彼得大帝改革和西方启蒙思想的传入加快了俄罗斯文化的世俗化进程。从那时起，俄罗斯文学中的世俗因素大大增强，文学作品在内容和形式、题材和体裁、主人公类型和表现社会生活等方面均发生了较大的变化。

19世纪俄罗斯文学的发展进入一个新的阶段。现实主义成为19世纪俄罗斯文学的一种重要的文学流派和创作方法。现实主义文学接近现实，反映和描写19世纪复杂多变的社会生活，表现这个世纪的历史变革中俄罗斯人的性格和命运，使19世纪俄罗斯文学以一种世俗化文学呈现在世人面前。但即使在19世纪，基督教依然是绝大多数俄罗斯人的宗教信仰，宗教探索成为俄罗斯社会文化精英的主要思想活动并形成一种强大的社会思潮。像Н. 果戈理、Ф. 陀思妥耶夫斯基、Н. 列斯科夫、Л. 托尔斯泰、Д. 梅列日科夫斯基、В. 索洛维约夫等作家都积极加入到宗教探索之中。不但如此，梅列日科夫斯基、托尔斯泰等人的宗教探索还不局限于对传统基督教的认识和理解，而且提出了自己的宗教学说（"第三约"、"托尔斯泰主义"等），并且用文学作品阐释自己提出的宗教思想。因此，在19世纪俄罗斯文学与宗教的联系依然十分明显。

19世纪末至20世纪初是俄罗斯历史和俄罗斯社会发展的一个转折时代，俄罗斯宗教哲学家Н. 别尔嘉耶夫称之为"俄罗斯精神文化复兴时代"，这是俄罗斯文学发展的一个特殊时期，即被文学评论家奥楚普喻义称之的"白银时代"。白银时代的俄罗斯文化呈现出一种多元的发展格局。在西方各种哲学思想和俄罗斯宗教哲学思想影响下，俄罗斯知识分子的思维方式发生了变化，他们对传统的思想、观念、艺术、哲学、宗教、道德进行重新审视和评价，并由此引出对俄罗斯文化的不同认识，这导致了俄罗斯社会力量和文化思想的多极状态出现。在这种文化思想的多级状态中，在文学领域主要有两种倾向：一种是对俄罗斯文学传统的继承，另一种是对俄罗斯文学传统的否定。

对俄罗斯文学传统的继承，主要是对俄罗斯现实主义文学传统的继承。19世纪，出现了普希金、果戈理、屠格涅夫、陀思妥耶夫斯基、托尔斯泰和契诃夫等现实主义文学大师。这些大师的艺术创作以自己独特的方式表现和反映了俄罗斯现实生活和历史生活的不同侧面，他们创作的作品成为俄罗斯乃至世界艺术的精品。在19世纪后30年，资本主义在俄罗斯的急速发展使社会生活变得更加复杂化、多样化、甚至富有戏剧性，许多俄罗斯语言艺术大师们面对这样的社会现实，依然忠于现实主义的传统,以一种更加敏锐、更加客观的目光观察生活,跟踪和把握复杂多变的社会进程,借鉴新的艺术手段和形式,以新内容、新形象创作出表现这个时期社会生活进程的文学作品。

对俄罗斯文学传统的否定,是指19—20世纪之交一些文学家的非现实主义的艺术思潮和流派。这些文学家更新了对现实世界的传统认识以及在传统艺术中的世界形象。他们是俄罗斯文学传统的革新家和"叛逆者"。一方面,他们挑战一些传统的文学观念,尤其是现实主义创作原则;另一方面,他们探索新的艺术形象和形式,寻找新的诗学语言,进行新的艺术试验,试图创建某些新的文学艺术体系,这给世纪之交的俄罗斯文化艺术发展带来了新的气象。

在"白银时代",俄罗斯宗教哲学得到蓬勃发展,呈现出空前繁荣的发展态势。宗教哲学家B.索洛维约夫的哲学及其"万物统一"的思想成为俄罗斯"宗教哲学复兴思想"的源泉。索洛维约夫也是白银时代文学创作的精神起点。在索洛维约夫之后,俄罗斯涌现出一批获得世界声誉的宗教哲学家,如 H. 别尔嘉耶夫、B. 罗扎诺夫、C. 布尔加科夫、Л. 卡尔萨文、H. 洛斯基、特鲁别茨科伊兄弟、П. 弗洛连斯基、C. 弗兰克、Л. 舍斯托夫等。这些哲学家阐释了俄罗斯哲学思想,构成了20世纪俄罗斯的宗教哲学流派。俄罗斯宗教哲学的繁荣和俄罗斯哲学流派的形成对白银时代俄罗斯社会思想和文化艺术的发展产生了巨大的影响,激发了许多俄罗斯人的新一轮宗教热情,并促成白银时代众多流派的作家和诗人的宗教探索热潮的出现。

白银时代,不同文学流派和思潮的作家和诗人在各种宗教思想,尤其是基督教影响下进行文学创作,使得这个时代的许多文学作品凸现出其宗教性特征。需要指出一点,这个时代的一些作家和诗人本身就是宗教哲学家,如象征派作家梅列日科夫斯基、B. 伊万诺夫和 A. 别雷等。他们的象征主义文学创作是对自己的宗教哲学思想的文学阐释。此外,白银时代俄罗斯文学大量吸收《圣经》的形象、故事、寓意、情节,积极借鉴古希腊罗马神话和欧洲文学的遗产,表现出这一时期俄罗斯文学与圣经文化和西方文学遗产的密切联系。

1917年,在俄罗斯爆发了震惊世界的十月革命。十月革命后,无神论成为布尔什维克领导的苏维埃国家的主导意识形态,宗教在俄罗斯大地失去了昔日的地盘,苏维埃官方否定俄罗斯文化中的基督教传统,不承认俄罗斯文学与基督教有渊源联系。一句话,苏维埃的无神论者试图割断俄罗斯文学的宗教起源及其与宗教的联系。

十月革命后无神论在俄罗斯盛行,但基督教信仰在俄罗斯大地上并没有消亡,基督思想依然是许多俄罗斯人的道德理想,许多俄罗斯人在思想上与基督教有着千丝万缕的联系。基督教文化传统深深积淀在许多作家诗人的意识深层,对他们的文学创作产生影响和作用。

谈及俄罗斯文学与宗教的关系时,必然要谈到《圣经》。《圣经》是基督教教义,也是人类精神文化的伟大创作之一。《圣经》是上千年来全人类思想和智慧的结晶,《圣经》的内容丰富,语言优美,它运用了从历史纪事到颂诗等十几种文学体裁,为后人的文学创作提供了丰富的营养和范例,《圣经》这部百科全书式的编年史是现代文化的源泉。俄罗斯著名学者 С. 阿维林采夫认为《圣经》是"文学的宇宙"。俄罗斯科学院院士 Д. 利哈乔夫也指出:《圣经》是一种文化密码,它决定着几千年来文化发展的许多特征,决定了人类的生活方式、思维方法等。在俄罗斯,自从基里尔和梅福季把《福音书》中的赞美诗等翻译成古斯拉夫文以后,《圣经》就成为俄罗斯文化的一部重要文献,成为俄罗斯人的人生启蒙读本。《圣经》的思想、情节、形象进入俄罗斯人的思想意识、精神存在和人民语言(谚语、成语)之中。

俄罗斯文学从产生之日起就与《圣经》结下不解之缘,《圣经》的思想、训诫、道德观、艺术观在某种程度上成为 20 世纪以前俄罗斯文学的一个重要源泉。《圣经》也是 20 世纪俄罗斯文学,甚至是苏维埃时期的文学的一个源泉。尤其在 20 世纪末,俄罗斯社会掀起了宗教回归的热潮,基督教重返俄罗斯社会生活中,俄罗斯作家的创作获得了空前的自由,他们大胆探讨宗教问题,有的从基督教立场出发阐释当代俄罗斯的社会生活,把基督教和基督精神视为人类精神之源,视为拯救俄罗斯的灵丹妙药;有的借用《圣经》的故事、寓意、形象和情节构建自己的作品,赞美上帝、圣母和基督;有的公开宣扬基督教的末世论思想,让作品充满一种世界末日的基调和情绪……总之,20 世纪末俄罗斯文学表现出强烈的基督教思想和基督意识,成为俄罗斯社会文化中一种引人注目的现象。

可见,俄罗斯文学与宗教的联系客观存在,值得很好地研究。然而长期以来在俄罗斯很少有人探讨和研究俄罗斯文学的宗教性以及俄罗斯文学与宗教的关系问题,这主要是由于意识形态的原因。在苏维埃时代,宗教被视为麻醉人民的"鸦片"和"劣质酒",俄罗斯文学的研究者要么回避谈论宗教以及与宗教相关的问题,要么对宗教简单地加以否定。他们对宗教和宗教文化在人类社会生活中的正面作用认识不足,更不承认俄罗斯文学具有的宗教性特征。此外,在苏维埃时代,俄罗斯文学研究者大多运用社会历史研究方法研究文学,他们取得了许多成果,这说明这种研究是行之有效的。但对于俄罗斯文学这样一个具有浓郁宗教性的现象本体来说,仅仅用社会历史研究方法去研究是远远不够得的,会影响对俄罗斯文学本质进行全面而深入的分析与研究。

从 20 世纪 80 年代中叶起,俄罗斯学术界在认识论、方法论等方面发生了明显的变化。许多人开始摆脱对宗教的错误看法,重新审视和认识宗教,尤其是基督教在俄罗斯民族文化历史的发展过程中所起的正面作用,肯定基督教对俄罗斯文学的产生和历史发展的巨大影响,认真研究俄罗斯文学的宗教性特征。如俄罗斯著名学者利哈乔夫院士就为基督教"正名",承认"基督教在整体上促进了人类统一意识的产生",指出"基督教学说首先提供了人类具有共同历史的意识和所有民族对这个历史的参与"。[①]在俄罗斯学术界从 20 世纪 80 年代下半期开始为宗教"恢复名誉"的背景和氛围下,俄罗斯文学研究者们开始考察俄罗斯文学与基督教的渊源联系,探讨俄罗斯文学具有的宗教性特征,研究俄罗斯作家的创作思维和俄罗斯文学作品中所蕴含的宗教思想。90 年代以来,俄罗斯专家学者们在这方面的研究取得了可喜的成果,撰写了大量的著作。[②]如,В. 扎哈罗夫主编的《18—20 世纪俄罗斯文学中的〈福音书〉文本》(彼特罗扎沃茨克:彼特罗扎沃茨克大学出版社,1994 年)、И. 叶萨乌洛夫的《俄罗斯文学中的集结性范畴》(彼特罗扎沃茨克:彼特罗扎沃茨克大学出版社,1995 年)、М. 卡秋林的《〈圣经〉与俄罗斯文学》(圣彼得堡:卡维拉出版社,1995 年)、М. 杜纳耶夫的《东正教与俄罗斯文学》(1—6 卷,莫斯科:基督教图书出版社,1996—2000 年)、В. 科杰里尼科夫主编的《基督教与俄罗斯文学》(1—4 集,圣彼得堡:科学出版社,1996—2002 年)、В. 库列绍夫主编的《19 世纪俄罗斯文学与基督教》(莫斯科:莫斯科大学出版社,1997 年)、Р. 格留贝尔的《俄罗斯文学与〈圣经〉》(新西伯利亚:科学出版社,1997 年)、И. 尤利耶娃的《普希金与基督教》(莫斯科:蚂蚁出版社,1998 年)、Ф. 塔拉索夫的《陀思妥耶夫斯基艺术作品中的〈福音书〉文本》(博士论文,莫斯科,1998 年)、Т. 日尔蒙斯卡娅的《〈圣经〉与俄罗斯诗歌》(莫斯科:圣像画家出版社,1999 年)、А. 兹沃兹尼科夫的《19 世纪俄罗斯文学中的人道主义和基督教》(明斯克:欧洲人文大学出版社,2001 年)、А. 梅

[①] Д. 利哈乔夫:《沉思俄罗斯》,圣彼得堡:逻各斯出版社,1999 年,第 74—75 页。
[②] 请参见拙文《当前俄罗斯对俄罗斯文学与宗教关系研究一瞥》,《国外文学》,1998 年第 2 期。

尼的《〈圣经〉与文学》(莫斯科：廉洁者教堂，2002年)、Б.罗曼诺夫编的《17—20世纪俄罗斯诗歌中的〈旧约〉》(莫斯科，谢尔吉镇：圣三一修道院，2002年)、O.科列索娃的《从〈福音书〉角度论俄罗斯经典文学》(圣彼得堡：大众圣经出版社，2003年)、B.穆萨托夫主编的《永不泯灭之光：俄罗斯诗歌中的〈福音书〉契机》(圣彼得堡：东方之光出版社，2004年)、论文集《〈圣经〉与民族文化》(彼尔姆：彼尔姆大学出版社，2004年)、B.格里扬茨的《果戈理与〈启示录〉》(莫斯科：埃列克斯出版社，2004年)，等等。在这些论著中间，既有对俄罗斯文学与宗教关系的宏观研究，又有对俄罗斯文学的宗教特征的微观探讨；既有对俄罗斯作家们创作中的集结性的论证，又有对作家的创作思想中的宗教成分的分析；既有对俄罗斯文学作品中所表现和反映的宗教思想的阐释，又有对作品中《圣经》的形象、情节、故事的引用和嬗变进行的论述……总之，这些论著从各种角度和切入点研究俄罗斯文学与宗教的关系，开始了俄罗斯文学研究的新时期。在这些著作中，杜纳耶夫的《东正教与俄罗斯文学》、叶萨乌洛夫的《俄罗斯文学中的集结性范畴》、库列绍夫主编的《19世纪俄罗斯文学与基督教》和科杰里尼科夫主编的《基督教与俄罗斯文学》等尤为引人注目，代表着当今俄罗斯学者的不同观点，反映出近十几年来俄罗斯文学研究者对俄罗斯文学与宗教关系问题研究的新貌和水平。

　　杜纳耶夫的《东正教与俄罗斯文学》是一部卷帙浩繁的理论著作，也是近年来研究俄罗斯文学与宗教关系的一部重头著作。作者基于东正教神学观对17世纪初到20世纪末的俄罗斯文学发展进行了比较系统的研究，他不但对17、18世纪的俄罗斯文学，19世纪初叶、中叶和下半叶的俄罗斯文学，19世纪末至20世纪初的俄罗斯文学和20世纪俄罗斯文学的总体发展进行综述，而且还把19世纪的А.普希金、Н.果戈理、И.屠格涅夫、Ф.陀思妥耶夫斯基、Л.托尔斯泰、Н.列斯科夫、А.契诃夫，20世纪的А.高尔基、В.马雅可夫斯基、С.叶赛宁、А.阿赫玛托娃、М.肖洛霍夫、А.普拉东诺夫、М.布尔加科夫、Б.帕斯捷尔纳克、Вен.叶罗菲耶夫、В.佩列文、А.索尔仁尼琴、В.拉斯普京，20世纪的侨民作家和诗人И.布宁、И.什梅廖夫、Б.扎伊采夫、Д.梅列日科夫斯基、М.茨维塔耶娃、В.纳博科夫等近50位作家和诗人列专章论述和分析。此外，一些二三流作家的创作也进入这位作者的研究范围之内。因此，《东正教与俄罗斯文学》这部专著对从17世纪以来四个世纪的俄罗斯文学的宗教性问题进行了比较全面和细致的考察与分析，在一定程度上可以说是一部新型的俄罗斯文学史。

杜纳耶夫这本书的最基本的论断是,世界上的"全部真理寓于东正教之中"①。显然,作者是从东正教神学观点出发去考察、论述和研究宗教与俄罗斯文学的关系,这也是《东正教与俄罗斯文学》这本书最显著的一个特征。

杜纳耶夫指出,迄今为止俄罗斯的许多评论家和研究者虽然写了不少研究俄罗斯文学的著作和论文,但是他们主要是从社会学、历史学、哲学、审美学、伦理学、政治学等角度去研究俄罗斯文学,没有抓住俄罗斯文学的本质特征,即俄罗斯文学"对现实世界的宗教的、东正教的理解"。他毫不客气地指出:"无数的研究者和评论者几乎都没有涉及俄罗斯经典文学的客观属性和主观属性及其基本特征……"②因此,他要用自己的研究方法阐释和论证俄罗斯文学的最基本的属性——她的宗教性。

首先,杜纳耶夫否定苏联时期的俄罗斯文学研究,向这些研究方法提出了大胆的挑战;其次,他的观点也与当今对俄罗斯文学的许多传统的认识和观点相左。比如,其中最明显的一点是,他否定俄罗斯文学中"白银时代"的提法,指出"在'白银时代'的美学和意识形态里,东正教的真理被忘却和否定了"③。他认为"白银时代"的艺术家把美神灵化,使之几乎变成评价所有生活现象和艺术作品的唯一标准,让审美凌驾于道德之上了。此外,杜纳耶夫还对俄罗斯的后现代主义文学嗤之以鼻,认为所谓的后现代主义文学"首先注重人的存在的肉体—物质方面,津津乐道地玩味阴暗的动物本能,不仅鄙视人生的精神复杂性,而且鄙视其心灵的复杂性。后现代主义取消道德性问题,仿佛认为道德性是没有必要的"④。总之,杜纳耶夫以其东正教神学的立场、角度、观点和论断引起了俄罗斯文学研究界的注目,并且招来一些俄罗斯文学理论家的质疑。

此外,梅尼的《〈圣经〉与文学》更是站在宗教神学家的立场上研究俄罗斯文学与基督教关系的一本著作。作者把基督教教义《圣经》作为坐标,观察20世纪俄罗斯历史和俄罗斯文化是"怎样反映在圣书的视觉里,《圣经》怎样反映在这个世纪里的"⑤,他对不符合基督教神学的俄罗斯作

---

① M.杜纳耶夫:《东正教与俄罗斯文学》第6卷,莫斯科:基督教图书出版社,2000年,第880页。
② M.杜纳耶夫:《东正教与俄罗斯文学》第1卷,莫斯科:基督教图书出版社,1996年,第3页。
③ M.杜纳耶夫:《东正教与俄罗斯文学》第6卷,第875页。
④ 同上书,第879页。
⑤ A.梅尼:《〈圣经〉与文学》,莫斯科:廉洁者教堂,2002年,第213页。

家的创作思想和文学作品统统予以否定和批判。

杜纳耶夫和梅尼的观点代表着当今俄罗斯文学研究的东正教神学倾向，在当今东正教与俄罗斯文学关系问题研究领域引人注目。此外还有一些研究者，如叶萨乌洛夫、扎哈罗夫等人，他们虽然不是从东正教神学出发研究俄罗斯文学，但他们的观点与杜纳耶夫和梅尼的观点颇为相近。

叶萨乌洛夫在专著《俄罗斯文学中的集结性[①]范畴》里集中地阐明了自己对俄罗斯文学的本质特征的认识。叶萨乌洛夫认为，东正教形象和精神物构成俄罗斯文学的特征，俄罗斯文学基于东正教精神性[②]之上。因此他指出，"也许，文艺学理论的一个最迫切的问题和重要的任务，是对俄罗斯文学的基督教（即东正教）语境这个特殊研究对象的意识。"[③]他又说："如今的俄罗斯文学史在极大程度上是基于革命民主主义者及其唯物主义意识形态和价值观的遗产基础之上。这种遗产本身对俄罗斯文化的东正教基督教基础几乎含有一种仪式上的距离。"[④]他认为用上述方法研究俄罗斯文学史是行不通的。因为俄罗斯文学的特征是从世界的东正教形象特征和精神物而来的，古代俄罗斯文学的诗学就是在东正教基督教文化的背景上产生的。正因为如此，"不仅在分析普希金的创作，而且在分析陀思妥耶夫斯基的诗学时忽视集结性范畴……几乎是令人难以置信的？"[⑤]那么，"俄罗斯东正教基督教的主导范畴及其在各个不同历史时期的文学作品中的反映"[⑥]应是作家重点阐释和研究的问题。叶萨乌洛夫甚至认为，即使那些不大接受基督教信仰的俄罗斯作家，他们的艺术作品也能反映出东正教精神。他在书中常用"东正教精神性的类型"、"东正教的世界形象"、"东正教的精神论者"、"东正教密码"等术语对从古至今的俄罗斯文学的一流作品进行分析和论述。他不但以古罗斯文学作品《法与神赐说》和《伊戈尔远征记》为例论述了"东正教的语境"，以普希金的小说《上尉的女儿》为文本探讨了诗人普希金诗学中的集结性因素，还分析

[①] 对"集结性"概念有不同的阐释：叶萨乌洛夫基本上同意霍米亚科夫的观点，认为集结性是"一种有机的……统一，其活跃的因素是互爱的神赐"。（见该书第17页）霍米亚科夫的观点是"神赐的统一，这种统一存在于许多令神赐折服的睿智的创作中"。（《А.霍米亚科夫文集》第2卷，莫斯科，1984年，第5页。）

[②] 什么是东正教精神性？"东正教精神性就是圣灵的财产，即通过心灵的忏悔和净化达到人的神化。"

[③] И.叶萨乌洛夫：《俄罗斯文学中的集结性范畴》，彼特罗扎沃茨克：彼特罗扎沃茨克大学出版社，1995年，第5页。

[④][⑤] 同上书，第7页。

[⑥] 同上书，第3页。

了果戈理的《密尔格罗德》和《死魂灵》、托尔斯泰的《战争与和平》、陀思妥耶夫斯基的《卡拉马佐夫兄弟》、萨尔蒂科夫—谢德林的《格罗夫廖夫老爷们》和契诃夫等作家作品中所表现的集结性思想、基督中心主义和东正教传统。叶萨乌洛夫不但综述了一些苏维埃文学作品具有的宗教性倾向，而且还把侨民作家什梅廖夫和纳博科夫的诗学特征纳入自己的研究视野，把20世纪90年代下半期刚刚问世的阿斯塔菲耶夫的长篇小说《该诅咒的和该杀的》所表现的宗教思想和主人公的宗教意识纳入笔端。总之，叶萨乌洛夫把集结性视为"俄国东正教基督教的一个主导范畴"①，并且基于此去考察"这种集结性在不同历史时期的文学作品中的反映"②。叶萨乌洛夫的《俄罗斯文学中的集结性范畴》是一部研究俄罗斯东正教集结性范畴及其在俄罗斯文学作品中表现和反映的力作，表明叶萨乌洛夫是从东正教价值观角度研究俄罗斯文学的。这部著作问世后引起广大研究者和读者的兴趣和关注。在俄罗斯有人认为这是一部具有"俄罗斯文学新概念"的"后苏联时代的"俄罗斯文学史。当然，也有人（如 B. 奥斯特列佐夫等人）对作者的观点提出质疑。其实，作者本人已经预料到这种新观念会引起争论，所以他在《俄罗斯文学中的集结性范畴》一书的结语中写道："我自己完全预料到这本书的许多论断大概会引起争论。"③但是他还是希望这些争论能够成为科学对话中的插语和声音。

实际上，《俄罗斯文学中的集结性范畴》是叶萨乌洛夫对苏联解体后出版的一些所谓的"新俄罗斯文学史"极为不满的一种回应。叶萨乌洛夫认为苏联解体后"后苏联的"俄罗斯文学史处在一种危机的状态中。因为有的俄罗斯文学史家不满意过去撰写的俄罗斯文学史，于是对过去的文学史修修补补，增补一些受意识形态原因或其他原因被淹没的作家和作品，并对之加以逻辑化和系统化，然后就以为写成了一部新的"真正科学的、完整的"俄罗斯文学史。叶萨乌洛夫认为这正是当今俄罗斯文学史家们的症结所在。因为这种"实证主义思维"对撰写真正的俄罗斯文学史毫无益处。叶萨乌洛夫推出自己的《俄罗斯文学中的集结性范畴》一书是为了表明和证实，如今研究俄罗斯文学不是对过去俄罗斯文学研究中的空白进行材料的增补，而需要重新审视过去对俄罗斯文学的研究方法、出发点和态度，需要研究俄罗斯文学的新方法、新观念和新态度。

另一位当代著名的俄罗斯文学研究者扎哈罗夫与上述学者的观点近

---

① ② И. 叶萨乌洛夫：《俄罗斯文学中的集结性范畴》，第3页。
③ 同上书，第286页。

似。扎哈罗夫在《俄罗斯文学与基督教》一文中说:"迄今为止已出版的俄罗斯文学史有不少费解之处,并且最令人费解的是,编者们不大理解俄罗斯文学的精神实质。在最近的一百年里,人们大谈特谈俄罗斯文学的民族特征,但是最主要的东西——俄罗斯文学是基督教文学这一点却没有得到令人信服的论证。"[①]他认为:"俄罗斯文学在对待基督教的态度上是始终如一的。尽管有过反基督教的作家,在苏维埃时代这样的作家很多,但是对基督和基督教的否定并非一贯的……在经历了阶级斗争和社会主义建设的时代之后,发现苏维埃文学与以前的传统有着深刻的联系,并且把基督教理想中的许多东西称为全人类的人道主义珍品。也许最主要的是:在苏维埃时代保留下来一些信仰基督教的作家——我说出其中最著名的几位,如 Б. 帕斯捷尔纳克、A. 阿赫玛托娃和 A. 索尔仁尼琴。尽管他们被宣布为反苏作家,但是让他们离开俄罗斯文学是不可能的。"[②]他在这篇文章的结尾断言:"俄罗斯文学过去是基督教文学……在苏维埃时代依然是基督教文学。我相信这也是俄罗斯文学的将来。"[③] 从扎哈罗夫这段近乎于宣言的论断来看,他的观点更为激进,比杜纳耶夫、梅尼和叶萨乌洛夫的观点有过之而无不及。

莫斯科大学教授库列绍夫和圣彼得堡俄罗斯文学研究所(普希金之家)研究员科杰里尼科夫等人在对俄罗斯文学本质和特征的认识上与杜纳耶夫、叶萨乌洛夫和扎哈罗夫不同,他们的研究方法与杜纳耶夫等人也有差异。

库列绍夫主编的《19世纪俄罗斯文学与基督教》是一部探讨和研究俄罗斯文学与宗教关系诸问题的论文集。论文集作者们研究俄罗斯文学的宗教性以及俄罗斯文学与宗教的关系,但他们反对把俄罗斯文学基督教化:"我们不需要把俄罗斯文学赤裸裸地基督教化。我们不会改变职业。我们依然是'纯语言学家'……"[④]

科杰里尼科夫主编的《基督教与俄罗斯文学》[⑤]是俄罗斯科学院俄罗斯文学研究所编的一套系列学术丛书。科杰里尼科夫在"编者前言"里已经给这本论文集定了调子:"我们这本集子……既反映如今涉及'基督教

[①] B. 扎哈罗夫主编:《18—20 世纪俄罗斯文学中的〈福音书〉文本》,彼特罗扎沃茨克:彼特罗扎沃茨克大学出版社,1994 年,第 5 页。

[②③] 同上书,第 11 页。

[④] B. 库列绍夫主编:《19 世纪俄罗斯文学与基督教》,莫斯科:莫斯科大学出版社,1997 年,第 5 页。

[⑤] 这个系列论文集不定期出版,笔者手头已有 3 辑。

与俄罗斯文学'这个题材的一系列迫切的问题,又反映我们如今处理这些问题的可行方法。"① 就是说,该论文集的研究者们既研究俄罗斯文学与宗教这个新的课题,又考虑到俄罗斯文学理论界的实际情况和人们对研究方法的接受程度。这个论文集的作者大都是世俗研究人员,他们强调俄罗斯文学的产生和发展与宗教的渊源联系,承认就连当代俄罗斯文学也依然具备宗教性特征:"我们的新俄罗斯文学尽管在许多题材和诗学手段上有所创新,但是她顽强地继续表现中世纪的世界观,没有脱离开中世纪(教会斯拉夫)的语言基础。"② 这本论文集的绝大多数研究者力求在俄罗斯文学的基督教传统上研究俄罗斯文学的发展和变化,指出基督教文化和基督教教义《圣经》是许多俄罗斯作家的创作思想、形象体系、主题情节的源泉。科杰里尼科夫主编的《基督教与俄罗斯文学》论文集中的研究者与库列绍夫主编的《19世纪俄罗斯文学与基督教》中的研究者们研究俄罗斯文学的方法论和出发点是相近的。

  从以上介绍来看,俄罗斯文学研究者们对俄罗斯文学性质的认识主要有两种:一种观点是把俄罗斯文学宗教化或基督教化,认为俄罗斯文学最本质的特征就是其宗教性和集结性,甚至断言俄罗斯文学就是基督教文学,这种观点的代表人物是杜纳耶夫、梅尼、叶萨乌洛夫、扎哈罗夫等人;另一种观点认为俄罗斯文学的产生和发展与基督教有紧密的联系,承认基督教对俄罗斯文学的发展和俄罗斯作家的创作有影响,但坚决反对把俄罗斯文学宗教化和基督教化,这种观点的代表人物是库列绍夫、科杰里尼科夫等人。

  此外,在当今俄罗斯还有一部分俄罗斯文学研究者(如 B.奥斯特列佐夫、H.格利波夫等人)不承认俄罗斯文学具有宗教性,相反,他们认为俄罗斯文学是作为宗教生活的对照物而诞生的。奥斯特列佐夫认为,在题材缤纷的俄罗斯经典作品中"没有教会和宗教的现实……新的尘世文化,首先是文学恰恰是作为宗教生活的一种对照物而诞生的"③。文学评论家格利波夫也说:"俄罗斯文学的精神性是否一定要导致东正教和基督教?不是的。文学中的基督教(甚至在普希金、果戈理和陀思妥耶夫斯基那里)——也是一种直觉的、独自的东西……从基督教意义去看,俄罗斯文

---

① B.科杰里尼科夫主编:《基督教与俄罗斯文学》,圣彼得堡:科学出版社,1996年,第6页。
② 同上书,第4页。
③ B.奥斯特列佐夫:《浪漫主义的大谎言》,俄罗斯《语言》杂志,1991年第6期,第11页。

学的精神性立于沙丘之上。其中有许多探索,但探索往往是盲目的。"①

为什么俄罗斯文学研究者们对俄罗斯文学的宗教性这一特征有着如此之截然相反的认识呢?这首先是由于他们对基督教的理解以及基督教在俄罗斯文化中的作用的不同认识所引起的。其次,这也是由于俄罗斯文学研究者们对一些基本的术语、范畴和概念的不同理解所引起的。比如,研究者对什么是"基督教文化"的理解就存在着分歧。对此,俄罗斯文学评论家 A.柳勃穆德罗夫在《论艺术文学中的东正教和教会性》②一文中做过解释:他认为研究者下的定义很重要,当一个研究者谈论某种文学现象的基督教含义时,要看他如何理解基督教文化。一般说来,基督教文化有两种含义,一种是广义的基督教文化,另一种是狭义的基督教文化。广义的基督教文化"涵盖着如此广泛范围的现象,因此它实际上丧失了任何实质的含义"。如今,基督教文化这个词"更多确定的是时间的、民族的、地域的、文化的范围,而不是与一定的世界观有联系的现象。从这种意义上去讲,多个世纪以来的全部欧洲文化——都是基督教文化,以有别于佛教文化或伊斯兰教文化"③。狭义上的基督教文化则是与基督教教会有着密切联系,宣扬基督教意识形态的文化现象。

但无论对基督教和基督教文化怎样理解,我们都认为,杜纳耶夫、叶萨乌洛夫、扎哈罗夫等人夸大了基督教在俄罗斯社会和俄罗斯文化发展中的作用,尤其是像杜纳耶夫基于基督教神学去考察和评价俄罗斯文学更是有极大的片面性,他们把俄罗斯文学视为基督教文学不符合俄罗斯文学的发展实际,是对俄罗斯文学本质的一种极端的认识。

库列绍夫和科杰里尼科夫等人的观点比较符合俄罗斯文学的实际。他们以客观的态度对待基督教这种意识形态现象和文化现象,认真考察基督教这种文化现象在俄罗斯历史上的作用和对俄罗斯文学的影响。库列绍夫指出俄罗斯文学的宗教性是一种客观的存在,并且认为研究俄罗斯文学的宗教性并不是禁区:"宗教领域在不久前是研究的一个禁区,仿佛文学与它没有任何联系。但事情完全不是这样。"④他认为在苏维埃时代不承认文学与宗教之间的联系是不符合事实的,是庸俗社会学的做法,

---

① H.格利波夫:《致出版家们的信》,参见《独立俄罗斯文集》,慕尼黑,1999 年第 64 期,第 343 页。

② A.柳勃穆德罗夫:《论艺术文学中的东正教和教会性》,俄罗斯《俄罗斯文学》杂志,2001 年第 1 期。

③ 同上书,第 108 页。

④ B.库列绍夫主编:《19 世纪俄罗斯文学与基督教》,第 3 页。

应当予以纠正。他在《19世纪俄罗斯文学与基督教》一书的前言里声明:"我们是纯语文学家。我们的研究对象是俄罗斯文学。我们想把从前严禁的知识加到业已积累的知识上来。"①可见,他在研究俄罗斯文学的时候,是把俄罗斯文学当作主体,而不是把宗教当作主体,以此为基础研究俄罗斯文学的宗教性及其受到的宗教影响。库列绍夫更多关注的是俄罗斯文学在发展过程中所受的宗教影响和作用,反对把俄罗斯文学基督教化。我们认为,库列绍夫等人对俄罗斯文学与宗教关系的研究能够把握住俄罗斯文学的本质、探清俄罗斯作家的创作思想和正确解读俄罗斯文学作品中的宗教思想和内容。

在俄罗斯,库列绍夫和科杰里尼科夫的观点并不是唯一的。《俄罗斯文学与宗教》②的作者格留贝尔就是库列绍夫和科杰里尼科夫观点的支持者。格留贝尔认为,俄罗斯文学与宗教的相互关系的确是一种客观存在的现象,而且这种关系比起西方文学与宗教的联系更为密切。在俄罗斯作家的创作中,宗教—伦理的因素起着很大的作用,并且决定作品的题材和艺术手段。因此他认为"在苏维埃时代,文学与宗教的相互关系问题或是完全被排斥到许多文学理论家的视野之外,或是完全从意识形态的角度去研究"③是错误的。但是,这本书的作者认为也不能走另一种极端。作者在这本书的前言里指出,"苏联解体后,许多俄罗斯文学理论家就像西方的斯拉夫分子一样,开始倾心于把所有现象都视为宗教现象。普希金突然成为宗教的,甚至是东正教诗人,契诃夫变成基督教作家,而列宁几乎被宣布为宗教思想家。"④这段话的意思很明显,作者反对把俄罗斯文学宗教化,反对把俄罗斯文学与宗教的关系问题简单化和庸俗化。

库列绍夫、科杰里尼科夫等人对俄罗斯文学与宗教关系的研究比较符合俄罗斯文学发展的实际,尽管我们并不完全同意他们的观点和看法,但他们的一些研究成果值得我们学习和借鉴。因此,我们试图借用他们的方法论考察20世纪俄罗斯文学的宗教性以及俄罗斯文学与宗教的关系。我们研究20世纪的俄罗斯文学与宗教的关系,一是文本层次研究:基督教的思想教义、基督教的伦理道德、《圣经》的人物、故事、情节、寓意等是俄罗斯文学的重要源泉,并构成许多俄罗斯文学作品的思想意识——

---

① B.库列绍夫主编:《19世纪俄罗斯文学与基督教》,第3页。
② P.格留贝尔:《俄罗斯文学与宗教》,新西伯利亚:科学出版社,1997年。
③④ 同上书,第5页。

形象体系,这是俄罗斯文学与基督教关系的文本层次。我们的文本层次研究首要分析研究俄罗斯文学作品文本中表现或反映的基督教思想,俄罗斯文学作品文本对《圣经》的情节、寓言、象征和形象的借用、改编和阐释。二是文化层次研究:在俄罗斯文学里,自古以来孕育着俄罗斯人的精神性和俄罗斯人对世界的认识,俄罗斯文学把集结性观念、个人禁欲思想、人的良心和人在神面前的责任等基督教道德集于自身。许多俄罗斯作家接受了基督教关于世界的终极命运的观念,接受了基督教的道德观和伦理观,他们从基督教理想中汲取灵感和力量,构建了自己的思维坐标和思想方式,而且基督教观念决定着他们作品的题材和艺术手段,这是俄罗斯文学与基督教关系的文化层次。文化层次研究就是要探讨20世纪俄罗斯作家和诗人世界观中的宗教思想,解读作家创作思维中的基督教成分,考察文学作品对尘世生活的宗教式的表现和反映,研究文学作品与20世纪俄罗斯社会的宗教思想或反宗教思想的种种关系,等等。

我们研究20世纪俄罗斯文学的宗教性,研究这个世纪俄罗斯文学与宗教的关系,是为了客观地、全面地认识和把握20世纪俄罗斯文学的本质特征,找出其发展的规律性,而不是用宗教的标准和尺度去衡量和鉴定作家的价值及其作品优劣,更不是把20世纪俄罗斯文学基督教化。

本书按照20世纪俄罗斯文学构成的两大板块——俄罗斯本土文学和俄罗斯侨民文学分上、下两篇介绍和研究俄罗斯文学与宗教的关系问题。上篇各章研究俄罗斯本土文学与宗教的关系,但19世纪至20世纪之交的俄罗斯文学与基督教暂不在本书探讨之列,我们的该篇前五章主要探讨苏维埃时期的俄罗斯本土文学与基督教,后六章专门探讨20世纪末俄罗斯本土文学与基督教的关系问题。这是由于20世纪末俄罗斯文学发展进入一个特殊的时期。1985年,在戈尔巴乔夫的"改革和新思维"的口号下,被禁作品开禁和侨民文学作品的回归打破了苏维埃文学的固定模式和格局,促进了当代俄罗斯文学艺术形式的多样化,这个时期的俄罗斯文学的宗教思想倾向,文学与基督教的联系尤为突出,值得重点研究。下篇共有四章,探讨研究俄罗斯侨民文学与基督教的关系。

限于篇幅和能力,我们对20世纪俄罗斯文学与基督教关系问题的探讨和研究不可能面面俱到,我们只是撷取我们认为最能够反映俄罗斯文学宗教性的作家思想和作品进行介绍和分析,这难免挂一漏万。此外,也许会有专家学者不同意本书作者的观点和阐释,因此我们随时准备接受批评和指正。

上 篇
20世纪俄罗斯本土文学与基督教

概　　述

　　20世纪俄罗斯本土文学是指在俄罗斯境内上产生的文学。俄罗斯本土文学是20世纪俄罗斯文学构成的两大板块之一,苏维埃时期(1917—1991)的文学在这个世纪俄罗斯本土文学中占很大的比重。因此,我们首先(上篇的前五章)探讨苏维埃时期的文学与基督教的关系问题。

　　1917年,在俄罗斯爆发了十月革命,布尔什维克取得了胜利,建立了苏维埃政权,开始了20世纪俄罗斯历史上的苏维埃时期。

　　苏维埃政权为了消除宗教对人们的影响和作用,对宗教采取了限制、控制、甚至禁止的政策。十月革命后不久,以列宁为首的苏维埃政权接连颁布了《关于良心自由法令》(1917年12月31日)[①]和《关于教会同国家分离和学校同教会分离的法令》(1918年2月2日)。这表明了新生的苏维埃政权对待宗教和教会的态度。随后,在《俄共(布)党纲草案》里又明文指出:"俄共对宗教的政策是不满足已经颁布过的教会同国家分离、学校同教会分离的法令……"[②]布尔什维克政党"力求完全摧毁剥削阶级和宗教宣传组织之间的联系,同时使劳动群众实际上从宗教偏见中解放出来,并为此组织最广泛的科学教育和反宗教的宣传工作"[③]。苏维埃政权和布尔什维克政党的上述文件确立了苏维埃国家与教会的关系,并在此基础上在意识形态领域掀起了一场反宗教的运动。于是,全国范围内采取了一系列相应的措施,如关闭、拆除教堂和修道院,没收教会财产,禁止学校开设宗教神学课,禁止出版宗教书籍和杂志,教区学校、神学校和神学院划归苏维埃政府管辖,等等。这些举措大大削弱了宗教的影响,限制了东正教教会在社会中的作用。列宁去世后,苏维埃历史进入斯大林时代。斯大林在全国展开了一场消除宗教意识的战役,官方号召与"神甫的

[①]　1918年1月23日,苏维埃政权又对《关于良心自由法令》做了修改,以《关于教会同国家分离和学校同教会分离的法令》下发全国。
[②]　《列宁选集》第3卷,北京:人民出版社,1975年,第766页。
[③]　同上书,第766页。

黑暗"作斗争。大批神职人员被赶出教堂,其中不少神职人员还遭到被捕、坐牢和流放的厄运。50年代中期,苏共领导人赫鲁晓夫对东正教及其神职人员更是毫不留情,他公开扬言要在苏联大地上消灭最后一个神甫。总之,苏维埃官方与宗教和教会的斗争一直持续到20世纪80年代。

80年代中期戈尔巴乔夫上台后,苏维埃官方的宗教政策发生了改变。1990年,苏维埃官方颁布了《关于信仰自由法》,这个法令的颁布标志着苏维埃官方宗教政策的巨大变化。同年,俄罗斯联邦也颁布了《关于信仰自由》的法律。苏联解体后,1993年12月,俄罗斯联邦的新宪法再次强调宗教信仰自由。1997年,俄罗斯联邦又通过了一项新的关于信仰与宗教的法令。这些法律规定俄罗斯公民有信仰的自由,公民的信仰权利和利益受到保护,一切宗教和信仰在法律面前一律平等,教会(宗教组织)与国家分离。这些法律肯定了宗教信仰的自由,确立了国家与宗教的新型关系,为俄罗斯社会的宗教复兴铺平了道路。

但是在戈尔巴乔夫执政以前的苏维埃时期,苏维埃官方的限制宗教的政策和行动收效甚微,甚至适得其反。因为宗教作为意识形态和文化现象在苏维埃时期的俄罗斯大地上并没有消亡,在无神论的总体氛围下许多人依然保持自己的基督教信仰,基督这个为人类受难并为拯救人类而献身的个性依然是许多俄罗斯人的道德理想,基督教作为文化现象继续对苏维埃时期的文学发展和作家们的创作产生影响。在作家诗人中,不少人主张人的宗教信仰的自由,视基督为伟大的个性并崇尚基督精神,他们的文学创作积极汲取《圣经》的精华,对圣经文化进行多方面的继承和借鉴。

苏维埃政权建立后不久,一大批反对十月革命和苏维埃政权、坚持东正教信仰的俄罗斯作家诗人(А.阿维尔琴科、И.布宁、Б.扎伊采夫、П.博波雷金、В.伊万诺夫、А.库普林、А.列米佐夫、А.托尔斯泰、И.什梅廖夫、М.茨维塔耶娃等)离开俄罗斯,象征派、阿克梅派、未来派等现代主义流派的许多成员(Д.梅列日科夫斯基、К.巴尔蒙特、З.吉皮乌斯、И.谢维里亚宁、Н.苔菲、В.霍达谢维奇等)也流亡国外,他们成为20世纪俄罗斯侨民文学的生力军。但是,还有不少作家诗人,包括象征派诗人勃洛克、阿克梅派诗人古米廖夫、阿赫玛托娃、曼德尔施塔姆等人留在俄罗斯,继续从事文学创作活动。他们的文学创作与基督教思想和《圣经》有着这样或那样的联系。

象征派诗人勃洛克对《圣经·新约》很感兴趣,他把《新约》当作自己的案头书。他写于1898—1921年间的诗作和书信中有许多地方援引或改编《圣经》的句子。此外,勃洛克的一些诗作与《福音书》的形象和契机有关。勃洛克的长诗《十二个》(1918)的数字本身就是一种寓意和象征,暗示着《福音书》中带给世界新真理的十二位使徒,长诗结尾处出现的基督形象既是勃洛克对这位《圣经》人物的独特理解,又是基督形象的现代"变异"。诚如俄罗斯文学评论家 B. 奥尔洛夫所说:这个"基督形象——是全世界的和全人类的新宗教、新道德的化身"①。

阿克梅派诗人古米廖夫肯定上帝的作用和价值,他认为,"有上帝,才有世界,两者永世长存//而人们的生活——是瞬间而贫乏的//但热爱世界和信上帝的人//能把一切装在心中。"(见诗集《箭囊》,1916)另一位阿克梅派诗人曼德尔施塔姆的许多诗作都与圣经题材有关系。他的诗作《在神甫中间,一位年轻的利未》(1917)、《在水晶的漩涡里是多么的陡峭!》(1919)和《最后的晚餐》(1937)可以视为《圣经·福音书》的故事新编。此外,他的诗集《哀伤》(1922)、《诗歌》(1928)、《沃罗涅什笔记》(1934—1937)等表现出诗人接受圣经文化影响的痕迹,在一些诗行中可以找到曼德尔施塔姆对基督个性的描述和思考。阿克梅派女诗人阿赫玛托娃认为"除宗教外,任何人在任何时候都没有创造艺术"②。她的诗作《〈圣经〉诗篇》(1921)是集中表现《圣经》人物形象并且以圣经故事构架的组诗。此外,她的史诗《安魂曲》(1935—1940)也是基于《福音书》层面构建的。

叶赛宁是 20 世纪俄罗斯"新农民诗人"的杰出代表,在他的诗歌创作里也可以明显地感到宗教的影响。叶赛宁在十月革命前就创作了大批基于基督教传说或圣经故事的诗作,如《你多美,我亲爱的罗斯》(1914)、《我是位头戴僧帽的顺从修士》(1915)、《乌云仿佛在产驹》(1916)、《春雨跳好了、哭够了……》(1917)等。叶赛宁认为基督是一种完美的个性,能够给他的人生指点迷津。他在《福音书》中发现了许多新的东西。十月革命后,叶赛宁坚持自己的这种信念,在俄罗斯本土上谱写出《降世》(1917)、《主显圣容》(1917)、《乡村的日课经》(1918)、《伊诺尼亚国》(1918)、《约旦河的鸽子》(1918)、《康塔塔》(1918)、《天国的鼓手》(1918)、《祝福像》③(1919)、《四旬祭》(1920)、《拥有无上权利者》(1920)等诗作。在这些诗作

---

① 转引自 Ю. 雷斯主编:《20 世纪俄罗斯文学》,莫斯科:谟涅摩辛涅出版社,1998 年,第 130 页。

② 参见俄罗斯《文学报》,1989 年 1 月 4 日第 5 版。

③ 基督的半身像,他的右手行祝福礼,左手拿着《福音书》。该像一般绘制在教堂的圆弧顶上。

中,有的诗名直接来自《圣经》、东正教节日或基督教壁画名称(《约旦河的鸽子》、《四旬祭》、《祝福像》),有的诗作则借用基督教的寓意和象征来描绘俄罗斯大自然,表现诗人自己的内心感受。除了借用圣经形象之外,叶赛宁还借用多神教传说和神话题材进行创作,因此有人说他的诗歌是"多神教的民间文学和基督教因素的统一"。

十月革命后,在俄罗斯出现了一种新的文学现象和类型——苏维埃文学。苏维埃文学是苏维埃官方认可和推崇的文学,带有苏维埃政治的、意识形态的特征。从理论上看,苏维埃文学是以无神论为意识形态的文学,与有神论的宗教格格不入。尤其是20世纪30年代以后,社会主义现实主义成为苏维埃文学创作和批评的基本方法,要求艺术家从革命发展中真实地、历史具体地去描写现实;同时艺术描写的真实性和历史具体性必须与用社会主义精神从思想上改造和教育劳动人民的人物形象结合起来。在这种创作原则的指导下,作家和诗人们的创作与各种有神论宗教思想是不可能有共同之处的。但在创作实践中情况却并非如此。一些苏维埃作家和诗人头脑里依然存有宗教的思想和观念,他们创作的不少文学作品与宗教并非没有联系,《圣经》的思想、形象、故事、寓意等在一些苏维埃时期的文学作品里得到不同程度的反映和体现。

在苏维埃时期,无神论虽然是苏维埃官方的意识形态,但并非所有作家诗人都相信无神论。即使是相信无神论的一些作家诗人(如别德内依、马雅可夫斯基、巴格利茨基等人)的创作思维、其作品的主题思想、人物形象、情节内容乃至叙事风格与《圣经》也会有这样那样的联系。因为这些作家诗人的思想信仰与宗教虽然格格不入,他们的作品思想和内容有可能是渎神的,甚至是反基督教的,但是他们把作为意识形态的基督教与作为文化现象的基督教区分开来,把作为基督教教义的《圣经》与作为全人类思想和智慧结晶的《圣经》区分开来。他们不信奉基督教及其学说,但他们并不否定基督教在历史上所起的文化作用,也不否认《圣经》这部人类精神文化的伟大创作,而是从《圣经》中汲取自己文学创作所需要的东西。

马雅可夫斯基就是这样一位苏维埃时期的诗人。马雅可夫斯基不信基督教,他甚至是渎神者。他早年创作的长诗《穿裤子的云》(1915)就具有一种明显的渎神意识。诗人在长诗里塑造了一位类似基督、但绝不是基督的抒情主人公形象。这位主人公觉得自己像在各各他受难的基督,但他的受难完全是由于个人情感的原因,他不是为解救人类而受难,而是为自己的爱情受着煎熬。诗人在这首诗中虽然把自己的主人公比作基督,可长诗的思想却是反基督教的,抒情主人公的痛苦最终导致了他的渎神,他甚至说上帝是一个"一知半解的人,是一个卑微的小神"。他谴责上帝,号召人们反抗上帝。诗作最后发出了"打倒你们的宗教"的呼喊。十月革命后,马雅可夫斯基创作的长诗《关于这个》(1923)又是一首渎神之作。诗作的抒情主人公的人生轨迹又与基督的人生道路相仿,这显然是在影射基督的人生道路。但这位主人公是凡夫俗子,他陷入自己的感情漩涡中不能自拔,根本不能与神人基督同日而语。因此,这首诗作同样是对基督的亵渎。

马雅可夫斯基的上述诗作在思想上是渎神的。但诗作在情节、形象等方面却与《圣经》有联系。《穿裤子的云》原名《第十三个使徒》,这是对"十二使徒"的戏仿。因为基督教中没有十三个使徒。此外,这首诗中有一系列与《福音书》相关的情节,如主人公把自己的女友比作圣母(他的女友名字也叫马利亚)等。在长诗《关于这个》中,主人公的眼泪变为水灾暗指《圣经·旧约》的大洪水,主人公由人变熊暗示《福音书》中的"主变圣容",主人公的死亡和复活暗喻基督的死亡和复活,等等。由此可见,尽管马雅可夫斯基这位"苏维埃时期最优秀的诗人"试图用自己的诗歌创作改变苏维埃人的基督教信仰及其道德坐标,但他的一些诗作的情节构架和形象依然与基督形象和《圣经》有关。

我们再看看苏维埃时期的作家艾特玛托夫。艾特玛托夫是苏维埃时期创作成就斐然的苏维埃作家,他公开承认自己是无神论者,是信仰马列主义的苏共党员。他的小说《断头台》(1986)大胆地暴露了苏维埃社会中诸如吸毒、走私等社会阴暗现象,引起了极大的社会反响。就是在这部小说里,作家肯定基督个性并且在小说中借鉴《福音书》的情节。他曾经说:"基督教产生了一个非常强有力的人物耶稣基督……耶稣基督使我有理由去向当代人叙述某种隐秘的东西。因此,我这个无神论者在自己的创作道路上与耶稣相遇。这就是我选择主人公的原因。"[①]艾特玛托夫还把小说《断头台》的主人公阿伏季视为基督徒,他说:"是的,阿伏季是俄罗斯人,但我把他看得更广泛些,看作一个基督徒……在这种情况下,我试图通过宗教完成一条通往人的道路。不是通向上帝,而是通向人!对我来说,小说的所有线索中自然产生一条主线,那就是阿伏季和他的探索。"正因如此,小说里对《福音书》事件的接受和转述成为作家揭示主人公阿伏

---

① 冯加:"译后记",参见钦·艾特玛托夫:《断头台》,北京:外国文学出版社,1987年,第409页。

季性格的一个手段,阿伏季在与邪恶的斗争中证明自己是一位人类中心论者和无神论者,他与基督教的接近是由于他对《福音书》中那些具有全人类性的道德准则的遵循。

作家艾特玛托夫的小说《断头台》再一次表明无神论信仰并不排除作家对基督个性的肯定,不排除无神论作家对《圣经》故事和情节的借鉴与模仿。

在苏维埃时期,还有不少作家诗人不是无神论者,有的还是基督徒,他们更是用文学创作阐释基督教伦理道德,用自己的作品解读、借鉴和模仿《圣经》的故事、情节,借用或"变异"《圣经》中的一些人物形象,尤其是基督形象及其变异形式常常出现在他们的小说或诗歌作品中。

在谈到这些作家时,我们首先要想到高尔基。因为高尔基是苏维埃时期一位最有代表性的作家。他是苏维埃文学的奠基人,是"革命的海燕"和苏维埃时期文学的一面旗帜。高尔基的许多思想与基督教格格不入,尤其是他的那句"敌人不投降,就叫他灭亡"的名言与基督教教义"爱你的仇敌"大相径庭。但高尔基不是无神论者,他的思想经历了从"寻神"到"造神"的历程。① 此外,高尔基从来没有否认过圣经文化遗产,他尤其喜欢并推崇《圣经》中的《约伯记》。他承认在读《约伯记》的时候总是激动不已。高尔基也不否认上帝,他的长篇小说《阿尔塔莫诺夫家的事业》暗喻的一个思想,就是人必须信仰上帝,"事业要干,但不要忘掉神"。他笔下的几位主人公的人生没有成功,就是因为他们没有找到上帝,也不信仰基督。

高尔基的长篇小说《母亲》(1906—1907)是一部描写俄罗斯工人运动的作品。无产阶级革命领袖、无神论者列宁十分推崇这本书,说它是"一本非常及时的书",认为俄罗斯工人读一读高尔基的《母亲》"会得到很大的益处"。小说描写了以工人巴威尔和他的母亲尼洛芙娜为代表的俄罗斯下层人民的觉醒和他们与压迫者所进行的斗争,这是一部充满社会批判激情的反映俄罗斯工人运动的作品。从表面上看,很难把《母亲》这部作品与基督联系起来,但是只要仔细阅读小说全文就会发现,女主人公尼洛芙娜的思想觉醒与她的基督信仰有很大的关系。尼洛芙娜的最初觉醒与其说是来自无产阶级革命思想,莫如说是来自"为了大家和为了基督的真理……"因为尼洛芙娜笃信基督,她在明白了儿子巴威尔和他的同志们

---

① 他的中篇小说《自白》就是他从"寻神论"到"造神论"思想演化的集中体现。

是基督的真正"弟子"之后,才开始接近他们并积极参加他们的革命活动。在尼洛芙娜心目中,社会主义理想并不完全是科学社会主义,而是一种渗透着《福音书》所宣扬的平等、正义、仁爱的社会理想。

  苏维埃时期的作家 M.普利什文的文学作品中也凸显出他的基督教思想和他对《圣经》的学习与借鉴。普利什文的母亲出生于旧礼仪派家庭,因此作家从小对旧礼仪派的生活有过细致的观察。后来他又接触到梅列日科夫斯基、Вяч.伊万诺夫等人的宗教哲学著作,对宗教有了比较深刻的认识。普利什文喜爱果戈理、陀思妥耶夫斯基、托尔斯泰、罗扎诺夫等积极进行宗教探索的作家,他推崇《福音书》,并对上帝有自己独特的认识和理解。他认为上帝是一种在宇宙规模里完成存在的大一统思想的东西,上帝是在人与自然的交界处出现的。人心中之所以"出现"上帝,是因为人的心灵及其整个存在应当与宇宙相一致,人"需要与世界和谐"。基于这种思想,普利什文的整个文学创作表现出人与自然、人与世界乃至宇宙的和谐感。他的处女作《飞鸟不惊的地方》(1907)表达出这样一种思想:人只有与整个群体相调和,才能维持长久的精神生活,才能找到自己的上帝。《在隐没之城的墙边》(1909)这部随笔中,作家站在客观的立场上把宗教的崇拜物当作民俗学的资料去看待和研究,认为"可见的教堂、实质的教堂、带有钟楼的教堂、圣像、上帝、宗教礼仪"是"了解民众心灵的捷径"①。在苏维埃时期,普利什文写出自己对基督的信仰的《蔚蓝色的旗》(1918),他的《当代中篇小说》(1944)是作家创作的一系列哲理小说的高峰。作家从宗教立场对20世纪发生在俄罗斯的革命事件进行思考,描写一个俄罗斯人在宗教和革命道路之间的选择。普利什文在自己的日记中将《当代中篇小说》称为"基督教中篇小说"。

  布尔加科夫、帕斯捷尔纳克的文学创作在苏维埃时期是独特的现象。这两位作家的文学创作道路曲折坎坷,命运多舛。他们成名于不同时期,成名后都受到迫害,作品被查封或遭到禁止。这两位作家的宗教思想和意识更加浓厚,他们被禁或被查封的作品与《圣经》和圣经文化的联系更为密切,表现的宗教思想也更为大胆和深刻。布尔加科夫的长篇小说《大师与玛格丽特》、帕斯捷尔纳克的长篇小说《日瓦戈医生》被苏维埃官方查禁的最重要的原因之一,就是贯穿在这两部小说中的基督教思想或《福音书》契机。

---

① 《普利什文文集》第2卷,莫斯科:文学艺术出版社,1956—1957年,第369页。

布尔加科夫的长篇小说《大师与玛格丽特》虽说是在探讨社会—历史、伦理、哲学、审美等方面的问题,但基督教思想贯穿整部小说,小说中关于彼拉多的部分对《福音书》做出了独特的艺术阐释。帕斯捷尔纳克的长篇小说《日瓦戈医生》是作家"告知整个世界的最后的话,并且是最重要的话"[①]。这部小说表达出作家"对艺术、《福音书》、对人在历史中的生活和许多其他问题的看法……",作家认为"这个作品的氛围——是我的基督教"[②]。这部小说宣扬有神论思想,宣扬对基督的爱胜过阶级之爱,强调人的个性的绝对价值。

在苏维埃时期,如果说布尔加科夫、帕斯捷尔纳克等作家在文学创作中更多地表现出对基督教思想的肯定,他们的作品借用《圣经》的故事、人物、情节并进行重新的阐释和解读,那么还有一些作家则注重描写和表现苏维埃时期俄罗斯人的基督教信仰及其道德,从而说明基督教信仰在苏维埃社会生活中的重要性和必要性。这种倾向在"农村题材"作家的创作中表现尤为明显。

"农村题材"作家因写"农村题材"小说而得名。"农村题材"小说是20世纪下半叶俄罗斯文学中的重要现象。20世纪俄罗斯文学的"农村题材"是对19世纪以来俄罗斯经典文学中描述农民生活和塑造农民形象传统的继承。苏维埃时期,农村依然是俄罗斯民族精神的发源地,农民是俄罗斯民族性格的代表。因此,俄罗斯农村和俄罗斯农民问题引起了许多作家的思考,他们对农民阶层进行道德的、审美的、哲理的探索,并且真实地、大胆地、客观地描写出与俄罗斯农村的日常生活习俗交织在一起的人民生活现实,形成了20世纪下半叶以 Ф. 阿勃拉莫夫、B. 舒克申、B. 别洛夫、B. 阿斯塔菲耶夫、B. 拉斯普京、B. 克鲁平、Л. 鲍罗丁等人为代表的"农村题材"创作队伍。20世纪俄罗斯的"农村题材"作家的文学创作取得了斐然的成绩,文学理论家 A. 奥伏恰连柯曾指出:"B. 拉斯普京、B. 别洛夫、Ф. 阿勃拉莫夫、B. 舒克申和其他'农村题材'作家的作品问世,开始了俄罗斯作家小说创作的新时代。"[③]

"农村题材"作家的文学创作的一个主要特点,是这些作家注重展示俄罗斯农民身上的道德伦理理想和追求,描写农民的宗教信仰与农村生

---

① 转引自 B. 巴耶夫斯基:《重读经典,帕斯捷尔纳克》,莫斯科:莫斯科大学出版社,1997年,第60页。
② 《帕斯捷尔纳克文集》第5卷,莫斯科:文学艺术出版社,1989—1992年,第453页。
③ 参见《拉斯普京文集》第1卷,加里宁格勒:琥珀故事出版社,2001年,第3页。

活的联系。"农村题材"作品描写了俄罗斯农民对上帝的认识,对人生意义的思考,讲述俄罗斯农民离开宗教信仰的道德堕落,以及由此引发的整个俄罗斯民族生存的衰败。

阿勃拉莫夫的小说《兄弟姊妹》[四部曲《普利亚斯林一家》(1958—1978)中的一部]展现了主人公米哈伊尔·普利亚斯林的痛苦命运,并让这种艰难和痛苦蒙上了一种基督徒受难的色彩。阿勃拉莫夫没有明确说出普利亚斯林人生悲剧的原因,而是采取了隐喻、委婉的叙述方式,小说内容暗示出主人公及其身边人的生活之所以艰难,是由于他们在苏维埃时期忘掉了上帝,没有按照基督教道德去营建自己的农村生活。

作家舒克申的短篇小说《我不信神!》(1971)的主人公马克西姆去邻居家找前来做客的神甫,向他寻求对生活思考的答案。作家借助这样的情节和神甫之口引出自己对上帝、基督、善与恶等问题的看法。他的另一个短篇《工匠》(写于1969—1971年,发表于1973年)委婉地描述了教会在苏维埃时期人们心目中的地位。在苏维埃时期,人们遇到事情首先去找神甫,而不是去找苏维埃政权或党代表。故事主人公谢姆卡为维修村里教堂四处奔走,但得不到苏维埃政权的帮助。舒克申的这篇小说隐晦地批评了各级苏维埃官吏对待宗教的冷漠态度,这让他们失去了对俄罗斯传统文化的爱护和尊重。

作家拉斯普京在20世纪70年代创作的小说中不少女主人公是具有东正教信仰或宗教情绪的女性,如小说《告别马焦拉》中的达丽娅、小说《最后的期限》中的安娜、小说《活着,可要记住》中的纳斯焦娜,等等。在苏维埃时期,宗教信仰依然是这些俄罗斯妇女生活的精神支柱。她们心中有上帝("我们是受过洗礼的人,我们这里有上帝。"),经常对着家中的圣像祈祷或对着教堂的十字架画十字,不断地祈求上帝的宽恕。在拉斯普京的笔下,宗教信仰对俄罗斯人至关重要,已经变成一种道德评判标准和范畴。拉斯普京曾经说:"我理解信仰对俄罗斯人的必要性。离开了东正教,俄罗斯人就不是完全的俄罗斯人,也许,完全不是俄罗斯人。"[①]在这种认识的指导下,拉斯普京把东正教思想注入自己的小说之中,他说:"如果发现我的作品中有信仰东正教的人的世界观,我将感到高兴。"[②]这是因为拉斯普京认为,"除了东正教,我尚未发现如今有别的力量能够将俄罗斯人民凝聚在一起,帮助人民经受住苦难。……宗教从精神上拯救

[①][②] В.邦达连科:《文学之日》,莫斯科:帕列亚出版社,1997年,第112页。

人,赋予人生活的意义,使之成为非'市场的',历史的俄罗斯的公民。'与上帝同在我们会战胜一切'——这是我们古老的真理。"①

"农村题材"的作家 B.克鲁平则公开声称自己是基督徒,他认为俄罗斯文学就是东正教文学。克鲁平的文学创作信条是:"文学是把迷途者引到基督之光的一种手段和目的。"②他在自己的私人档案里写道:"如果我热爱俄罗斯,我就应当知道她的历史。我深入了解她的历史时才理解到,仅掌握一些日期、人名、事件而不去了解东正教信仰是毫无意义的……'背着十字架重负'的救世主过去和现在都在俄罗斯大地上行走,这就是我们的主要幸福。在俄罗斯究竟可以有怎样的文学?只能是东正教文学,只能是宗教的文学。世俗的、尘世的文学——仅仅是升向宗教文学的一个阶梯。"③克鲁平的小说创作几乎是他本人宗教思想的阐释。他的第一部小说《谷物》(1974)中直接引用《圣经》文本,另一部小说《活水》(1980)不但名称有宗教色彩,而且通过男主人公由不信教转为信教说明宗教信仰对俄罗斯人的重要性。

20世纪60—70年代,许多难以通过苏维埃官方审查的作品只好转入"地下",以手抄本或油印形式到达读者手中,于是形成了那个时期的"地下文学"现象。在"地下文学"中间,有不少文学作品渗透着浓厚的宗教思想和气息,维涅·叶罗菲耶夫的史诗《从莫斯科到别图什基》(1969—1970)就很有代表性。史诗主人公维涅奇卡是一个既像俄罗斯民间的圣愚又像基督的人。他像圣愚一样不修边幅,浪迹天涯,像圣愚一样博学多才,学富五车,思想睿智,充满哲理;他又像基督,因为他的人生经历与《福音书》中基督生平活动有某些情节上的暗合。从这位主人公身上可以看到史诗《从莫斯科到别图什基》与《圣经》的联系。

此外,在苏维埃时期其他一些作家的作品中,如 M.肖洛霍夫的小说《静静的顿河》(1927—1940)、A.索尔仁尼琴的小说《玛特廖娜的小院》(1959)、B.田德利亚科夫的小说《谋杀幻影》(1982,小说最初的名字叫《计算机《福音书》》)、Л.鲍罗丁的小说《告别》(1984)等作品中也可以看出作家的文学创作与基督教和《圣经》的联系。

以上简单概述了在苏维埃时期俄罗斯本土的一些作家诗人的作品,旨在说明在苏维埃时期的无神论总体氛围下,他们的创作与俄罗斯传统

---

① 夏忠宪:《拉斯普京访谈录》,《俄罗斯文艺》,2001年第3期,第60页。
② 参见俄罗斯《我们同时代人》杂志,1995年第1期,第90页。
③ 转引自 M.杜纳耶夫:《东正教与俄罗斯文学》第6卷,第396页。

宗教信仰有着种种联系,《圣经》依然是他们文学创作的源泉之一。

1991年苏联解体,东正教复兴成为俄罗斯的一种凸现的社会文化现象。随着俄罗斯东正教的复兴,基督教意识形态浮出水面,俄罗斯作家诗人大胆地"回归"宗教,创作出一大批宗教题材的文学作品,成为20世纪末俄罗斯文学发展中的一个重要的现象。

苏联解体后,俄罗斯文学与基督教"恢复"关系,俄罗斯文学中的宗教意识在经过70多年的"休眠"后开始苏醒,文学与宗教重新携手成为这个时期文学发展的一个显著的特征。对此《莫斯科》杂志主编Л.鲍罗丁指出:"宗教是俄罗斯文化的一个重要方面。真正优秀的俄罗斯文学作品一定要置于俄罗斯文化之中。东正教是俄罗斯人民的精神核心,是民族意识的一种体现。过去,我们对宗教的认识不对,不承认宗教的文化性。因此应当恢复其本来的面目。"①《新世界》杂志副主编、作家Р.基里耶夫认为:"当前,宗教道德探索的文学作品大量出现与整个社会对宗教的态度有关,不仅仅是纯文学现象,而是一种社会现象。在苏维埃社会里,无神论好像是模式,而信教是非模式;如今恰恰相反。这是俄罗斯文化返回传统的一种反映。"②

20世纪末,俄罗斯作家们在作品中直接探讨宗教问题,表现人与上帝的关系,借用《圣经》中的人物、情节、故事和论断来建构作品。一些作家直接在作品中赞美上帝、耶稣基督和圣母,并把东正教及其精神思想看成是战胜物欲、邪恶、不义等丑恶社会现实的力量之源,把俄罗斯的拯救和复兴寄托在东正教身上。如作家А.索尔仁尼琴所说:"保存在我们心灵、习俗和行为中的东正教巩固了我们的精神内涵。这种精神内涵比种族范畴更为牢固地把俄罗斯人联结在一起。如果在未来几十年内,我们还要丧失国土,人口继续锐减,甚至连国家也不复存在,那么我们至少还拥有一个永不磨灭的事物:东正教信仰,以及从中而来的崇高的世界观。"③

这个时期的俄罗斯文学中出现了不少带有鲜明宗教意识的作品,如:

---

① Л.鲍罗丁和С.谢里瓦诺夫在《莫斯科》杂志编辑部与任光宣教授的谈话,参见《俄罗斯文艺》,1997年第4期。

② Р.基里耶夫和А.瓦西列夫斯基在《新世界》杂志编辑部与任光宣教授的谈话,参见《俄罗斯文艺》,1998年第3期。

③ А.索尔仁尼琴:《崩溃中的俄罗斯》,莫斯科:俄罗斯道路出版社,1998年,第187页。

В.利丘金的《分裂派运动》(1990—1996),В.阿斯塔菲耶夫的《该诅咒的和该杀的》(1992,1994),А.索尔仁尼琴的两部分小说——《娜斯坚卡》(1993,1995),Л.列昂诺夫的《金字塔》(1994),Л.鲍罗丁的《亚当的陷阱》(1994)和《混乱时期的皇后》(1996),В.克鲁平的《为一切赞美上帝》(1995),В.拉斯普京的《下葬》(1995),А.瓦尔拉莫夫的《生》(1995)、《沉没的方舟》(1997)和《教堂圆顶》(1999),В.科斯塔马罗夫的《大地与天空》(1999),Г.达维多夫的《约翰在拔摩岛》(1998),Ю.库兹涅佐夫的长篇叙事诗《基督之路》(2000)等。这些作品继承了俄罗斯文学的宗教传统,涉及了各种宗教主题:忏悔,赎罪,宽恕,救世主,爱的精神,苦难的历程,对上帝正义性和全能力量的辩难,等等。

有些俄罗斯作家从东正教立场出发来阐释当代俄罗斯的现实社会生活,如 А.普罗汉诺夫在其长篇小说《车臣布鲁斯》和《夜行者》中对车臣战争进行了宗教意义的阐释。瓦尔拉莫夫在小说《生》中也把俄罗斯的希望和未来寄托在东正教身上。在一些俄罗斯作家笔下,人道主义关怀也常常带有宗教色彩。比如,阿斯塔菲耶夫的人道主义关怀往往会超过他对上帝的信仰,他在小说《在麦田迷路的两个小姑娘》中就质疑上帝的存在:"上帝啊!为什么?为什么?为什么?姑娘们只是上班迟到而已!上帝存在吗?请告诉我,学者们,有上帝吗?没有,它不存在……"[①]尽管如此,他还是寄希望于上帝:"但愿上帝决不让任何人受此磨难。"拉斯普京在《下葬》中控诉了现实社会的罪恶,命运悲惨的巴舒达只能从宗教中得到慰藉。小说结尾,"巴舒达顺路走进一座教堂。她第一次独自站在圣像下,吃力地举起一只手画十字。"[②]尽管使巴舒达面临困境的正是东正教的殡葬习俗——"古老的、比任何法律都严厉的告别仪式",但作家对东正教并没有半点非议,他谴责的只是把巴舒达推入贫困火坑的俄罗斯社会制度。在巴舒达的困苦生活中宗教发挥了重要的抚慰功能,正如马克思所说:"宗教是被压迫生灵的叹息,是无情世界的感情,正像它是没有精神制度的精神一样。"[③]

[①] 吴泽霖主编:《玛利亚,你不要哭——新俄罗斯短篇小说选》,北京:昆仑出版社,1999年,第 291 页。

[②] 周启超主编:《在你的城门里——新俄罗斯中篇小说精选》,北京:昆仑出版社,1999年,第 329 页。

[③] 《马克思恩格斯选集》第 1 卷,北京:人民出版社,1972年,第 2 页。

"旧礼仪派"是俄罗斯文学的一个重要主题,俄罗斯作家在旧礼仪派身上看到比官方东正教会更为纯洁的信仰和更加无畏的殉教精神。在20世纪末俄罗斯文学中,诸如瓦尔拉莫夫的长篇小说《沉没的方舟》、利丘金的长篇巨作《分裂派运动》和阿斯塔菲耶夫的长篇小说《该诅咒的和该杀的》等,均对旧礼仪派有过生动的描述。旧礼仪派作为俄罗斯东正教的一个分支,属于官方教会禁止的民间教派,是17世纪俄罗斯东正教会尼康改革的反对派,又被称为"分裂派",他们的首领是大司祭阿瓦库姆和达尼尔。旧礼仪派教徒们反对尼康的宗教仪式改革,并为此遭到残酷迫害和血腥镇压,其中有的人被流放,有的人被监禁,有的人被鞭打致残,还有的人被处以死刑。但旧礼仪派的信徒们毫不屈服,为了坚持自己的信仰,甚至不惜以自焚来维护信仰的纯洁,誓与"邪恶力量和敌基督"划清界限。还有些教徒逃亡到边远地区和原始森林中,组成自己的村社,过着与世隔绝的生活。小说《沉没的方舟》中的布哈拉就是这样一个旧礼仪派的村社。瓦尔拉莫夫在小说中遵循历史的真实叙述了村社布哈拉发展的历史,为我们勾勒了一个旧礼仪派村社从17世纪一直到20世纪末的发展图景。"多少世纪过去了,布哈拉丝毫没有发生改变。隐秘的村子依然坚不可摧地存在于世间,在村社中没有偷窃和谋杀,没有富人和穷人,没有幸福的人和不幸的人——大家在他们的神耶稣面前一律平等。"[①]布哈拉村社里的旧礼仪派教徒们虔诚修行,作家把他们看做是维持世界存在的神圣力量,这与索尔仁尼琴在《玛特廖娜的小院》中所说的"我们全都生活在她(指玛特廖娜——本文作者)身边却不知道,她就是那种圣徒,没有这种圣徒,如俗话所说,村子不会存在,城市不会存在,我们的整个大地也不会存在"[②]。其精神宗旨是完全一致的。然而,这样一个经历了沙皇俄国、社会主义苏联等历史时期却安然无恙的村社却在20世纪末以自焚的形式终结了自身的存在。利丘金在小说《分裂派运动》中为我们展示了17世纪俄国的宏伟画卷,宗教、政治、社会生活,以及重要的历史人物无不得到淋漓尽致的描述。作家同情旧礼仪派的信仰立场,认为分裂派运动不仅仅是一次宗教的分裂,还是俄罗斯民族精神世界的一次分裂,这次分裂一直影响着俄罗斯民族和国家的发展。在阿斯塔菲耶夫的小说《该诅咒的和该杀的》中,旧礼仪派的信徒表现出高度的宗教人道主义关怀,

---

① A.瓦尔拉莫夫:《沉没的方舟》,参见《斯拉夫电影之夜——瓦尔拉莫夫作品集》,莫斯科:时事出版社,2001年,第59页。

② A.索尔仁尼琴:《作品选集》(9卷本)第1卷,莫斯科:地球出版社,1999年,第159页。

成为与残酷战争相抗衡的人文力量。

在20世纪末俄罗斯文学中,末世论主题是比较醒目的宗教主题。末世论思想的主要渊源是《圣经》中的《启示录》。20世纪末俄罗斯文学中有许多优秀作品都表现出与《圣经·启示录》的不解之缘。《启示录》是一种具有高度象征性的体裁。《启示录》主要内容是关于世界末日的预言,其中提出了与世界历史终结相关的一些概念:"大灾难"、"敌基督统治"、"哈米吉多顿"、"千禧年、千年王国"、"基督再临"、"最后的审判"、"新天新地、新耶路撒冷"等。

20世纪末,俄罗斯国家和民族的危机再次唤醒人民的末日意识,文坛上涌现出一批反映末日意识的文学作品,它们与《启示录》具有极强的相似性:末世论是作品的精神宗旨,象征是作品的主要手法,幻想性是作品的突出特点。这些作品包括:"20世纪最后一位经典作家"列昂诺夫的绝笔之作《金字塔》;当代最热门的后现代主义作家佩列文创作的象征小说《黄箭》;"四十岁一代"作家阿纳托利·金创作的幻想小说《昂里利亚》;两次获得"布克奖"提名的斯拉波夫斯基的入围作品、后现代主义小说《第一次基督的第二次降临》;爱国派老作家邦达列夫创作的政论小说《百慕大三角》等。这些作家在当代俄罗斯文坛非常有代表性,他们仿佛是演奏不同乐器的大师,组合成一支堪称"梦之队"的交响乐队,在命运之神的无形之手指挥下,在世纪末的俄罗斯文学舞台上,共同演奏出一曲世纪绝响——《启示录》。

除了与《启示录》相关的末世论主题之外,与《圣经·福音书》相关的救赎与希望的宗教主题也比较突出。《福音书》中所包含的关于爱的诫命、复活观念、灵魂得救法门等成为不少作家热衷的主题,《福音书》中关于耶稣的行为及其受难的情节被不断引用、改编、再现,圣母形象、圣徒形象也频繁出现在20世纪末俄罗斯作家的笔下。在20世纪末俄罗斯的不幸生活中,《福音书》闪现出独特的慈恩之光。科斯塔马罗夫的《大地与天空》,瓦尔拉莫夫的《生》、《沉没的方舟》,拉斯普京的《农家木屋》、《伊万的女儿,伊万的母亲》,普罗汉诺夫的《夜行者》等作品均致力于表现《福音书》中因信得生命和因信得救的主题。在文学的多元化进程中,这种对传统宗教价值的肯定与发扬无疑具有一定的时代意义,它既是20世纪末俄罗斯人对光明与希望的未来的渴望,也是对俄罗斯传统宗教文化的一种回归式的反思。这些作品风格不一,有的极其朴实,有的亦不乏神秘魔幻色彩,但都因立足于俄罗斯传统文化的土壤而独具特色。

20世纪末,俄罗斯作家瓦尔拉莫夫、列昂诺夫、阿纳托利·金、斯拉波夫斯基、普罗汉诺夫、科斯塔马罗夫的小说创作在表现和反映文学与基督教的关系方面很有代表性,因此,我们上篇的后六章对他们的小说做了个案分析。

第一章 "头戴白色玫瑰花环"的耶稣基督

А. 勃洛克（Александр Блок）（1880—1921）以象征派诗人的身份进入俄罗斯诗坛，与 А. 别雷、Вяч. 伊万诺夫、М. 沃洛申等诗人一样，同属年轻一代象征派诗人。但勃洛克的诗歌创作大大超越了象征派诗歌的范围，他被誉为"时代诗人"。В. 马雅可夫斯基认为："亚历山大·勃洛克的创作是整整一个诗歌时代，是一个刚刚过去的时代。最杰出的象征主义大师勃洛克对整个现代诗歌产生了巨大的影响。"① 勃洛克成为 20 世纪前 20 年俄罗斯文学的一面旗帜。

一

勃洛克的诗歌创作与宗教的联系在一定程度上取决于他的象征主义美学观。俄罗斯文学史家 В. 巴耶夫斯基认为，象征主义对巫术艺术感兴趣，而巫术艺术把所有人联合在宗教里并将之引向上帝。他说："巫术是俄罗斯象征派的一个关键的概念：它标志着诗歌创作与宗教融为一体，标志着将人们联合在一起并将之引向上帝的宗教艺术。象征主义者想成为巫术家——人们通往上帝之路的指路人。"② 诗人勃洛克的创作符合巴耶夫斯基的这种认识。

勃洛克深受 В. 茹科夫斯基的宗教神秘主义和 В. 索洛维约夫的宗教哲学思想的影响，他以唯心主义的宗教态度对待现实世界。勃洛克认为艺术就本质来说是宗教的，诗歌是一种特殊的祈祷词，诗人是用"神性狂热"编写祈祷词的圣徒，而诗歌是一种近乎信仰的灵感，象征是诗人日渐贫瘠的心灵的"一件神秘莫测的衣裳"。勃洛克还接受了索洛维约夫宗教

---

① В. 马雅可夫斯基：《亚历山大·勃洛克死了》，转引自 Ю. 雷斯主编：《20 世纪俄罗斯文学》，第 107 页。

② В. 巴耶夫斯基：《20 世纪俄罗斯文学史》，莫斯科：基督教文化语言出版社，1999 年，第 42 页。

哲学中的"永恒女性"等观念,并受到索洛维约夫抒情诗歌的深刻影响。"永恒女性"观念是索洛维约夫哲学中的一个重要思想,是他对女性、尤其是对索菲亚的崇拜。在索洛维约夫的意识中,索菲亚是一种永恒的女性,因为索菲亚"作为献身上帝和从上帝那里获得自己形式的一种被动本原,是一种永恒的女性"①。正因为索洛维约夫对女性的崇拜,他的哲学体系又往往被称为"永恒女性"哲学。而勃洛克的诗歌所表现的"永恒女性"观念,实际上反映了他对身为善与美的载体的女性的崇拜,是对女性在整个世界和谐中的作用的认识。勃洛克认为只有通过"永恒女性"才能解开神秘主义的面纱,把人引向上帝。

在诗歌创作中表现神秘主义不仅需要一种特殊的象征语言,而且也需要一种广泛的象征体系。勃洛克在学习诗人茹科夫斯基和索洛维约夫的充满神秘主义的诗歌的同时,也构建了自己的象征体系。

勃洛克的象征体系与"永恒女性"相关,并且基于一个简单的主题——抒情主人公追求美妇人。勃洛克笔下的抒情主人公常常追求美妇人,因为美妇人是"永恒女性"的象征。美妇人是抒情主人公追求的目标,但却很难得到,因此追求美妇人的过程十分漫长和艰难,而且这种追求往往不会有结果。此外,在对美妇人的追求中,包含着对上帝的认识,对神秘主义的解密,对人生理想的憧憬,对善与美的渴望……总之,这种追求是多含义的。为了表现上述主题,勃洛克赋予大自然现象(太阳、月亮、天空、星星、朝霞、乌云、风、沼泽、池塘等)、季节和时辰(春夏秋冬、早午晚)、各种颜色以象征意义,诗人通过种种象征揭示出女性美的全部神秘、奥秘以及尘世特征,并在追求美妇人的过程中与上帝进行对话,表现他对超现实世界的认识和理解。

> 我与你相遇在黄昏。
> 你用桨划开了海湾。
> 我爱你洁白的衣裳,
> 而不是高雅的理想。
> ……
> 忧愁、爱情和委屈,
> 一切都渐渐地消逝……
> 白皙的身躯,祭祷的声音

---

① H.洛斯基:《俄国哲学史》(贾泽林等译),杭州:浙江人民出版社,1999年,第131页。

还有你那洒满金光的桨。

这是勃洛克的《我与你相遇在黄昏》(1902)中的诗句。两位主人公的幽会是现实而不是幻想,与抒情主人公幽会的女子是现实中的女性,是勃洛克笔下的美妇人的尘世特征的体现。因为抒情主人公看到了心爱的女子的"洁白的衣裳"、"白皙的身躯"、"那洒满金光的桨",听到了她"祭祷的声音"。但同时这个女子又与尘世女子不同,她是"虚无缥缈"的,是神秘的,是可望而不可即的,她让主人公感到了某种神秘。

对女性的这种认识在《我走进昏暗的教堂》(1902)中描写得更加确切:

我走进昏暗的教堂,
完成这简单的仪式。
在红色烛光的摇曳中,
我等待着美妇人来临。

站在靠近高柱的阴影中
门的吱吱声让我发抖,
唯有光亮的形象盯着我,
还有一个关于她的梦。

啊,我已经习惯观看
庄严永恒妻子的袈裟!
微笑、故事和幻梦
在屋檐高高地游动。

啊,圣女,烛光温柔,
你的形象是多么喜人!
我听不到叹息和声音,
但我相信:可爱的人是你。

在这首诗里,抒情主人公把美妇人视为"圣女",她像神一样神秘,主人公触摸不到她。诗中称呼她都是大写("她"、"你")。但抒情主人公相信她的存在,因为美妇人有微笑、叹息和说话声等凡尘特征。

勃洛克笔下的这种美妇人形象在《小提琴在山脚下呻吟》(1903)一诗中也可以找到:

小提琴在山脚下吟唱。
长夜沉在公园之梦中，
长夜是贞洁的圣容，
像姑娘与我在一起一样。

小提琴不知疲倦地吟唱，
唱着对我说："要活下去……"
心爱姑娘的倩影——
是一部温馨的爱情。

　　这里，"心爱的姑娘"又是朦胧的，是"公园之梦中"的长夜，是"一部温馨的爱情"。简言之，"心爱的姑娘"是神秘的，捉摸不定的。此外，在诗作《姑娘在教堂唱诗班唱歌》中，唱诗班的姑娘出现在教堂昏暗的灯光下和祈祷的人群中，又让人产生一种朦胧的神秘感。诗作《蓝眼睛姑娘，上帝把你造成这样》(1909)中，姑娘虽然有"纤细的双手"，发出清晰的"喉音"，但她"被雨水冲洗后，静静地站在那里"，成为一种与现实隔得很远的幻影。总之，"神秘性"既是勃洛克笔下女性的特征，也是他的象征主义诗歌的特征之一。

　　B.日尔蒙斯基对勃洛克的象征主义诗歌创作有过一番论述。他认为勃洛克的象征主义诗歌创作是从他对世界的双重认识出发的。在勃洛克的诗歌意识中存在着两个世界，一个是现实的、物质的世界，另一个是超现实的、理念的世界。现实世界是超现实世界的影像、反映和体现。诗人的任务就在于从现实世界出发进入超现实世界，去接近上帝。进入超现实世界、接近上帝的手段就是象征，即词汇符号。词汇符号包含许多意义，它们是朦胧的，却能表达诗人的情绪及其抒情的本性。①

　　勃洛克的第一部诗集《美妇人之诗》(*Стихи о Прекрасной Даме*)(1904)是献给美女Л.门捷列娃的，诗集记述了诗人的神秘主义感受。勃洛克多年钟情于柳博芙·德米特里耶芙娜·门捷列娃。门捷列娃是化学家Д.门捷列夫的女儿，而勃洛克本人是华沙大学法学教授的儿子。他们门当户对，终成眷属。门捷列娃是他的美妇人，是罩着太阳光环的妻子的尘世体现。在勃洛克看来，门捷列娃是一个活生生的"尘世女子"，但同时又是"永恒女性"的化身，是他心中"第一个奥秘"，是他心中的太阳。

---

① 参见B.日尔蒙斯基：《亚历山大·勃洛克的诗歌》，圣彼得堡，1921年。

"永恒妻子"、"女性保护神"、"心仪的女友"等形象在《美妇人之诗》中占据中心地位。在这部诗集中,女性在绝大多数情况下是以一种非尘世的、神秘的美妇人形象出现的。抒情男主人公也以一种神秘主义的、崇高的宗教感情对待自己心仪的女子,主人公对尘世女性的爱欲与对非尘世女性——永恒女性的追求融为一体,这也许是诗人勃洛克本人人生经验的一种折射。

随后,在诗人的创作中"美妇人"被"陌生女郎"代替,诗作《陌生女郎》(Незнакомка)(1906)是对这种变化的回应。但"神秘性"依然是勃洛克笔下女性的一个重要特征。《陌生女郎》描述一位孤独的神秘女郎。她是从天上掉下来的一颗星星,是星辰奥秘的化身,但她又是平民百姓中间的一位,在她身上很容易看到尘世美妇人的特征。她与抒情主人公幽会的地点既不是风景秀美的大自然,也不是庄严肃穆的教堂,而是平淡无味的饭馆,在这个充满日常生活气息的庸俗环境里,陌生女郎退去神秘的面纱,更多地呈现出尘世女性的特征。因此抒情主人公看到了她头上的黑色面纱。但陌生女郎毕竟是一位神秘的星光女,所以主人公仿佛在她身后看到"迷人的彼岸和迷人的远方"。因此,"神秘性"依然伴随着这位"陌生女郎"。

勃洛克的诗歌创作与宗教的联系,还表现在他对《福音书》人物的借用上。在勃洛克的诗歌中,圣母和基督是经常出现的两个形象。在他的作品中,圣母、基督与现实中的人处于同一时空,诗人用象征手段把神秘主义的梦幻与现实的故事结合在一起,创造出一个双重世界。

勃洛克十分崇拜圣母,他认为圣母是最伟大的女性,是一位给予基督以生命的、具有救世力量的女性,是一位可以对抗各种邪恶和灾难的女性。在他的《意大利组诗》中的 *Madonna da settignano*(1909)、《来自 Spoleto 的姑娘》(1909)等诗作中,圣母马利亚或是作为救星,或是作为一个完美无瑕的女性出现。基于对圣母的这种认识,勃洛克把圣母视为俄罗斯大地和俄罗斯民族的保护者,他对圣母保护下的俄罗斯充满信心和希望。组诗《在库利科沃田野上》(1908)就是勃洛克这种思想的体现。在组诗中,诗人回顾俄罗斯的历史,思考俄罗斯的现在,展望俄罗斯的未来,他从库利科沃战役这一具体历史事件转向俄罗斯的现实生活,突显出自己对俄罗斯命运的关注。俄罗斯在历史上多次遭受外来敌人的侵犯和蹂躏,因此勃洛克对俄罗斯有一种"忧虑、惊恐、忏悔和希望之情"。他在《知识分子与革命》(1918)一文中明确写道:"俄罗斯注定要饱经苦难、屈辱和分裂;但是从这屈辱中将要诞生出一个新的、按照新的方式更加伟大的俄罗斯。"①"俄罗斯是一艘大船,她注定要进行一次远航。"②但是,勃洛克认为在俄罗斯的历史发展过程中,她一直受到圣母的保护,圣母的非人工绘制的面孔就显现在俄罗斯士兵的盾牌上,圣母的声音隐藏在"天鹅的叫声"中。俄罗斯人与蒙古鞑靼人作战是在维护和捍卫自己的宗教信仰,是完成基督和圣母赋予俄罗斯的一桩神圣的使命。因此,俄罗斯打败蒙古鞑靼人是信仰圣母和基督的东正教教徒对异教徒的胜利。

勃洛克对待基督的态度是矛盾的。一方面,他承认自己并不了解基督。1904年,他在致友人的一封信里写道:"我现在不了解他(指基督),并且从来也不了解他……对于我来说,他是一个空洞的词汇……"③勃洛克本人也认为自己不是一位"好基督徒"。另一方面,勃洛克又肯定基督这种个性。即便在勃洛克那些最革命的论文里,勃洛克从来也没有否定作为历史个性的基督,他在自己的许多诗作里提到基督。比如,他曾经把自己的妻子与基督相比:

> 我在你朦胧的光线中,
> 理解了少年的基督。

在《你走开了,可我留在荒原》(1907)中,也有类似的诗句:

> 你是亲爱的伽利略,
> 请还给我这位不能复活的基督。

勃洛克不但在自己的一些诗作里提到基督,而且还把基督当作人生参照系,把自己笔下的抒情主人公的人生道路与基督的尘世道路相比照,这也许就是勃洛克把自己的三部诗集称为"人化三部曲"的原因之一。

二

史诗《十二个》(*Двенадцать*)(1918)是勃洛克让《福音书》契机贯穿全诗、歌颂基督、对基督进行独具一格阐释的一部诗作。

史诗《十二个》是勃洛克十月革命后创作的一部作品,是诗人诗歌创作才能的集中表现。他在写完这首诗的"后记"里写下这样的话:"如今,

---

① 勃洛克:《知识分子与革命》,参见翟厚隆编:《十月革命前后苏联文学流派》(上编),上海:上海译文出版社,1998年,第35页。
② 同上书,第39页。
③ 《勃洛克文集》第8卷,莫斯科—列宁格勒,1960—1963年,第105页。

我是个天才。"

《十二个》这部史诗是在十月革命后两个月写成的。勃洛克写这首诗只用了20天,即1918年1月8日至28日。诗作最初发表在彼得格勒的《劳动旗帜报》(1918年2月18日)上,同年4月《我们的道路》(创刊号)杂志又予以转载,5月就出版了单行本(包括《西徐亚人》一诗)①。史诗《十二个》是对1917年的十月革命这一历史事件的神秘主义思考和回应。因此诗作问世后,俄罗斯文学评论界有人说这是一首政治诗,认为诗中的一些象征,如"风"、"暴风雪"、"喧嚣"、"夜"等象征着俄罗斯社会的巨大转折。但是勃洛克本人对这种说法表示了不同的意见。他在自己的《关于〈十二个〉的杂记》里指出,这部史诗不是"政治诗",但在其中有"一滴政治成分"。"我写这首诗的时候看着一轮彩虹,因而在诗篇中留下了一滴政治成分。"②"那些认为《十二个》是政治诗的人,或是对艺术是睁眼瞎,或是深深陷入政治污泥之中,或是被一种巨大的恶意所控制,——不管他们是我的史诗的敌人或朋友。"③

史诗《十二个》虽不是严格意义上的政治诗,可诗作的内容和思想表达了诗人对十月革命的接受和看法。勃洛克对十月革命的认识是他在20世纪最初十年思想探索的一种有机的继续。在对待1917年发生的两次革命的态度上,勃洛克是有所不同的。他肯定二月革命,并曾与临时政府合作,但对十月革命却持双重态度。诗人一方面欢迎革命,他说:"现在,正当革命风暴席卷俄罗斯的时候,对她的讽刺、讪笑、哭泣、绝望和哀叹是可耻的。"④他认为十月革命是一个伟大的历史事件,常常把这个事件与法国大革命相比,要以"整个肉体、心灵和意识去聆听革命";另一方面,诗人又不能理解十月革命的全部意义,这从他写于1918—1919年的《知识分子与革命》、《艺术与革命》、《人道主义的毁灭》等一系列文章中可以看出。后来,勃洛克甚至对十月革命感到失望,随着时间的推移他的失望越发严重,以至于他在弥留之际告诉妻子门捷列娃,让她发誓把《十二个》的所有小册子都烧掉,一本也不要剩。同时代诗人马雅可夫斯基在《亚历山大·勃洛克死了》一文中说到:一方面,勃洛克说他喜欢十月革命;

---

① 史诗在勃洛克生前就曾经再版三次,此外还在敖德萨、克拉斯诺亚尔斯克、第比利斯、巴库、斯塔夫罗波尔、哈尔科夫、基辅、赤塔、切尔尼戈夫等地出版,该诗被译成英文、法文、德文、意大利文、波兰文、犹太文、乌克兰文以及其他文字。
② 转引自 T. 布斯拉科娃:《20世纪俄罗斯文学》,莫斯科:高校出版社,1999年,第40页。
③ 同上书,第41页。
④ 勃洛克:《知识分子与革命》,第45页。

另一方面，他承认"我在乡下的藏书被烧毁了"。这是他对革命的双重感受。

史诗《十二个》是一部象征主义诗作，它在很大程度上是诗人勃洛克对待十月革命这一历史事件的双重态度的表现。一方面，诗人歌颂革命，认为十月革命后俄罗斯进入了一个全新的时代。他歌颂工人，"前进，前进，前进//工人大众！"把资产者说成是"饥饿的狗"，认为旧世界是"非名贵的狗"。另一方面，勃洛克又不大理解十月革命的伟大意义、革命后的动荡和无神论精神，他在描写这一历史事件时，运用了大量的象征，让《福音书》契机贯穿史诗从名字到人物、从情节到结尾的许多地方。因此，史诗《十二个》是勃洛克对《福音书》，尤其是对基督形象的一种独具一格的文学阐释。

如果简单地概括一下史诗《十二个》的内容，那就是俄罗斯进入"世界末日"，基督突然"降临"，带领俄罗斯从那里走向新世界。从史诗一开始的描写来看，十月革命后的彼得堡就像是天使宣告陷落的巴比伦，它在向自己的昔日告别。世界猝然间变了，革命时代的俄罗斯以一种世界末日的状态呈现出来。漆黑的夜、漫卷的白雪、凛冽的寒风给人的心理带来了不安和恐惧。对于信仰上帝的俄罗斯人来说，无神的彼得堡进入了另一个世界，仿佛"世界末日"到来了。在这个时候，需要一位能够带领俄罗斯走出"世界末日"的人，于是，在史诗结尾基督出现了，他高举红旗走在前面，为12个赤卫队员指明了前进的方向。

在这部史诗中，"黑黑的夜，白白的雪"、"暴风雪"、"十字架"、"世界大火"、"火柱"等形象都是一种寓意和象征，这种寓意和象征可以在《圣经》中找到源头和对应。史诗在结构、内容、人物形象等方面也与《圣经》有着联系。

这部史诗就篇幅来看并不算长，只有335个诗行。但史诗的章节和主人公的数量均为数字"12"，这不是诗人随意选择的一个数字，而是来自《福音书》的暗示。

史诗由12节组成，其中第1节最长，为83行，第3节最短，为12行。史诗的12节仿佛是安魂曲的12个部分，全诗以四音步抑扬格、四音步扬抑格和不同音步的扬抑格交替，呈现出一种多节拍的文本。第1节是呈现部："黑黑的夜，白白的雪。"黑夜、冬天、暴风雪这些自然现象本来发生在宇宙中，可诗人却将之"变成"彼得格勒的城市景色，成为革命旋风的象征，在这里营造出一个动荡的"微观宇宙"。作家、老太婆、神甫、女贵族、妓女、流浪汉等各种人物纷纷登场，他们对刚发生的那场具有新理想和新学说的十月革命做出了不同的反应:有的欢迎,有的反对;有的怀疑,有的恐惧。从这一节的描写中,我们仿佛看到19世纪俄罗斯著名的历史画家A.伊万诺夫的《基督来到人间》那幅画中人们对基督来到人间的种种态度和表情。第12节是结尾,基督在这一节里出现。"伯利恒之星"——基督带领着12个赤卫队员向神的国度进发,从动荡的"微观宇宙"走向真正的"宏观宇宙"。史诗的首尾相接,包含着相似的主题动机:即基督与12个赤卫队员的联系。可以说,整个前11节都是为基督在第12节出现做铺垫的。

在《福音书》里,基督有12个弟子,他们追随基督,忠于并传播基督的学说。《十二个》这首诗的名称是指12个赤卫队员,他们在彼得格勒大街上巡逻,保卫十月革命的胜利果实,捍卫苏维埃政权。勃洛克笔下的革命巡逻队中的12个战士,具有革命思想,发誓要吹起"世界大火"。这12个赤卫队员与《福音书》中基督的12个弟子对应,是一种象征主义的手法和暗示,12个赤卫队员也像基督的弟子们捍卫基督学说一样,为保卫红色政权,为捍卫自己的信仰而义无反顾,在所不惜:

> 十二个都无圣名的人,
> 朝着远方继续走去。
> 准备好应付一切,
> 对什么也不惋惜。

(顾蕴璞译)

12个赤卫队员是一个集体形象。12个赤卫队员组成的革命巡逻队是一种标志,象征着保卫新生的苏维埃政权的革命群众。集体形象代替个人形象,集体意志取代个人意志,这是勃洛克在史诗中要表现的一个思想。在12个赤卫队员中只有两个人有名字:一个叫彼得鲁哈,另一个叫安德留哈。彼得鲁哈的形象比较突出,而安德留哈只是稍微提了一下。彼得鲁哈是圣徒彼得名字的庸俗化叫法。众所周知,彼得是《圣经》中的一位使徒,他是第一个宣布耶稣是救世主的人。安德留哈是主教安德烈的俗称。相传安德烈主教是第一个预言基督教要传到罗斯的人。勃洛克让赤卫队员彼得鲁哈与第一个宣布耶稣是救世主的使徒彼得同名,暗示着赤卫队员与基督的内在关系。诗人以彼得鲁哈、卡基卡和万卡的三角恋悲剧构建史诗的情节基础,这就把史诗的现实情节与非现实的"神性世界"联系在一起。勃洛克让安德留哈与第一个预言基督教要传到罗斯的主教安德烈同名,也暗示着赤卫队员与基督教的某种联系。

史诗中的卡基卡形象也值得注意。卡基卡是个放荡的女性,她与军官、士官生睡过觉,现在又与"士兵"万卡睡觉。在卡基卡形象身上背叛和金钱交织在一起。勃洛克给一个与多名男子有感情纠葛的女子起名叫"卡基卡",似乎不大合适。因为卡基卡(俄文"Катька")是"叶卡捷琳娜"的俗称,"叶卡捷琳娜"源自希腊文,意思是"纯洁"。有人认为勃洛克是想强调卡基卡这位女子"纯洁到甚至幼稚的程度",这种说法十分牵强。彼得鲁哈开枪杀死了卡基卡,成为一个"可怜的"杀人犯。彼得鲁哈杀死卡基卡之后,他为亡灵向上帝祈祷,并提到了救主。这样做本身充满了讽刺意味,因为杀人与基督教教义相悖,杀人者彼得鲁哈并没有权利和资格提到救主。因此他的同伴们对他予以辛辣的讽刺:

> 为什么你要救主,
> 金光闪闪的圣像壁?

卡基卡成为抵罪的牺牲品的象征,她的死仿佛完结了旧世界的存在。卡基卡被杀的情节从思想上和结构上直接与在史诗结尾基督形象的出现有联系,因为基督不仅宽恕了彼得鲁哈的罪孽,而且宽恕了12个不信神的赤卫队员。赤卫队员是新俄罗斯形象的化身,基督要带领他们走向新世界。可见,在勃洛克对十月革命的接受中,报复思想与宽恕思想被结合在一起。

正因为勃洛克把12个赤卫队员与基督的弟子相对应,因此在史诗结尾基督形象的出现就不会让读者感到突兀:

> 前面——有人举着血染的红旗,
> 从风雪后看不到他的身影,
> 子弹无法让他的身体受伤,
> 他迈着凌驾风雪的轻盈脚步,
> 脚步稀落,似雪花,如珍珠,
> 他戴着洁白的玫瑰花环,——
> 走在前面——那就是耶稣基督。①

基督形象出现在这首诗的结尾并不是偶然。在基督形象上凝聚着十月革命后勃洛克对基督的认识,乃至他全部的人生哲学。基督形象是理解这部史诗的关键。

---

① 这段译诗参考了顾蕴璞先生的译文。

对史诗《十二个》结尾处出现的基督形象,俄罗斯文学界众说纷纭。有些人认为基督在史诗结尾出现是勃洛克运用的一种艺术手法。如俄罗斯侨民诗人Г.阿达莫维奇认为,在这首诗结尾引出基督形象是为了一种"幕后"的文学效果。诗人Н.古米廖夫也似乎觉得《十二个》的结尾是"人为地贴上去的","基督的突然出现是一种纯粹的文学效果"。①他认为"勃洛克'再一次把基督钉上了十字架,并且枪杀了君主'"②。俄罗斯侨民作家Б.列米佐夫认为这部史诗具有虚无主义的色彩,而基督形象在这里被枉然地提到了。有些人挖掘基督形象出现的思想意义。如文学评论家В.奥尔洛夫指出:"基督形象——是全世界的和全人类的新宗教、新道德的化身。对于勃洛克他是生活的普遍复兴的象征,在这种意义上他出现在《十二个》的结尾。"③文学评论家Г.雅可夫列夫写道:"极有可能的是,在这里耶稣基督是那些在政治昏暗里迷失方向的人的有罪灵魂的救主。他寄希望那些'不知道在干什么'的人的忏悔。让杀人犯不再野蛮地放纵,让他们明白事理,回到神的怀抱——这是基督的真正的事业,而不是领导他们和祝福他们去干更多的恶事。在我看来,这就是基督在史诗结尾出现的含义。"④文学史家В.阿格诺索夫在《20世纪俄罗斯文学》(1999)一书中对史诗《十二个》中的基督形象做了这样的解释:"这部长诗的研究者们对勃洛克笔下的这个象征性基督做出了不同的解释。基督可以象征革命者,基督可以象征未来,基督可以象征多神教徒,基督可以是'自焚而死'的旧礼仪派教徒,基督可以象征超人,基督可能是永恒女性精神的体现,基督可以是艺术家,甚至是反基督者……我们觉得,所有这些各具特色的睿智猜测都使人离开了主要的东西。这里主要的东西在于,基督形象使诗人能从高度正义的角度去为革命辩护。"⑤有些人从基督形象看到诗人勃洛克对待基督乃至宗教的态度。如文学评论家В.克鲁克就曾经指出:"与宗教传统相悖,耶稣基督和十字架被勃洛克阐释为暴乱、激烈地干预生活的象征,而不是顺从的象征。"⑥勃洛克同时代人С.戈罗杰茨基说:"如果他这位饱经世故的人能够说,基督走在'十二个'的前面,那么他就完成了自己诗人的职责——在最可怕的东西中发现了美的东

---

① ③ 转引自Ю.雷斯主编:《20世纪俄罗斯文学》,第130页。
② ④ 同上书,第131页。
⑤ В.阿格诺索夫:《20世纪俄罗斯文学》(凌建侯等译),北京:中国人民大学出版社,2001年,第61页。
⑥ 转引自Ю.雷斯主编:《20世纪俄罗斯文学》,第130—131页。

西。"①应当说,这些评论家的观点从不同角度挖掘了史诗《十二个》中基督形象的意义和内涵,有助于拓展对这个形象的理解和认识。

那么,勃洛克本人是怎样看待和解释史诗中的基督形象的呢?

勃洛克对史诗《十二个》中的基督形象的看法是多重的,这与他内心的思想矛盾有关。

勃洛克认为基督形象有"一半是文学性的",那另一半是什么?诗人虽然没有说,但我们认为另一半来自基督形象的思想意义。

勃洛克在史诗《十二个》中特别强调十月革命是一种"自然力",而且这种"自然力"成为整部史诗的象征,革命像暴风雪、旋风等大自然现象一样,出现在"整个世界上"。在"自然力"发作的时候,在宇宙中需要有一种合理的、理性的因素;在动荡的革命年代,需要有一种真理与和谐。基督形象就是理性因素、真理与和谐的化身,因此基督出现了。十月革命的最终目的是要建成一个完美的和谐社会。在勃洛克的理解中,谁能够带领经历过革命风暴的人们走向完美的和谐社会?只有基督。因为勃洛克相信基督理想与革命理想有共同之处,因而在他的诗作里基督就与12个赤卫队员成了同路人,一起走向俄罗斯和谐的未来。

"头戴白色玫瑰花环"的耶稣基督举着带血的旗帜走在前面。基督象征着新世界的神圣信仰,基督也是宽恕人们罪孽的体现。基督为12个赤卫队员引路并指明方向,可他们却对出现在面前的基督开枪。这是他们对基督的不理解而引发的行为,但是子弹对基督不起作用,他安然无恙。12个赤卫队员跟在基督的后面,这象征着他们对基督所代表的真理和理性的屈从。也许,只有不信神的12个赤卫队员跟着基督走,才能克服"自然力"爆发所带来的无序,才能从混乱走向真正的有序世界。

在与作家 K. 楚科夫斯基的谈话中勃洛克曾说,他的史诗《十二个》中的基督是"不情愿地、违心地提出来的"②。勃洛克之所以说出"不情愿地、违心地"这席话,是因为他本人也对基督的出现感到奇怪。他曾经坦率地对楚科夫斯基说:"我也不喜欢《十二个》的结尾。我很想这个结尾是另外一种样子。我写完后自己都觉得奇怪:为什么出现了基督?难道真的是基督吗?但我越仔细看,就越看清了基督。于是我就记下了这样的话:'很遗憾,是基督出现了。'"③勃洛克在1918年3月10日的日记中写

---

① 转引自 Ю. 雷斯主编:《20 世纪俄罗斯文学》,第 132 页。
② 《楚科夫斯基日记》(1901—1929 年),莫斯科,1991 年,第 156 页。
③ 同上书,第 156 页。

道:"我只想说明一个事实:如果仔细去看这条道路上的暴风雪卷起的雪柱,那么你就会看到'耶稣基督'。但我自己有时候十分憎恨这个具有女性气质的幽灵。"①

此外,勃洛克还觉得,这时候站在赤卫队员前面的应当是"另一个人",而不是基督,这说明勃洛克对基督出现在这里是不满意的,因此他对基督的出现表示遗憾。但究竟什么人出现在这里合适呢?勃洛克自己说不清楚,或者更确切地说,他也不知道。显然,勃洛克担心在自己笔下的基督身上缺乏那种崭新的、革新的、改造的因素……但他又没有找到一种更为凝重的、崇高的象征,因而他为自己心中的这种矛盾而痛苦。

20世纪著名诗人沃洛申对这首诗的评价是:"史诗《十二个》是对革命现实生活做出的一种出色的艺术体现。勃洛克无论在艺术手法还是形式方面都没有改变自我的情况下,写出了一部深刻现实的并且惊人客观抒情的作品。这位把自己的声音让位于布尔什维克—赤卫队员的勃洛克,依旧是写出《美妇人》和《雪面具》的那位真正的勃洛克……"②

---

① 《勃洛克文集》第7卷,莫斯科—列宁格勒,1960—1963年,第326页。
② 转引自 B. 巴耶夫斯基:《20世纪俄罗斯文学史》,第47页。

第二章 史诗《安魂曲》的《福音书》层面

А.阿赫玛托娃(Анна Ахматова)(1889—1966)诞生和成长的19世纪末至20世纪初,正是俄罗斯诗歌创作发展的多元化和《启示录》精神在俄罗斯大地弥漫的时代。她早期的诗歌创作深受Г.杰尔查文和Н.涅克拉索夫诗歌的影响,后来她与自己"诗人车间"的伙伴О.曼德尔施塔姆、В.纳尔布特和М.津克维奇等人加入了阿克梅派诗人的行列,与Н.古米廖夫、С.戈罗杰茨基、О.曼德尔施塔姆、М.库兹明等人一起成为阿克梅派的主要成员,并作为20世纪俄罗斯诗歌的一位杰出代表而垂名。

阿克梅派是一个与象征主义有着渊源联系而又对立的诗歌流派,是在象征主义发展已经结束,甚至衰落下去的时候产生的。阿克梅派理论家兼诗人戈罗杰茨基认为:"俄国象征主义运动到目前为止可以认为在其主要河床内业已寿终正寝。虽然一辈有才之士群策群力,但由于它是从颓废派文艺中萌生的,所以获得的成就却是:本该在发展进程中扬名四海,结果却一败涂地……如此惨败的原因,其根源在于运动本身的深处。除了偶然因素,如力量分散、缺乏统一的领袖之外,此处的祸首主要是运动本身的内部弊病。"①

阿克梅派诗人力求克服象征主义的玄妙神奇、神秘主义和巫术倾向,"要求……更加精确地理解主体与客体之间的关系",②希望以一种明确的目光去观察和描写人的尘世生活,积极寻找完美的诗歌形式去表达自己的思想和感情。但该派诗人没有割断自己与象征主义的继承关系,依然认为象征主义是"一位值得敬重的先驱",视И.安年斯基和В.勃留索夫为自己的导师。因此,В.日尔蒙斯基指出,阿克梅派是对象征派的风格极端化的一种反应,他称阿克梅派诗人是"克服了象征主义的诗人"。

阿克梅派诗人主张描绘可知事物,认为没有必要耗费精力去认识不

---

① 转引自顾蕴璞编选:《白银时代诗选》,广州:花城出版社,2000年,第559页。
② Н.古米廖夫:《象征主义和阿克梅主义》,参见翟厚隆编:《十月革命前后苏联文学流派》,第58页。

可知事物,因为"在这方面所做的一切努力都是不纯真的"①。但这并不意味着阿克梅派诗人否定不可知事物,"认识上帝的学问——神学这位贵妇人仍将留在它的宝座上,阿克梅派并不想把神学贬低到文学水平,也不想把文学提高到神学那种冷淡无情的境界。至于天使、恶魔以及种种精灵,它们都是艺术家的素材,但它们在人间的分量不应再压倒艺术家所选取的其他形象"②。因此,"经常记着不可知事物,但又不拿一些可能的臆测去贬低自己关于不可知事物的想法——这就是阿克梅派的原则"③。

阿赫玛托娃作为阿克梅派的一位诗人,遵循阿克梅派的创作原则,她在自己五十多年的创作生涯中,始终把可知的尘世生活作为描写的对象,她以完美的诗歌形式,以词的"直立起来形式"表达自己和抒情主人公的思想和感情。在阿赫玛托娃的诗歌作品里,很少有神秘莫测的"彼岸世界"和虚无缥缈的东西,她的诗歌没有复杂的隐喻,没有隐晦的暗示,也没有模糊的象征,一切都是物质世界中的真实存在,是人的思想和感情的实在的表露和反映。

此外,阿赫玛托娃还坚持阿克梅派"为艺术而艺术"的美学信条,认为诗歌艺术就其本性来说是宗教的。她曾经说:"除宗教外,任何人在任何时候都没有创造艺术。"④阿赫玛托娃往往基于《福音书》去思考人的尘世生活和俄罗斯现实生活中的一些事件,通过诗歌去感受宗教真理,表达20世纪俄罗斯社会生活固有的那种复杂性和悲剧性。

阿赫玛托娃是一位命运多舛的女诗人。她一生中经历过许多不幸的打击和折磨:她的前夫古米廖夫被无辜枪决,弟弟自杀,第三任丈夫 H.普宁死在集中营,儿子 Л.古米廖夫被捕坐牢,好友诗人 A.勃洛克英年早逝,M.茨维塔耶娃自杀,O.曼德尔施塔姆惨死在集中营,她本人患上在当时被视为不治之症的肺结核……此外,阿赫玛托娃的诗歌作品曾经两度遭到官方封杀:第一次是 1923—1939 年。在阿赫玛托娃的作品遭受第一次封杀期间,她并没有蹉跎岁月,而是转向文学艺术研究领域,她"非常认真地着手研究彼得堡的古建筑遗迹和普希金的生平创作"⑤。1941 年,希特勒进犯苏联,苏联军民开始了反抗德国法西斯的卫国战争。作为一位爱国主义者,卫国战争让阿赫玛托娃感受到一种从未有过的创作激情,

---

① ③ H.古米廖夫:《象征主义和阿克梅主义》,第 61 页。
② 同上书,第 61—62 页。
④ 转引自俄罗斯《文学报》,1989 年 1 月 4 日第 5 版。
⑤ A.阿赫玛托娃:《抒情诗》,莫斯科:文学艺术出版社,1989 年,第 6 页。

她无法再"沉默"。在卫国战争刚刚开始的 1941 年 7 月,她就写出了《宣誓》一诗:

> 让今天与爱人告别的女人,——
> 把自己的痛苦熔为力量,
> 我们向孩子,向墓地死者宣誓,
> 任何人都不可能让我们投降!

《宣誓》这首诗标志着她恢复了自己中断多年的诗歌创作。阿赫玛托娃在这首诗里以全民族的名义"我们"说话。抒情女主人强调献出自己丈夫和儿子的俄罗斯女性的伟大,只要有这样的俄罗斯女性,任何人都不会征服俄罗斯。在卫国战争期间,阿赫玛托娃还写出了一系列激励俄罗斯人的诗作,像组诗《战争之风》中的《死神之鸟站在天顶》(1941)、《勇敢精神》(1942)、《致胜利者》(1944)等都是公民抒情诗的杰作。在这些诗作里,阿赫玛托娃既表达了俄罗斯人为保卫家园、保卫自己的文化与德国法西斯决战的勇气和信心,又歌颂了与敌人浴血奋战的俄罗斯人民,充分显示出女诗人的爱国主义思想。1941 年,阿赫玛托娃去了塔什干,这座古老的城市激发了她的创作想象,她写出了组诗《天顶的月亮》(1942—1944)等。

阿赫玛托娃的诗歌作品遭到官方第二次封杀是在 1946—1953 年。正当阿赫玛托娃从卫国战争开始后的诗歌创作走向新高潮的时候,1946 年 8 月 14 日,俄共中央做出了《关于〈星〉和〈列宁格勒〉杂志的决议》。党内主管意识形态工作的领导人 A. 日丹诺夫点名指责阿赫玛托娃,说她是"一种与我国人民格格不入的空洞的、没有思想意义的诗歌的代表",还说阿赫玛托娃"不知是修女还是荡妇,确切些说,既是修女又是荡妇,在她身上淫荡和祈祷混合在一起"①。并把她与十月革命后流亡西方的 Д. 梅列日科夫斯基、B. 伊万诺夫、3. 吉皮乌斯、Ф. 索洛古勃、M. 库兹明等诗人划入同一个队伍。实际上,日丹诺夫这些话已经把阿赫玛托娃打入苏维埃政权的敌人之列。此后,阿赫玛托娃遭到无端的批判,她被开除出苏联作家协会。苏维埃官方的这种做法让阿赫玛托娃再度陷入痛苦的思考。阿赫玛托娃觉得命运对她太不公平,她看到了更多的人生苦难和无法摆脱的痛苦,这促使她的思想急剧向宗教靠拢。

晚年,阿赫玛托娃几乎成为一位笃信宗教的诗人。去世前一两个月,

---

① 蓝英年:《被现实撞碎的生命之舟》,广州:花城出版社,1999 年,第 183 页。

她躺在医院病床上对探视她的 M.阿尔多夫说,谢尔吉—圣三一大教堂"是世界上最好的地方"。她在临终前几小时想读《福音书》,并因为身边没有《圣经》而感到十分遗憾。阿赫玛托娃喜爱中世纪的一句格言:"上帝保留一切。"晚期的诗作表现出强烈的对彼世的希冀和向往,她创作的诗歌作品里愈来愈多地出现上帝的名字,宗教节日、《圣经》的情节和形象、宗教仪式是她诗歌中常见的题材。

一

在阿赫玛托娃的诗歌艺术世界里,基督教思想、基督形象和圣母形象占有很大的比重。这除了与阿克梅派的美学思想和纲领有关之外,还表达出这位女诗人个人对基督的信仰和她对诗歌艺术起源的认识。

阿赫玛托娃曾经写过一首诗:

受难之主在每棵树上,
基督之身在每颗麦穗里,
祈祷的纯正的道义
能治愈疼痛的肉体。①

这几句诗说明基督在阿赫玛托娃的意识里的地位和重要性。俄罗斯文学评论家 M.杜纳耶夫认为非宗教艺术很少能达到像阿赫玛托娃这几句诗对世界这样的顿悟和这样完美的认识。

1907年,阿赫玛托娃在法国出版的杂志《天狼星座》上发表了第一篇诗作,这标志着她的诗歌创作活动的开始。之后,她的第一部诗集《黄昏》②(1912)、第二部诗集《念珠》(1914)、第三部诗集《白色的群鸟》(1917)、第四部诗集《车前草》(1921)、第五部诗集《耶稣纪元》(Anno Domini)(1921年11月,诗集封面上写的是 1922年)等相继问世。从这些诗集中可以发现,《念珠》中的一些诗作表现出女诗人的基督教思想观念。

例如:《请为赤贫、落魄的女子祈祷……》(1912)这首诗:

我这一生经见不多,
只是在歌唱和等待。

---

① 《A.阿赫玛托娃诗作集》,列宁格勒,1977年,第 226 页。
② 该诗集仅印刷了 300 册。

我知道我没有恨过弟弟,
　　也没有出卖过妹妹。

　　为什么上帝每天每日,
　　每时每刻在惩罚我?
　　或者这是天使指给我
　　我们肉眼看不到的光?①

这首诗中的抒情女主人公赤贫如洗,处境落魄,但她并没有失去自己做人的尊严,她没有"恨过弟弟",也没有"出卖过妹妹"。简言之,她没有做过什么坏事,没有什么罪孽。即使这样,她依然时时刻刻感到上帝的惩罚,因此在诗的最后提出"为什么上帝要惩罚我"这个问题。显然,这首诗作表现出基督教的原罪思想。B.阿格诺索夫在评论阿赫马托娃的创作时写道:"基督教世界在阿赫玛托娃的全部创作中都有体现。她就是按照基督教方式来理解自己的诗才的,她认为这是上天的光芒,是伟大的上帝的仁慈和考验,类似于走向十字架的苦难之路。"②

从诗集《白色的群鸟》开始,阿赫玛托娃的诗歌创作发生了明显的变化。这本诗集的不少诗作,如《经验,乏味之物替代睿智》(1913)、《我曾这样祈祷……》(1913)、《一条漆黑的道路在蜿蜒》(1913)、《上帝派来的天使……》(1914)、《他曾妒心重重,不安而柔情》(1914)、《爱的记忆,你有多沉重!》(1914)、《古城仿佛空无人烟》(1914)、《在空屋上冻的屋顶下》(1915)、《人们以为我们这些穷人一贫如洗》(1915)、《歌之歌》(1916)、《啊,又是你……》(1916)等作品不但提到"上帝"、"上帝的慷慨"、"上帝的仁慈"、"上帝的太阳"、"主"、"十字架"、"复活节的祈祷"、"圣诞节"、"复活节"、"赞美诗"等词句,而且可以看出在诗人心目中上帝是至高无上和无所不知的,上帝还是尘世爱情的主宰,抒情主人公要像上帝教导的那样,在爱情上学会饶恕和宽容,并且要在上帝面前为自己心上人的罪恶负责。因此,诗集《白色的群鸟》中许多诗作表明,上帝和基督与阿赫玛托娃越来越亲近,基督教观念在她的创作思维里起着重要的作用。

第五部诗集 *Anno Domini* 是阿赫玛托娃在十月革命后出版的一部诗集,是诗人诗歌创作的一个里程碑。这部诗集中的许多诗作是十月革

---

① A.阿赫玛托娃:《抒情诗》,第62页。
② 转引自 B.阿格诺索夫:《20世纪俄罗斯文学》,第212页。

命后阿赫玛托娃对基督教教义《圣经》的解读和阐释。

Anno Domini 是拉丁文,译成俄文为 В лето Господне,意思是《耶稣纪元》。"耶稣纪元"是弥赛亚拯救人类的时间。这个诗集收入从1917年以来创作的诗歌,像组诗《郁闷的梦》中的《你永远神秘和新颖》(1917)、《不要用尘世愉悦折磨心灵》(1921)、《我屈服于你?你发疯了!》(1921)等诗作。但主要诗作是在1921年创作的。后来女诗人又把1915年和1922年创作的一些诗作补充进去了。

在诗集《耶稣纪元》里阿赫玛托娃要表现一个重要的思想,即弃绝自我,向上帝忏悔。弃绝自我,就是抛弃个人的种种欲望,准备接受人生的苦难。《你永远神秘和新颖》、《不要用尘世愉悦折磨心灵》、《我屈服于你?你发疯了!》等诗作明显地表明女诗人准备弃绝尘世的种种欲望,屈从于上帝的意旨。

> 不要用尘世愉悦折磨心灵,
> 不要对妻子、对家园有瘾,
> 拿走自己孩子手中的面包,
> 为的是把面包送给他人。
>
> 谁是你不共戴天的仇敌,
> 要做他忠心耿耿的仆人,
> 要称呼林中野兽为兄弟,
> 别向上帝祈求任何事情。①

《不要用尘世愉悦折磨心灵》这首诗不但是对人的尘世欲望的弃绝,而且还要做自己不共戴天的仇敌的忠实仆人,显然抒情主人公在宣扬"爱仇敌"这一基督教训诫。

上帝或上帝的使者——天使的圣容频频出现在诗集《耶稣纪元》里,这表明抒情主人公没有失去对上帝的信仰,在人生的关键时刻求助于上帝,甚至希望与上帝在一起,并且只屈从于上帝(我屈服于你?你发疯了//我只屈从于主的意旨②)。

《耶稣纪元》这部诗集还反映出阿赫玛托娃对《圣经》的独特理解,她用《圣经》中的一些故事影射自己的人生悲剧和自己所处的时代。

---

① 《A.阿赫玛托娃诗作集》,第151—152页。
② 同上书,第155页。

其实，阿赫玛托娃早年创作的《忏悔》(1911)一诗就与《圣经》情节有关。

> 宽恕我罪孽的人不做声。
> 雪青的暮色遮住了烛光，
> 一条暗黑的长巾
> 裹住了头和双肩。
>
> 是那个"闺女，起来……"的声音，
> 还是一只从长巾伸出的、
> 漫不经心地划着十字的手，
> 让心跳的声音愈来愈频。①

阿赫玛托娃这首诗的内容来自《马可福音》中耶稣叫睚鲁的女儿复活②的故事。在《马可福音》中，睚鲁是管会堂的人，他不承认耶稣并驱赶耶稣。睚鲁有一个12岁的女儿患病快要死了。他听说耶稣可以治病救人，于是他跪在耶稣脚下，请求耶稣救他女儿的病。这时候，有人从睚鲁家中出来，说他的女儿已经死了，没有必要再惊动耶稣。可耶稣却对睚鲁说："不要怕，只要信。"因为耶稣认为女孩不是死了，而是睡着了。之后，耶稣拉着女孩的手说："闺女，我吩咐你起来！"于是，女孩顿时站了起来。这就是耶稣救活睚鲁女儿的故事。

从这个故事中我们可以看出，耶稣普救众生，不计前嫌，一视同仁。此外，耶稣一般不以直接的、明显的方式显示自己的力量。换言之，他不喜欢奇迹，而是靠信仰治病。因此他对睚鲁说出"不要怕，只要信"这席话。在《路加福音》里，耶稣的话说得更加明确："不要怕，只要信，你的女儿就必得救。"睚鲁的女儿之所以被耶稣救活，是因为有"信"。这里强调"信则灵"的道理。

《忏悔》这首诗除了描述耶稣显灵治病之外，还描写了睚鲁的内心活动，耶稣"漫不经心地划着十字的手"，让睚鲁"心跳的声音愈来愈频"。睚鲁的这种心理活动，是《圣经》故事里没有的，完全是女诗人自己的艺术想象。

十月革命后，阿赫玛托娃身边的一系列悲剧事件对她打击很大。现

---

① A. 阿赫玛托娃：《抒情诗》，第66页。
② 参见《新约·马可福音》5:35—41；《新约·路加福音》8:41—56。

实生活让她感到苦闷和窒息,因此她转向《圣经》,在《圣经》中寻找人生的答案。阿赫玛托娃以《圣经》故事为素材创作了《〈圣经〉诗篇》,表达出自己对《圣经》故事中人物悲剧命运的理解,并用《圣经》故事影射现代尘世生活。《〈圣经〉诗篇》这组诗歌"因为赞成宗教"曾经一度被禁止出版,后来才回到广大读者中间。

现在我们来看《〈圣经〉诗篇》中的三首诗:《拉结》(1921)、《罗得的妻子》(1922—1924)和《米甲》(1922)。

拉　　结

"雅各就为拉结服侍了七年。他因为深爱
拉结,就看这七年如同几天。"①
——《旧约·创世记》

无家可归的雅各漂泊在谷地,
遇见了拉结后向她鞠了一躬。
羊群卷起了热尘阵阵,
一块巨石堵住了泉口。
雅各用一只大手扳开了巨石,
用清澈的泉水把羊儿灌饮。

但他的胸中开始感到郁闷,
心儿就像流血的伤口剧痛。
为得到少女的爱情,他同意
在拉班那里放牧七年羊群。
拉结!对让你爱情俘虏的人,
七年就像是七天即逝转瞬。

但贪财的拉班更为狡猾,
他根本不懂得怜悯别人。
他以为只要对拉班家有利,
每个骗局都可以得到宽恕。
于是他用那只强劲的手

---

① 《旧约·创世记》29:20。

把蒙脸的利亚送进雅各的洞房。

　　读过《圣经》的人会发现,这首诗的前三个诗节基本上是对圣经故事的转述:雅各在草原上邂逅拉结,被拉结的美貌征服,为了得到拉结,他甘愿为自己的舅舅拉班无偿地劳动七年,七年后又被舅舅拉班欺骗。当然,女诗人阿赫马托娃在转述时加上了自己的情感和对人物的评价色彩。可以看出,女诗人是站在雅各一边。因此,她说到雅各时带着同情的口吻,用的词是"心中感到郁闷"、"流血的伤口"。实际上,雅各并不是等闲之辈,他是亚伯拉罕的孙子,以撒和利百加(拉班的妹妹)的儿子,是一个工于心计、善于欺骗的人。他甚至欺骗了自己的哥哥以扫和父亲以撒。拉班是《圣经》中一个比较突出的而且被描述过多次的人物。他住在迦南,在他的推荐和帮助下,他的妹妹利百加成为以撒的妻子。阿赫玛托娃的同情不在拉班一边。在说到拉班时,她用的是"贪财的拉班"等词汇。拉班的确是一个十分贪财的人。他虽然是雅各的舅舅,但却丝毫不顾亲情,办事均要对己有利。一方面,他认为雅各能为他不计报酬地放牧七年,这对他有利;另一方面,他在答应把自己的小女儿拉结嫁给雅各的时候,就想到了调包之计。更何况他相信雅各是位养畜好手,雅各会使他的牲畜数量大大地增长。在雅各为拉班无偿地劳动了七年之后,拉班对雅各不但不感谢,反而在雅各入洞房时使用了调包计,把自己丑陋的大女儿利亚蒙上脸,摸黑送了进去。圣经故事到此并没有结束①,但阿赫玛托娃的诗作《拉结》却写到这里为止,没有把故事再往下延伸。因为她认为这就足以转达关于雅各和拉结的故事的主要内容了。于是,女诗人在《拉结》的后两个诗节发挥起自己的想象:

　　　　夜空高高在荒原上移动,
　　　　撒下冰冷的颗颗露珠,
　　　　拉班小女儿一边揪着发辫
　　　　一边发出痛苦的呻吟。
　　　　她骂着姐姐,指责上帝,
　　　　让死神来到自己身边。

　　　　雅各做着一个甜美的梦:
　　　　他梦见山谷的清澈泉水,

---

① 参见《旧约·创世记》31:1—55。

拉结那双快乐的眼神
还有她那温柔的声音:
雅各,是不是你吻了我
还称我是你的小心肝?

阿赫玛托娃在这两个诗节里塑造了两个相互对立的形象,一个是现实中痛苦的拉结,另一个是梦境中幸福的雅各。在女诗人的想象中,拉结由于被骗而揪着头发痛苦地哭泣,她咒骂姐姐,指责上帝。拉结变成一个敢于指责上帝的女子,一个由于痛苦而准备自杀的新娘。雅各被拉班欺骗,丑女利亚躺在他的婚床上,可雅各在梦中与自己心爱的拉结相遇,他不但梦见他俩相遇之处那"山谷的清澈泉水",而且还看到拉结"快乐的眼神",听到她"温柔的声音",后者还柔情脉脉地回忆他们最初见面时的一吻。总之,阿赫玛托娃在这两个诗节里大胆想象,把圣经故事中没有的东西写出来,拓展了故事的内容,使之更加人性化。无论是拉结咒骂姐姐和上帝,还是雅各做着美梦,都是阿赫玛托娃以尘世人的想象去描写《圣经》人物的行为。在这种想象里,拉结和雅各具有了尘世人物的特征。实际上,阿赫玛托娃是借助圣经故事来影射现实,藉痛苦的拉结暗射包括自己在内的许多女性的人生悲剧。因此,《〈圣经〉诗篇》是《旧约》故事的尘世幻觉,也是《旧约》故事的一种现代阐释。

阿赫玛托娃对女性的人生悲剧的思考在基于圣经故事创作的《罗得的妻子》一诗里得到进一步的发挥。

罗得的妻子

"罗得的妻子在后面回头一看,
就变成了一根盐柱。"[①]
——《旧约·创世记》

身材高大、身披月光的信徒,
跟着天使艰难地跋涉在山路。
一个不安的声音对妻子大声说:
还为时不晚,你可以回头看看
所多玛故城的火光冲天的塔顶,
你曾唱歌的广场,织布的院落,

---

① 《旧约·创世记》19:26。

> 再看看窗户空荡荡的高宅大门,
> 你给心爱的丈夫生下孩子一群。
> 她回头一望——两眼就觉得刺痛,
> 她的双眼再也无法把东西看清;
> 她的身子变成一根透明的盐柱,
> 快步如飞的双脚戳在地面不动。
>
> 有谁会为这个女人痛哭?
> 是否她的牺牲微不足道?
> 唯有我的心会有时想起
> 回头一望而丧命的女人。

在《旧约》里,罗得是亚伯拉罕的侄子,他起初住在迦南,后来去了所多玛城,因为所多玛城外有一片广袤的牧场,适合放牧畜群。所多玛城的居民接纳了罗得一家人,但他们经常取笑罗得的虔诚。所多玛城的居民以作恶和淫乱著称,他们知道上帝迟早要惩罚他们,毁掉这座城市,并相信所多玛城被毁的日子已为期不远。

罗得喜欢在傍晚时分坐在城门口。有一天,上帝派了两个天使,化装成身穿白衣的尘世青年来到所多玛城。他们想了解一下这个充满罪恶的所多玛城里除了罗得之外,是否还有其他虔诚的信徒。罗得婉言相邀,好客地把两位天使请到自己家,可天使在罗得家遭到所多玛城刁民的围攻,罗得竭尽全力保护来客,甚至准备献出自己的两个女儿供围攻者享用,以此来保障两位来客的安全。但是,前来围攻的所多玛刁民拒绝了他。最终,天使不得不使用魔法,让围攻的男女老少"眼都昏迷",再也找不到罗得的房门,他们还把罗得保护起来,那些围攻的所多玛居民只好摸黑回去了。第二天天明,天使催罗得和他的家人离开所多玛城,因为他们奉上帝之命,准备毁灭所多玛城以及全城的居民。罗得因故土难离而迟迟不走,天使拉着罗得、他的妻子和两个女儿的手,把他们领出来安置在城外,并对他们说:"逃命吧!不可回头看,也不可在平原站住,要往山上跑,免得你被毁灭。"但罗得的妻子没有听话,也许她想与度过自己美好一生的城市作最后的告别,也许她对自己的家和许多什物依依不舍,她知道所多玛城顷刻之间就要化为一片废墟……因此,就在要进入琐珥城门的时候,她忍不住回头望去。她由于这一望而变成一根盐柱,永远钉在那里。

在阿赫玛托娃看来,罗得的妻子化为盐柱,与其说是对不听天使的话的一种惩罚,莫如说是她眷恋自己的故土和家园。在这首诗里,罗得的妻子已经成为对女性的怜悯和同情的代名词。阿赫玛托娃对变为盐柱的罗得的妻子的同情,实际上是对所有"名字为弱者"的女性的同情。因此,她在这首诗的最后一节写道:

> 有谁会为这个女人痛哭?
> 是否她的牺牲微不足道?
> 唯有我的心会有时想起
> 回头一望而丧命的女人。

《米甲》一诗是阿赫玛托娃对《旧约·撒母耳记上》有关扫罗及其女儿米甲嫁给大卫为妻的故事的改编。

米 甲

> "扫罗的次女米甲爱大卫。……扫罗心里说:'我将这女儿给大卫,作他的网罗。'"[1]
> ——《旧约·撒母耳记上》

> 一个少年为狂人大王弹琴,
> 无情地打破了夜晚的宁静,
> 他高声地呼喊不幸的朝霞,
> 企图遏制一些恐怖的征兆。
> 大王带着赏识口吻对他说:
> "少年,有团奇火烧在你身上,
> 为表彰你琴声有治病功能
> 我将把女儿和王国相送。"
> 大王女儿望着少年歌手,
> 她不需要歌声,不需要花环,
> 心中只有悲伤和怨恨,
> 可米甲希望得到大卫。
> 她嘴角紧闭,脸比死人还惨白;
> 深绿的双眸露出狂怒的神情;
> 衣服珠光闪闪,手镯随着脚步

---

[1] 《旧约·撒母耳记上》18:20。

发出和谐悦耳的响声。
她像奥秘，像梦，像丽利特①……
可她却话不由衷地说：
"大概给我送来的是毒水，
因此我的神志变得不清。
我的耻辱！我的侮辱！
流浪汉！强盗！牧人！
唉，在宫廷的达官贵人中间
为什么没有一个人长得像他？
太阳的光线……夜空的繁星……
这种让人浑身发冷的战栗……"

　　在《旧约》中，大卫是个伟大而鲜明的形象，是传奇式的英雄，他集军事统帅、国务活动家、诗人为一身。大卫少年英俊，具有非凡的音乐才能，他弹得一手好琴，被扫罗看中，成为扫罗手下一位拿兵器的战士长。后来，大卫与非利士人作战屡立奇功，受到包括扫罗的女儿米甲、儿子约拿单在内的许多以色列人和犹太人的热爱与景仰。但是随着大卫威望的增长，扫罗的嫉妒心日益膨胀，最后发展到要除掉大卫的程度。表面上，扫罗对大卫说："我将大女儿米拉给你为妻，只要你为我奋勇，为耶和华争战。"实际上，扫罗心里想着，"我不好亲手害他，要藉非利士人的手害他"。就是说扫罗想借非利士人把大卫干掉。

　　第二次，扫罗答应只要大卫杀死一百个非利士人，就把自己的次女米甲嫁给他。实际上，扫罗认为大卫不可能战胜一百个非利士人，而相反会被非利士人杀死。但是扫罗失算了。大卫杀死的非利士人不是一百，而是两百。扫罗只好把米甲嫁给大卫为妻。

　　后来米甲救了大卫的命，从窗户上用绳子把大卫放走，又把神像放在床上用被遮盖，骗走了来抓大卫的武士。再后来，大卫和米甲的爱情蒙上了阴影，原因是米甲从窗户看到大卫在耶和华面前跳舞而轻视大卫，甚至羞辱大卫，大卫对此不能饶恕，把米甲打入后宫，故米甲"直到死日，没有生养儿女"。

　　阿赫玛托娃的《米甲》这首诗的虚构成分显然大大多于前两首。可以

---

① 在伪经传说中说，在造夏娃之前，上帝给亚当造了一位名叫丽利特（Лилит）的妻子，但是由于她性格恶劣，因而上帝又把她变为灰尘。

说,这首诗只是撷取了《圣经》中有关米甲爱大卫的情节,全诗几乎都是诗人大胆想象的产物。这里根本没有出现扫罗的名字,也没有对扫罗加害大卫做任何暗示。这首诗是阿赫玛托娃对圣经故事的一种独特的解读。在这种解读中,我们可以发现女诗人塑造出一个新的米甲形象:这个米甲雍容华贵,追求爱情,但她周围却找不到自己的意中人。阿赫玛托娃之所以写这首诗,是想表明米甲在自己周围找不到意中人并不是米甲一个人的痛苦,而是包括阿赫马托娃自己在内的许许多多俄罗斯女性的痛苦。因为在男性霸权和男性占主导话语的社会中,女性很难追求自己真正的幸福和爱情,这就是阿赫玛托娃对女性人生悲剧的进一步认识和阐释。

二

20世纪30年代,阿赫玛托娃已被封杀多年,但大清洗运动依然波及"沉默"的阿赫玛托娃,她与许多俄罗斯人一起经受了那场政治灾难。1935年,她与诗人古米廖夫所生的儿子列夫·尼古拉耶维奇·古米廖夫被捕。阿赫玛托娃去关押着儿子的监狱探监。在列宁格勒的监狱高墙外面,她一连几个小时站着等待。在探监排队的时候,曾有一位妇女悄悄地问她能否将这一切写出来,她给予了肯定的回答。于是,就出现了后来构成《安魂曲》的诗作。

《安魂曲》(*Реквием*)是阿赫玛托娃在1935—1940年间创作的组诗。这部史诗1963年曾经在慕尼黑发表,但在苏联没有问世的机会,直到诗人去世后21年,即1987年,《安魂曲》才在苏联全文发表。

"安魂"一词来自拉丁文,意思是"安静,安抚"。"安魂曲"是天主教为死者奏的祈祷音乐,亦称作"安魂弥撒",是一种哀悼音乐。阿赫玛托娃创作抒情史诗《安魂曲》与她研究奥地利作曲家莫扎特的音乐有关。在1930—1940年期间,阿赫玛托娃认真地研究过莫扎特的生平和创作,尤其对莫扎特的《安魂曲》十分感兴趣,于是产生了创作一部在形式上模仿安魂曲的诗歌作品的想法。阿赫玛托娃的模仿是成功的:莫扎特的《安魂曲》有12个部分,阿赫玛托娃的《安魂曲》正文有10节,外加"引子"和"尾声",共12个部分。《安魂曲》的"代前言"一节和"题词"是女诗人在1957年和1961年加上去的。

《安魂曲》是一部忏悔史诗,是一部描写人的痛苦的史诗,表现出人用忏悔赎回罪孽并从罪孽走向心灵净化的历程。

在《安魂曲》里,史诗的主人公在自己人生的痛苦时刻转向基督和圣母,祈求他们的慰藉和庇护。诗篇从20世纪30年代苏联的列宁格勒引向中古世纪的罗斯,回到基督教思想的源头。整个《安魂曲》的字里行间渗透着一种深厚的宗教情绪,反映出女诗人阿赫玛托娃的基督教意识。

在史诗《安魂曲》的正文之前,有四个部分,即"题词"、"代前言"、"献辞"和"引子"。"苦难"是这四部分的中心思想。

"题词"和"代前言"是理解史诗《安魂曲》的意义和内容的关键。

> 不!既不是站在异国的天穹下,
> 也没有受到异族人羽翼的保护,
> 在我的人民蒙受不幸的时候,
> 我与我的人民站在一起。
>
> ——题词(1961)

"题词"这四句是整个史诗《安魂曲》的"展现部",交代出事件发生的时间和地点:主人公不是在"异国的天穹下",也不在"异族人羽翼的保护"下,而是在自己的国家,在自己国家人民受难的时刻,与"我的人民"站在一起受难。这里仿佛是对《福音书》的一种类比:主人公像基督一样,与人民在一起蒙受苦难,潜台词是要像基督一样为人民献身。

"代前言"(1957)是一段散文体,附和主人公与"我的人民站在一起"的思想,同时转到叶若夫①大搞恐怖的"可怕年代",把读者带到列宁格勒监狱高墙外的探监队伍中。阿赫玛托娃在探监队伍中度过了17个月,为的是探望被无辜抓到狱中的儿子。女诗人并不是唯一的探监者,而是成百上千的探监者中的一员。这表明30年代的大清洗运动是一场涉及千千万万俄罗斯人的全民性的灾难。诗人是以千百万"无名之士"的口气,代表广大受难者记述这个事件的。

"献辞"(1940)以诗歌形式出现,但继续"代前言"的散文体风格,不过扩展了"代前言"中的时空,使诗中描写的那场苦难获得了更大的规模和意义。

> 群山在这苦难前俯首,
> 大河在这苦难前断流,
> 但是监狱的铁门牢守,
> 门后是"苦役犯的小屋"
> 还有令人窒息的苦闷。

---

① 20世纪30年代的苏联内务部人民委员,他心狠手毒,是30年代肃反运动中众多冤假错案的制造者。

这几句中的"群山"和"大河"不仅是自然现象,而且仿佛是时空坐标的"纵向"和"横向"。在这个坐标中,群山"俯首",大河"断流",整个世界似乎停滞下来,剩下的只有苦役犯的"小屋"和监狱,只有人们的苦闷和苦难。在这种总体氛围下,成千上万的像诗人一样的探监者的感受是:

> 新鲜的风为有的人吹拂,
> 晚霞让有的人感到温馨——
> 可我们感不到,到处都一样,
> 只听到钥匙讨厌地吱吱直响
> 还有监狱卫兵沉甸甸的脚步声。

在"太阳更低沉"、"涅瓦河更朦胧"的列宁格勒,备受煎熬的他们终于等来了判决的时刻。诗人的痛苦和成千上万人的,甚至是全民的痛苦都浓缩在这简短的"献辞"中。

"引子"是对俄罗斯受难主题的继续揭示。在"引子"里出现"死亡之星"的形象。"死亡之星"不但伴随着女主人公的一生,也高悬在"无辜的罗斯"上空,罗斯在"溅着血迹的皮靴践踏下",在"漆黑的囚车轮箍碾压下"抽搐。这里又一次强调出30年代那场灾难的全民性特征。"题词"、"代前言"、"献辞"和"引子"环环相扣,逐层深入地揭示出俄罗斯人和俄罗斯的受难主题。

正文共有十节。这十节的内容既有对现实事件的具体描述,又有对历史的联想回顾;既有对抒情主人公内心世界的揭示,又有对《福音书》人物和情节的借用。总之,正文内容的不同层面把现实与历史、尘世与非尘世有机地融为一体,使这部作品具有一种超越时空的恢宏史诗的特征。

俄罗斯文学史家 T.布斯拉科娃认为,史诗《安魂曲》的情节含有三个互相关联的层面:第一个层面是现实层面,第二个层面是历史概括层面,第三个层面是《福音书》层面。由于史诗的体裁结构保证了这三个层面的有机统一。①

第一个层面是现实层面。这个层面带有极大的自传性。第一节的第一个诗句是"黎明时你被带走……",这是描写1935年阿赫玛托娃的第三任丈夫普宁被捕的情景。在第二节里又交代了"丈夫在坟墓里,儿子在监狱"的悲惨现实。随后的几节写到儿子被捕、监禁和17个月后的判刑……这都是发生在30年代苏联现实生活中的事件,与阿赫玛托娃的人

---

① 参见 T.布斯拉科娃:《20世纪俄罗斯文学》,第73页。

生有着直接的联系。这可以视为《安魂曲》的现实层面。

第二个层面是历史概括层面。这个层面涉及俄罗斯历史以及一些重大的历史事件。史诗从 30 年代苏联的现实转向遥远的罗斯。"罗斯"一词的出现一下子把读者带到遥远的中古世纪。"罗斯"、"圣像"、"神龛旁的蜡烛"等词汇营造出一种中世纪的色调。

> 黎明时分他们把你押走，
> 我像出殡时紧跟在你身后，
> 孩子们在黑屋子里哭泣，
> 神龛前的蜡烛淌流。

在这样的氛围中，抒情女主人公没有继续往下写，而是联想到 17 世纪射击团的暴动，想到自己像被彼得大帝处死的射击团成员的妻子们：

> 我像射击团的妻子们那样，
> 在克里姆林宫的塔楼下痛哭。

这里需要指出，历史上射击团成员的妻子们并非"在克里姆林宫的塔楼下痛哭"。阿赫玛托娃的这种联想源自 19 世纪俄国画家 B. 苏里科夫的《禁卫军临刑的早晨》那幅画作。事实上，处死射击团的地点不是在红场，而是在莫斯科郊外的普列奥勃拉仁斯科耶村。苏里科夫在创作这幅画之前，阅读了 Г. 科尔博的《莫斯科旅行日记》中对射击团被处死场面的描述，基于此他创作了《禁卫军临刑的早晨》这幅画，但对原来的情节做了两点修改：其一，是把原书写的处死射击团的普列奥勃拉仁斯科耶村改到莫斯科红场，莫斯科红场的瓦西里升天大教堂使画作具有一种历史的具体性；其二，画家不想用恐怖恐吓观众，把原书处死射击团的血淋淋场面改成临刑前。在苏里科夫那幅画面上，母亲给儿子，妻子给丈夫，女儿给父亲作最后的送行。尤其是在前景显眼位置上，有两个女人坐在地上痛哭，阿赫玛托娃的"我要像射击团的妻子们那样，在克里姆林宫的塔楼下痛哭"这两句诗大概就是来自观看这幅画的印象。

此外，在这个历史的层面上，《安魂曲》中提到的"顿河"、"叶尼塞河"、"涅瓦河"也不仅是自然现象，而是具有一种历史感的现象。这几条河流是俄罗斯历史的见证人：顿河是俄罗斯人向往的地方，许多人逃往那里去寻找自由；叶尼塞河往往与西伯利亚联系在一起，在沙皇时代，甚至在苏维埃时期，不少自由之士被流放到那里服苦役，甚至在那里过完了自己的一生，因此叶尼塞河在史诗里变成扼杀自由思想的象征；涅瓦河横穿彼得大帝的首都彼得堡,默默地见证了 18 世纪以来俄罗斯人民的种种苦难。因此,顿河、叶尼塞河和涅瓦河这些自然现象标示着它们与俄罗斯民族的历史联系。

第三个层面是《福音书》层面。这个层面贯穿史诗《安魂曲》的许多章节。《福音书》所宣扬的一个重要思想是人要走受难之路,因此不要畏惧苦难,因为受难是一种赎罪,通过赎罪可以达到心灵的净化,拯救自己的灵魂。

《安魂曲》中提到象征着苦难的"十字架"(第四节、第六节)和鸽子①形象(尾声),也提到"受难周"(第五节)和伯利恒之星(第五节),这些均是来自《福音书》的形象、寓意和联想。

最为突出地表现《福音书》层面的是第十节。第十节由两个四句诗组成,统一的名称叫"被钉上十字架"。这一节是《安魂曲》的高潮,《安魂曲》的正文部分以这一节结束:

1

天使齐声歌颂伟大的时辰,
天空在熊熊烈火中熔化,
对圣父说:"为何把我撇在一旁!"
对圣母说:"噢,勿为我而哀哭……"

2

抹大拉痛哭,痛不欲生,
心爱的弟子已麻木不仁,
然而谁都没敢去瞟一眼
圣母默默站立的地方。

"被钉上十字架"这一节可以明显看出是基于《福音书》的情节和形象构建的,是整部作品的含义和情感的中心,在这里再现出《福音书》中基督被处死的场面②。可是此处没有提到基督的名字。在整部《安魂曲》里,也几乎没有指出任何人的名字,圣母马利亚用"母亲"代替,约翰用"亲爱的弟子"代替。但抹大拉的马利亚是一个例外,在"被钉上十字架"这一节

---

① 鸽子是《圣经》文本中一个十分重要的形象。鸽子是纯洁、温柔和爱情的象征。在《福音书》里鸽子是圣灵的化身(参见《新约·路加福音》3:21—22,"圣灵降临在他身上,形状仿佛鸽子,又有声音从天上来,说:'你是我的爱子,我喜悦你!'")

② 参见《新约·马太福音》27:45—50;《新约·马可福音》15:33—37;《新约·路加福音》23:44—46;《新约·约翰福音》19:28—30。

中提到了她。

在第十节里，母亲形象非常重要。这里的母亲俄文用的是大写字母，这一方面是指圣母，因为在基督受难时，他的母亲马利亚就在现场。阿赫玛托娃向所有的东正教教徒一样，具有圣母崇拜思想。因为东正教认为圣母是高于一切受造物的，是"开在全人类之树上的天堂之花"。"对圣母的爱和崇拜是东正教笃信精神的灵魂，是这种笃信的心脏，它温暖和活跃着整个身体。正信的基督教是在基督中的和与圣母交往中的生命，是对圣子基督和圣母的信仰，是对基督的爱，这种爱是与圣母之爱分不开的……谁不崇拜圣母，他就不知道耶稣，对基督的信仰若不包含对圣母的崇拜，就不是真正的教会基督教信仰。"①另一方面，阿赫玛托娃的抒情女主人公把自己等同于圣母。因为对于她来说，儿子受难也像基督受难一样，是"伟大的时辰"来到了，母亲虽然万分痛苦，但痛苦没有把她压倒，相反她仿佛变成一尊雕像，默默地站在那里：

  然而谁都没敢去瞟一眼
  圣母默默站立的地方。

母亲是巨大痛苦的体现和化身。这里强调的是母性的忠诚和无边的母性悲哀。Б. 阿格诺索夫在《20 世纪俄罗斯文学》中写道："在阿赫玛托娃的抒情诗中，丧失儿女的母亲逐渐成为一个铿锵有力的主题，它在《安魂曲》里作为永恒母亲——从古到今一直为世界奉献儿子——的命运这一基督教主题达到了高峰。而阿赫玛托娃的抒情主人公的永恒女性特征，在马利亚形象上达到最高的体现。"②

正因为如此，在史诗的结尾处，一切声响都停止了，一切都沉入静寂之中：

  让狱中的鸽子在远处咕咕，
  而轮船静静驶在涅瓦河上。

在那尊体现着巨大痛苦和悲哀的母亲雕像旁，只有鸽子才会发出觅食的咕咕声，而轮船载着理解母亲悲哀的人们，是不会发出任何音响，只会静静地驶去。阿赫玛托娃在自己的记事本上曾经写道："……唯有静寂和从远处传来的强烈的丧钟声才是这种哀悼安魂曲的唯一伴奏。"

---

① С. 布尔加科夫：《东正教——教会学说概要》(徐凤林译)，北京：商务印书馆，2001 年，第 144 页。
② Б. 阿格诺索夫：《20 世纪俄罗斯文学》，第 216 页。

通过以上分析我们可以发现,阿赫玛托娃的诗作不是对圣经情节的一种转述和简单的阐释,而是在圣经故事和情节里表现现实的人的悲剧命运和看到人生意义的愿望。阿赫玛托娃的主要注意力集中到揭示主人公的人生悲剧和心理状态上,而这种悲剧和心理状态是《圣经》和《福音书》文本中没有的,这就是阿赫玛托娃诗歌创作的一个重要特征。

第三章 "新福音书"
——《大师与玛格丽特》

М. 布尔加科夫（Михаил Булгаков）(1891—1940)是一位命运多舛的作家。他经历过十月革命、国内战争、流亡生活和30年代苏联国内政治运动的考验,从医生成为一位美誉如潮的作家,创作出《一位年轻医生的札记》(1925—1926)、《白卫军》(1922—1924)、《不祥的蛋》(1925)、《狗心》(1925)、《大师与玛格丽特》(1929—1940)等小说,以及《图尔宾一家的日子》(1926)、《佐金的公寓》(1926)、《逃亡》(1926—1928)、《火红的岛》(1927)、《伊万·瓦西里耶维奇》(1935)、《巴图姆》(1939)等剧作,并把小说《死魂灵》、《战争与和平》、《堂·吉诃德》等改编为剧本。布尔加科夫在短暂的一生中经过大起大落,熬过被批判和被封杀的艰难岁月,但最终以自己创作的不朽作品回到俄罗斯读者中间。

布尔加科夫出生于一个宗教氛围浓厚的家庭,父亲从一名乡村司祭成为基辅神学院教授,母亲是教堂大司祭的女儿。布尔加科夫从小耳濡目染,受到基督教思想的熏陶,这对他日后的文学创作起着一定的作用。

《白卫军》、《狗心》和《大师与玛格丽特》是布尔加科夫的三部小说。在这三部小说中,作家通过对自己所处时代的描述,表现了对苏维埃社会生活独特的认识和思考。此外,在这三部作品里还可以看出布尔加科夫的宗教思想。布尔加科夫的宗教思想在《白卫军》和《狗心》中初露端倪,在《大师与玛格丽特》中得到比较全面的体现。

小说《白卫军》（Белая гвардия）(1922—1924)是布尔加科夫在国内战争刚刚结束后利用许多夜晚时间撰写而成的[①]。《白卫军》原名《十字架》。作家起初用"十字架"作为自己的书名,表明了他对基督教象征符号的兴趣,他是从基督教的道德准则出发去描写十月革命后在俄罗斯大地上爆发的国内战争的。布尔加科夫没有像 A. 法捷耶夫、A. 谢拉菲莫维

---

① 小说前13章发表在《俄罗斯》(1925年第4、5期)杂志上,然而当时小说全文在国内无法发表,只好在巴黎首次问世(1927—1929)。在苏联国内,这部小说长期遭到封杀,1966年才在苏联得以出版。

奇等苏维埃作家那样从阶级对立的立场出发描写十月革命后的国内战争，也没有着力宣扬红军的胜利和白卫军的失败。布尔加科夫基于基督之爱去展示自己主人公的不幸，把白卫军主人公写成是那场无法摆脱的悲剧冲突的牺牲品。《白卫军》这部小说宣扬基督教信仰和基督之爱，在某种程度上是对1917年爆发的那场革命的否定。

小说《白卫军》开篇也像帕斯捷尔纳克的小说《日瓦戈医生》一样，是一场按照东正教礼仪进行的送葬场面。主人公阿列克谢·图尔宾把自己的母亲送到墓地安葬之后，不知今后该怎样生活，对未来感到一片茫然。这时，他去教堂找神甫，希望神甫能为他指点迷津。小说开篇就展示出主人公图尔宾的信仰倾向。在图尔宾的心目中，上帝和圣母是他的保护者。在小说里，经常出现他对着屋角的圣母像祷告的场面。小说结尾是这样的：繁星布满的苍穹好像是教堂的帷幕，在后面进行着天国的礼拜仪式，升在世界之上的十字架像一把利剑，变成即将到来的上帝严厉惩罚的标志："但是他不感到可怕。痛苦、折磨、流血、饥饿和瘟疫，这一切都会过去的。利剑会消失，就是当我们的身体和事业的影子也不在世上的时候，这些群星还会存在。没有任何一个人不知道这一点。那为什么我们不想把自己的目光对准它们呢？为什么？"这个具有象征性的结尾表明：无论革命还是战争，无论红军还是白军，都是历史上来去匆匆的过客，"就仿佛任何革命也没有发生过，一切都是区区小事和无稽之谈"，人世间的一切都瞬息而过，唯有天国和上帝永存。

中篇小说《狗心》(Собачье сердце)是布尔加科夫在《白卫军》之后创作的另一部小说①。就体裁而言，这是一部具有强烈讽刺倾向的幻想小说，就情节模式而言，小说借用了一个关于造人的伪经传说。伪经传说中写道，在造夏娃之前，上帝给亚当创造了一位名叫丽利特(Лилит)②的妻子，但丽利特的性格恶劣，因此上帝将之变成灰尘，又从亚当身上取下一根肋骨变成一位名叫夏娃的女人。作家布尔加科夫根据这个伪经传说，戏仿地创作出一部荒诞的当代故事。

小说《狗心》的主人公普列奥勃拉仁斯基教授想做一次医学实验，把人的性腺和脑垂体移植到狗脑中。这样一来，一只名叫沙里克的狗就变成了"人"，一个狗心人形的沙里科夫被创造出来，这是一次神奇的"变

---

① 这部中篇小说1968年刊登在德国和英国的俄语杂志上，第二年在法国巴黎出了单行本。1987年才回到苏联读者中间，发表在《旗》杂志(1987年第6期)上。

② 据说，纳博科夫的《洛丽塔》(Лолита)中女主人公的名字就是由这个名字演化而来的。

容"。可"变容"之后，沙里科夫作恶多端，搞得周围人心惶惶，鸡犬不宁，沙里科夫变成了恶之源。因此，普列奥勃拉仁斯基教授面临着改造沙里科夫的新任务。他开始对沙里科夫进行文明教化，让他抛弃种种恶习，改邪归正。但沙里科夫不服"管教"，最后普列奥勃拉仁斯基教授不得不再施行一次手术，还沙里科夫以原貌。普列奥勃拉仁斯基把狗变成"人"，之后又让这个"人"恢复狗的原形。

　　布尔加科夫通过这个荒诞情节一方面想把读者带入伪经联想的氛围里；另一方面，主人公普列奥勃拉仁斯基的神奇手术在暗喻《福音书》中基督显示神迹的本领。

　　普列奥勃拉仁斯基的名字本身就带有一种寓意。普列奥勃拉仁斯基（Преображенский）这个名字由俄文"变容"（Преображение）一词派生而来。它暗喻普列奥勃拉仁斯基像基督一样，仿佛来自"光明的云彩"后面，经历了"主显圣容"。因此，普列奥勃拉仁斯基也像基督一样具有神奇的功能，能按照自己的意愿改变万物。普列奥勃拉仁斯基把狗变成人，与其说是他高超的外科技术，莫如说他像基督一样在显示神迹。普列奥勃拉仁斯基之所以具有这样的本领，是因为他有"神性"，他把狗变成人是他的一种"神迹"。此外，"神性"还体现在他寓所的名称上。他居住在莫斯科的普列契斯坚卡（Пречистенка）大街，"普列契斯坚卡"是由俄文形容词"Пречистый"一词而来，"Пречистый"（圣洁的）专门指圣母的圣洁，因此，"普列契斯坚卡"一词很容易让人联想到圣洁的圣母（Пречистая дева）。所以，普列奥勃拉仁斯基的名字和他的住所暗示着他与基督和圣母的某种联系。

　　但是，普列奥勃拉仁斯基毕竟是尘世人，是苏维埃社会中的一名医学教授，在尘世中"变人"是违背上帝造人规律的行为，所以普列奥勃拉仁斯基的"变人"只能变出像沙里科夫那样的恶魔。因此，小说的潜台词是：尘世人没有"造人"的权利，人世间的"造人"行为是违背上帝旨意的，是一种渎神的行为，这种"造人"只能给人们带来极大的灾难。实际上，布尔加科夫的《狗心》暗喻了十月革命后苏维埃官方掀起的那场旨在改造人的"文化革命"的不现实性和不可能性。

　　《大师与玛格丽特》（Мастер и Маргарита）（1928—1940）是作家的

最后一部作品。① 《大师与玛格丽特》最初的名字叫《魔鬼的故事》，因为小说的情节是从魔鬼沃兰德造访莫斯科开始，一直到沃兰德离开莫斯科结束。后来作家又把小说改名为《大师与玛格丽特》。

布尔加科夫深受德国作家歌德和戈夫曼、俄罗斯作家果戈理和萨尔蒂科夫—谢德林等人的影响，在自己的文学创作中善于把现实与非现实、当今与远古、人与魔鬼置于同一个时空。小说《大师与玛格丽特》就把20世纪斯大林时代的莫斯科与远古的耶路撒冷联系在一起，置于同一时空，营造出一个神秘莫测、光怪陆离的魔幻世界。在这种假定的艺术时空和构思里，作者的叙事时而现实冷峻，时而浪漫虚幻，既有莫斯科市里发生的各种真实事件，也有类似《福音书》中基督被审判、行刑和掩埋等情节。他笔下的主人公形形色色，不但有苏维埃时代的官僚、文人、市侩等人物登场，而且有类似《福音书》中的主人公耶舒阿、本丢·彼拉多、犹大、利未·马太等人物出现。更主要的是，作家让一位撒旦式的魔王沃兰德成为贯穿全书的关键人物，让沃兰德在现代的莫斯科城里到处游荡，把现实的莫斯科变成一个五彩缤纷的魔幻世界，把城市变成人们大胆地发挥想象和扩展人的幻想的场所。许多人都具有魔法，各种东西变来变去，小说的世界时而五彩缤纷，时而又暗淡失色……仿佛整个莫斯科乃至整个世界都处在一种狂欢化的情势之中。总之，《大师与玛格丽特》是一种文学的"狂欢化"，是布尔加科夫的一次特殊的文学试验。但这只是小说内容的外在的、可视的层面。小说还有一个内在的、不可视的层面，那就是作品的道德伦理和哲理审美层面。无论读者还是研究者都注意到小说中善与恶、真与假、美与丑、瞬间与永恒、道德与意志、理想与现实、个人与历史的交锋，都关注小说中的光明与黑暗、正义与邪恶的斗争。一句话，作品涉及道德伦理和哲理审美层面，而这个层面又与基督教道德伦理密切相关，作家也由此把读者引向了《圣经》。

众所周知，由于长期以来在苏联《圣经》被视为禁书，因此人们对《圣经》中的基督及其生平活动了解甚少。小说《大师与玛格丽特》在苏联的问世，成为许多读者了解《福音书》故事和基督生平的渠道之一，小说中"关于彼拉多的小说"成为布尔加科夫创作的一部"新福音书"，或者可称为《福音书》的现代版本。如今除了少数东正教神学家外，很少有人去探

---

① 布尔加科夫从1928年开始动笔，一直写到他生命最后的日子。遗憾的是，作家生前没有看到这部小说的问世，只是在他死后27年，即1967年，小说才刊登在苏联的《莫斯科》杂志上。1967年在苏联出版的版本中有159处删节，未删节本在1973年出版。

讨布尔加科夫的叙述是否符合《福音书》的真实,也很少有人对小说中耶舒阿形象的"去神圣化"提出质疑,人们更倾向于探讨小说中所表现的宗教思想,研究作家把30年代苏维埃现实与远古的耶路撒冷构架在同一时空的创作构思和艺术技巧,分析耶舒阿形象的现代意义。

《大师与玛格丽特》是一部在体裁上独具一格的小说。它共有32章,这32章由两部分内容组成。一部分内容(第2章、第16章、第25章和第26章)是关于"彼拉多的小说",是关于本丢·彼拉多如何审判和处死耶舒阿的故事。"关于彼拉多的小说"加起来共有四章,只占整个小说文本的1/6,但这却是《大师与玛格丽特》的艺术世界的中心,并对整部小说的结构起着重要的作用。必须指出,这一部分是作家布尔加科夫对《福音书》的一种独特的描述和阐释。他笔下的耶舒阿不是耶稣,尽管两者有不少相似之处。他塑造的彼拉多虽然与《福音书》中的彼拉多同名,但并非是《福音书》中那位审判耶稣并下令把耶稣钉死在十字架上的罗马帝国驻犹太总督,而是作家虚构的一个形象。作家在《福音书》故事的基础上创造了自己的艺术世界,并塑造出耶舒阿、彼拉多以及其他人物形象。因而,不能用《福音书》去套《大师与玛格丽特》中关于彼拉多的故事。因为作家在小说中创造的是一部"新福音书",诚如俄罗斯文学史家 И. 叶萨乌洛夫所说,布尔加科夫"产生了一种想法,要写写基督、犹大、彼拉多和利未·马太的'实际情况'"[①]。可这并不意味着布尔加科夫的"新福音书"与《福音书》没有关系,是一部纯粹的"伪经"。恰恰相反,《福音书》故事及其形象是作家创作的一个重要源泉,《大师与玛格丽特》中"关于彼拉多的小说"是对《福音书》情节的模仿,是对小说复调结构的一种拓展。

小说的另一部分内容是关于大师命运的故事(共28章)。这部分内容讲述了20世纪20年代斯大林时代莫斯科人的城市生活。在这样的背景下作家塑造了大师这个人物形象,展现了大师和他的崇拜者玛格丽特的委婉动人的爱情故事。

《大师与玛格丽特》的两部分内容——关于"彼拉多的小说"和关于大师命运的故事——是由小说主人公大师、沃兰德和无家汉衔接起来的。大师撰写了一部关于彼拉多和耶舒阿的书,这就是小说的第25章"总督如此拯救犹大"和第26章"掩埋"。这两章是大师的手稿,但在无神论时代的苏联,大师的作品是不可能发表的。第2章"本丢·彼拉多"是魔鬼沃

[①] И. 叶萨乌洛夫:《俄罗斯文学中的集结性范畴》,第160页。

兰德讲给柏辽兹和无家汉的故事，第16章"行刑"是无家汉的梦。这样一来，布尔加科夫通过大师、玛格丽特、沃兰德和无家汉就巧妙地把一部"新福音书"故事糅合到小说中去了。犹太总督本丢·彼拉多的一天以及他与善良而正义的耶稣的会面是基督教历史上极为重要的事件。布尔加科夫正是以这个事件为基础创作了自己的"新福音书"。为了使自己的叙述与《福音书》有所关照，布尔加科夫运用了《福音书》中的一些情节和名称，如耶尔萨拉伊姆（耶路撒冷的变形）、戈夫西曼花园（客西马尼园）、月光河等。

　　大师虽然写出关于彼拉多的书，但由于这本书难以问世，所以他与心爱的玛格丽特过着穷困潦倒的生活。此时，作家让一位名叫沃兰德的魔鬼及其随从出现在莫斯科，他不但积极介入莫斯科人的生活，嘲笑和戏弄庸俗、虚伪、贪婪的莫斯科小市民，而且对大师的命运感兴趣，干预大师的生活，甚至站在大师这一边，支持后者与时代发生的冲突。小说中关于彼拉多的故事和关于大师的故事这两部分内容处在对立、对比的复杂关系中，但却构成一个艺术整体，由于关于彼拉多和耶舒阿的故事的引入，大大地拓展了小说内容的内涵和外延，使作品具有一种历史的纵深感和时空的浩瀚效果。小说与其说是写大师和玛格丽特这两位20世纪苏维埃社会中个别人的命运，莫如说是写整个人类的历史和命运。

　　对于小说《大师与玛格丽特》内容的这两部分，有的俄罗斯文学评论家从艺术手法的角度去分析。如 E. 斯科罗斯佩洛娃认为：小说含有两种叙事层面，一种是讽刺的层面；另一种是象征的层面。在第一种讽刺层面里，是与莫斯科有联系的现实世界，是当代莫斯科的日常生活。这里的情节仅仅持续了四天，时间是在传统的模式里流动的。在第二种象征的层面里，故事是按照基督教教义构建的，是《圣经》的或者神话的层面，事件发生在一天的过程中。在这一天里有对过去的回忆，也有对未来的预言。在彼世里时间是不动的。斯科罗斯佩洛娃的分析是有道理的。

　　首先，我们来看《大师与玛格丽特》中关于"彼拉多的小说"。实际上这部分的中心人物不是彼拉多，而是耶舒阿。耶舒阿是布尔加科夫塑造的一个新形象，他虽然在一些地方模仿了《福音书》中的基督，但他不是基督。作家之所以要塑造出这个与基督有着许多不同之处的耶舒阿形象，是因为作家认为《圣经》中四部福音书里有许多自相矛盾的地方，他试图通过耶舒阿创作一部"新福音书"的新主人公，在某种程度上"理顺"《福音书》中一些相互矛盾之处，同时也表明他本人对《福音书》的认识和理解。

　　耶舒阿是一个流浪汉哲学家，他与耶稣有某些相似之处。但耶舒阿是尘世的人,而不像耶稣那样是神人。因此,他的最大特征是他的尘世特征,即他的尘世性。耶舒阿不具备神性,这一点就决定了他与耶稣的本质差别。耶舒阿在出身来历、性格、心理、哲学上都与耶稣有很大的差别。

耶舒阿是叙利亚人,耶稣是犹太人;耶舒阿的祖籍是迦玛拉,耶稣的祖籍是伯利恒;耶舒阿活动的地点是耶尔萨拉伊姆,而不是耶稣所处的耶路撒冷;耶舒阿27岁,而耶稣33岁;耶舒阿不知道自己的父母是何人,而耶稣的母亲是圣母马利亚;耶舒阿没有亲人,没有朋友,没有固定的住所,也没有自己学说的继承人,利未·马太①虽然自称是耶舒阿的弟子,追随耶舒阿的思想,但实际上他从耶舒阿那里什么也没有学会,他在羊皮纸上所记的话完全不是耶舒阿所说的。

耶舒阿是一位道德高尚、只讲真话的人。因为耶舒阿是尘世人,因此他高尚的道德没有超越尘世人的道德高度,在他的道德观念里没有任何神性的东西。耶舒阿的一生是尘世的一生,他被处死是他尘世生命的结束,他死后不会像耶稣那样复活。耶稣在接受彼拉多的审判被处死时,他知道这是在履行圣父的意愿,因而以顺从接受了敌人的侮辱和死亡,从而树立了一个驯顺的伟大范例。耶舒阿却不是这样。耶舒阿生性软弱,他既没有耶稣那样高瞻远瞩的预见目光,也没有耶稣那样伟大的顺从精神,他只是用"应当讲真话"这样的人生信条去达到自己的精神道德高度,即使在自己的生命受到威胁的时候他也没有改变自己的信念,没有为了救自己的命而撒谎。耶稣之死是为了拯救人类,是为了赎罪而做出的自我牺牲,而耶舒阿既没有丝毫的顺从之意,也没有什么自我牺牲精神,他的死只表明他是善和真的化身。

耶舒阿不像耶稣那样头脑清醒,充满睿智。耶舒阿虽然对周围人的心理活动十分敏感,但他也十分幼稚,几乎不知道什么是罪孽,什么是饶恕。他不知道什么是恶,他断言"在世界上没有恶人"。即使有恶人,那也是"有些善人摧残了他,使他变得残酷无情了"。应当说,耶舒阿的这种观念直接来自于《马太福音》中"山上宝训"的思想。耶舒阿只知道善,把所有人都视为"善良人",最终他被"很善良而且很好学的"犹大出卖并被带到彼拉多的法庭。就是在这个时候,耶舒阿还在善良地"犯傻气",他"发现人们要杀死他",请求彼拉多把他放掉,甚至还相信彼拉多会把他放了。这表明他远远不像耶稣那样有预见性,那样自觉地、深思熟虑地干一切事

---

① 在《新约·马太福音》里,利未·马太是一位税吏,耶稣的十二弟子之一,据说《新约·马太福音》就是他写的。

情。耶舒阿在受审时话很多,"滔滔不绝地讲着",全然不像耶稣在彼拉多面前那样言语不多,除承认自己是"犹太人的王"之外,什么都不说……耶舒阿认为人最大的缺陷是怯懦。他临死前说,他对自己的死不怪罪任何人。正因为耶舒阿的幼稚和缺乏分辨善恶的能力,才导致了他的人生悲剧。这种悲剧不仅表现在他生命的悲惨结局中,也表现在他的善良、他的美好信念不被尘世人所接受的现实中。

耶舒阿的思想具有强烈的哲理性,这表明他是一位不错的哲学家。比如他说:"任何一种政权都是对人施加暴力,将来总有一天会不存在任何政权,不论是恺撒的政权,还是别的什么政权。人类将跨入真理和正义的王国,将不再需要任何政权。"这段话很富有哲理,但耶舒阿不具备让人们相信他的哲理的本领。耶舒阿想把自己的思想宣传给大家,但却没有耶稣那种传教的本领,他是蹩脚的传教士。另外,他的"传教"也不分对象。在耶舒阿被处死的时候,观看他被处死的是一帮"好奇的人"。这帮人数约在两千左右的"好奇的人"是来看热闹的,他们实际上是群氓,"一点文化也没有",不但不接受耶舒阿的"传道",而且还殴打他。

耶舒阿不是耶稣,可人们往往因他而想到耶稣,这是由于布尔加科夫在"关于彼拉多的小说"里营造出《福音书》的总体叙事氛围,借鉴耶稣形象创作的耶舒阿与耶稣对应,从而给读者造成了耶舒阿是耶稣的错觉。然而细心的读者会发现耶舒阿不是耶稣,因为耶稣具有两个身份:人的身份和神的身份。《福音书》指出,上帝不是别人,而是犹太人的神雅赫维,即耶和华。"这是《福音书》中的《旧约》线索。在《福音书》中还有一条《新约》线索,那就是耶稣不同于《圣经》先知们,他不但是人,而且也是上帝的儿子,是圣子,或是'道'。"①但耶舒阿是人,他只有尘世人的身份,他身上缺少耶稣的神性,即圣子的特征。因此,耶舒阿死后不会有复活的问题。有的俄罗斯学者指出,耶舒阿的生平主要来自犹太教的《塔木德》②,而不是来自《福音书》,"耶舒阿在彼拉多审判开始之前的全部生平是由《塔木德》信息编写而成的",而这种信息与《福音书》处于明显的思想矛盾之中。③

布尔加科夫在塑造耶舒阿形象时暗喻着《福音书》中的耶稣基督,这是因为他认为只有这样才能使自己的耶舒阿形象获得一种永恒性和无限

---

① A.杰尔卡洛夫:《米·布尔加科夫的〈福音书〉》,莫斯科:文本出版社,2003年,第11页。
② 《塔木德》是犹太教教义、宗教伦理和律法汇集,形成于公元前4—5世纪。
③ A.杰尔卡洛夫:《米·布尔加科夫的〈福音书〉》,第87页。

性,使耶舒阿的善的乌托邦思想具有强大的审美力量。他之所以要塑造一个耶舒阿形象,是为了宣传善的永恒,从而反映出他本人对善的追求。布尔加科夫并不是看不到世界上存在的恶,但他认为恶可以被善所抑制,从而达到善的永恒的、普遍的存在。这也是作家要创造一部有别于《福音书》的"新福音书"的主要原因。

本丢·彼拉多在小说中是一个有生杀大权的犹太总督形象。他与《福音书》中的犹太总督彼拉多同名,但此处的彼拉多不等于《福音书》中的彼拉多。

在《福音书》中,本丢·彼拉多在公元 25 年(亦说公元 27 年或 29 年)被罗马任命为犹太总督。他的寓所在该撒利亚,为了监督税收或处理涉及死刑的案件他才来耶路撒冷。犹太总督是一个肥缺,前四任犹太总督靠受贿、乱用职权等手段捞到了大笔钱财。本丢·彼拉多是第五任犹太总督,他与前任们几乎没有什么差别,人们记住了他的名字,大概只是由于他下令处死了耶稣。

按照《马可福音》的说法,彼拉多知道耶稣被捕的真实原因,并且知道耶稣是由于祭司长的妒忌而被押到这里来的[①]。彼拉多认真审读了祭司长送来的对耶稣的指控书,他发现判耶稣死刑证据不足,因此他起初审问耶稣时并不带有恶意,甚至还带着一些同情,想救耶稣,以此刺激一下犹太全公会。[②] 此外,彼拉多对耶稣个性感兴趣,他知道耶稣是一位云游四方的先知,也知道他进入耶路撒冷时受到众人欢迎的场面,因此他想对耶稣做出一个与犹太全公会不同的判决。

在审问时,他问耶稣:
"你是犹太人的王吗?"
耶稣回答说:
"你说的是。"
之后,彼拉多对祭司长和众人说:
"我查不出这个人有什么罪来。"[③]

彼拉多通过多次审问愈加证实耶稣无罪,因为耶稣没有与犹太王希

---

① 《新约·马可福音》15:10。
② 罗马总督彼拉多与犹太全公会之间关系紧张,因为犹太一向认为自己是被占领的国家,认为罗马人是侵略者。
③ 参见《新约·路加福音》23:3—5。

律争夺王位,况且耶稣认为自己的"国不属于这世界"①。

但是众犹太人不放过耶稣,当彼拉多征求他们的意见时说:"我查不出他有什么罪来。但你们有个规矩,在逾越节要我给你们释放一个人,那么要我给你们释放犹太人的王吗?"结果犹太人喊着要释放巴拉巴,而不是耶稣。② 看来,犹太人认为哲学家耶稣比小偷巴拉巴更危险。这里作家布尔加科夫可能是暗喻20世纪30年代苏联社会中流行的一种对言论的恐惧,官方认为思想家比小偷和杀人犯更危险、更可怕。

后来彼拉多又想出一个解救耶稣的机会。他想起耶稣是加利利人,属加利利王希律所管,恰好希律那时正在耶路撒冷,因此他把耶稣移交给希律去处理。但是无论希律问什么,耶稣都以沉默回答,希律无奈,只好把耶稣重新押回到彼拉多那里。彼拉多深知耶稣无死罪,但他又无法抵御众犹太人要求杀死耶稣的催逼,最后不得已,"彼拉多这才照他们所求的定案"③。

耶稣被钉上十字架之后,彼拉多拒绝了犹太祭司长改写耶稣"犹太人的王"的牌子的要求,并允许耶稣的亲人把他从十字架上拿下来入棺埋葬。

以上是对几部《福音书》中关于彼拉多其人其事的记述的综合与归纳。从几部《福音书》的记述来看,可以得出几点结论:第一,处死耶稣的决定最初是由犹太全公会做出的,彼拉多认为这个决定证据不足,因为耶稣并没有犯下死罪。因此,他在核准耶稣的案件时想解救耶稣,但是迫于犹太人的压力,最后违心地核准了耶稣的死刑。第二,彼拉多并非残酷成性,他有一定的良知。他在核准耶稣死刑前有过思想波动,在耶稣被处死后,他有懊悔的表现。第三,在《福音书》中,对彼拉多形象及其内心活动记述不多,主要叙述的是耶稣案件的审理过程,以及耶稣与不理解他的犹太人之间的矛盾。

与《福音书》中的彼拉多相比,小说中的彼拉多是一个完整的、强有力的、鲜明的、具有审美意义的艺术形象。因此,小说《大师与玛格丽特》中的彼拉多是另外一个彼拉多。

首先,彼拉多与耶舒阿构成了"关于彼拉多的小说"的主要矛盾和冲突。在记述这种矛盾和冲突时,作家更注重对彼拉多心灵的刻画,强调彼

---

① 参见《新约·约翰福音》18:37。
② 参见《新约·约翰福音》23:38—40。
③ 参见《新约·路加福音》23:25。

拉多的心理活动层面。彼拉多是犹太总督,他对人的死刑有核准权,他想做耶舒阿的保护者,但这只是他的一个愿望而已。因为他手中的权力不是绝对的,他从属于恺撒皇帝,不会为保护冒犯恺撒的耶舒阿而断送自己的犹太总督前程。此外,他也不愿意与犹太大众作对。也许正是这些原因让他患有偏头痛,而且这种病不时地折磨着他。在耶舒阿被处死后,彼拉多由于连日失眠而两眼浮肿,心中烦躁不安。另外,耶路撒冷这个地方也让他感到厌恶,他认为"世界上再没有比这里更不可救药的地方了"。这个地方之所以让他厌恶,是因为他到这里要做违心的事情,要没完没了地阅读"告密和诬陷材料",要核准人的死刑,这可能更加剧了他的偏头痛。彼拉多丰富的内心活动还表现在他核准处死耶舒阿之后,从此他再也没有得到过内心的安宁,即便是在深夜,在皎洁的月光下也是如此。其次,彼拉多虽然残酷,但是也有良知。不过他的良知是在他核准耶舒阿案件过程中被耶舒阿这个尘世人唤醒的,是耶舒阿的"善行"及其追求真理的思想影响了彼拉多,给彼拉多揭示出良知苏醒的可能性。在审问开始时,彼拉多对耶舒阿说:"你的行为,记载下来的并不多,但只凭记下的这些就已经足够判你绞刑了。"之后,他曾经"厌恶地、痛苦地想:索性下令'绞死他'"算了。但在耶舒阿的一番话之后,彼拉多下令给耶舒阿松绑,还劝耶舒阿为保全自己的性命起誓。此外,他认为耶舒阿是犯了精神病,系"神经错乱",他的"罪行是胡言乱语",建议释放耶舒阿。后来,他虽然核准了对耶舒阿死刑的判决,但依然认为判处耶舒阿死刑是一个极大的错误。因此他高声对该亚法说:"那时候你将会想起你今天拯救的巴拉巴,将会后悔你把宣讲和平的哲学家判处了死刑!"耶舒阿被处死后,彼拉多想办法挽回自己的过失,他让人把耶舒阿的尸体掩埋掉。彼拉多在大希律宫里所做的梦有助于诠释他在耶舒阿被处死后的后悔心情。在彼拉多的梦中,"那个流浪哲学家也并肩走在他身旁……"那个"认为天下人全部善良的哲人并没有被处死,他还活着"。他甚至想到,为了让耶舒阿"免遭死刑,他一切都在所不惜"。彼拉多在梦中甚至幻想与耶舒阿永远在一起。第三,小说中的彼拉多是一个鲜明的、充满激烈内心活动的文学形象。布尔加科夫在塑造彼拉多形象时,不但注意对这个形象的出场环境做大胆的想象,而且注重挖掘这个形象的人性。他"身穿血红衬里的白色披风,迈着威风凛凛的骑士方步走出大希律王宫正殿,来到两厢配殿之间的游廊"。那里花坛、喷泉、玫瑰、棕榈应有尽有,就是在那里开始了彼拉多与耶舒阿的"较量"。彼拉多开始审问耶舒阿时"抽搐的脸"、"微微翕动的嘴角"和"低声的问话"都说明彼拉多的软弱性格,他并不是"凶残的怪物",受审的仿佛是他而不是耶舒阿。

不过,小说中的彼拉多与《福音书》中的彼拉多也有着这样或那样的关系。俄罗斯学者 A. 杰尔卡洛夫认为小说中的彼拉多是作家借鉴了 12 世纪的一部以《福音书》为题材、名为《彼拉多》的史诗中的许多情节创作的。① 小说中彼拉多和耶舒阿在个性、身份等方面有巨大的差别,但彼拉多却是耶舒阿的对应体。他只看到人身上的恶,因此与只相信善并且"在一生中对任何人没有做过一点恶事"的耶舒阿形成鲜明的对比。

我们再来看《大师与玛格丽特》中"关于大师的小说"。大师是这一部分的主人公,可大师在小说第 13 章才登场。在全书 150 多位有名字的人物中间,大师无名无姓,只是疯人院"1 号楼第 118 号"患者。"大师"这个称号是他心爱的女人玛格丽特给他起的。在布尔加科夫的艺术构思里,大师这位主人公是一个与耶舒阿相似的人,或者说是耶舒阿的双貌人,耶舒阿的道德立场和观念在大师身上得到再现,或者说大师是 20 世纪苏维埃时代的耶舒阿。20 世纪的大师怎样与远古的耶舒阿成为双貌人?布尔加科夫让大师写了一本"关于本丢·彼拉多的小说",这样一来,20 世纪的现实与远古历史连接在一起,一个现实与历史、现实与想象交融的时空世界就呈现出来了。

大师本来是学历史的,供职于莫斯科的一家博物馆,他曾经有过家室。有一次,他彩票中奖得了 10 万卢布,遂辞职在莫斯科中心的阿尔巴特大街租了一间地下室,开始写关于本丢·彼拉多的小说(他的弟子伊万·无家汉是放弃文学转向历史,而大师是放弃历史转向文学——本文作者)。在这个时候他结识了玛格丽特,两人一见钟情。关于本丢·彼拉多的小说写成后大师遇到麻烦,文学评论界认为这本书写得不好,甚至一钱不值,这让大师的精神受到很大的打击。一天晚上,他把书稿投到炉子里付之一炬,但玛格丽特发现后把书稿的最后一部分从炉火中抢了出来。

大师的一位朋友马卡雷奇想霸占大师居住的地下室,遂告密使大师遭到被捕。出狱后的大师认为自己是一个无用的人,对生活完全失去了信心,并准备与生活、与心爱的女人玛格丽特告别,想以卧轨了结自己的生命。但他害怕轰轰驶来的列车,于是选择了疯人院这个没有光明、真理、爱情和创作的世界。后来在玛格丽特的请求下,大师才回到阿尔巴特大街的地下室,在喝了阿扎杰罗的毒酒后,大师与玛格丽特加入了沃兰德

---

① 参见 A. 杰尔卡洛夫:《米·布尔加科夫的〈福音书〉》,第 114 页。

一伙。最后，魔鬼沃兰德赠给大师一座"永恒的寓所"，大师最终得到了安宁。

在大师身边有两个最为贴心的人，一个是伊万·无家汉，另一个是玛格丽特。伊万·无家汉本来是一位年轻的诗人，由于创作过一首关于耶稣基督的反宗教诗作而被送进疯人院，成为大师的病友。大师第一次向伊万·无家汉披露了自己的身世后，伊万·无家汉就成为大师的崇拜者。小说结尾，大师本人从人间蒸发后，只留在他的弟子伊万·无家汉的记忆中，后者每年梦见他一次。伊万·无家汉是小说中的一个关键人物。他与魔鬼沃兰德有关系，他与大师和玛格丽特在现实中有密切交往，他在梦中还梦见他俩获得了永恒的安宁，在他的梦中也出现了彼拉多和耶舒阿。伊万·无家汉是20世纪苏维埃时代的利未·马太，通过他"新福音书"情节仿佛在继续往下发展。

玛格丽特[①]是作家布尔加科夫的爱情和美的理想，她是真正的、忠诚的、永恒的爱情的体现，她身上集中表现了基督教的永恒女性气质和对圣母的信仰。玛格丽特首先是一位现实中的人物，她长得十分漂亮，本是一位有名专家的妻子，过着舒适的物质生活，但她不爱自己的丈夫，感到精神空虚和悲观。当她邂逅大师后，就堕入情网并成为后者的"秘密妻子"。她鼓励大师创作"关于彼拉多的小说"，小说写成后又为其出版四处奔走。玛格丽特又像一位神话般的人物。她偶遇魔鬼沃兰德的一位助手阿扎杰罗，还加入魔鬼沃兰德及其随从一伙，她下到地狱并变成撒旦舞会的皇后，接待各种客人。她还用魔鬼沃兰德给她的盛满迈杰里的血酒杯吃"圣餐"。小说最后，她请求魔鬼沃兰德让她永远陪伴大师，沃兰德答应了玛格丽特的请求，把大师还给了她。

大师是一个讲真话的人，他写的"关于彼拉多的小说"是一部善行的宣言书，他与玛格丽特的爱情故事完全是一种充满诗情画意的田园诗般的生活。这种善和田园般的生活必然要与苏维埃时代的意识形态和现实生活发生冲突并在冲突中幻灭。大师最终是靠魔鬼沃兰德才得到安宁的。大师没有与沃兰德及其随从去地狱，也没有去天堂，因为"他不配得到光明，他配得到宁静"。大师与玛格丽特一起转到彼世去了。作家在这里实际上暗示了像大师这样坚持真理和善行的人只有在彼世才能实现自己的理想，才能过上充满爱情的田园诗般的生活。

---

① 这个人物的原型是作家的第三任妻子。

在《大师与玛格丽特》里，沃兰德是一个贯穿小说始终的形象。沃兰德的到来开始了小说，他的离去小说结束，因此小说是一部魔鬼访问尘世的历史。人与魔鬼订立契约，这是意大利、德国等西欧国家文学中一个常用的手法和情节。布尔加科夫在小说里运用了这样的手法，并且塑造出一位与传统魔鬼不同的沃兰德形象。

小说的题词是这样写的：

"你到底是何许人？"
"我属于那种力的一部分，
它总想作恶，
却又总施善于人。"

这是引自歌德的《浮士德》中的一段话。这段话概括出布尔加科夫笔下的魔鬼沃兰德"总想作恶，却又总施善于人"的本质特征。在这一点上，沃兰德与彼拉多又形成对照，因为彼拉多是一个即使想去行善，但却不断作恶的人。

沃兰德这个名字来自歌德的《浮士德》（德文 der Volande——魔鬼）。他是在一个炎热秋天的晚霞时分出现在莫斯科牧首池塘边的。他的出现是为了整治一下莫斯科城的混乱。他不是独自来到莫斯科的，而是带着自己的随从吸血鬼格拉、杀人狂阿扎杰罗、胖黑猫别里蒙特等。

沃兰德是小说结构的动力枢纽，他和他的随从的出现驱动着小说情节的发展和各种人物的登场，沃兰德让小说情节在现实与非现实之间摆动，在沃兰德的魔力驱使下，现实中的人物进入魔幻世界，彼世的人物来到现实的莫斯科。这样一来，在荒诞虚幻的场景中讲述着现实的故事，在现实的生活中魔幻力量在施展着自己的技能。沃兰德这个魔鬼在小说里展现出自己的两副面孔和两种功能。他时而像人，表现出人性；时而是鬼，展现自己的魔法。只有这样，沃兰德才能与各种人物接触，才能区分善恶，才能揭露莫斯科社会生活中的各种丑陋和恶行，才能惩罚那些造谣者和告密者，惩罚迫害大师的人，才能帮助大师和玛格丽特，给他们"永恒的安宁"。随后他与自己的随从消失，投入万丈深渊……

在此，我们不妨把沃兰德和耶舒阿做一下简单的比较。沃兰德和耶舒阿在小说里都是善的化身，耶舒阿口口声声说他相信世界上只有善人，但他只不过是一个空头理论家，没有什么实际行动。与魔鬼沃兰德相比，耶舒阿空洞而抽象的说教就显得无力苍白了。沃兰德是实干家，他很少说教，注重的是行动。由于他造访莫斯科并具体介入这座城市生活的各种事件，人们才知道这个魔鬼的巨大威力和他的善行。耶舒阿形象表明的是一个尘世人的人生悲剧和善的幻灭，而沃兰德则表明来自天国魔鬼的实干力量和善的胜利。沃兰德形象不但是对《圣经》的颠覆，更是对基督教宗教道德的重构。当代俄罗斯的一位基于东正教神学思想的文学史家 M. 杜纳耶夫在分析布尔加科夫的《大师与玛格丽特》时说："小说《大师与玛格丽特》中作者的世界观是相当折中主义的；但主要的是其反基督教的倾向，这是毫无疑问的。布尔加科夫故意用一些附加部分分散读者的注意力，难怪乎他如此用心地把自己小说真正的内容和深刻的含义隐蔽起来。"①

沃兰德是恶魔，但是他违背自己的道德本性，成为正义的保障、善的创造者和公正的法官。因此，沃兰德不是代表恶势力的魔鬼，而仿佛是一位完成上帝旨意，甚至在某种程度上等同于上帝的魔鬼，仿佛正义不是从上帝，而是从沃兰德那里撒向世界。

布尔加科夫让沃兰德这个魔鬼，"上帝的对立面"置于上帝的位置，这就彻底颠覆了《圣经》思想及其形象体系。因为在基督教观念里，上帝与魔鬼处于永久的对立之中，上帝是善，魔鬼是恶。而且总是上帝战胜魔鬼，善战胜恶。可布尔加科夫的小说里魔鬼像上帝一样，也是善。此外，沃兰德否定《福音书》，"《福音书》里记载的那些事纯属子虚，根本没有发生过"。柏辽兹则认为"耶稣在世界上根本不存在"。沃兰德在对待《福音书》的态度上与无神论者柏辽兹是一样的。小说中的沃兰德形象否定了《福音书》，也就否定了耶稣的存在。那么，《福音书》的记述就是神话，是杜撰，是传说之大成。既然如此，大师，确切说是布尔加科夫也就不想去证实耶稣存在的真实性。于是，他写出了自己的小说《大师与玛格丽特》。

从以上分析来看，布尔加科夫的小说《大师与玛格丽特》对于基督教来说的确是一部伪经。"关于彼拉多的小说"不是《福音书》，耶舒阿不是圣子耶稣基督，彼拉多不是《福音书》中的彼拉多，总之，作家通过"关于彼拉多的小说"把《福音书》中耶稣的生平和死亡进行变异，创造出了一部综合了几部《福音书》的复调性的"新福音书"。耶舒阿被处死的情节就是几部《福音书》情节的一种复调式的合成。

从《福音书》开始，罪与罚的问题就成为基督教伦理的主要内容。许多思想家、哲学家和作家都试图去解决罪与罚这种悲剧性的冲突，布尔加

---

① M. 杜纳耶夫：《东正教与俄罗斯文学》第 6 卷，第 251 页。

科夫也不例外。他创作的"关于彼拉多的小说"虽然抛弃或违背了《福音书》的许多情节,他塑造的几位主人公虽与《福音书》中的耶稣、彼拉多等人有着本质的差别,但小说依然具有一种基督教精神,是对无神论思想的一种挑战,因为小说的情节和所表现的善恶观念与《福音书》情节和基督教伦理观有着不可分割的内在联系。这表明基督教思想和《圣经》是布尔加科夫的创作源泉之一,《大师与玛格丽特》就是作家思想离不开基督教道德伦理传统的一个例证。

第四章 《日瓦戈医生》的基督教氛围

Б. 帕斯捷尔纳克（Борис Пастернак）(1890—1960)是 20 世纪俄罗斯著名的诗人兼小说家，他的文学创作在 20 世纪俄罗斯文学发展史上占有特殊的地位并得到世界的公认。1958 年他获得诺贝尔文学奖，以"表彰他在现代抒情诗和伟大的俄罗斯小说传统领域里取得的杰出成就"。

一

帕斯捷尔纳克的诗歌在他的整个文学创作中占有重要的地位。帕斯捷尔纳克一生共写过 400 多首诗。他曾经表示自己在语言领域偏爱的是小说，可写的更多的却是诗歌。① 他还认为"写诗要比写小说轻松得多……"②帕斯捷尔纳克的诗歌不但"渗透着时代精神"（勃留索夫语），而且显示出他在继承俄罗斯诗歌的传统基础上所形成的独特的艺术风格。他的诗歌堪称俄罗斯诗苑的一枝奇葩。曼德尔施塔姆在 20 世纪 20 年代初就认为"读帕斯捷尔纳克的诗歌，就是清了嗓子，增强了呼吸，清新了肺：这样的诗有治愈肺病的功能"③。帕斯捷尔纳克的诗歌创作在苏维埃时期受到广大读者的喜爱并得到官方的承认，苏联著名党政活动家 H. 布哈林在 1934 年召开的苏联作家第一次代表大会上高度评价了帕斯捷尔纳克的诗歌，认为他在诗歌方面的成就高于红极一时的无产阶级诗人 Д. 别德内依和马雅可夫斯基。

有的俄罗斯学者认为，"长期以来在帕斯捷尔纳克的诗歌里缺乏宗教的形象、契机和情节。其原因不仅是诗人本人对它们的排斥，而多半是由于意识形态原因不可能去诉诸它们。"④这种观点有一定的道理，但也不

---

① E. 帕斯捷尔纳克：《鲍里斯·帕斯捷尔纳克：生平材料》，莫斯科，1989 年，第 590 页。
② 《帕斯捷尔纳克书信集》，莫斯科：文学艺术出版社，1990 年，第 277 页。
③ H. 伊万诺娃：《帕斯捷尔纳克与其他人》，莫斯科：爱克斯摩出版社，2003 年，第 142 页。
④ M. 杜纳耶夫：《东正教与俄罗斯文学》第 6 卷，第 215 页。

全对。帕斯捷尔纳克诗歌里基督教的形象、情节和契机的确较少,但帕斯捷尔纳克从来没有排斥过基督教,在他的诗歌里我们可以发现诗人借用基督形象以及与基督教有关的一些思想。如在《俄罗斯革命》(1918)一诗中,诗人在赞美社会主义的同时,用基督作比喻:"社会主义用基督的整个胸腔在呼吸。"但他随即就转为对"你"的思念:

> 你在哪里?你来到了谁的天国?
> 这里,在俄罗斯天国上空没有你。

这里的"你"俄文是大写,特指"上帝"。可见,在帕斯捷尔纳克心中并非没有上帝的一席位置。

诗集《我的姊妹——生活》标志着帕斯捷尔纳克诗歌创作的真正开始。这部诗集中的不少诗是写大自然现象的,他笔下的大自然现象不是静止的,而是获得了人的特征,帕斯捷尔纳克把大自然现象拟人化了。如,"柳树"会"接吻","森林"会"充满泪水","白雪"会说话,喊出"好久不见!","十月"会"旋转","服装"会说出"你好","年"可以"睡眼惺忪地站起来","望着窗外","夜"会接吻,等等。帕斯捷尔纳克把有生命的和无生命的大自然进行了人化,这一点表现出他的万物有灵的思想,这种人化也成为帕斯捷尔纳克诗学的基础之一。此外,在这部诗集里,"焦急不安的上帝"、"万能的上帝"等形象出现在《心爱的女人——真可怕》、《让我说话》等诗作里。

从 20 年代后半期开始,帕斯捷尔纳克对社会主义的"文化革命"失去了信心。他一方面称那个时代是"猪猡时代"①,是让人感到"压抑"的岁月;另一方面,面对官方的审查制度他束手无策,对自己的前途和未来感到渺茫。他在致表妹奥尔迦的信中(1930 年 10 月 20 日)写道:"每个人都有定数,每个人都要死,这绝对不是什么发现。但以现身说法证实这一点就很痛苦。我没有前途,我不知道我将来的命运如何。"②帕斯捷尔纳克在苦闷中开始相信彼世,他在致女诗人 M.茨维塔耶娃的信中(1926 年 4 月 11 日)有这样的诗句:

> 喂,只有我们这些人
> 给他们读来自彼世的诗篇。③

---

① 《帕斯捷尔纳克书信集》,第 129 页。
② 同上书,第 126 页。
③ 同上书,第 318 页。

卫国战争期间，帕斯捷尔纳克写过一组战争题材的诗歌（1941—1944），如《可怕的童话》、《孤苦伶仃的人》、《勇敢》、《哨卡》、《古老的公园》、《工兵之死》、《追击》、《一望无际》、《复活的壁画》、《胜利者》、《炮火的反光》、《致祖国之魂》和《春天》等。这些诗作塑造了俄罗斯祖国形象，歌颂了俄罗斯人的爱国主义精神。帕斯捷尔纳克认为俄罗斯人像自己的祖先，像斯拉夫派的萨马林和十二月党人一样，去战胜入侵的敌人。

> 传说让公园变得远古，
> 这里曾经站过拿破仑，
> 斯拉夫派的萨马林，
> 在这里服务并在此埋葬。
>
> 这里是十二月党人的后代，
> 是俄罗斯女英雄的曾孙，
> 用蒙特克里斯托枪打死乌鸦
> 并且战胜了拉丁人。
>
> ——《古老的公园》
>
> 与我在一起的是些勇敢的人，
> 我知道在架着铁丝网的密林，
> 要开辟出一些需要的通道
> 为了明天即将开始的战役。
>
> ——《工兵之死》

即使在这组战争题材诗作里，也可以看出基督教在帕斯捷尔纳克思维中留下的印记。他在《复活的壁画》一诗里把战斗场面比作宗教的祷告，在《勇敢》一诗里把俄罗斯军人的牺牲视为基督式的献身精神。在组诗中的《可怕的童话》一作里，帕斯捷尔纳克还借用《圣经》中的人物形象，把德国法西斯比喻为希律：

> 要记住敌人的枪弹射击，
> 时间会全部记住
> 他像伯利恒的希律，
> 为所欲为地杀婴。

希律是《圣经》中的犹太王，以残酷著称。他当政的时候，有人说在伯利恒诞生了基督，并且说圣婴基督将成为犹太王。希律对此十分害怕，于是派人去找圣婴,结果没有找到,于是他下令把伯利恒及其周围地区两岁以下的婴儿全部杀死。① 帕斯捷尔纳克在《可怕的童话》里把德国法西斯比作希律,这里无须多言,残杀无辜的敌人形象跃然纸上。

帕斯捷尔纳克的思想转向宗教是从 50 年代中期开始的,即他完成小说《日瓦戈医生》之后。1956 年,帕斯捷尔纳克写出《成为名人并非好事》一诗:

> 成为名人并非好事,
> 这点不能把人抬高。

这几行诗是对小说《日瓦戈医生》中日瓦戈组诗的补充和呼应,其精神符合日瓦戈平凡而朴实的一生。之后,帕斯捷尔纳克提出一个明确的命题:

> 创作的目的——是牺牲精神,
> 而不是喧嚷,不是成功。
> 可耻的事是你一无所知,
> 成为所有人口中的话柄。

"创作的目的——是牺牲精神"这句诗是帕斯捷尔纳克的创作信条。这里,帕斯捷尔纳克认为诗歌创作的目的不是为了显赫和功名,而是体现艺术家的牺牲精神。帕斯捷尔纳克认为诗人只有像基督一样具有自我牺牲的精神,才能创造精神珍品,使自己走上接近上帝的道路。

晚年,帕斯捷尔纳克对上帝的认识变得更为深刻。他的《住院》(1956)一诗表达出这个思想。

> 在医院病床上行将就木,
> 我感到你双手的热度。
> 你握着我像拿着一个产品,
> 像藏手镯一样把我放到"盒里"。

帕斯捷尔纳克的《住院》这首诗通过一个病人之口,赞美上帝,他虽行将就木,但还是感到了上帝的厚爱。帕斯捷尔纳克对上帝的这种认识最终导致了他的世界观的变化。1958 年,帕斯捷尔纳克创作了一首里程碑式的诗作——《暴风雨之后》:

---

① 参见《新约·马太福音》2:16。

我对过去半个世纪的回忆，
　　像一场已逝的雷雨正成为过去，
　　世纪已从回忆的监护下走出，
　　如今已该为未来把道路开辟。

　　并不是那震荡和转折本身，
　　就能为新的生活扫清道路，
　　而靠某个炽燃起来的心灵
　　带来的启示、激情和恩赐。

　　这首诗是作家新世界观诞生的宣言书。帕斯捷尔纳克十分明确地指出，"我对过去半个世纪的回忆，像一场已逝的雷雨正成为过去。"这就是说，不是"震荡和转折"，不是那场伟大的革命，而是《福音书》和《启示录》，是人的"心灵"复苏（"点燃"）才能让人走上复兴之路，把未来的道路开辟。在这首诗里帕斯捷尔纳克义无反顾地拒绝了自己从前的东西，表明其晚年世界观的转变。

二

　　长篇小说《日瓦戈医生》（Доктор Живаго）是帕斯捷尔纳克"告知整个世界的最后的话，并且是最重要的话"[①]。帕斯捷尔纳克本人在谈到这部小说的创作构思时曾经说："这个东西将表达我对艺术、《福音书》、对人在历史中的生活和许多其他问题的看法……这个作品的氛围——是我的基督教。"[②] 小说《日瓦戈医生》宣扬有神论思想，强调人的个性的绝对价值，认为对基督的爱胜过阶级之爱，这是作家帕斯捷尔纳克的宗教思想的一次集中展现。也因此，在无神论的苏维埃时代，小说《日瓦戈医生》无法在苏联本土与读者见面，作家还因小说获得诺贝尔奖而遭到了毁灭性的批判。可帕斯捷尔纳克深信自己的这部小说会赢得广大的读者，他在生命的最后时刻还指出自己这部小说的价值，说它"在全世界仅次于《圣经》，排在第二位"[③]。如今历史已证实了作家的预言，《日瓦戈医生》的确成为一部为世界各国读者喜爱的经典作品。

---

① 转引自 B. 巴耶夫斯基：《重读经典，帕斯捷尔纳克》，第 60 页。
② 《帕斯捷尔纳克文集》第 5 卷，第 453 页。
③ 《帕斯捷尔纳克文集》第 5 卷，第 570 页。

小说《日瓦戈医生》创作于1945—1955年。《日瓦戈医生》中的一些诗作曾刊登在1954年的《旗》杂志第4期上,并附有一个简短的评注:"小说大约在夏天完成,小说时间从1903—1929年,小说有尾声,写到伟大的卫国战争。主人公叫尤里·安德烈耶维奇·日瓦戈,他是位医生,善于思考,有探索精神,具有创作的艺术素质,死于1929年。他死后留下了杂记和诗作。"①

小说从1903年写起,一直写到20世纪40年代末至50年代初,书中囊括了那些年代发生在俄罗斯大地上的重大事件:第一次世界大战、俄国的1905年革命、1917年的两次革命、国内战争、全国大饥荒、新经济政策、抗击德国法西斯的卫国战争……小说的地点从首都莫斯科到与匈牙利接壤的小镇,再到遥远的东方边境城市海参崴,从地处欧洲的大城市到地处欧亚之间的乌拉尔的小村镇……小说提出了道德的、政治的、哲理的、审美的、社会的、宗教(关于上帝、关于人生意义的争论)的诸问题。作家在《日瓦戈医生》这部作品中把诗歌和小说两种体裁统一起来,该小说是作家的整个创作生活的总结,也是帕斯捷尔纳克对苏维埃政权下俄罗斯知识分子命运的独具一格的思考。

小说《日瓦戈医生》探讨的许多问题与基督教思想有密切的关系,因此有人说这部小说是《创世记》的另一个版本,作家本人也承认作品的文化气氛是他的基督教信仰。1957年,《新世界》杂志五名编委就《日瓦戈医生》一书写给帕斯捷尔纳克的退稿信也发现了小说主人公日瓦戈形象所体现的基督精神:"日瓦戈一生的道路就像《福音书》中的'上帝受难',医生作为遗嘱的诗集也是以基督的话来结束的:世世代代像商队的驳船一般//从黑暗中向我漂来接受审判。长篇小说以此告终。小说的主人公好像在重复基督走向各各他的受难之路,对读者说的最后一句话是对后人的预言:他在人间的存在是为了清除罪孽。"②这就是小说《日瓦戈医生》长期在苏联无法问世的主要原因。

帕斯捷尔纳克的《日瓦戈医生》与陀思妥耶夫斯基的《卡拉马佐夫兄弟》之间有一种继承关系。如果说陀思妥耶夫斯基在《卡拉马佐夫兄弟》中奠定了俄罗斯文学中的基督教叙事传统,那么帕斯捷尔纳克的《日瓦戈医生》是对陀思妥耶夫斯基奠定的这种传统的继续和拓展,因为帕斯捷尔

---

① 参见俄罗斯《旗》杂志,1954年第4期。
② 转引自高莽:《帕斯捷尔纳克——历尽沧桑的诗人》,长春:长春出版社,1999年,第336页。

纳克继承了陀思妥耶夫斯基的"人走圣化之路"的思想,并用"家庭—宗教"模式展现自己改造社会的纲领,同时他还认为人完全可以用尘世的观念去理解基督,甚至塑造出一个当代基督形象来。

20世纪90年代以来,随着小说《日瓦戈医生》在俄罗斯的回归,许多俄罗斯文学史家和评论家高度评价了这部小说,并发现了小说的宗教内涵。如俄罗斯文学评论家 B. 巴耶夫斯基认为这部小说内容含有两个层面,一个层面是社会历史层面,作家在这个层面上讲述历史、革命对俄罗斯知识分子命运的影响;另一个层面是意识形态层面,作家在这个层面上探讨人的个性的无穷价值,讲述人对自己的亲人和心爱的人的基督教式的爱。① 小说的这两个层面交织在一起,表现出革命与那些具有宗教意识、个性独立的俄罗斯知识分子之间的矛盾和对立。

的确,小说《日瓦戈医生》的基督教氛围在小说的情节构架、人物形象和探讨的问题等方面均表现出来。

复活是《福音书》宣扬的一个重要思想和观念。基督就是死后三日复活的。基督复活成为人复活的榜样,这是基督复活对尘世基督徒的意义。帕斯捷尔纳克以基督教的复活思想构建小说《日瓦戈医生》的情节,并成为主人公日瓦戈形象的思想核心。小说一开始就是主人公日瓦戈母亲的葬礼,这是一个人的肉体死亡的情节:

> 人们走着,走着,同时唱着《永志不忘》,当停下脚步的时候,仿佛这首歌还在由人们的脚步、马蹄和微风附和着。行人们给送葬的队伍让开了路,数着花圈,画着十字,有些好奇的人加入到送葬的行列里,同时还在打听:
> "这是给谁送葬啊?"
> 回答是:"日瓦戈。"
> "原来是这样,那就清楚了。"
> "不过不是男的,而是女的。"
> "反正都一样,都是上天的安排。葬礼办得真阔气。"

这是一个送葬的真实场面,日瓦戈的母亲死了,但她的生命并没有结束,因为她的灵魂留在他人的记忆之中。从这种意义上说,她把自己人的本质纳入人们的意识中,是她的新生命的开始,是她的复活。这个送葬场面还具有一种象征性,象征着日瓦戈"新生命"的开始。因为在基督教看

---

① 参见 B. 巴耶夫斯基:《重读经典,帕斯捷尔纳克》。

来,人复活的唯一条件是信仰。只有信仰基督才能复活,否则是不能理解复活的。日瓦戈正是在母亲死后开始接受基督教信仰的。在圣母节前夕,舅舅维涅基亚宾把他带到一间修道院的内室。在修道院的那个夜晚,维涅基亚宾"给他讲基督的故事",他对日瓦戈说:"要忠于基督。现在就来讲讲这个道理。您还不懂得,一个人可以是无神论者,可以不必要理解上帝是否存在和为什么要存在,不过却要知道,人不是生活在自然界,而是生活在历史之中。按照当前的理解,历史是从基督开始的,一部《新约》就是根据。那么历史又是什么?历史就是要确定世世代代关于死亡之谜的解释以及如何战胜它的探索。为了这个,人类才发现了数学上的无限大和电磁波,写出了交响乐。缺乏一定的热情是无法向这个方向前进的。为了有所发现,需要精神准备,它的内容已经包括在《福音书》里。"[①]可以说,正是从维涅基亚宾的这一番说教之后,少年日瓦戈才开始乞求上帝的恩泽,愿意做一个新的基督徒。"上帝的天使,我的至圣的守护神,请指引我的智慧走上真理之路……他向上帝呼唤着,仿佛呼唤上帝身边的一个新圣徒。"[②]从那时候起,日瓦戈像基督一样走上受难之路,整个小说情节围绕日瓦戈的苦难人生展开,一直到日瓦戈死在莫斯科街头,人们为日瓦戈举办葬礼结束。日瓦戈死了,这是他肉体的死亡,但他的灵魂并没有死亡。

帕斯捷尔纳克通过日瓦戈现象表达了他对复活的理解。他认为复活不是人的肉体复活,而是精神复活,是灵魂永生。日瓦戈曾说:"复活,那种通常用于安慰弱者的最简单的形态与我是格格不入的。就连基督关于生者和死者所说的那些话,我一向也有另外的理解。千百年所积累起来的一大群复活者往哪儿安置?整个世界都容纳不下……"[③]那么,人的复活表现是什么?就是人的记忆,就是死去的人留给活人的记忆。复活不是人的肉体的复活,而是复活在人的记忆中。因此,在小说里有这样一段话:"那么,您的意识又将会怎样呢?……您是靠什么才能感觉出自身的存在,意识到自己身体的某一个部分?……现在我说的您要特别注意听:在别人心中存在的人,就是这个人的灵魂。这才是您本身,才是您的意识在一生中赖以呼吸、营养以致陶醉的东西。这也就是您的灵魂、您的不朽和存在于他人身上的生命。那又意味着什么呢?这意味着您曾经存在于

---

① 帕斯捷尔纳克:《日瓦戈医生》(蓝英年等译),桂林:漓江出版社,1997年,第11页。
② 同上书,第13页。
③ 同上书,第78页。

他人身上，还要在他人身上存在下去。至于日后，将把这叫做记忆……"①这段话是理解帕斯捷尔纳克的复活观念的关键。其实，这种思想来源于《福音书》。耶稣曾经说过："复活在我，生命也在我，信我的人，虽然死了，也必复活。凡活着信我的人，必永远不死。"②生命不是短暂的肉体生命，而是永恒的精神生命。记忆让人的灵魂永生，也可以说不存在灵魂的复活问题。因此日瓦戈说："可是，同一个千篇一律的生命永远充塞着宇宙，他每时每刻都在不计其数的相互结合和转换之中获得新生。您担心的是您能不能复活，而您诞生的时候已经复活了，不过没有觉察到而已。"③这里，帕斯捷尔纳克强调人以自己的存在创造对自己的记忆。人怎样让自己永远存在于他人的心中呢？那就是要忠于基督教信仰，因为信仰是灵魂永生的保证。此外，人还要献身艺术，因为艺术是人达到不朽的一个手段。在安娜·伊万诺夫娜的葬礼上，日瓦戈从人的死亡联想到艺术的使命："如今他比任何时候都更加清楚地看到，艺术总是被两种东西占据着：一方面坚持不懈地探索死亡，另一方面始终如一地创造生命。真正伟大的艺术是约翰《启示录》，能作为它的续貂之笔的，也是真正伟大的艺术。"④在帕斯捷尔纳克看来，艺术是人达到不朽的手段之一。他笔下的主人公日瓦戈就是用自己的诗作使自己留在他人的记忆中，实现了自己的复活和灵魂的永生。

复活思想让主人公日瓦戈不惧怕死亡。日瓦戈在生命垂危、死神光顾的时刻，并不觉得可怕，因为他相信复活："乐于接触的是地狱，是衰变，是解体，是死亡，但和它们一起乐于接触的还有春天。还有悔恨失足的女人，也还有生命。而且，醒来是必须的。应该苏醒并且站立起来。应该复活。"⑤

复活思想还让主人公日瓦戈认为人的诞生具有神圣的意义。在日瓦戈的观念里，每个人的诞生都仿佛圣婴来到人世一样，是一件圣事。他说："我总觉得，每次受孕都是贞洁的，在这条与圣母有关的教义中，表达出母性的共同观念。""她的上帝就在孩子身上。伟大的母亲们一定熟悉这种感觉。不过，所有的母亲无一例外地是伟大的母亲——以后生活欺

---

① 帕斯捷尔纳克：《日瓦戈医生》，第79页。
② 《新约·约翰福音》11：25—26。
③ 帕斯捷尔纳克：《日瓦戈医生》，第78—79页。
④ 同上书，第105页。
⑤ 同上书，第242页。

骗了她们并不是她们的过错。"①此外,日瓦戈还认为女人从受精、怀孕到生孩子的整个过程是一个"变容"的过程:"女人的脸都变了,不能说她变得难看了,但她的外貌如果说从前还完全在她的呵护之下,现在却失控了。她受那个即将从她身体内部出来的未来生命的摆布,她已经不是她自己了。处在这种形态中,她的脸失去了光泽,皮肤变得粗糙,眼睛并不像她所希望的那样放出异样的光彩;仿佛她管不了这一切,只好听其自然了。"②

《福音书》中的基督是日瓦戈心中的偶像,基督几乎相伴日瓦戈的一生。日瓦戈在童年时就成为一个虔诚的基督徒。他理解基督降世的巨大意义:"如今,这个轻快的、光芒四射的人突出了人性,故意显出乡土气息。这个加利利人来到这俗气的大理石和黄金堆中。从此,各民族和诸神都不复存在,开始了人的时代,作木工,当农夫的,在夕阳的晚照下牧羊的。人这个名称听起来毫无傲气,他通过母亲们的摇篮曲和世界的所有画廊高尚地传到各地。"③在基督身上吸引日瓦戈的是基督所具有的个性魅力和人性的光辉。他给妻子冬妮娅的信中常写基督教对爱的理解,写基督的宽容。他与拉拉在一起的时候,谈论的主要话题是《圣经》和基督教思想。他给自己心爱的女人讲《新约》和《旧约》,讲圣母马利亚的贞洁,讲摩西的训诫,讲耶稣的弟子抹大拉,等等。"我想说人是由两部分组成的,上帝和工作。人类精神在长期发展过程中分解成个别的活动。这些活动是由多少代人实现的,一个接着一个实现的。埃及是这种活动,希腊是这种活动,《圣经》中先知的神学是这种活动。从时间上来说,这种最后的活动,暂时任何别的行动都无法代替,当代全部灵感所进行的活动都是基督教。"④

更重要的是,日瓦戈把自己的文学创作和拉拉的爱情都归功于上帝,认为是上帝关爱的结果:日瓦戈觉得,"主要的工作不是他自己在完成,而是那个在他之上并支配着他的力量在替他完成……"因此就连他自己对上帝的这种馈赠也感到惊讶:"主啊,主啊!而这一切属于我!为什么赏赐我的这么多?你怎么会允许我接近你,怎么会允许我误入你的无限珍贵的土地,在你的星光照耀下,匍匐在这位轻率的、顺从的、薄命的和无比

---

① 帕斯捷尔纳克:《日瓦戈医生》,第333页。
② 同上书,第332—333页。
③ 同上书,第50页。
④ 同上书,第476页。

珍贵的女人的脚下？"①就连日瓦戈对革命的看法也与对上帝的认识联系在一起。"那时革命是当时的上帝，那个夏天的上帝，从天上降到地上，于是每个人都按照自己的方式疯狂，于是每个人的生活各不相干，但都一味肯定最高政治的正确，却又解释不清，缺乏例证。"②

正因为主人公日瓦戈对基督教如此虔诚，因此他对基督教的一切都十分敏感。在久别之后重新回归莫斯科的火车上，日瓦戈最先看到的是莫斯科的基督救主大教堂："他还没有来得及注意这一切，前方的山后已经出现了基督救主大教堂的轮廓，接着就是它那葱头形的圆顶、市区的房屋和林立的烟筒。"③

日瓦戈死了。可日瓦戈死后"鲜花不仅怒放，散发芳香，仿佛所有的花一齐把香气放尽，以此加速自己的枯萎，把芳香的力量馈赠给所有人，完成某种壮举"。"很容易把植物王国想象成死亡王国的近邻。这里，在这绿色的大地中，在墓地的树木之间，在花蕊破土而出的花卉幼苗当中，也许凝聚着我们竭力探索的巨变的秘密和生命之谜。马利亚起初没有认出从棺材中走出来的耶稣，误把他当成墓地的园丁。"④这段描写表明，作家塑造日瓦戈形象的时候，不仅把日瓦戈塑造成一个普通的基督徒，而且凸现出日瓦戈与基督在精神上的相近，把日瓦戈塑造成一位耶稣式的人物，日瓦戈也像基督一样复活了。日瓦戈的名字叫尤里。这个名字很容易让读者联想到俄文的"юродивый"（圣愚）一词。他的母亲叫马利亚·尼古拉耶芙娜，她的名字与圣母马利亚相同。因此，这里是对日瓦戈这位基督式的人物⑤的暗示。日瓦戈是上帝的宠儿，诚如女主人公拉拉所说，是"上帝赋予你翅膀，好让你在云端翱翔"⑥。

作家帕斯捷尔纳克是日瓦戈医生的精神原型，小说具有自传性质，是作家的"精神自传"。小说的主人公日瓦戈医生具有浓厚的诗人气质，而且对艺术有很好的理解和研究，他读的书是普希金、果戈理、托尔斯泰、屠格涅夫、涅克拉索夫、陀思妥耶夫斯基、契诃夫的作品。这恰恰与帕斯捷尔纳克本人的性格和经历相似。因此，这部作品也展示出帕斯捷尔纳克

---

① 帕斯捷尔纳克：《日瓦戈医生》，第 506 页。
② 同上书，第 525 页。
③ 同上书，第 191 页。
④ 同上书，第 567 页。
⑤ 东正教徒所理解的基督更多的是软弱的、温和的、谦逊的"神人"基督，是世间无家可归的流浪汉，是"圣愚"。从这点意义上看，日瓦戈类似基督。
⑥ 帕斯捷尔纳克：《日瓦戈医生》，第 503 页。

对人生目的和意义的探讨,对上帝和信仰的思考。

我们说日瓦戈是一位基督式的人物,从他的苦难人生可以看出他是一位受难的基督,或者说他显出基督受难的一面。在这部小说里还有一个基督式的人物,那就是日瓦戈的同父异母弟弟叶甫格拉夫·安德烈耶维奇。叶甫格拉夫·安德烈耶维奇是他父亲与一位名叫斯托尔布诺娃—恩利茨的公爵夫人的非婚子。这是一位神秘莫测的人。作家帕斯捷尔纳克在他身上倾注了基督的影子,但他是一个当代救主形象,起码对于他的哥哥日瓦戈是这样。日瓦戈一生中的关键时刻都得到"救主"叶甫格拉夫的帮助。在1917年十月革命的日子里,他像救主基督来到人间一样偶然出现在莫斯科一幢楼房的过道里,第一次与尤里·日瓦戈相遇。在日瓦戈患病期间,他给他的家中送来食品,昏迷中的日瓦戈视叶甫格拉夫为"死神的精灵"。因此日瓦戈在自己的日记中写道:"这是他第二次以保护者和帮助我解决困难的救世主身份闯入我的生活。说不定在每个人的一生中,除了他所遇到的真实的人物,还会有一种看不见的神秘力量,一位不请而至的宛如象征的救援人物。莫非在我的生活中触动这份神秘的行善的人就是我的弟弟叶甫格拉夫?"① 此后,叶甫格拉夫还劝日瓦戈的妻子冬妮娅从患病的城市暂时撤走。日瓦戈一家人在瓦雷金诺住的时候,叶甫格拉夫又给予日瓦戈巨大的帮助。三年半后,日瓦戈在莫斯科大街上遇见叶甫格拉夫,后者给日瓦戈在莫斯科租了一间房子,帮助他寻找散失的出版物和手稿。日瓦戈死后,他与拉拉一起为日瓦戈操办葬礼。1943年,成为苏军少将的叶甫格拉夫在前线偶遇哥哥日瓦戈与拉拉的私生女塔尼娅。叶甫格拉夫答应战后送她去上大学。最后,叶甫格拉夫帮助整理日瓦戈的诗作以供出版。总之,如果说日瓦戈是一位当代受难基督形象,那么叶甫格拉夫则是救主基督形象。《日瓦戈医生》中日瓦戈和叶甫格拉夫各表现出基督形象的受难和救主的一面,两个形象互补,共同塑造出一个完整的当代基督形象。

在小说里,维涅基亚宾是日瓦戈的舅舅。他既是《福音书》思想的宣传者,又是日瓦戈的精神导师。这个人物对理解小说的《福音书》思想和日瓦戈形象有着重要的意义。维涅基亚宾当过神甫,体验过托尔斯泰主义和革命,但后来还了俗。维涅基亚宾为人多虑,善于探讨和思索。他最大的思想特征是对基督的认识和忠诚。他的人生信条是"忠于基督"。他

---

① 帕斯捷尔纳克:《日瓦戈医生》,第342页。

高度评价《福音书》,认为"历史是从基督开始的,一部《福音书》就是根据"。他说:"福音书里最主要的是寓于其训诫里的道德箴言和准则,而我认为最主要的是基督传教往往使用来自生活中的寓言,用日常生活之光解释真理。"①维涅基亚宾的一些思想和观点(如对亲人的爱、个性自由、牺牲精神、对死亡的认识等)可以在《福音书》中找到对应。因此,维涅基亚宾在小说中充当着《福音书》阐述者的角色。此外,维涅基亚宾的基督教思想对日瓦戈的精神成长起着重要的作用。维涅基亚宾是基督徒,但他撰写的著作对基督教进行了一种新的解释。比如,他认为,"目前盛行各种各样的小组和社团。任何一种组织起来的形式都是庸才的避风港,是信奉索洛维约夫,还是康德,还是马克思,这都无所谓。探索真理的只能是那些有独立主见的人,这些人与那些并不真正热爱真理的人格格不入。世界上难道真有什么值得信仰的吗?这样的东西简直少得可怜。我认为应当忠于永生,这是对生命的另一个更强有力的称呼。要保持对永生的忠诚,应当忠于基督!"他的这种认识解放了日瓦戈的思想。如果没有维涅基亚宾的思想影响和引导,日瓦戈就不会信奉基督,不会成为一个当代基督。

三

小说《日瓦戈医生》以日瓦戈的 25 首诗构成的组诗结束。这套组诗与整部作品的小说部分相映生辉,以朴实无华的诗句讴歌基督、爱情和大自然。其中,有的诗作勾画出小说主人公——当代基督日瓦戈的精神实质和历史本质,有的诗作则是对《福音书》中圣子基督一生的记述,这套组诗是小说思想的独具一格的浓缩,贯穿着《福音书》思想和契机。

帕斯捷尔纳克的小说《日瓦戈医生》塑造了一个当代基督形象——日瓦戈,并且对这位当代基督进行艺术的诠释。他运用了爱的主题、受难主题和忏悔的主题。爱的主题是日瓦戈和拉拉之间关系的基础,受难主题是日瓦戈人生的主要内容,而忏悔主题则引出了抹大拉形象。

《冬之夜》一诗是整部小说的核心,阐释爱的主题。夜是帕斯捷尔纳克这组诗中的一个主要契机。"冬之夜"是男女抒情主人公的幸福时光:"诱惑的天使在飞翔,//展开那两只爱的翅膀。"在"冬夜"里,"烛光"是唯

---

① 帕斯捷尔纳克:《日瓦戈医生》,第 49 页。(译文有改动)

一象征。在基督教的象征系统里,"烛光"具有多种象征意义。圣餐祈祷的烛光标志着基督在场,复活节的烛光象征着基督复活,烛光象征着永生;有时候,蜡烛象征着上帝本身,烛光象征对上帝的信仰,总的来看,蜡烛、烛光与上帝、基督、教堂和神赐联系在一起。

《冬之夜》中的烛光是一种内在的光,它象征着生命之光和爱情之火,它照亮了这对青年男女的人生旅途。因此,拉拉称尤里是"我的明亮的烛光",是"永远点燃并发出暖光的蜡烛"。这首诗中,"烛光在桌上幽幽闪闪,在幽幽闪闪"是一个叠句,在诗中重复了四次,在一、二、六、八诗节的结尾出现。这样的反复加强了重叠效果。诗中还有艺术的对比:屋里的烛光与户外的暴风雪形成对比;窗户是构成这种对比的分界线,窗内是被烛光照亮的小屋,是温馨的、爱的世界;窗外是整个暴风雪的、恨的世界。小屋是男女主人公的爱情的绿洲,一个田园诗般的角落。

男女主人公坐在屋内,"风雪在玻璃上密密地画着//圆圈和利箭",他俩觉得雪片像"圆圈和利箭"。从遥远的古代"圆圈和利箭"就是女性和男性的标志与象征。这里暗示着这对男女青年的情爱。

这首诗的最重要的部分是第四、第五诗节:

> 一道道黑影投射到
> 照亮的顶棚
> 交织的臂,交织的腿
> 交织的命运。

> 两只鞋啪哒一声
> 掉在了地板上,
> 烛泪扑簌簌地从烛台上
> 落在她的衣衫上。

这是描写男女主人公在冬夜里的幽会和情爱。这种爱对于两个已婚的基督徒来说是有悖基督教道德伦理的,是一种罪孽。在《冬之夜》里,他俩对上帝的信仰与他们的尘世性爱之间产生冲突,但蜡烛在诗中象征着对上帝的真诚信仰,信仰之光照亮了黑暗。人生就像在夜晚点燃的蜡烛,蜡烛形象被救世主的箴言赋予了灵性:"你们是世上的光。城造在山上,是不能隐藏的。人点灯,不放在斗底下,而是放在烛台上,就把全家人照亮。"①《约翰福音》第 1 章第 5 节说:"光照在黑暗里,黑暗却不接受光。"没有光,白天就会变成无穷的"冬夜"。

在日瓦戈和拉拉的爱情里,肉体和精神的、暂时和永恒的、人性与神性的因素交融在一起。尘世爱情的深刻含义体现出人生的崇高。

受难主题在组诗的第一首《哈姆雷特》中就表现出来。这首诗表达出人必须受难,必须走一条充满荆棘的道路,基督的人生之路证实了这一点。

这首诗中的哈姆雷特已经不是莎士比亚同名悲剧中那位优柔寡断、性格软弱的主人公,而是变成了一位有责任感、具有忘我精神、敢于受难的人。哈姆雷特是一位近似基督的人,主人公日瓦戈又与基督的精神面貌相一致。他在严酷的时代敢于肯定自己的个性和内心自由的权利,他注定要走受难之路。这样一来,受难主题就把表面上看来没有什么关系的三个人物——哈姆雷特、日瓦戈和基督联系在一起,形成一种受难的"三位一体"。

这首诗的第一句:"喧哗声停息,我走上舞台。//我斜靠着门框凝神谛听,//我想从遥远回声中捕捉,//我在此生中发生的事情。"②这是演员的话,但隐喻哈姆雷特的"人生就是舞台"那句名言。这些话更深层的内涵在暗示基督,因为基督思考人类的苦难,准备为解救人类献出自己的生命。

"假如在天之父能予恩准,//请从身边挪走这酒樽。"这两句诗近似地转达出基督在客西马尼园的祈祷词。基督曾经请求圣父:"阿爸,父啊!在你凡事都能,求你将这杯撤去。"诗中"杯"的形象来自福音书:《马太福音》第 26 章第 39 节中写道:"他就稍往前走,俯伏在地上祷告说:'我父啊,倘若可行,求你叫这杯离开我;然而,不要照我的意思,而要照你的意思。'"很明显,基督起初对受难是有过动摇的,他希望把那个"杯"拿开,让苦难躲开他。

第三个诗节中的前两句是:"我赞赏你那执拗的打算,//并同意把这个角色扮演。"这可视为是基督的上述祈祷的继续,也可视为对基督在客西马尼园里的祈祷词的一种改编。在《福音书》里,面对死亡和受难,基督曾经有过动摇。哈姆雷特有过动摇,日瓦戈也有过动摇。"然而场次都已

---

① 《新约·马太福音》5:15—16。
② 本文所引的帕斯捷尔纳克的这首诗以及其他诗作均为顾蕴璞的译文,个别地方笔者稍作改动。

经排定,//路途的结局已不可逆转。"这两句诗表明,既然一切都已注定,哈姆雷特和日瓦戈在劫难逃,那么就要像基督对圣父所说的那样:"然而不要从我的意思,只要从你的意思。"就是说,他最后还是要听从圣父的意愿,走受难之路。

《哈姆雷特》这首诗用受难主题构建出一个基督、哈姆雷特和日瓦戈的精神"三位一体"。之后,《日瓦戈医生》组诗中的其他诗作则对这个精神的"三位一体"进行阐释。当然,这个"三位一体"中哈姆雷特的体位被作家帕斯捷尔纳克所替代。

首先,是抒情主人公,即小说主人公日瓦戈与基督进行的一场对话。这是第18首诗《黎明》。在这场对话中展示出主人公日瓦戈观念的演变:"你主宰过我的命运。//后来就是离乱和战争,//你消失得无影无踪,//久久没有你的音讯。"这里的"你"是大写字母,意指基督①。就是说主人公曾经虔诚地信仰过基督,他读过《新约》,他读圣书的感受是如此强烈,以至于他仿佛听到了基督对他说话的声音。但是在可怕的历史变革中(离乱、战争、破坏等),基督的声音被历史的喧嚣压倒了,他消失得无影无踪。接着,"经过十分漫长的岁月,//你的声音重新让我震惊。//我把你的遗训读了一夜,//仿佛从昏厥中苏醒。"这里的遗训是指《圣经·新约》。诗中说的"你的声音",是替代"你的文本",即《新约》文本。诗中的"仿佛从昏厥中苏醒"是指他在离开基督的时候,仿佛处于一种昏厥中。当他重新读到《新约》后,他才宛如"从昏厥中苏醒"。"我渴望加入人们的行列,//加入他们充满生机的早晨。//我不惜把一切击成碎片,//让所有人都跪下倾听。"这四句诗很重要。抒情主人公在倾听了耶稣训诫的声音之后,"从昏厥中苏醒","我渴望加入人们的行列,//加入他们充满生机的早晨"。实际上这是对《约翰福音》的回应。《约翰福音》第11章"主叫拉撒路复活"中第43—44节说:"说完这话,就大声呼叫说:'拉撒路出来!'那死人就出来了,手脚裹着布,脸上包着手巾。耶稣对他们说:'解开,叫他走!'"《约翰福音》第11章的这段寓言的哲理含义是:人的灵魂是永生的。灵魂不管在哪里,它能够随时听到耶稣的呼唤。所以,主人公才能"从昏厥中苏醒"。

有评论者认为帕斯捷尔纳克的"让所有人都跪下倾听"②这句诗傲慢

---

① 在苏维埃时期,审查机构禁止用大写的"你"称上帝和基督。
② 这是帕斯捷尔纳克喜欢并经常用的一句话。1958年,B.巴耶夫斯基去帕斯捷尔纳克的别墅拜访他,在谈到苏联当局对他的迫害时,他说:"他们想让我跪下。"

已极:说他想让所有人跪在他的才能面前。这里恐怕是一种误解。这句话实际上还是来自《圣经》。在《圣经》里,"让所有人都跪下倾听"——是让人们倾听基督的训诫和预言。在《旧约·但以理书》第10章里,先知但以理看见了"异象",接着是这样写的:"忽然,有一只手按在我身上,让我跪在那里。他对我说:'大蒙眷爱的但以理啊,要明白我与你说的话,只管站起来……'"知道《圣经》中这段话之后,就可以理解诗作主人公在最后一个诗节中所说的胜利是什么意思了。"与我同在的人无名无姓,//树木、孩童和足不出户的人,//我被他们一一征服,//我的胜利也就在其中。"这里的"胜利",是指基督教信仰的胜利,是基督教信仰征服了所有人。因此《黎明》一诗中的抒情主人公也希望像基督一样承担所有人的苦难:"我为所有人担忧,//仿佛是他们身上的肉。"

  帕斯捷尔纳克、日瓦戈、基督对待善与恶的态度是相似的。因此,帕斯捷尔纳克把《童话》这首诗安排在组诗的中心位置(第13首)。《童话》这首诗是基于民间传说写成的。圣格奥尔基战胜蛇妖的奇迹是一个古老的基督教传说。据说,出生在小亚细亚的圣格奥尔基一生作了许多善事,其中一件就是他战胜蛇妖,并将蛇妖踏在马蹄之下,最终救出少女的故事。这个传说被画成圣像画,并在俄罗斯民间广为流传。人们认为,格奥尔基是一位圣者,是热爱基督的勇士。《童话》这首诗在小说《日瓦戈医生》组诗中的寓意十分明显:主人公尤里·安德烈耶维奇·日瓦戈就是战胜蛇妖的希腊人格奥尔基[①],拉拉就是那位被救的少女,恶魔式的科马罗夫斯基就是蛇妖。《童话》这首诗通过这个古老的基督教传说浓缩了《日瓦戈医生》中善恶的对立和斗争,阐释出基督教的善恶观念,这是小说的核心所在。

  小说主人公日瓦戈与基督的精神一致还表现在两者都有"变容"的过程。组诗中的第14首诗《八月》[②]提到了这点。日瓦戈医生于1929年8月死在莫斯科街头。日瓦戈死在8月是一种寓意,因为在《马太福音》中,8月6日是主显圣容的日子。《马太福音》第17章第2、5节写道:"就在他们面前变了形象,脸面明亮如日头,衣裳洁白如光……说话之间,忽然有

[①] 格奥尔基的别名有两个,一个是尤里,另一个是叶戈尔。作家帕斯捷尔纳克把自己主人公的名字称作尤里是有其深刻的寓意的。

[②] 《八月》一诗表达了尤里·日瓦戈与拉拉关系的悲剧,它具有一种与其生平暗合的内容:1952年10月,帕斯捷尔纳克因心肌梗塞住院,他经受了一次接近死亡的考验,生还是一种奇迹。这是他一生中第二次死里逃生。1903年8月6日,他从马上摔下来,差一点死去,但也奇迹般地活下来了。

一朵光明的云彩遮盖他们,且有声音从云彩里出来说:'这是我的爱子,我所喜悦的,你们要听他。'"日瓦戈死的日子与主显圣容的时间相吻合,这寓意他要脱胎换骨,彻底改变自己的信仰和精神面貌,与自己的过去告别。日瓦戈医生死在他要去为苏维埃国家服务上班的途中。日瓦戈从反对苏维埃政权到开始为苏维埃政权服务,这是他人生中的一个重大变革,他要经过变容过程,因此必须先死去。临终前,他与世人告别:"永别了,在基督变容节和救土节这晴朗的一天,//请用那女性温柔的手掌,//最后抚平我命运的创伤。""永别了,多年不幸的时光:// 女人的变幻莫测的召唤,//无止境的卑微还有低贱,//一生我都在充分地承担。""永别了,伸展宽阔翅膀,//为的是勇敢自由的飞翔,//伴送着世间的创造之神,//还有那应验的言语篇章。"

《八月》这首诗作还表达出一种人的灵魂永生的思想。抒情主人公死后:"你们大家都会亲耳听见,//一个平静的声音在身边,//那是已经预知天意的我,//说话的嗓音丝毫没有变。"就是说他的肌体虽然消亡,但是他不断地发出声音,因为他的灵魂是永生的。

组诗中《圣诞节之星》、《神迹》、《受难之日》、《忏悔的女人》(一)、《忏悔的女人》(二)、《客西马尼园》、《受难周》这几首诗是专门献给基督的。它们描述了基督从诞生到被处死的几个重要的人生阶段。

"圣诞节之星"是指把东方圣贤引到伯利恒——基督诞生之地的星。按照《马太福音》的说法,耶稣是上帝的儿子,由于他的母亲马利亚来到伯利恒时,客店已经住满,所以只能住在马厩里,于是耶稣就在那里诞生。在他诞生的时候天上出现异星,这就是伯利恒之星,即圣诞节之星。按照《路加福音》的说法,"在伯利恒之野地里有牧羊的人,夜间按着更次看守羊群,有主的使者站在他们旁边,主的荣光四面照着他们,牧羊的人就甚惧怕。那天使对他们说:'不要惧怕,我报给你们大喜的信息,是关于万民的。因今天在大卫的城里,为你们生下了救主,就是主基督。你们要看见一个婴孩,包着布,卧在马槽里,那就是记号了。'"① 作家帕斯捷尔纳克在《圣诞节之星》(第 18 首)这首诗里,不但把《马太福音》和《路加福音》中耶稣诞生的总体环境、氛围和情节转述出来(冬天、狂风、马厩、荒原、白雪、牧羊人、婴儿),而且把耶稣诞生的故事更加细化,加入了自己丰富的想象,增加了术士、更夫、步行者、赶牲口的人和骑手,还出现了驴子和驼队、

---

① 《新约·路加福音》2:8—12。

牧羊犬,等等,在情节上增加了圣母马利亚与众牧羊人的对话:

"你们是些什么人?"马利亚在发问。
"我们是牧羊人,是上天的指派,
送来对你和他的赞美,是目的所在。"
"都进去不可能,请在外面稍等。"

帕斯捷尔纳克的这首诗使基督诞生的情节更加人物化。此外,圣诞之星既是把圣婴"照亮"的星("天边那颗圣诞之星,//像临门的嘉宾把圣婴照亮。"),也是圣婴基督的象征。

《神迹》(第20首)这首诗是以《马太福音》和《马可福音》中关于无花果树的情节为基础创作的。耶稣是神人,因此他有许多神迹,比如变水为酒,平息风暴,让瞎子复明,哑巴说话,瘫子走路,死人复活等。但这首诗开篇首先指出:"他走的是去耶路撒冷的路,//心中充满预感的痛苦。"人要想永生复活,必须走基督之路,走一条充满荆棘、痛苦之路。这是对《马太福音》内容的转述。《马太福音》的"预言受难复活降临"一段里,耶稣给自己的门徒指出的就是这样一条路:"从此,耶稣才指示门徒,他必须上耶路撒冷去,受长老、祭司长、文士许多的苦,并且被杀,第三日复活。"①当然,这也是耶稣本人要走的路。"因为凡要救自己生命的,必丧掉生命;凡为我丧掉生命的,必得着生命。"②帕斯捷尔纳克想通过这首诗再次强调人要走受难之路,这是通向复活的必经之路。

"不远处有一株挺拔的树棵,//那是只有枝和叶的无花果。//他问树:'你生来对人何益?//光秃的树干有什么意义?'""这树因受责而周身颤抖,//又像是通过了一道电流,//顷刻间化为灰烬。"这几句诗是对《福音书》中的"无花果树被诅咒"的一种新的阐释。因为《马太福音》中写到耶稣带着众弟子去耶路撒冷的路上,出城到伯大尼去,在那里住宿。"早晨回城的时候,他饿了,看见路旁有一棵无花果树,就走到跟前,在树上找不着什么,不过有叶子,就对树说:'从今以后,你永不结果子!'那无花果树就立刻干枯了。"③《马可福音》中也有类似的叙述:"第二天,他们从伯大尼出来,耶稣饿了。远远地看见一棵无花果树,树上有叶子,就往那里去,或者在树上可以找到什么。到了树下,竟找不着什么,不过有叶子,因

---

① 《新约·马太福音》16:21。
② 《新约·马太福音》16:25。
③ 《新约·马太福音》21:18—19。

为不是收无花果的时候。耶稣就对树说：'从今以后,永没有人吃你的果子。'他的门徒也听见了。""早晨,他们从那里经过,看见无花果树连根都枯干了。"①但是帕斯捷尔纳克的《神迹》中,无花果树对耶稣的精神激情持冷漠的态度："我又饿又渴,可你却无花无果,//见到你不如见到一块石头。"耶稣对无花果树持谴责的态度："你就到死也就这样吧！"他认为它既然不结果,生存就毫无意义。无花果树自己也不想有这样的状态,它不是无感情的,它并不是无言地接受惩罚,而是羞愧难容,"顷刻间化为灰烬"。而《福音书》中无花果树只是干枯而已,没有化为灰烬。这样一来,在耶稣的充满动态的"思索"与大自然的静态的无花果树之间就形成了鲜明的对照。此外,无花果树的结局表明,它要听从神的话,通过自我否定去迎接新生。耶稣不仅是在处罚无花果树,而是用无花果树幻灭的代价让它获得新生。

"然而神迹终归是神迹,//神迹也就是上帝。"这两句诗是对耶稣思想的进一步确切。因为耶稣在《马太福音》中回答法利赛人时说过："一个邪恶、淫乱的世代求看神迹,除了先知约拿的神迹之外,再没有神迹给他们看。"②耶稣在第16章第4节里再次重复了这段话,可见他对神迹坚定的认识和看法。

《受难之日》(第22首)这首诗是根据《约翰福音》的情节创作的,第一个诗节写耶稣骑驴进耶路撒冷："那是最后的七天,//他进入耶路撒冷,//手拿橄榄枝的人们,//跟在身后欢呼进城。"接着诗作叙述耶稣被弟子出卖,法利赛人强加给耶稣的所谓罪证,认为耶稣受了魔鬼的诱惑,甚至把他在迦拿婚宴中变水为酒③的事情也列为罪证。诗作的最后一个诗节,则是对耶稣复活的描述："穷苦的人聚集了一群,//举着蜡烛下到坟茔,//蜡烛被吓得灭了火,//他已复活正在起身……"

小说《日瓦戈医生》的女主人公拉拉是一位当代的抹大拉。作家在这位女性身上表现了忏悔的主题。"忏悔的女人"就是抹大拉的女人④。第23、24首诗作《忏悔的女人》的内容源于《福音书》(《马太福音》第27章第

---

① 《新约·马可福音》11:12—14。

② 《新约·马太福音》12:39。

③ 这是耶稣第一次显示自己的神迹。耶稣本来不想显示这个神迹,他对自己的母亲说："母亲,我与你有什么相干？我的时候还没有到。"可是他的母亲请求他,于是他就做了。可见,耶稣是听从母亲的请求而显示神迹的。

④ 抹大拉城的马利亚作为"忏悔"形象在一些国家的文学作品里有过提及。如意大利作家卜迦丘的《十日谈》、英国作家狄更斯的《教堂钟声》、德国诗人海涅的诗作《卡塔琳娜》,等等。

55、56、61 节;《马可福音》第 16 章第 9—11 节;《约翰福音》第 19 章第 25 节,第 20 章第 11—17 节;《路加福音》第 24 章第 10 节)中关于靠近加利利海的抹大拉城的马利亚的故事。这个女人来自抹大拉城,她的名字也由此而来。她原本是妓女,被魔鬼缠身。耶稣从她的身上赶走了七个魔鬼。她十分感激耶稣,遂成为耶稣的虔诚信徒,伴随耶稣走完了他的尘世生活。耶稣受难时,她在场,与耶稣的母亲在一起,并是耶稣下葬的目击者。安息日之后,她与其他几位耶稣的信徒买了香膏,去到耶稣的坟头,准备给自己心爱的主涂香膏,但坟里不见耶稣的尸体,她久久站在那里哭泣。这时有两个身穿白衣的天使告诉她,耶稣复活了。她的虔诚获得了最大的奖赏:抹大拉的马利亚是第一位看到耶稣复活的人,她也是第一个听到主的吩咐,并告诉主的弟子说主已经复活的女人。

耶稣复活后对她说的第一句话是:"女人!你哭什么?你在寻找谁?"她起初没有认出主来,也许是因为她的眼里充满了泪水,也许是因为她在坟里没有找到耶稣而过度地悲伤所致。因此,她起初以为那是一位看园人。只是当耶稣用他那温和的声音喊她"马利亚"之后,她才立刻分辨出原来这是主,这时她万分激动,感激地跪在他的脚下,高兴地叫了一声:"拉波尼!①"可是这时候主对她说:"不要摸我,因我还没有升上去见我的父。你往我弟兄那里去,告诉他们说:我要升上去见我的父,也是你们的父;见我的上帝,也是你们的上帝。"

在帕斯捷尔纳克的《忏悔的女人》(一)这首诗里,塑造的是抹大拉的马利亚临终前的形象。这完全是诗人对《福音书》中这个女性形象后来命运的想象。因为在《福音书》里,在她见到耶稣复活之后,对她后来的行踪就很少有记载了。据传说,她去到罗马宣讲《福音书》,曾经向罗马国王提庇留告过犹太巡抚本丢·彼拉多的状,并给罗马国王拿去一颗红蛋,作为主受难和复活的象征。她去世后被埋葬在以弗大恸。在帕斯捷尔纳克的诗作里,抹大拉的马利亚首先回忆自己过去放荡的生涯,当"坟墓的寂静来到的时候","当她走到生命的尽头"的时候,再一次做临终前的忏悔,希望主能够拯救她,她愿意与主在一起,就像"幼芽与大树连在一块",那样就不会再惧怕什么罪孽、死亡、地狱了。这首诗的最后一个诗节再次表达了抹大拉的马利亚对主的虔诚和追随主的决心。《忏悔的女人》(二)是对耶稣受难的回忆,她感谢主教会她"预言的才能",学会了"巫术的本领",

---

① 犹太人对著名的导师或熟人的一种荣誉称号,此处的意义为"我的主啊!"

并坚信她也会像主一样,三天后复活。

"客西马尼园"是基督被捕、判刑和被处死的前夜所呆的地方,基督与自己的弟子在那里度过了最后一个夜晚。在《圣经》的几部《福音书》①里都多次提到它。客西马尼园是俄罗斯许多诗人诗歌创作的题材。如纳博科夫的诗作《关于寻找木匠的老太婆的传说》(1922)提到伯利恒;诗作《当我登上钻石的梯子……》(1923)也提到耶路撒冷郊外的戈夫西曼花园。

帕斯捷尔纳克在《客西马尼园》这首诗的第一个诗节写道:"远方闪烁的群星,//无意照亮蜿蜒的路程。//小路盘旋在橄榄山,//脚下水流急湍。"这里的橄榄山是指《路加福音》中提到的橄榄山,就是指耶稣带领众门徒去的地方。耶稣在那里劝众门徒祷告,并自己首先祷告起来:"父啊,你若愿意,就把这杯撤去,然而,不要成就我的意思,只要成就你的意思。"然而众门徒却因为忧愁而睡着了,犹大出卖了耶稣,耶稣被解交彼拉多,受审后钉上十字架。帕斯捷尔纳克这首诗基本上是按照《路加福音》的情节叙述的,他把耶稣尘世生活最后一天的主要环节都提到了。但是在一些细节上诗作与《福音书》的叙述有所不同,如彼得形象。在《路加福音》里彼得并没有像诗中写的那样"拔剑与暴徒对抗",而是无奈地痛哭。此外,《路加福音》里耶稣也并不是像帕斯捷尔纳克在诗中所写的那样,"他已从容地放弃,//无所不能地显现神迹"。而是显示了自己的神迹:当来抓耶稣的大祭司的耳朵被砍掉后,他"就摸那人的耳朵,把他治好了"。

耶稣在自己死前预言:"人子必须被交到罪人手里,钉在十字架上,第三日复活。"②不但耶稣自己预言,而且他的信徒也相信这一点。尽管他们面带悲伤为他送行,但相信耶稣会复活:"面对复活更生伟力,//死神也要悄然退避。"③

《客西马尼园》最后的一个诗节对耶稣的上述预言做出新的阐释。

> 我虽死去,
> 但入棺木后三日就要复活,
> 像河中漂浮的木筏和一串驳船,
> 世世代代走出黑暗的深渊,
> 来到我跟前接受神意的判决。

---

① 本诗所说的事件仅与《新约·路加福音》第20章第9—18节的叙述相接近。
② 《新约·路加福音》24:7。
③ 参见诗作《受难周》(亦译《复活节前七日》)。

在这里耶稣不但说出自己死后三日将复活,而且要按照神意对世人进行审判。

人死后要复活,人的灵魂永生,复活战胜死亡,这是《日瓦戈医生》中整篇组诗所要表达的思想,也是《福音书》的思想契机。日瓦戈想把复活的思想移到自己身上,像基督一样永生。但日瓦戈理解的永生不是肉体的复活,而是精神的复活。因此,他的肉体虽然死亡了,但那象征着他的精神永生的蜡烛永远在燃烧。

从以上对帕斯捷尔纳克的小说《日瓦戈医生》中主人公日瓦戈组诗的分析,我们可以发现这些诗作是对小说内容和主人公基督教思想的一种浓缩。日瓦戈借用《福音书》的故事、寓意和象征,揭示人类历史的宗教内涵,强调出人生的受难主题,表达了他的基督信仰和人的复活与灵魂永生的思想。

第五章　20世纪的受难圣愚
——维涅奇卡

Вен. 叶罗菲耶夫①（Венедикт Ерофеев）(1938—1990)是20世纪下半叶俄罗斯文坛的特殊一员，其代表作《从莫斯科到别图什基》（*Москва - Петушки*）(1970)是一部具有开创性意义的小说，它不仅开创了俄罗斯后现代主义文学的先河，而且以独特的方式继承了俄罗斯精神文化传统，表现出一个带有作家印迹的现代圣愚的天路历程，揭示了20世纪60—70年代俄罗斯自由知识分子的精神求索之路。小说写成于1970年，最初发表于国外，20年后回归俄罗斯文坛，读者和评论家才逐渐发现其恒久的魅力和独特的价值。"虽然维涅·叶罗菲耶夫及其创作直到20世纪90年代才得到研究，然而，人们很快就认识到叶罗菲耶夫作为一名作家的天分，他的创作是当代俄罗斯文学史上非常重要的一页，60—80年代的俄罗斯文学缺少叶罗菲耶夫和他的作品将是不完整的。"②这段话正确地评价了叶罗菲耶夫及其作品在20世纪俄罗斯文学中的重要地位。

的确，《从莫斯科到别图什基》堪称俄罗斯后现代主义文学的开山之作，也是当代俄罗斯文学中的一枝奇葩。它不仅热衷于解构，同时也在建构。小说的结构就像一个箭头，从一端指向另一端，从莫斯科指向别图什基，从虚幻的现实指向真实的天堂。这种明确的指向性是小说中建构性的表现之一，小说的旅程模式和主人公的行为、意识皆指向别图什基，小说的标题"从莫斯科到别图什基"就是这种指向性的鲜明表征。小说中反复提到的别图什基是主人公心目中的天堂和伊甸园，是融合了爱、美和宁静的另一种生活和现实，是他真正的精神家园。而小说中主人公的旅程就是从莫斯科的荒诞、破碎、无意义的禁锢和混乱中挣扎出来，在经历痛苦（酒）的洗礼和魔鬼的诱惑后到达天堂别图什基。然而小说的结局却是

---

① 其作品数量颇为有限，而且其中有一些或者丢失，或者未完成，经常提到的作品有《疯子笔记》(1958)、《德米特里·肖斯塔科维奇》(1972，丢失，未完成)、《怪人眼中的瓦西里·罗扎诺夫》(1973)、《女妖五朔节之夜，或骑士的脚步》(1985，戏剧)等。

② 陈方等：俄罗斯后现代主义文学的一面镜子》，《国外文学》，2003年第1期，第105页。

悲剧性的,因为没有人能够到达别图什基。小说中主人公的旅程带有明显的圣愚特征和很多隐喻性密码。由于文本的多义性和开放性,完整地解读这部作品是不可能的,下面只从小说对现实的解构与主人公的旅程两方面入手来分析它。

首先,小说中贯穿着对现实的不满、质疑和否定,这表现在三个方面,即瓦解苏联神话,主人公的非英雄和边缘人身份,生活在别处——对别图什基的向往。

小说开篇就直逼主题,把苏联现实生活的核心——克里姆林宫作为一个重要线索提供给读者。克里姆林宫是苏联最高权力的象征,是人民心目中高高在上的统治力量,它的地位不容置疑。然而,小说开篇就企图粉碎克里姆林宫的神话:"大家总是说:克里姆林宫,克里姆林宫。我听所有的人说过克里姆林宫,可我自己却一次也没有见过它。不知道有多少次了(有一千次了吧),我在畅饮之后,或者在宿醉难解之时,从城北到城南,从城西到城东,从城的这一头穿行到那一头,信步把莫斯科走了个遍——但我还是一次也没有见过克里姆林宫。"①

所有的人都见过克里姆林宫的事实说明克里姆林宫在人们心目中的地位,但唯独主人公没有见过它,唯独主人公眼里没有那份对权威的崇拜,这说明小说开篇就把克里姆林宫放到主人公价值重估的体系中去,他不愿像"所有的人"一样盲目崇拜克里姆林宫,他对其所代表的神圣、威严、霸权漠然置之,对其所代表的人间政权表示公开的挑衅。而能够与人间的圣殿(如克里姆林宫)对立的只能是非人间的圣殿,所以不妨认为主人公是从彼岸的视角来看待克里姆林宫的,对于彼岸而言,克里姆林宫的确形同虚设。但主人公又是生活在此世的人,关于克里姆林宫的印象还是被强加到他的意识中,所以克里姆林宫是一个彼岸可以藐视而此岸却无法忽视的形象。在小说中它被塑造成地狱的象征,其庞大的黑暗力量笼罩着主人公,一如开篇所反映的那样,尽管主人公一次也没有见过克里姆林宫,但它仍是主人公命运中无法抹杀的因素。克里姆林宫的势力范围如此之大,以至于主人公在与之对立时也把自己与围绕它的"所有的人"对立了起来。此处的"所有的人"指的应是盲从的大众,主人公则是这茫然大众中唯一的清醒者,所谓世人皆醉我独醒:"人生不就是灵魂的瞬间迷醉吗?不就是灵魂的迷茫吗?我们大家都像是醉酒的人,只不过醉

---

① Вен. 叶罗菲耶夫:《从莫斯科到别图什基》,莫斯科:瓦格利乌斯出版社,2001年,第5页。

的程度各不相同,有的人喝得多一点,有的人喝得少一点。酒对每个人的作用也各不相同……而我——我是哪一类呢?我尝遍了酸甜苦辣,但这些对我没起任何作用,我甚至从未好好地开怀大笑过一次,也从未狂吐过一次。我在这个世界上体验过的事情已经多得我无法计算,忘记了它们的前后顺序——我比这个世界上所有的人都清醒……"①

然而,小说的讽刺意味就在于这个孤独的清醒者却是一个毫无节制的酒鬼,这个酒鬼借着酒疯无视克里姆林宫的存在,酒使这个世界在主人公眼里完全变了样。酒是贯穿小说始终的一个重要意象,"真理在酒中"②,"酒是狂欢的现代替代物。伏特加让主人公从所有的社会框架中挣脱出来……"③的确如此,由于醉,主人公才可能从另一个视角来看待约定俗成的一切,透过醉眼,世界扭曲了,现实不成其为现实,高尚也不成其为高尚,在沉醉的意识中甚至克里姆林宫都需要重新估价。这种公开的反叛不能不说是对苏联神话的一个沉重打击,以克里姆林宫为核心的苏联现实动摇了,现实不等于真实,权威不等于真理,沉醉也不等于糊涂。

如果说作家在小说开篇就对苏联神话的核心进行质疑的话,那么在随后的小说流程中,他仍在不断进行着这种解构,而解构的方式之一就是"去神圣化":"这部史诗的主题之一就是对共产主义宗教的去神圣化。"④作家利用醉意沉沉的主人公的酒疯来重新审视被苏维埃官方奉为圭臬的一切,极尽讽刺、戏讽、反讽之能事,在狂欢般的颠倒中把神圣、高尚、严肃夷为平地。对克里姆林宫进行挑衅之后,作家又把矛头对准苏联社会主义建设的辉煌成就,主人公维涅奇卡及其同伴们的工作就是对这种成就的解构:"我们的生产过程是这样的:一大早我们就坐下来玩西卡,来钱的(你们会玩吗?),然后把电缆从滚筒上解下来,铺放到地下。接下来该干什么就不用多说了:大家都坐下来,每个人按照自己的方式打发闲暇时光,毕竟每个人有自己的理想,自己的气质:有的人喝苦艾酒,有的人则更简单,干脆喝'新鲜'牌花露水,而有的人则有更高的要求——在舍列梅捷沃国际机场喝白兰地。然后大家都躺下睡觉……我们一个月给他们交一次社会主义义务,他们一个月给我们发两次工资。例如,我们写道:在列

---

① Вен. 叶罗菲耶夫:《从莫斯科到别图什基》,第177—178页。
② O. 鲍格丹诺娃:《俄罗斯后现代主义的开山之作——维涅季克特·叶罗菲耶夫的〈从莫斯科到别图什基〉》,圣彼得堡:圣彼得堡大学语文系,2002年,第21页。
③ А. 佐林:《远程的近郊列车》,俄罗斯《新世界》杂志,1989年第5期,第257页。
④ М. 杜纳耶夫:《东正教与俄罗斯文学》第6卷,第732页。

宁百年诞辰之际我们保证杜绝工伤。要不就是：在这光荣的百年大庆之际，我们将努力做到有六分之一的员工在高等院校接受函授教育。既然我们没日没夜地玩牌，而且一共只有五个人，工伤与函授教育又何从谈起呢！"①

  这段话与苏联官方报纸宣传构成对话关系：一方面，苏联官方对内对外所高度颂扬的社会主义建设的辉煌成就与维涅奇卡所在生产队的消极怠工形成对比；另一方面，官方的好大喜功与底层的浮夸风相互对应。由此可见，苏联官方媒体所宣扬的美好生活并不完全是真相，其中不乏虚假的谎言，而维涅奇卡对这种宣传的欺骗性一清二楚，他真诚坦率的个性使他与这种虚假格格不入。既然没有实际的生产热情，那么当上队长的维涅奇卡就创造性地画出了每个人的饮酒数量图表，但图表被错误的当成报告交了上去，因而当了五周队长的维涅奇卡被"钉上了十字架"——从队长职位撤了下来，代替他的是符合上层要求的苏共党员布林加科夫。由此说明，维涅奇卡的"真"与苏联现实生活中的"假"是不相容的，一份饮酒数量图表使他仕途折腰，而每天的消极怠工领导们却不闻不问，善于说假话和投机钻营的人成为建设大潮中的英雄，而诚实的人却无立足之地。维涅奇卡的这段滑稽可笑的经历是对苏联社会主义建设的戏讽，他的"真"解构了建设大潮中的"真"。

  除了对克里姆林宫和苏联社会主义建设的"去神圣化"之外，小说中还有不少类似的解构例子，这些例证说明作家对建构于苏联神话基础之上的现实生活提出了质疑，并试图打破这个乌托邦神话。

  主人公维涅奇卡的反英雄身份是对苏联神话的进一步解构。维涅奇卡从一开始就不相信这个神话，对克里姆林宫的有意忽视就是这种不相信的最佳证据。既然不相信这个神话，维涅奇卡自然无法与神话构建的莫斯科兼容，他既不可能在莫斯科飞黄腾达，也不可能成为社会主义建设的英雄，他被主流社会排斥，成为苏联社会生活的边缘人和局外人。这个不苟同于现世的小人物面临着被莫斯科集体驱逐和棒杀的命运，在偌大的莫斯科城他无家可归，无权无势的地位使他在现实生活中寸步难行，处处受到欺压和鄙视。库尔斯克火车站餐厅的遭遇就是这种生存困境的最佳例证：从陌生的门洞中醒来的维涅奇卡，只想喝800克赫列斯酒解解宿醉，但却遭到餐厅服务员的粗暴对待。"我又多余地提到了赫列斯酒！真

---

  ① Вен. 叶罗菲耶夫：《从莫斯科到别图什基》，第31—32页。

是多余! 赫列斯酒一下子就把他们激怒了。三个人架起我的胳膊,拖着我穿过整个餐厅——噢,那种羞辱真让我心痛!——拖着我穿过整个餐厅,然后把我推搡到了大街上。我那装着小礼品的手提箱也紧跟着我——被扔了出来。"①

与苏联文学中所歌颂的"大写的人"、"真正的人"相反,维涅奇卡是个"小写的人"、没有尊严的人、毫无骄傲之处的人,他是反英雄、非英雄,他不仅是小人物,他还是边缘人和局外人。车站餐厅的受辱经历充分说明维涅奇卡这个"小写的人"根本无法见容于莫斯科,连门房、服务员等处于社会底层的平民都瞧不起他、欺负他、侮辱他,可见莫斯科的现实生活对他是多么残酷:克里姆林宫与他互不相容,苏联社会主义建设又把他开除,而同样处于底层的平民大众(也属于见过克里姆林宫的"所有的人"之列)也厌恶排斥他。莫斯科的各种力量都在驱逐他,他是一个异类,苏维埃社会不需要这样的异己。而维涅奇卡自己也胆怯地承认,他本来就不是莫斯科人,而是西伯利亚人,是孤儿。西伯利亚自古以来就与流放犯有着密切的联系,而流放犯多是自己时代的异类,是不见容于人间政权的精神孤儿,俄罗斯的流放犯中有多少天才人物,难以计数,而维涅奇卡就属于这类受难的"西伯利亚人"。莫斯科不是维涅奇卡的故乡,维涅奇卡对于莫斯科而言是一个外来人,然而正是这外来人打破了宁静的湖面,湖面上美丽的倒影原来只是一场虚幻。

既然苏联官方所建构的神话现实瓦解了,而维涅奇卡又与莫斯科格格不入,那么他这个无根的莫斯科边缘人和流浪者又要去哪里呢? 在潜意识中,或在喝醉之后,维涅奇卡总是不由自主地往家的方向走。"我老是这样:每当我寻找克里姆林宫的时候,总是一成不变地跑到了库尔斯克火车站。实际上,我也是应当去库尔斯克火车站的,但我仍向市中心的方向走去,为了哪怕看上一眼克里姆林宫:反正都一样,我想,不管什么样的克里姆林宫我都不会看到的,我最后能到达的地方只有库尔斯克火车站。"②

库尔斯克火车站是小说中明确指向性的开始,克里姆林宫—库尔斯克火车站—别图什基,主人公旅程中三个至关重要的地点将会一一出现,虽然维涅奇卡一再提到克里姆林宫,但第一个出现在维涅奇卡视线中的却不是它,而是库尔斯克火车站。虽然维涅奇卡无数次地想要看到克里

---

① Вен. 叶罗菲耶夫:《从莫斯科到别图什基》,第 14—15 页。
② 同上书,第 6 页。

姆林宫,但由于他与克里姆林宫之间的对立,所以他们互相排斥,维涅奇卡无论如何也看不到克里姆林宫,因为他们的碰面就是冲突的激化,最终将导致一方的灭亡。因而,维涅奇卡生命中的这三个点可以如此排列:库尔斯克火车站—别图什基—克里姆林宫,或者库尔斯克火车站—克里姆林宫—别图什基。第一种排列中维涅奇卡从库尔斯克火车站出发,向别图什基的方向运动,但没有到达别图什基,而是死在了克里姆林宫墙外。第二种排列中维涅奇卡从库尔斯克火车站出发,却到达了克里姆林宫,并死在那里,但他的灵魂却一直牵挂着别图什基,因为那里才是他旅途的终点。无论怎样排列,库尔斯克火车站都是第一个出现在维涅奇卡的视野中,因为他的潜意识始终倾向于开始这一次旅程,所以他一而再,再而三地来到库尔斯克火车站,要继续俄罗斯文学中已经重复了无数次的灵魂之旅。

关于这部小说与俄罗斯文学中传统的"旅行记"之间的联系不言而喻,A. 拉季舍夫的《从彼得堡到莫斯科旅行记》、H. 涅克拉索夫的《谁在俄罗斯能过好日子?》、A. 普拉东诺夫的《切文古尔镇》等都是此类旅行小说的典范,这些旅行记的主人公或多或少都经历着灵魂的痛苦,其旅行的目的或隐或显都具有明确的指向性,即主人公的最终目标几乎都是要寻找幸福、乐园和天堂。《从莫斯科到别图什基》无疑在这种意义上继承了俄罗斯文学的精神传统,正如 И. 谢普夏科娃所言:"史诗主人公及其作家的精神痛苦是俄罗斯文学中代代相传的、自愿背负的由来已久的十字架。"①这种自愿的受苦受难有其特殊的目的,即从罪孽和痛苦的深渊走向彼岸。小说中与现实世界和克里姆林宫对立的彼岸天堂就是别图什基,那里是神眷顾的地方,那里有爱、宁静与和谐:"别图什基,那是一个无论白天黑夜鸟儿都不会停止歌唱的地方,在那里,无论春夏秋冬茉莉花儿都不会凋谢。原罪——可能,那里有过——但在那里谁也不会为此苦恼。在那里,甚至连周周都饮酒的人,他们的目光也清澈见底……去吧,去别图什基吧! 别图什基有你的拯救和欢乐,去吧!"②

冥冥之中有个声音在不断地对维涅奇卡发出召唤,牵引他去别图什基,而别图什基才是适合他这个另类生活的地方。别图什基最大的特点之一就是有爱。别图什基有他所爱的女人,每周五,心爱的姑娘都会在月台上迎接他,她"有一双白色的,有点泛灰的眼睛。她是我最喜爱的荡妇,

---

① 转引自 M. 杜纳耶夫:《东正教与俄罗斯文学》第 6 卷,第 740 页。
② Вен. 叶罗菲耶夫:《从莫斯科到别图什基》,第 41 页。

是浅色头发的女魔鬼……她淡白色的目光中没有良心,也没有耻辱……"①她是女王,又是坏婆娘,她是圣母,又是情人。她是能让维涅奇卡复活的力量,是生活和生命。"坏婆娘对好人来说有时候简直非常必要。比如说我吧,十二个星期前:我还在棺材里,我已经在棺材里躺了四年了,因此已经不发臭了。人们对她说:看——他在棺材里,如果你能,就让他复活吧。而她走到棺材前——你们要是看到她是怎样走到棺材前的就好了!……她走到棺材前,说:大利大古米。这从古犹太语翻译过来就是:我对你说——站起来,走吧。你们猜怎么样?我就站了起来——走了。"②

维涅奇卡躺在棺材里等待复活的情节源于《约翰福音》中耶稣使拉撒路复活的情节,③坏婆娘复活维涅奇卡的情节源于《马可福音》中耶稣使睚鲁的女儿复活的情节,④这两段故事都是耶稣凭借信与爱救助世人的神迹体现,贯穿其中的中心思想是《新约》所宣扬的复活主题。在小说中维涅奇卡把自己比拟为拉撒路和睚鲁的女儿,等待具有神力的坏婆娘来复活自己。

坏婆娘复活维涅奇卡的神秘力量就蕴含在爱之中。电气火车上的维涅奇卡与旅伴们谈论的是爱,从莫斯科出发后,维涅奇卡驶向的地方是充满爱的别图什基。由此可见,爱对于痛苦沉醉的维涅奇卡来说是一剂灵魂的良药,是能够拯救他并给予他欢乐的源泉。众所周知,耶稣复活人的力量来自圣父,而圣父是出于爱才使人出生、复活的。所以坏女人对维涅奇卡的爱充满宗教神圣意味,这份爱可以说是神对人之爱的自然流溢,正是这份爱滋润了维涅奇卡胆怯而孤独的心灵,使他心中也充满了爱。维涅奇卡所牵挂的婴孩就是他心中不竭之爱的自然流露:"上帝啊,如果他从楼梯上或炉子上摔下来,请不要让他折断手和脚。如果刀子和剃刀出现在他眼前——不要让他玩这些东西,上帝啊,请给他别的玩具吧。如果他妈妈生起炉子——他非常喜欢妈妈生炉子,——请把他拽到一边,如果可以的话。一想起他会烫伤,我就心疼……要是他生病了;——让他一见到我,病就马上好。"⑤

---

① Вен. 叶罗菲耶夫:《从莫斯科到别图什基》,第41页。
② 同上书,第100页。
③ 参见《新约·约翰福音》11:38—44。
④ 参见《新约·马可福音》5:21—24,35—42。
⑤ Вен. 叶罗菲耶夫:《从莫斯科到别图什基》,第49页。

此处的婴孩与上帝之子耶稣有相似之处。如果对于坏婆娘而言,维涅奇卡是蒙受恩典的人,那么对于婴孩而言,维涅奇卡又具有父的身份,成为施恩者与爱子者。"让他一见到我,病就马上好",这与《福音书》中耶稣藉父之力显神迹治病救人的情节对应,爱和信把不可能变为可能。

别图什基是一个有爱的地方,在那里,维涅奇卡既得到爱,又付出爱,这份爱是互动的。此处,爱的含义可以有多重解释,它可以是爱情、性爱、亲情之爱,也可以是精神之爱、神对人的爱、人对神的爱。谢普夏科娃把这种爱归结为"普遍之爱"和"永恒之爱"①,的确,互动而交织的爱把别图什基塑造成一个天堂,而莫斯科缺乏的正是爱,维涅奇卡在莫斯科的冷遇与他在别图什基的美好生活形成鲜明对比,说明他真正的归属在别图什基,而不在莫斯科,莫斯科提供给他的只有痛苦(苦酒),而别图什基则以爱消解痛苦。

如果说从莫斯科到别图什基的预定旅程是小说的一个叙述层面的话,那么别图什基—莫斯科的非预定旅程则是小说的另一个叙述层面。在第一个层面中主人公从莫斯科出发,要去充满爱的天堂别图什基,他的命运从不幸指向幸福,从死亡指向复活,而别图什基的坏婆娘则是使主人公复活的神奇力量;在第二个层面中主人公依然向往着别图什基,但天堂却离他越来越远,由于搭错车(抑或他根本就没有乘上电气列车,他的旅行只是他的一种想象和幻觉?),他又返回了莫斯科,从莫斯科到别图什基之旅变成了别图什基—莫斯科之旅。"去神圣化"的莫斯科变成了与别图什基相对的地狱,变成了黑暗与恶笼罩的城市,而别图什基—莫斯科之旅则变成了主人公的死亡之旅。复活之城与死亡之城赫然对立,在错综复杂的迷乱旅程中,主人公不可避免地踏上了自己的受难之路。

在小说的前半部分别图什基似乎胜利在望,维涅奇卡也对到达别图什基充满信心。但随着旅程的深入,维涅奇卡的信心越来越弱,别图什基变得越来越遥不可及,正如斯芬克斯所说:"别图什基,哈哈,根本没人能够到达!"②维涅奇卡在小说最后也绝望地喊道:"不对,这儿不是别图什基!别图什基,他是不会绕过的。他常在那儿靠着篝火的光亮过夜。我在那儿许多人的心灵里发现过他过夜的痕迹——他过夜后的篝火灰和烟雾。不需要火焰,只要有灰烬和烟雾就够了。不!这儿不是别图什基!

---

① 转引自 М. 杜纳耶夫:《东正教与俄罗斯文学》第 6 卷,第 740 页。
② Вен. 叶罗菲耶夫:《从莫斯科到别图什基》,第 159 页。

克里姆林宫雄伟、恢宏地耸立在我的面前。"①

此处维涅奇卡把自己放在了待救人子的位置上。引文中大写的"他"即指上帝,上帝常常在闪电和火焰中现身,但维涅奇卡却连上帝过夜所留下的灰烬都没有看到,上帝的隐身或离弃使维涅奇卡倍感孤单。此处情节模仿了耶稣受难前的最后一夜,即耶稣在客西马尼园过夜的情节。耶稣受难前的无助与孤独在维涅奇卡绝望的呼喊中被再度表达出来,维涅奇卡的受难也成了注定的命运,是无法移开的杯盏。

别图什基的无法到达与维涅奇卡的无辜受难为这部小说蒙上了一层悲剧色彩。维涅奇卡的呼喊表明他没有到达别图什基,而是到了克里姆林宫。与别图什基相反,这里是无神之地,是灾难之地,是地狱。维涅奇卡对人子的模仿从一开始就注定了他的悲剧性命运,因为这种模仿是对《圣经》中的伟大悲剧——耶稣受难的再次印证。但此处的模仿不是简单的复制,而是创造性地模仿,带有深刻的俄罗斯精神烙印。与其说维涅奇卡是基督或使徒,不如说他更像俄罗斯圣愚,或者说维涅奇卡就是一个带有基督耶稣、众使徒、圣徒等身份特征的俄罗斯傻瓜。

关于圣愚传统在《从莫斯科到别图什基》中的重要性不少评论家都发表过论述。M.利帕维茨基认为:"维涅·叶罗菲耶夫的作品的确是对俄罗斯圣愚传统的文化分支的继承,这条分支大致在罗扎诺夫和列米佐夫处断开,它来自古俄罗斯文学,并曾被陀思妥耶夫斯基多次强化。"② Г.涅法金娜强调圣愚是理解这部小说的关键,"圣愚是这部史诗中的重要概念。在俄罗斯传统中圣愚的地位一向很特别。在赤贫、肮脏、灰烬的衬托下显示出的是谦恭与温顺。温和的道德激情与愤怒的不妥协之狂暴奇怪地结合为一体。表面上圣愚总是双面的,在他之中并存着苦难圣徒的苦行和丑角的行当"③。O.谢塔科娃在谈到小说中的情节内容与彼岸、《圣经》的关系时指出,这类戏仿并不是单纯的渎神,"这种类型的相近对那些读过圣愚传记的人而言并不出格"④。在对主人公的分析中,O.鲍格丹诺娃认为:"相对于维涅·叶罗菲耶夫的小说文本而言更贴切和更准确的主人公

---

① Вен. 叶罗菲耶夫:《从莫斯科到别图什基》,第 184 页。
② M. 利帕维茨基:《小人物的封神仪式,或与混沌的对话》,俄罗斯《旗》杂志,1992 年第 8 期,第 215 页。
③ Г. 涅法金娜:《20 世纪末俄罗斯小说》,莫斯科:科学出版社,2003 年,第 254 页。
④ O. 谢塔科娃:《维涅季克特·叶罗菲耶夫晚会上的难于表达之言》,俄罗斯《民族友谊》杂志,1991 年第 12 期,第 264 页。

定义是——傻瓜。"①以上评论都从俄罗斯圣愚传统的角度出发对小说进行了文化性的阐释,可见圣愚的确是理解这部小说的重要线索。E. 汤普逊在《理解俄国:俄国文化中的圣愚》一书中对俄罗斯传统中的这一独特现象进行了分析,认为圣愚现象对俄罗斯国家、社会、历史、文化都产生过不同程度的影响,圣愚与俄罗斯文学更是渊源深厚,圣愚与古罗斯多神教之间有着不容忽视的重要联系。从圣愚形象的角度来看,《从莫斯科到别图什基》的确是一部既体现时代先锋特色,又传承俄罗斯传统文化的史诗性作品。

要理解主人公独特的受难之旅,先要理解圣愚的概念。《圣经》中说:"我们为基督的缘故算是愚拙的,你们在基督里倒是聪明的;我们软弱,你们倒强壮;你们有荣耀,我们倒被藐视。直到如今,我们还是又饥,又渴,又赤身露体,又挨打,又没有一定的住处,并且劳苦,亲手做工;被人咒骂,我们就祝福;被人逼迫,我们就忍受;被人毁谤,我们就善劝。直到如今,人还把我们看作世界上的污秽,万物中的渣滓。"②

圣愚的概念是以《圣经》为源加以阐发的,圣愚(юродивый)一词基本上包含两重意义:一是疯子,傻瓜,白痴;二是神圣的愚拙,为基督的愚痴和疯癫(юродивый Христа ради),先知般的疯修士。"блаженный, божий человек, дурак 和 дурачок 都是 юродивый 的同义词……同样,буйство 即'狂暴行为',也可当作 юродство '圣愚行为'的同义词……странник,即'流浪汉'一词,有时也用以指 юродивый。"③由此可知,圣愚的基本特征不外乎上述几点,其中最重要的一点就是"为基督的愚拙","为基督"(Христа ради)说明圣愚行为有明确的目的性和指向性,即这种愚痴和疯癫有其特殊的目的,是为了神性智慧而抛弃尘世智慧,为了彼岸荣耀而鄙视此岸荣耀,为了永恒真理而放弃现实功利。这种明确的指向性对应了《从莫斯科到别图什基》中所体现的指向性特征,别图什基、天堂、爱、复活是小说的目的,黑暗、虚假、粗暴、恶、罪孽、死亡是小说竭力要克服的东西,主人公的愚痴、酒疯、流浪、胆怯、温顺、犀利的智慧等都是圣愚特征的表现,主人公的所作所为带有明确的"为基督"的性质,他努力想要到达的

---

① O. 鲍格丹诺娃:《俄罗斯后现代主义的开山之作——维涅季克特·叶罗菲耶夫的〈从莫斯科到别图什基〉》,第 26 页。

② 《新约·哥林多前书》4:10—13。

③ E. 汤普逊:《理解俄国:俄国文化中的圣愚》(杨德友译),北京:生活·读书·新知三联书店,1998 年,第 18 页。

地方与其说是真实的地点,不如说是彼岸地点。C. 布尔加科夫曾说:"……对于东正教、特别是俄罗斯正教来说,富有代表性的是所谓'属神的人们',这些神人不来自此世,没有'此世之城',而是无家可归的流浪者,是为基督而生活的圣愚。他们拒绝自己的人的理性,具有显得愚拙的形象,以便自愿地忍受'为基督'而遭到的非难和侮辱。"①由此可知,圣愚是不属于此世的人,是属神的存在,他在现实世界是无家可归的流浪者,他真正的归属是彼岸。但是,圣愚的悲剧命运就在于他是必须生活在此世的彼岸之人,他以"为基督"的苦难为目的,把人性贬低到最小限度,在此世他屡遭非难和侮辱,痛苦不堪,但这种痛苦又是他所喜爱的,因为这是"为基督"的痛苦,他的整个尘世生命都献给了"为基督"的事业,而痛苦只是对人子命运的分担。关于苦难陀思妥耶夫斯基曾在《作家日记》中写道:"俄罗斯人民最主要的、最根本的精神需要是不断的、不可遏制的、随处存在的对苦难的需要。这种对苦难的渴望似乎是俄罗斯民族自古以来传染上的,苦难之流经过他的整个历史,不是仅仅流自外在的不幸和灾难,而是源出于人民的心灵本身。俄罗斯人民的幸福中甚至一定存在着苦难,否则幸福对于他来说就是不圆满的,整个民族和单独的个别类型都是如此。"②而圣愚可以说是这种观点的极端表达形式,对他而言,苦难和幸福、愚钝和智慧、污秽和纯洁等一系列二律背反的概念具有难以理解的统一性。

基于上述观点,再来解读维涅奇卡及其旅程,很多疑窦都会迎刃而解。维涅奇卡身上体现出一系列圣愚特征,他癫狂、愚痴、疯傻,他以彼岸的眼光来看待此世的生活,他是无家可归的流浪者,他是无可救药的酒鬼,同时他又具有罕见的智慧、清晰的洞察力和预言的能力。他的人生之旅与苦难密不可分,从始至终他的灵魂都浸泡在苦酒里,苦酒与苦难、痛苦相通,维涅奇卡对苦酒的企盼如同俄罗斯人对苦难的企盼一样,圣愚的苦难之旅被维涅奇卡的苦酒之旅替代。苦酒几乎一直陪伴着维涅奇卡,因为酒的作用,他经历了醉和癫狂的不同阶段:"阿·格尼斯说:酒是串联叶罗菲耶夫作品情节的核心。他的主人公穿越了醉的所有阶段——从最初救命的一口到最后那痛苦的无法满足的一口,从早晨商店不开到晚

---

① C. 布尔加科夫:《东正教——教会学说概要》,第 188 页。
② 转引自赵桂莲:《漂泊的灵魂》,北京:北京大学出版社,2002 年,第 266 页。

商店关闭,从酒醉的复活到清醒的死亡……"①小说的情节流动是以酒和醉为基础构建起来的。Л.兹沃尼科娃认为维涅奇卡没有做任何实际的旅行,一切都发生在他酒醉状态的思维之中:"主人公不仅没有看到克里姆林宫——他根本没有看到任何物理空间——既没有载客电气火车窗外的风景,也没有他所穿过的那些广场和街道的描述,——这些地点只是提供了名称,而这些地名也只与维涅奇卡在那里喝了什么以及喝了多少有关……"②因而,与其说维涅奇卡是在物理空间旅行,不如说他是在酒中旅行,酒贯穿了维涅奇卡的整个旅程,他与酒难舍难分,酒可以让他进入癫狂和愚痴状态,酒能够给他苦难的不同感受,酒带给他的不是享受和快乐,而是痛苦和神圣。

  上帝啊,你看看我都拥有些什么啊。难道我需要这个吗?难道我的心灵渴望的就是这个吗?他们都给了我些什么用来代替我的心灵所渴求的东西啊!如果他们能给我那个,那么我还会需要这个吗?上帝啊,你看,这是1卢布37戈比的玫瑰烈酒……

  上帝身处蓝色的闪电之中,回答我说:

  "那圣特蕾莎为什么需要圣斑呢?要知道她也不需要它们,但她却企盼它们。"③

维涅奇卡对酒的态度就像圣特蕾莎对待圣斑的态度一样。圣斑是出现在宗教狂热信徒身上的红色溃疡或印迹,被看做是基督耶稣被钉死时的伤口和神的标记。圣特蕾莎的圣斑是看不见的,但却能引起可怕的痛苦,她在承受这种痛苦时感觉自己在替上帝承受苦难。④ 因而圣斑代表的是神圣的苦难。俄罗斯圣愚常常在严寒之中赤身裸体,或者挂戴沉重的铁器,这种行为与维涅奇卡的酗酒同样是不需要的,但却是他们企盼的。所以天使才嘉许维涅奇卡喝酒,而维涅奇卡也敢于在喝醉之时邀请上帝共饮。耶稣在客西马尼园祷告时说:"我父啊,这杯若不能离开我,必

---

  ① 转引自 О. 鲍格丹诺娃:《俄罗斯后现代主义的开山之作——维涅季克特·叶罗菲耶夫的〈从莫斯科到别图什基〉》,第24页。
  ② Л. 兹瓦尼科娃:《〈从莫斯科到别图什基〉及其他》,俄罗斯《旗》杂志,1996年第8期,第214页。
  ③ Вен. 叶罗菲耶夫:《从莫斯科到别图什基》,第21页。
  ④ Вен. 叶罗菲耶夫:《〈从莫斯科到别图什基〉,埃杜阿尔特·弗拉索夫的注释》,莫斯科:瓦尔利乌斯出版社,2003年,第177页。

要我喝,就愿你的旨意成全。"①耶稣喝了上帝所赐的杯,自愿受难,而维涅奇卡也接受了他并不需要的酒,喝了自己的杯,自愿承受由此而来的苦难。从这种意义而言,维涅奇卡之杯在暗暗模仿耶稣之杯。

> 喝下去的那杯酒时而在肚子和食道里翻腾,时而又往上涌,时而又回落下去。这就像维苏威火山、赫库兰尼姆和庞贝城一样,就像"五一"节时我国首都鸣放的礼炮一样。我忍受着痛苦,不断地祈祷。②

小说在酒和痛苦之间不断演进,酒的种类越来越多,痛苦的程度也越来越深,从茅香露酒、香菜酒、猎人酒到赫列斯酒、苦艾酒、白兰地,从金丝桃酒、柠檬酒、沉年烈性伏特加到各种维涅奇卡自创的鸡尾酒:"迦南人的香膏"、"日内瓦精神"、"女共青团员的眼泪"、"母狗的内脏"等,这些度数和配方各异的苦酒轮流穿越维涅奇卡的身体,各种滋味在他的身体里交融,形成了酒的炼狱,而他还在不断企盼着这种折磨。他的这种狂热的受虐倾向与俄罗斯鞭身派、阉割派、旧礼仪派的苦行僧有本质上的相似,由此更加印证了陀思妥耶夫斯基所说的俄罗斯人对苦难的特殊爱好,而维涅奇卡的身体里流淌的就是纯粹的俄罗斯血液。

因为酒,维涅奇卡敢于唾弃一切,也因为酒,维涅奇卡甘于被一切唾弃,这正是维涅奇卡身上所表现出来的独特的圣愚特征。

> 我现在庄严地宣布:直到我死的那天,我也不会采取任何措施来重复我那可悲的提升的经历。我将一直留在底层,从下往上,唾弃你们的整个社会阶梯。是的,对每一级台阶都要吐上一口。③

维涅奇卡的唾弃是对此世规则的彻底藐视。对于圣愚而言,沙皇和平民没有本质的区别,此世的社会分层对他不具有任何意义。圣愚行为"对于自己的时代而言就是某种类似后现代主义的东西"④。后现代主义的解构精神与圣愚敢于颠覆一切的不妥协精神恰恰相通。

> 这样,"母狗的内脏"就摆在桌上了。伴着第一颗星星的出现,大口地喝它吧。在喝完两杯这种鸡尾酒之后,人就变得如此精神崇高,以至于可以走到他跟前,站在距离他一米半的地方,连续半个小时对

---

① 《新约·马太福音》26:42。
② Вен. 叶罗菲耶夫:《从莫斯科到别图什基》,第22页。
③ 同上书,第39页。
④ М. 利帕维茨基:《小人物的封神仪式,或与混沌的对话》,第217页。

着他的嘴脸吐口水,他对你也毫无怨言。①

俄罗斯人的极端性在维涅奇卡的行为中得到了充分的阐发:为了天堂而彻底解构现实生活,为了彼岸而抛弃此岸,为了别图什基而极力贬低莫斯科。当喝醉的维涅奇卡把此世的一切都抛弃之后,他必然要抛弃的就是自己的肉体,肉体的死亡是对天堂别图什基的最好献祭,也是受难的最高表达形式。当旅程从别图什基指向莫斯科时,维涅奇卡的灾难就不可避免。他越来越心神不宁,感到绝望,周围黑暗笼罩,魔鬼不断现身。一如耶稣在客西马尼园之夜的惶恐一般,维涅奇卡心中也充满了惶恐,而上帝恰恰在他最需要的时刻沉默不语,百呼不应,天使们甚至为他的受难而欢笑。

作家在小说中早已为维涅奇卡的受难埋下了伏笔,他的死与"四个人"有关,而小说中"四个人"的综合形象一共出现了三次。第一次出现"四个人"的地方是维涅奇卡的宿舍,由于维涅奇卡的敏感和不可触动的羞耻心,他在喝完啤酒之后,从不当众宣布去小便,这种行为与"四个人"的行为正好相反,他们总是在要小便的时候大声宣布:伙计们,我去撒尿了!维涅奇卡的特立独行让"四个人"不堪忍受,他们觉得自己受到了侮辱和折磨,于是集体密谋,要压制维涅奇卡,迫使后者与他们行为一致。"四个人"恶狠狠地对维涅奇卡发出声讨:"你别再认为你比别人都强……别以为我们是无足轻重的小人物,而你是该隐或曼弗雷德②!"③"还假装不知道!这就是了——我们都是些小爬虫和下流胚,而你是该隐或曼弗雷德……"④"为什么你不能!我们——能,而你——不能!就是说,你比我们都强!我们是肮脏的动物,而你是纯洁的百合花!……"⑤即使在维涅奇卡迫于"四个人"的压力而当众去小便之后,其中一个还补充道:"你带着这样可耻的目光,永远都将是孤单而不幸的。"⑥这是"四个人"与维涅奇卡对立的开始,维涅奇卡的另类行为让他们萌发了消除异己的念头,

---

① Вен. 叶罗菲耶夫:《从莫斯科到别图什基》,第 76—77 页。
② 曼弗雷德和该隐是拜伦的长诗《曼弗雷德》(1817)和《该隐》(1821)中的主人公。曼弗雷德是阿尔卑斯山城堡的贵族,他索居深山,与世隔绝,以孤独的狮子为楷模,藐视一切,否定一切,凭借个人力量苦斗;该隐是《圣经》中的人物,亚当与夏娃的长子,因不满上帝的偏爱而杀弟。在拜伦笔下他们均是浪漫主义者和反社会制度的叛逆者。
③ Вен. 叶罗菲耶夫:《从莫斯科到别图什基》,第 26 页。
④ 同上书,第 27 页。
⑤ 同上书,第 28 页。
⑥ 同上书,第 29 页。

这次对立只是第一次交锋,维涅奇卡虽然迫于压力去当众小便,但他的目光与他的心灵是永远无法屈从的。第一次出现的"四个人"没有成功消灭维涅奇卡的异端,第二次又出现了"四个人"。维涅奇卡当上生产队长之后,所领导的工人数目恰恰是"四个"。"你是生产队长,也算是个'小王子'了。你对人民的关心表现在哪里呢?你了解这些寄生虫的内心吗?你知道他们内心深处在想些什么吗?你了解这四个蠢货的心灵辩证法吗?……于是,我开始绘制我那声名狼藉的'个人图表',也正是因为这些图表我最终被赶走了……"①第一次出现的"四个人"密谋反对维涅奇卡,这种反对只是宿舍范围内的,但第二次出现的"四个人"则把反对维涅奇卡的队伍扩大了,他们隐秘的内心所深藏的阴谋不得而知,但他们"四个人"却和整个上层社会联系起来共同驱逐了维涅奇卡,这次驱逐是维涅奇卡厄运的开始,也是他将被"钉上十字架"的前奏。维涅奇卡自称"小王子",安东·德·圣艾修伯里(Antoine de Saint-Exupéry)的小王子是忧伤、纯洁、真情的化身,是人类美好情感的精髓,小王子的消失似乎也预言着维涅奇卡的死亡,而"小王子"与"圣子"也有不可抹杀的关系,在这些细节中隐藏着深刻的宗教情愫。

如果说在第二次阴谋中,"四个人"成功驱逐了"小王子"维涅奇卡,那么下一步,这"四个人"将彻底铲除他。小说最后"四个人"第三次出现,此时,他们已经不再伪装,而是四个残酷的刽子手。维涅奇卡被这"四个人"嘲笑、辱骂、殴打,他拼命要逃离这"四个人"的魔掌,但却像无力反抗的羔羊,最终被他们钉死。维涅奇卡的无辜受难把小说的悲剧推向高潮:

> 他们(四个人)甚至没让自己喘口气,登上最后一级台阶后就直扑过来卡住我的脖子,五六只手一起行动;我努力要拉开他们的手,竭尽全力要保护自己的喉咙。这时最恐怖的事情发生了:他们中一个有着最凶残、最经典的脸部轮廓的人,从口袋里取出了一个带木把的大号锥子,也许不是锥子,而是一把螺丝刀或者别的什么东西,确切我也不知道。他命令其他人抓住我的双手,无论我怎么反抗,他们还是把已经半死的我打倒在地……
>
> 他们把锥子刺进了我的喉咙……
>
> 我不知道,世界上还有如此的疼痛,我在地上痛苦地抽搐成一

---

① Вен. 叶罗菲耶夫:《从莫斯科到别图什基》,第 35 页。

团……从那时起我就再也没有醒过来,而且永远也不会再醒过来了。①

至此,维涅奇卡完成了自己的苦难历程,他与黑暗和恶的斗争以其在莫斯科的受难而告终,他的无辜受难是对别图什基的最大忠诚,此岸—彼岸的界限在死亡中被超越,对此世的永不妥协与对别图什基的永恒向往使小说的指向性没有终点。从无辜受难而死的维涅奇卡反观《从莫斯科到别图什基》的整个旅程,无疑,《圣经》的伟大悲剧与俄罗斯民族的传统宗教精神血肉交融地结合为一体,这段苦难的旅程可以看做是俄罗斯人从地狱到天堂的艰难跋涉。

---

① Вен. 叶罗菲耶夫:《从莫斯科到别图什基》,第187—188页。

第六章 小说《生》的宗教寓意

A. 瓦尔拉莫夫（Алексей Варламов）(1963—)是20世纪80年代俄罗斯出现的青年作家之一。1985年毕业于莫斯科大学,1987年开始发表作品,其主要作品有:《你好,公爵!》(1992)、《生》(1995)、《傻瓜》(1995)、《沉没的方舟》(1997)、《乡间的房子》(1997)、《教堂圆顶》(1999)、《库帕夫纳》(2000)等。1995年瓦尔拉莫夫获得德国莱比锡文学俱乐部的"最佳俄罗斯短篇小说奖"(《游击队员马雷奇和大草原》)和《独立报》的"反布克"文学奖(《生》)。

就创作风格而言,瓦尔拉莫夫属于传统型作家。对此他曾说:"如果考虑一下这个问题,那么我也许会把自己归入传统派、现实主义流派。也就是说,俄罗斯文学中一直信奉的价值也是我信奉的价值,我从未试图推翻它们。我只是很有兴趣在我们的时代仔细审视并触摸这些问题……对我而言,现代艺术家就像编年史家。就像中世纪的编年史家描述某个事件一样,现代作家在编纂人类心灵史,不是事件本身的历史,而是心灵史。"①的确,在瓦尔拉莫夫的一系列作品中,他关心的不是情节的跌宕起伏,而是人物心灵的波动变化。在描述20世纪末俄罗斯社会的风雨变迁中,俄罗斯人的信仰与精神归属问题成为瓦尔拉莫夫关注的焦点,《生》、《傻瓜》、《沉没的方舟》、《教堂圆顶》等一系列作品都致力于探讨这一问题。

一

中篇小说《生》②(Рождение)叙述了新生命诞生的艰难历程,表现了绝望中的新生主题,是因信得救的典型例证。小说由"女人怀孕"、"孩子降生"、"孩子生病"三部分内容组成,着力表现在此过程中"女人"和"男人"诸般微妙的心理变化。女人和男人本来已经不再相爱,彼此厌倦,关

---

① Н.戈尔洛娃,И.斯拉文:《沉没的方舟》,俄罗斯《文学俄罗斯报》,1997年1月10日。
② 这篇小说的标题中文出现两种译法,一种是"诞生",一种是"生"。

系冷漠。他们的婚姻名存实亡,而且马上就要"解体"。在此关键时刻,女人发现自己怀孕了。于是,婚姻关系得到了保全。此后,两人对孩子的爱使男人和女人深刻反省自身并主动改变自己。两人的关系渐渐发生实质性变化,久违的幸福又回到他们的生活中。

  小说描述了男人和女人从不信教转变为信教的心路历程。孩子的诞生历经了诸多磨难。两人出于对孩子的爱,开始寻求上帝和圣母的庇护。"她以前不信教,也没受过洗礼,但自从怀孕后,她开始背着丈夫做早祷做晚祷。连她自己也说不清为什么要这样做……大半生远离教堂的女人突然相信了上帝的祝福。"[①]之后,她去教堂接受洗礼,尽管"整个过程看上去既愚蠢又滑稽,而且十分忙乱",但"现在她真切地感受到了对上帝那种处女般圣洁的感激之情……从此之后,她和她腹中的生命不再孤单无助,她和他都有了属于自己的天使守护神"。[②] 婴儿早产后,肺充水使他面临死亡的威胁。于是,女人躺在床上一连几个小时不停地祈祷。而男人则走进了阿尔巴特大街的教堂,希望教会为孩子祈祷,因为"孩子需要上帝保佑"[③]男人向上帝祈祷道:"主啊,随便你怎么惩罚我,随便你让我少活多少年,你可以拿走我的健康,精力以及森林木屋——一切皆随你愿,只要让孩子活下来。"[④]当孩子转危为安后,女人归功于"圣母马利亚"和"仁慈的主":"我要告诉他,是你救了他。你是他的保护人。我把他献给你,恳求你保佑他。"[⑤]在孩子出产院后,又呈现出重病的症状,在女人的坚持下,男人找来神甫给孩子做洗礼。这是为了使孩子得到上帝的保佑,万一死去还能升入天堂。孩子最终平安无事,这个圆满结局无疑会进一步坚定两人的东正教信仰。

  小说中女人和男人的信仰,即东正教信仰,表现出两个突出特点:第一是苦难思想。苦难是上帝对人的惩罚:男人把自己看成孩子受苦的根源,因为他"常怀一颗妒忌之心","妒忌,妒忌,它叫人恶心,它是不可饶恕的罪恶,是杀人的动机,是对上帝的忘恩负义,上帝能够赐福给人,也可以从妒火中烧的人手中夺走最后一点东西,你的儿子将为你的妒忌付出沉重代价。"苦难更是上帝对人的恩赐:"受苦受难就意味着未被上帝所抛

---

① 瓦尔拉莫夫:《生》(郑永旺译),参见周启超:《在你的城门里——新俄罗斯中篇小说精选》,第341页。
② 瓦尔拉莫夫:《生》,第343页。
③ 同上书,第377页。
④ 同上书,第384页。
⑤ 同上书,第383页。

弃","在历经数次磨难后,你所能体会到的仅仅是一种情感——感激。"东正教号召人们在苦难中进行忏悔,只有对自己的罪进行悔改,才能得到上帝的宽恕。男人忏悔了自己的罪,于是孩子平安无事。作家对俄罗斯祖国的命运也用这种用苦难赎罪、凭忏悔得救的神学逻辑来加以思考:"我总是骄傲地说,俄罗斯是我们的祖国,不管她多么丑陋,永远是我们的祖国。至于我们为什么生活在贫困和屈辱之中,因为那是我们命中注定的劫难,是命运对我们这些受所谓平等和正义诱惑的一代人的报复。"①作家以此告诉他的同胞们:我们生活的俄罗斯充满了苦难,这是上帝对我们的罪的惩罚,但只要我们真诚地忏悔,我们就能获得拯救。

恩格斯对于基督教的苦难思想和罪孽意识有非常精彩的论述:"基督教拨动的琴弦,必然会在无数人的心胸中唤起共鸣。人们抱怨时代的败坏,普遍的物质贫乏和道德沦亡。对于这一切抱怨,基督教的罪孽意识回答道:事情就是这样,也不可能不这样,世界的堕落,罪在于你在于你们大家,在于你和你们自己内心的堕落!……承认每个人在总的不幸中都有一分罪孽,这是无可非议的,这种承认也成了基督教同时宣布的灵魂得救的前提……这样,基督教就把人们在普遍堕落中罪在自己这一普遍流行的感觉,明白地表现为每个人的罪孽意识。同时,基督教又通过它的创始人的牺牲,为大家渴求的、摆脱堕落世界获取内心得救、获取思想安慰,提供了人人易解的形式。"②对照恩格斯的论述,我们再来看小说,就会对女人和男人的行为逻辑有更深的认识。

第二是圣母崇拜。在基督教世界里,俄罗斯是最崇拜圣母的国家。因此在小说里,女人祈祷的对象更多的是圣母而不是上帝,更不是基督,这跟基督教分支——天主教和新教截然不同。圣母在东正教中类似于佛教中大慈大悲救苦救难的观世音菩萨,俄罗斯很多教堂命名为圣母升天大教堂,圣母圣像达几百种之多。有一种圣母圣像名为"七剑圣母":七把宝剑刺在圣母的胸口,意为圣母为人们抵挡一切灾难。还有一种圣母圣像名为"王权圣母":圣母头戴王冠,胸怀耶稣,一手权杖,一手金球,据说这个圣母圣像专门保佑那些在苏联时期遭受迫害的教徒。小说中女人寻求圣母的庇护,最后得到了庇护。显然作家相信,有了圣母的庇护,多灾多难的俄罗斯,"这个核电站爆炸、轮船沉没、火车相撞、飞机失事、天然气

---

① 瓦尔拉莫夫:《生》,第410页。
② 《马克思恩格斯全集》第19卷,第2版,北京:人民出版社,1995年,第335页。

管道起火的国度"①一定会逢凶化吉,遇难呈祥。

孩子诞生的时代背景是1993年10月的白宫事件之后:"美国记者拍下了冒烟的大楼,到处奔逃的人群,轰隆隆的汽车和坦克。"②"他不过是数千万刚刚诞生的俄罗斯儿童中的一个,他诞生在贫困交加,兄弟之间相互残杀,到处有肮脏的交易,到处有谎言,到处能听到世界末日即将降临这可怕的预言这样一种时刻。"③在这种情况下,艰难降临人世的婴儿跟命途多舛的俄罗斯形成强烈的类比。而婴儿的平安,使得俄罗斯也有了新生的希望。

小说名"生"直意是指孩子降临人世,象征意义指女人和男人灵魂生命的诞生,也喻指女人和男人之间爱情的复活,在更深层面上,"生"还象征着俄罗斯在经历天翻地覆的变化之后的新生。在"生"的这几层意义中,作家把两人灵魂生命的诞生看作决定其他一切"生"的主导性因素。灵魂生命的诞生让孩子顺利降生,让女人和男人保住了孩子的生命,让他们的爱情复活。而且,在作家看来,如果俄罗斯人都能够像他们一样投入圣母和主的怀抱,那么俄罗斯的未来就将充满光明。瓦尔拉莫夫用小说阐明了对20世纪末俄罗斯人精神出路的思考,传统的宗教信仰成为黑暗中人们心灵的唯一依靠,因信得救的成功说明20世纪末俄罗斯的宗教复兴的确为人们提供了一种精神支撑。

二

《傻瓜》(Лох)也是一部旨在探讨20世纪末俄罗斯人精神出路的小说,其中包含着对悲观末世论的克服和对终极真理的不懈追求。20世纪末俄罗斯社会刮起了一股末世论的旋风,作家本人也敏锐地感觉到这一趋势,他曾说:"……我很惊讶现代文学中非同一般的《启示录》特征。突然就出现了《启示录》的题目,并把完全不同观点和流派的人们联系在一起。而且《启示录》并不是从基督教意义上被人们所理解的,它不是基督的最终胜利,也不是新生命的开始,而是灾难、战争、火灾、鲜血的时代,是某种人们必须害怕的东西。当然,这是对《启示录》完全不正确的理解,但

---

① 瓦尔拉莫夫:《生》,第412页。
② 同上书,第345页。
③ 同上书,第392页。

是正是这种理解是当今社会和当今文学中所特有的。"①20世纪末俄罗斯文学中悲观末世论情绪的出现与俄罗斯当代社会的变迁不无关系,《傻瓜》中的主人公不止一次预言过敌基督的降临,对世界末日怀有强烈的恐惧,特定的历史情境让他们有种临近深渊的悲观与绝望,这也正是20世纪末陷入灾难的俄罗斯人对《启示录》消极理解的一种典型表现。无独有偶,早在一百多年前悲观末世论情绪就曾笼罩过俄罗斯大地,H.别尔嘉耶夫在《俄罗斯思想》一书中曾说:"19世纪即将结束的时候,俄罗斯出现了启示的情绪。这些情绪与临近世界末日的感觉和敌基督的感觉结合在一起,极具悲观主义色彩。人们期待的主要不是新的基督的时代和天国的降临,而是敌基督的王国。这是对历史的道路极度失望,也是对目前还存在的历史任务丧失信心。"②这段话恰恰印证了20世纪末俄罗斯人的心态特征,瓦尔拉莫夫在小说中把这种悲观绝望的心态完全呈现出来,表达了20世纪末俄罗斯人整体的精神恐慌和失落:"……最后时刻已经降临……敌基督就生活在人们中间。"③"……我们现在正生活在末世的前夜……罗斯正在发生可怕的事。我们是在按惯性生活。在我国历史的十个世纪中积累了巨大的道德和精神的力量,正是这种储备的力量使我们能在这整个噩梦般的撒旦世纪里继续航行。但现在储备已消耗尽了……"④这种悲观的《启示录》情绪是俄罗斯人特有的末世感觉,在俄罗斯宗教哲学家K.列昂季耶夫身上有鲜明的体现:"K.列昂季耶夫过分自然的趋向于世界的末日。在他那里精神任何时候在任何地方都不是积极的,他没有自由。"⑤"在他那里对《启示录》的理解完全是消极的。人不可能做成任何事情,只能拯救自己的灵魂。"⑥"俄罗斯社会……在全面混乱的死亡的道路上比所有其他社会跑得更快……"⑦晚年的B.索洛维约夫也曾被忧郁的《启示录》情绪所笼罩,写出了《敌基督的故事》。从19世纪的宗教哲学家到20世纪末的民间哲学家"傻瓜"杰兹金,俄罗斯人思考的几乎都是同一个命题:如何走出《启示录》情绪的消极影响,如何从黑暗的

---

① B.古尔鲍里科夫:《经验的原始积累》,参见网页:http://www.fomacenter.ru/materials/?cat=43&nid=274。

② H.别尔嘉耶夫:《俄罗斯思想》,哈里科夫:对开本出版社;莫斯科:阿斯特出版社,2002年,第201页。

③ 瓦尔拉莫夫:《生——瓦尔拉莫夫小说集》(余一中译),北京:外国文学出版社,2002年,第329页。(译文有改动)

④ 同上书,第299—300页。

⑤⑥⑦ H.别尔嘉耶夫:《俄罗斯思想》,第202页。

末世论走向光明的末世论,如何寻找向往中的永恒真理和地上天国。在主人公杰兹金身上瓦尔拉莫夫试图给自己、给时代提供一个满意的答案。

《傻瓜》的主人公杰兹金是20世纪下半叶俄罗斯的孩子,是一个典型的灰色主角。他身上有两种特征体现得异常明显,其一是对死亡的预感,其二是朝圣倾向。对死亡的预感造就了他性格中强烈的非此世倾向。他既不像哥哥们一样精明强干,也不像好朋友廖瓦一样百折不挠,他一生浑浑噩噩,无论学业、工作还是爱情,都没有任何成就。他是无根的浮萍,到处漂泊,但又怀有弥赛亚冲动,想要拯救整个俄罗斯。他是一个向往着彼世的软弱无力的人。对彼岸世界的追求让他对此世的一切都不执著,普通人的幸福安乐对他而言毫无意义,功名利禄对他而言一文不值,也许正是在这种意义上,他被周围人称之为傻瓜。但傻瓜在俄罗斯传统文化中可以理解为褒义词,因为傻瓜与俄罗斯人崇拜的圣愚有相通之处,而圣愚在此世的"无能"和"为基督"的愚拙恰恰印证了杰兹金身上的种种特征。正如C.布尔加科夫所言:"对于东正教、特别是俄罗斯正教来说,富有代表性的是所谓'属神的人们',这些神人不来自此世,没有'此世之城',而是无家可归的流浪者,是为基督而生活的圣愚。他们拒绝自己的人的理性,具有显得愚拙的形象,以便自愿的忍受'为基督'而遭到的非难和侮辱……这些神人都固有外部的软弱无力性和自身难保性……神圣性的这种软弱形式是非此世性的表现……"①由此可见,傻瓜杰兹金与俄罗斯传统文化中的圣愚在精神本质上是相通的。

此外,杰兹金身上还体现出强烈的朝圣倾向。朝圣是俄罗斯人走出绝望深渊的一种精神努力,是从黑暗末世论走向光明末世论的灵魂跋涉。杰兹金对彼岸世界的模糊向往,寻找真理的冲动,流浪的倾向和无家可归的感觉,都是俄罗斯人灵魂中涌动的朝圣倾向的具体表现。杰兹金一生中的四次远行是他肉体和精神的双重朝圣:第一次去外贝加尔当兵,第二次流浪到南方,第三次去了极北的小岛,而第四次则在德国流浪。在外贝加尔他濒临死亡,面对永恒的星空,感觉到其中包含的巨大秘密:"……那是唯一值得追求的秘密,是和人的心灵相称的秘密……"②南方的流浪使杰兹金与朝圣者、流浪汉有了更多交流的机会,俄罗斯广袤的大地医治了他心灵的创伤。北方的远行又使他有机会见识俄罗斯的严寒与孤独,在寂寞的小岛上他继承前人的理想,思考如何拯救俄罗斯,不再囿于狭窄的

---

① C.布尔加科夫:《东正教——教会学说概要》,第188—189页。
② 瓦尔拉莫夫:《生——瓦尔拉莫夫小说集》,第249—250页。

个人感情和生活,人生的维度被拓宽了。德国之行是杰兹金朝圣之旅的最后一站,异国他乡的流浪让他更加坚信俄罗斯是上帝的选民,俄罗斯在信仰的道路上比其他国家都更加超前。杰兹金的四次远行不仅提升了他的尘世生命,而且还揭示了俄罗斯大地的神圣性:朝圣者无论走到哪里,都走不出广阔无垠的俄罗斯大地,正是在俄罗斯无边无际的土地上,蕴藏着杰兹金穷尽一生的努力所追求的珍宝——地上天国。此处不能不提俄罗斯人对地上天国的独特理解,在俄罗斯人那里,尤其在斯拉夫派那里,俄罗斯人是上帝的选民,是充当宇宙救世主角色的非同一般的民族,俄罗斯人在朝圣中所要寻找的天国不在别处,就坐落在浸润着东正教信仰的俄罗斯大地上。"俄罗斯人对种族和血统的神秘论不感兴趣,却对国土神秘论很感兴趣。就其长期存在的思想而言,俄罗斯民族不喜欢国土上建设的城市,而向往未来的城市,向往新的耶路撒冷,然而,新的耶路撒冷并没有脱离广大的俄罗斯国土,它与这片国土联系在一起,其中也包括这片国土。"①

所以杰兹金几次流浪之后,最终的停泊地点仍是俄罗斯大地上一个古老的小村庄,因为那里保存着原生态的信仰,是纯净的地上天国的象征。最终杰兹金死在俄罗斯大地的怀抱,包围着他的是古老而虔诚的东正教信仰。杰兹金在死前接受了圣餐,这是他第一次真正皈依东正教,由此可以推知,他所将进入的是东正教信仰中的天堂。

《傻瓜》关注的虽然仍是当代俄罗斯人的精神归属问题,但它所探讨的层面却比《生》更加复杂深入。作家揭示了 20 世纪末俄罗斯人的精神绝望与迷茫,他没有让自己的主人公直接投入宗教的怀抱,而是给了他的灵魂更多的苦难和历练。这说明因信得救是美好的,但是信仰的道路却是无比艰辛的。

三

《沉没的方舟》(Затонувший ковчег)可以说是《傻瓜》的继续,它探讨的仍是 20 世纪末俄罗斯人的精神归属问题,不同的是,它不仅涉及末世论,而且还涉及另一个重要问题——宗派主义。20 世纪末俄罗斯社会宗派林立的现象使渴望皈依宗教的人们辨不清真伪,邪教、狭隘的宗派组织

---

① Н. 别尔嘉耶夫:《俄罗斯思想》,第 248 页。

成为人们寻求精神依靠道路上的严重障碍。在访谈中作家曾说:"我认为《沉没的方舟》是两年前发表的《傻瓜》之线的继续,即它也是诊断损害现代俄罗斯人意识之病毒的一种努力。《傻瓜》讲述的是《启示录》情绪如何破坏性地作用于个人,同样,《沉没的方舟》的主题——宗派主义,在更大程度上亦与此有关。"①这段话说明作家在两部小说中都致力于探索困扰当代俄罗斯人的精神问题。《傻瓜》中的某些情节已暗示了《沉没的方舟》的主题:杰兹金临死时从他二哥叶甫盖尼手上领了圣餐,而叶甫盖尼信教则是妻子的鼓动,因为当时信教更有前途。这个小情节隐含了某种未来的危机——混乱的宗教热,信教者中不乏投机者、心怀叵测者、伪信者,而这一切又让解体后的俄罗斯乱上加乱。宗派林立,邪教盛行,良莠不齐,杂草丛生——《沉没的方舟》所反映的正是这个严重的精神信仰问题,正如作家在小说中所说:"现在任何骗子或者疯子只要宣称自己是治病大师、圣徒、先知,就可以让人们挤满体育场来听他布道。前警察宣布自己是基督后,人们就按照他的宣召抛家舍业,跑到叶尼塞河上游的不毛之地。女共青团积极分子宣布自己是圣母后,就有成千上万的人准备按照她的话自焚。人们都疯狂了,都在寻觅着,想要跟随某个教主。"②这种病急乱投医的心态是解体后俄罗斯人精神困境的一种不良表现。

《沉没的方舟》中的"末约教会"正是20世纪末俄罗斯新兴教派中反面典型的代表。教主柳博本是一个毫无信仰的无耻之徒,但却自称耶稣基督,招收十二使徒,并吸引了大批无知信徒,人们被他的伪善和玄乎其玄所迷惑,辨不清其害人的真面目,以为他是真正的再临基督,其实他的本质却是撒旦。他曾强暴幼女,被打成重伤后丧失了性功能,他以此生理特征作招牌,号称自己是灭绝了肉欲的无性之人,并以阉割的方式为教徒施洗礼,但实际上他的心理严重畸形,他的凶狠和贪婪暴露了他内心的阴暗。悲哀的是人们不辨真伪,纷纷加入"末约教会",疯狂而痴迷地为它献出一切。雕刻家科尔达耶夫为"末约教会"贡献出房屋作为活动基地,但由于他发现了邪教的本质而被追杀。教授罗果夫的儿子则是"末约教会"彻底的牺牲品,不管父亲如何规劝,他都不肯回头。愤怒的家长策划刺杀邪教教主柳博,但却阴差阳错地失败了。这些事实都说明邪教在解体后的俄罗斯甚嚣尘上,它们所诱惑的不仅仅是普通群众,更多的是精神无所傍依的青少年,甚至高级知识分子。而"末约教会"成功的秘诀就在于它

---

① A. 瓦尔拉莫夫:"后记",俄罗斯《十月》杂志,1997年第4期,第116页。
② A. 瓦尔拉莫夫:《沉没的方舟》,莫斯科:青年近卫军出版社,2002年,第399页。

把握住了良好的入侵时机,解体后俄罗斯社会呈现出一片精神荒芜状态,悲观末世论笼罩在人们头顶,此时任何一个人揭竿而起都能一呼百应,轻易迷惑孤独无助的绝望心灵。因而"末约教会"的势力范围越来越大也就不足为奇,最后柳博甚至企图吞并布哈拉隐修院,要在这块圣地上建立自己的教会基地,其嚣张程度可见一斑。但邪教的扩张并未轻易得逞,因为善的力量在抵抗魔鬼的入侵,小说中布哈拉与"末约教会"的冲突就是善恶之战的集中表现,在 20 世纪末的大背景下这种对抗更加具有强烈的象征意义,这不仅是正教与邪教的对抗,更是真善美与假恶丑的对立,是神与魔的对峙。

如果说粉碎邪教组织的阴谋是瓦尔拉莫夫对 20 世纪末宗派林立的信仰危机的一种抗议的话,那么寻找并肯定真正的信仰则是作家的时代宣言。小说中俄罗斯人的精神家园所指不是别处,正是旧礼仪派的最后圣地——布哈拉隐修院。布哈拉是一个与世隔绝的小村子,它的创建者是三百多年前从彼得堡逃离出来的旧礼仪派信徒,它保持着古老的风俗和旧礼仪,坚守着自己的信仰,不苟同于现世。它就像上帝留在人间的最后一块圣土,以自己的卓尔不群对抗整个 20 世纪的信仰危机。但 20 世纪末俄罗斯的灾变也波及布哈拉,一方面,自然的原因使它处于饥荒的边缘;另一方面,布哈拉受到来自魔鬼,即"末约教会"的入侵。物质的极度贫乏使信徒们更加接近天空,他们宁愿洁净的死去,也不愿与恶妥协,不愿接受柳博的施舍。为了保持自身的圣洁,布哈拉在长老的带领下选择了自焚,以火的洗礼完成了自己对上帝的皈依:40 个灵魂升入天堂,只有一个被迫自焚的邪恶灵魂——"末约教会"的教主柳博,堕入了地狱。在这场善恶斗争中,魔鬼显然失败了,因为布哈拉拒绝了他的诱惑,保存了自己信仰的纯洁,魔鬼的失败证明布哈拉信仰的真理性,因为正是旧礼仪派"显露出俄罗斯民族的特殊的属性:对苦难的坚忍不拔,对彼岸世界、对终极的追求"①。同时,小说还把旧礼仪派的最后圣地布哈拉隐修院与"末约教会"的产生地彼得堡进行对比,无形中又把历史的时空拉大了,人们的反思不应停留在 20 世纪末,更应上溯到几百年前的俄罗斯,分裂派运动、彼得大帝的改革、俄罗斯的道路和拯救等问题都是隐含在作品中的深度询问。通过历史的棱镜再度审视 20 世纪末的布哈拉,无疑可以得出结论,它就是作家所要寻找的俄罗斯民族的信仰之源。

---

① H. 别尔嘉耶夫:《俄罗斯思想》,第 24 页。

但布哈拉隐修院的古老信仰并非完全自足的信仰,在小说中作家为旧礼仪派的信仰注入了新的血液。小说的另一条线索,即个人的宗教皈依之路,是对布哈拉信仰的有力补充。无神论者伊里亚皈依宗教的道路具有一定的典型性。他无法用科学知识解释身边发生的一切,无法用无神论的信仰坚强自己的内心,也无法说服周围的人。精神困顿的他曾求助于布哈拉,但却被拒之门外,于是伊里亚只好走上了自己的精神复苏之路。在彼得堡之行和布哈拉之行的两次跋涉中,他不仅升华了自己对玛莎的爱,而且经受住了苦难的考验,在本质上变成了一名追随《福音书》训诫和耶稣基督的神人品格的虔诚信徒。伊里亚形象可以说是对布哈拉形象的补充,布哈拉的信仰更贴近于《旧约》的信仰,严格、封闭、残酷,而伊里亚在言行举止方面却酷似耶稣,友爱、平和、谦恭。无论是曾经堕落的雕刻家科尔达耶夫,还是生活放荡的玛莎的姐姐,甚至"末约教会"的教主柳博,都对他怀有莫名其妙的好感,这恰似陀思妥耶夫斯基在《白痴》中所描写的一样,所有的人,甚至包括罗果仁都对梅什金怀有莫名其妙的好感。如果说布哈拉是小说中坚定而虔诚的正教信仰的代表,那么伊里亚则是小说中所宣扬的基督之爱的最高体现,正是从他而出的12个孩子,成为布哈拉沉没后俄罗斯大地的希望。可见,伊利亚的信仰丰富了布哈拉的信仰之源,把它的内涵扩大了。而被称为"童贞女"和"圣女"的玛莎则代表了俄罗斯人神秘的智慧感,即索菲亚,她是"开在全人类之树上的天堂之花"①,所以布哈拉的长老千方百计要找回她,并把布哈拉所有珍贵的资料和信仰的真谛悉数传授给她,让她留在人世间。若干年后成为历史学家和人种学家的玛莎则开始寻找沉没的布哈拉,这无疑象征着现代人寻找生命与信仰之源的又一次启程。

小说的标题"沉没的方舟"具有一定的象征意义:"方舟"一词来源于《圣经》中的挪亚方舟,象征着上帝对人类的爱和拯救。而小说中的"方舟"则指旧礼仪派的最后圣地布哈拉,在伊利亚被害之后,布哈拉自行沉没,因而有"沉没的方舟"一说。但布哈拉的沉没并不是信仰的终结,因为"沉没的圣地"这一概念来自俄罗斯传说中的"水下圣城"基杰什,它为了避免鞑靼人的侵害而自行沉入湖底,风和日丽时,依然能听见湖底教堂传来的钟声。由此可见,无论"沉没的方舟"还是"水下圣城",都是俄罗斯人对信仰执著追求的表现。

---

① C.布尔加科夫:《东正教——教会学说概要》,第145页。

四

在《教堂圆顶》(Kynoл)一作中瓦尔拉莫夫继续探讨俄罗斯人的信仰问题。这部带有魔幻色彩的小说把信仰之秘变得更加抽象化、神秘化了。

在千禧年庆典时,小城恰戈达伊召回了自己所有的游子,除了因车祸而昏迷在医院的主人公尼基塔,它带着自己所有的居民神秘消失了。"恰戈达伊从世界上不翼而飞了,犹如敲打下来的冰块,化为无形……"①"在恰戈达伊原来所在的地方出现的区域具有非常清晰的边界,呈现出不十分规则的教堂圆顶的形状,因此,人们以后都把这个区域称为'教堂圆顶'。"②

恰戈达伊的神秘消失是一个世界之谜,所有人类的知识与科学都无法解开这个谜题,而唯一幸存的恰戈达伊人尼基塔成了解开恰戈达伊之谜的唯一线索。恰戈达伊消失后,尼基塔成了无家可归的人,他失去了自己的故乡,失去了自己的根,他一生中所有的努力都只是为了重返故乡,进入消失的恰戈达伊。当他历尽千辛万苦,终于回到消失的恰戈达伊之后,却发现小城似乎变成了地上天国:"我突然想,这里实现了俄罗斯人永远的梦想,为了它,最优秀的俄罗斯人跑到西伯利亚、阿尔泰,投身于革命,坐牢,被流放,服苦役,为了这个梦想千百万人牺牲了生命,这个梦想就是白水国、基杰什城、伊诺尼亚城、地上天国。"③

然而,恰戈达伊的一切如同平常般宁静,但又恍若梦境般虚幻,尼基塔虽然进入了消失的恰戈达伊,看到了其上空的教堂圆顶,但恰戈达伊对他而言仍是一个谜,他不知道恰戈达伊是上帝的启示还是魔鬼的功绩,但有一点是确定的:恰戈达伊不是凡间的城市,它是非此世的存在,因为它的居民都是死去的人,尼基塔的母亲、爱人、孩子、大学老师都平静地生活在其中,尼基塔最可宝贵的一切都包含在消失的恰戈达伊之中。恰戈达伊成了上帝给俄罗斯人的神秘启示,在恰戈达伊之中裂开了一个深渊,只有克服这个深渊,俄罗斯人才有可能获得最终拯救。而这个深渊就是俄罗斯人在地上的失败、痛苦和不幸的总和,是欲望的深渊和罪孽的深渊。恰戈达伊上空的彩虹显示了上帝对俄罗斯的眷顾,带着这种神启尼基塔

---

① A. 瓦尔拉莫夫:《教堂圆顶》,俄罗斯《十月》杂志,1999年第4期,第35页。
② 同上书,第36页。
③ 同上书,第48页。

离开了消失的恰戈达伊,并且坚信:俄罗斯是上帝的选民,新天新地终将属于俄罗斯,俄罗斯人真正的故乡在彼世:"……因为在此世我们只是漂泊者,而真正的故乡则在他方,那里没有阴谋,也没有因此而来的恐惧,没有欺骗、贿赂、凶杀、不幸、痛苦和恶。"①

小说中有两个极具象征意义的现象,一个是教堂圆顶,另一个就是主人公的色盲。教堂圆顶在俄罗斯大地上随处可见,湛蓝的天空下教堂圆顶就像天地之间的接触点一样,神圣而高远,柔和而坚贞。作家把小说叫做"教堂圆顶"寓意深刻,因为"……古罗斯的教堂是圆球结顶,俄罗斯人认为,这种造型更宜于表现出对天堂的虔诚的激情。这种教堂顶上的圆球结顶犹如火舌,颇像上方有个十字架的巨大蜡烛,在俄罗斯的上空燃烧着,依照俄罗斯人的神秘主义直感,它似乎沟通了人间和天堂……毫无疑问,俄国教堂顶端的这种设计所导致的宗教情绪和审美感受要比西方的教堂更为强烈"②。由此可见小说的标题含义颇丰,它既是对信仰的肯定,又强调了俄罗斯人的最终归属,因为消失的小城恰戈达伊所呈现的教堂圆顶形状正是它对天堂的渴望,是虔诚信仰的表现。

小说中尼基塔的色盲同样具有象征意义。在尼基塔眼中,世界是黑白灰色的,是一个影子世界,不是真实的世界。这个灰色的世界中一切恍若梦境,都是虚幻,而真实的世界是彩色的,那里才是尼基塔真正的家园。在消失的恰戈达伊中尼基塔第一次看见了五彩缤纷的世界,看到了七色的彩虹,这说明恰戈达伊才是他生命的真相。尼基塔的色盲充分体现了俄罗斯人对彼岸的向往,对此世现实的否定使他们更加肯定彼世的生活。

从上述作品中可以看出瓦尔拉莫夫对20世纪末俄罗斯人精神归属问题的思考。一方面,他结合20世纪末俄罗斯的现实,肯定传统宗教价值对现代俄罗斯人的重要性;但另一方面,他也认识到所面临的难题,在经历了不信神的时代之后,在20世纪末的花花世界与混乱中,要坚定人们心中的信仰并非易事。在小说中作家也揭示了信仰本身的复杂与奥秘,虽然俄罗斯人可以因信得救,但却必须要走一条充满苦难的荆棘路。

---

① A. 瓦尔拉莫夫:《教堂圆顶》,第58页。
② 金亚娜等:《充盈的虚无》,北京:人民文学出版社,2003年,第7页。

第七章　魔幻的《金字塔》

　　长篇巨著《金字塔》(Пирамида)(1994)是俄罗斯著名作家 Л. 列昂诺夫(Леонид Леонов)(1899—1994)[①]生命烛灭前的最后一部作品,在俄罗斯诸多评论中,经常有评论家把作家称为"20世纪俄罗斯最后一位经典作家",把《金字塔》称为"20世纪俄罗斯最后一部长篇小说",这种说法本身就具有一种末世的味道。

　　实际上,晚年的列昂诺夫对人类的归宿确实充满了不祥的预感。小说还没有彻底写完,作家就听从友人的建议把它发表出来,对此列昂诺夫作出了如下解释:"这个决定之所以下得这么匆忙,是因为一场大动荡已经临近,这场大动荡要比我们以往所经历的一切动荡——宗教的、民族的、社会的动荡还要严峻。对于地球人来讲,这场大动荡实际上是最终的一次动荡。正在消逝的这个世纪里所发生的众多事件越来越让我们心生恐怖,让我们把这个世纪解释为人类末日的前奏:就连星辰都日渐苍老。然而,我们今天都看到,昨日的睦邻们正在为领土而起纷争。这就使人类末日的来临愈发逼近:当这些人为自身的庞大数量感到痛苦、进而丧心病狂时,他们会在自我毁灭的冲动中用核武器这把笤帚把自己扫到宇宙存在之外,只有奇迹发生才能把人类的大限推后一两百年。"[②]

　　作家写这篇前言时是1994年3月21日,同年8月8日作家就离开了人世。作家是不是因为预感自我生命即将终结,所以对人类的未来也充满幻灭之感？应该说,个体命运和人类总体命运之间具有很强的类比性,而且对于生命即将终结的个体而言,世界和人类也将不再存在。不过,情况并非这么简单,《金字塔》这部小说的创作时间跨度达半个世纪之久,小说中关于人类毁灭的思想并不是作家心血来潮的轻率想法,而是他数十年来对人类命运进行严肃思考的智慧结晶。在他即将走完人生旅途

[①] 列昂尼德·马克西莫维奇·列昂诺夫,俄罗斯著名小说家和剧作家,创作有《獾》(1924)、《小偷》(1927)、《俄罗斯森林》(1953)等长篇小说,以及《暴风雪》(1940)、《侵略》(1942)、《金马车》(1946)等剧作。

[②] Л. 列昂诺夫:《金字塔》第1卷,莫斯科:声音出版社,1994年,第6页。

时,作家基本完成了这篇关于世界末日的预言,这就是"三个篇章的魔幻小说"《金字塔》。

小说故事的时代背景是 30 年代的苏联,事件时间是"世界大战爆发的前一年",主要情节是天使德姆科夫来地球"出差",魔鬼的化身撒旦尼茨基教授设下陷阱,让天使逐渐丧失创造奇迹的本领,从而无法返回天庭。魔鬼的计谋几乎得逞,最后天使在神甫女儿杜尼娅的帮助下,终于离开了地球。

从小说故事可以看出,作家改变了他以前小说如《獾》、《小偷》、《俄罗斯森林》中的现实主义笔法,转而采用幻想小说的形式,这似乎表明作家创作通俗化的转向。但实际上,《金字塔》并非一部可以轻松阅读的消遣性读物,它比作家以往的小说更沉重、更艰涩。首先,小说的语言艰涩难懂,如俄罗斯学者 M. 杜纳耶夫所指出:"列昂诺夫的语言太丰富了,就连当代的那些后现代主义小说作家们也不是他的对手。不过我认为,作家让他的作品过于艰涩了。"[①]其次,小说中连篇累牍的对话也降低了作品的可读性。充斥整部小说的与其说是故事情节,不如说是人物的对话和独白,在一连数页乃至数十页的人物独白中主人公们把自己关于宇宙构成、人类命运、国家前途、个人使命的深邃思考倾诉给读者,使人不由得心生疑问:这是小说,还是哲学著作?小说中各种思想的交汇和撞击形成复调的艺术效果,使得俄罗斯文学研究者们把这部小说跟陀思妥耶夫斯基的《卡拉马佐夫兄弟》相媲美,同样使研究者们感到疑惑的是:作家到底持哪种信仰?他是无神论者,是虔诚的信徒,还是基督教的异端?小说的主题到底是什么?的确,作家给小说中的主人公们赋予了同等的说话权利。无论是天使德姆科夫,还是信仰虔诚的杜尼娅,或是持有异端思想的马特维神甫,乃至无神论者尼卡诺尔,以及魔鬼的化身撒旦尼茨基,还有"浪子"瓦季姆都在侃侃而谈自己对宇宙和人生的见解。如果从他们的言论去猜测作家的立场,很难得出一个确凿无疑的结论。但如果我们去寻找他们思想中的共性,就会发现,他们发出的一个相同的声音就是:人类的末日已为期不远。

天使德姆科夫"出差"到地球上来,但却没做什么正事,既没有惩罚邪恶,也没有用自己创造奇迹的神奇力量为人类造福,反倒落入魔鬼的圈套,在巡回表演中把能量消耗掉,变成了普通人,最后还要靠凡人的帮助

---

① M. 杜纳耶夫:《东正教与俄罗斯文学》第 6 卷,第 808 页。

才能回去。这个形象有其现实中的原型——犹太人梅辛格。这是位特异功能大师,他曾在二战初期预言希特勒的失败,因此遭到纳粹的追捕。他逃到苏联,参加了一个马戏团作巡回演出,表演心灵感应、预言、特异致动等功能。后来还曾与斯大林有过接触,他在没有通行证的情况下穿过戒备森严的警卫区一直走到斯大林的办公室,还曾用一张白条从国家银行领取了数百万卢布,他的特异功能让斯大林啧啧称奇。小说中所描写的天使德姆科夫与斯大林的会晤大概就是从这里得到的灵感。作家描写天使德姆科夫接受专门委员会测试时,让一位将军手舞足蹈,不能自控,这个情景也是梅辛格表演的真实写照:他曾让一位将军在椅子中间跳来跳去。天使德姆科夫参加马戏团四处巡回表演的情节也和梅辛格的经历一致。从这些相同之处来看,可以说,特异功能大师梅辛格就是天使德姆科夫的原型。尽管在小说中天使没有表现出深邃的智慧,但他却拥有知过去未来的能力,他清楚地知道,人类要从宇宙中消失。他曾带领杜尼娅游历未来人类毁灭的情境,他说:"谁知道,谁会有幸取代人类,取代这不称职的上帝宠儿呢?"①既然天使都给人类下达了判决书,看来人类的毁灭是无可挽回了。

  魔鬼的化身撒旦尼茨基教授是位大学者,号称"所有学科的教授","一切学问的泰斗",在他身上可以见到《俄罗斯森林》中格拉齐昂斯基教授的影子。他们都是学术权威,都是心地黑暗,行事阴险。他对上帝不无怨言,他借用《以诺伪经》的一句话来指责上帝的不公:"你怎么可以让由火造成的生命屈从于由泥土造成的生命?"②在他看来,俄罗斯广阔的国土造就了俄罗斯性格的末世论特征:"地理上的广袤无垠在极大程度上决定了俄国人性格中常见的散漫,这种散漫在西方是不受推崇的;此外,国土的广大还造成永不熄灭的无政府主义的冲动——要把地球及其一切监狱和所有的老大难问题都炸个粉碎,哪怕只是在思想中这样做。于是,在俄罗斯人所呼吸的空气中总是飘荡着《启示录》的异象:燃烧的理想和灰烬各占一半,还有一部分人类的血肉残肢。"③他指出敌基督的统治即将来临:"人们有充分的理由因为那些明显的征兆而害怕——《圣经》中所说的他(指敌基督——本文作者)的统治已经临近了。"④他指出人类面临着

---

① Л.列昂诺夫:《金字塔》第 1 卷,第 162 页。
② 同上书,第 131 页。
③ 同上书,第 600 页。
④ 同上书,第 602 页。

毁灭:"在天上,连人类这个概念都已经过时……现在已经是人类的黄昏,如日中天的景象早已成为过去……天色在不断地昏暗下去……当最后的天空坍塌下来的时候,那可不是开玩笑的事!"①他在跟马特维神甫谈话中,提议由马特维神甫来做宗教的革新者,拯救处在深渊边缘的全人类,却遭到马特维神甫的断然拒绝。

马特维神甫表现出许多异端思想,俄罗斯学者 A.柳勃穆德罗夫把他称为"敌基督的先声"②,说他期待着敌基督的到来。马特维神甫对世界末日有强烈的预感,在一次病中他看到一些预言性景象,这些景象"与拔摩岛上所描述的图画甚至也不遑多让"③。他认为上帝和魔鬼在未来会重新和好,而人类作为多余的见证人会被从世界上清除掉。在他看来,"当代社会的一些情况与恐怖结局来临前的特征相符,比如普遍的信仰危机,血腥战争,伪先知的大量涌现……乃至于当代某位人物的面貌特征据说也与令人恐惧的新君主(指敌基督——本文作者)相似。"④"关于最终结局已经临近的想法毫不间歇地压迫着他",他认为人类存活的唯一机会就是:"由于孩子的心灵是上帝最适宜的居所,所以在他取缔世界之前的决定性时刻,他可能会害怕回到他造人之前的无上威严的凄冷孤独中。"⑤

马特维神甫的女儿杜尼娅是小说中宗教信仰最虔诚的人物,是她第一个遇见了天使德姆科夫。她能通过教堂圣像壁上画着的一扇门走进另一个神奇的世界。天使带她越过时间边缘,来到没有时间的世界,她看到世世代代的人类,包括人类的灭亡:"由于某种相同的原因,人们密密麻麻地仰面躺在地上,眼睛还大大地睁开着,人们一直躺到地平线的尽头;整个军队都躺着,将军们和士兵们并排躺着。"⑥对于杜尼娅的疑问:"他们怎么了?"天使回答说:"他们正在死亡。"天使详细解释说:"他们不觉得痛苦。在这里第一次应用了新的人道主义的战争武器。他们感受不到痛苦,也无须流血,仿佛是在舒适地休息来去除尘世的劳顿,但可惜的是,他

---

① Л.列昂诺夫:《金字塔》第 1 卷,第 611 页。
② A.柳勃穆德罗夫:《"某个第三者"。〈金字塔〉中的〈关于宗教大法官的传说〉主题》,参见论文集《列昂尼德·列昂诺夫与 20 世纪俄罗斯文学》,圣彼得堡:科学出版社,2000 年,第 123 页。
③ Л.列昂诺夫:《金字塔》第 1 卷,第 411 页。
④ 同上书,第 410 页。
⑤ 同上书,第 358 页。
⑥ 同上书,第 290 页。

们不是马上死亡。他们还有时间来思考：他们身上发生的这一切是从何而来、为何发生和如何发生。"①天使和杜尼娅为我们描绘了一幅人类通过战争自我毁灭的悲惨场面。

尼卡诺尔本身是无神论者，但他爱上了虔诚的东正教徒杜尼娅，而且他还清楚地知道自己的导师撒旦尼茨基教授是魔鬼的化身，所以尼卡诺尔的思想非常复杂，给人一种一言难尽的感觉。小说中提出了"尼卡诺尔启示录"的概念，用以概括尼卡诺尔的末世论思想。尼卡诺尔把杜尼娅在没有时间的永恒世界里看到的一些异象加以整理，形成了自己的末世论思想。一方面，尼卡诺尔跟马特维神甫一样相信上帝和魔鬼的最终和解，"尼卡诺尔得出的结论，其新颖性在于，他在承认人类苦难是不可避免的同时，预见到人类末日可能会发生在敌对双方（指上帝和魔鬼——本文作者）和解的情形下，已经有一个日渐成熟的方案作为他们和解的基础。尽管这个方案暂时还是秘密，但已经在我们的现实中体现出来"②。另一方面，尼卡诺尔认为人类毁灭的起因在于科技进步："在尼卡诺尔·萨明看来，人类从山顶到谷底的坠落总体上开始于生物技术方面的一些军事成就。缺乏道德根基的科学即便不是有害的，也是毫无意义的，这用不着任何证明。"③小说中把"尼卡诺尔启示录"跟约翰的《启示录》相比较："在尼卡诺尔·萨明描述的世界终结图画中完全没有神秘主义成分，这样就不会给劳动人民的思想意识造成哲学上的混乱。甚至在那些与众所周知的《启示录》风格最为近似的地方，尼卡诺尔也非常成功地避免了他的拔摩岛同行所大量运用的隐喻，诸如日月变色、星辰坠地，或者载着天使的马车，或者环绕火焰的地上教会。在我的尼卡诺尔的图画里则相反，无须彼岸力量的参与，人类自行走向命定的结局。"④

"浪子"瓦季姆是马特维神甫的长子，他背叛了自己的家庭，投身到社会主义革命和建设中，但家庭环境对他潜移默化的影响和他对理想世界的乌托邦追求使得他无法认同社会现实。他明知有被清洗的危险，却依然撰文批判专制，后来他被抓进集中营，并死在那里。他与小说其他主人公一样有着非常强烈的末世情绪："他与同时代人的不同在于，他把社会革命只是看作更为重大的一系列事件中的一个环节，看做是抵达人类历

---

① Л. 列昂诺夫：《金字塔》第 2 卷，第 290 页。
② 同上书，第 583 页。
③ 同上书，第 321 页。
④ 同上书，第 327 页。

史十字路口的一个序幕,在此充满着对世界末日的觉悟和启示,没有这些觉悟和启示,宏大的人类历史就不值得开始。"①他认为"领袖"的历史作用在于完成人类的自我毁灭:"人类处在力量衰竭的最后时光中,这使领袖采取最为简捷的做法——立即向气息奄奄的敌对的旧世界发起猛攻,并与旧世界一起在无法实现的理想火焰中燃成灰烬……"②他认为人类已经注定灭亡,无法挽救:"时刻到了:如同驱鱼的器具,它所指出的任何一条出路都是死路。我们或是死于愚蠢,或是死于自我繁殖的疯狂欲望,或是死于我们不可靠的人道主义,或是死于淘气的孩子在火药桶上玩火柴——但无论我们注定以何种形式灭亡,这都不重要了。"③而在人类灭亡后,宇宙也要消亡:"在我们消失之后,那只为我们创造出来的世界,包括一切的星辰,不会以相应的爆炸形式毁灭,而只是悄无声息地消亡、熄灭、坠落……"④瓦季姆从神甫家庭的长子转变为时代的弄潮儿,接着又转变为时代的批判者,最后又重新接纳了上帝。他的心路历程值得我们深思。

走红的导演索罗金对杜尼娅一见倾心,为了能跟杜尼娅继续来往,他说自己正准备导演一部世界末日题材的电影,希望杜尼娅来当女主角。他说:"问题在于,两个阵营的智者们都认为,即将会发生突如其来的事件,这不是人类历史上的一般事件,而是终结性事件。因此,需要尽快把这一信息告知全球的人,而最为直观的手段就是电影。"⑤他历数了威胁人类的危险:"地震灾难,天空中的窟窿(应该是指臭氧层漏洞——本文作者),瘟疫,自杀性的仇恨——不仅仇恨邻居,还仇恨自己的镜中影像,发明出令人恐惧的杀伤力极大的武器。"⑥按照小说里的说法,索罗金之所以走红,是因为他拍了好多反映社会主义建设成就的电影。他不是那种为艺术献身的人,他对杜尼娅说的这些电影构思全是他临时现编的,也没有打算实现的意思。但就在这样一个社会主义现实主义艺术的代表人物头脑中,能够产生这些天外奇想,在让人惊诧之余,不由得会想到,在导演索罗金身上是否有作家列昂诺夫的影子?列昂诺夫创作了许多社会主义现实主义的经典作品,到离开人世前,却突然写出《金字塔》这样的魔幻小

---

① Л.列昂诺夫:《金字塔》第 2 卷,第 84 页。
② 同上书,第 95 页。
③ 同上书,第 100 页。
④ 同上书,第 107 页。
⑤ 同上书,第 106 页。
⑥ 同上书,第 111 页。

说,不惜笔墨地探讨宗教思想。此外,两人对于人类未来的担忧也是一致的。

小说中出现的叙事者"我"是尼卡诺尔的朋友,在小说中也对人类未来表示悲观:"从各种迹象来看,人类已经跨过了其历史存在的门槛。我们种族的灭亡将与宗教的世界末日完全吻合。在此情况下,我们将与我们的令人惊叹的杰作一起消亡。"①

小说中的这些主要人物一致宣说"世界末日",凸显出小说的末世论主题。《金字塔》的末世论不是基督教正统神学意义上的末世论,而是有着鲜明的"异端"色彩。小说众多人物观念中的上帝是个不公正、不仁慈的形象,他先是把人类当作与魔鬼争斗的砝码,如今又把人类看做是累赘,想要加以销毁。在小说《金字塔》的末世论中,没有任何关于基督再临、最后审判和新天新地的内容。人类注定了要从地球上消失,不可能得到任何拯救。

《金字塔》的艺术手法与小说的哲学思考达成了较为完满的结合。小说在艺术上的几个突出特点都有利于小说中哲理的表达,尤其是象征手法的运用很好地表现了小说的末世论主题。下面从四个方面来对小说的艺术特点作一简要分析。

小说艺术上第一个突出特点是它的叙事视角。作家没有采用全知全能的上帝视角,而是采用相当隐晦的方式来叙事。由于小说的绝大篇幅是两个人的长篇对话,所以出现了好多讲述者形象。谈话双方本身在讲述,然后他们的谈话又直接或通过某人讲述给尼卡诺尔,接着由尼卡诺尔把全盘故事讲述给他的朋友——小说中自称为"我"的人,而作家本人又时常以客观的面目出现在小说中对"我"加以评论。在这种多重转述的叙事方式下,人物的观点经常会发生变形,经常会出现本身是无神论者的尼卡诺尔转述基督教神学思想的情形,而"我"又对尼卡诺尔的转述进行分析,所以主人公的观点经过了至少两次的变形。在这种情况下,读者很难感觉出作家本人对他的主人公们的感情色彩,也很难确定作家本人的观点和立场。这或许是因为作家不想干预主人公的思想,想给主人公以充分的思考和行动能力;或许作家本人也没有明确的立场,他希望由读者来为他作出抉择。或许作家是希望通过这种叙事方式来充分调动读者的思维,加强读者的参与。但作家的本意究竟是什么,我们不好妄下结论。

---

① Л.列昂诺夫:《金字塔》第 1 卷,第 180 页。

小说艺术上的第二个特点是虚实笔法的结合：作家把幻想和现实紧密地结合在一起。尽管小说故事纯属作家杜撰，但并非随意编造，而是有一定的现实基础。作家以写实的笔法表现了大战爆发前的30年代的苏联历史环境：斯大林时期的党内大清洗运动——在"领袖最亲密的战友"斯古德诺夫被捕的情节中得到淋漓尽致的反映；集中营生活反映在瓦季姆的遭遇中；对宗教的迫害也有多方面的表现：助祭的忏悔、马特维神甫的出逃、瓦季姆因其家庭出身不好而发的怨诉；文化方面则是红极一时的电影导演索罗金用"社会主义现实主义"手法拍摄的电影获取巨大的成功；久尔索老头的马戏世家的变迁历史反映了一个家族的兴衰史；另外大战爆发前弥漫社会的"山雨欲来风满楼"的紧张氛围也得到很好的体现。在《金字塔》中离奇的幻想故事与逼真的现实生活这种完美的结合跟布尔加科夫的《大师与玛格丽特》非常相似。作家以此种方式来挥洒自己的哲思：小说中的幻想成分主要有利于作家表现自己对宇宙、对人类、对未来的宏观思考，而现实描写则是作家对他难以忘怀的一段历史的重新审视，是他对祖国和民族命运的微观反思。这两者的结合使得作家能够在这部鸿篇巨制中在宇宙、人类、历史、国家、民族、社会、家族、个人等各个层面上展开思考。另外，作家之所以要把故事发生时间定在"大战爆发前的一年"，恐怕也是为了更好地表现他的关于人类末日即将来临的思想。这种大战爆发前的气氛与世界末日来临前的氛围不是有许多相似之处吗？

小说艺术上的第三个特点是人物的对应关系。作家在塑造人物时，喜欢另外塑造一个跟他相对应的人物来加以衬托。在《金字塔》中，马特维神甫和久尔索老头对应，前者是一个神甫家庭的家长，后者是一个没落家族的家长，两人价值取向不同，前者追求对神学的思考，后者致力于家族的复兴，相同之处是两人是各自家庭的"舵手"，为家庭的安全和发展指点航向。两人的女儿杜尼娅和尤丽娅也是对应关系。杜尼娅是不食人间烟火的虔诚信徒，善良纯洁，尤丽娅则一直希望成为电影明星，渴望对物质的极大占有，在对待天使德姆科夫的态度上，两人更是截然相反：杜尼娅一直在真诚地为天使着想，最后帮助天使返回天庭，尤丽娅却只是想利用天使达到她当宇宙女皇的野心，而在天使失去创造奇迹的本领后，又把天使一脚踢开。在马特维家庭内部，长子瓦季姆跟弟弟叶戈尔也是对应关系，前者是离家出走的"浪子"，后者则与前者处处针锋相对，几乎成水火不容的局面。与魔鬼的化身撒旦尼茨基教授对应的是天使德姆科夫，两人分属善恶两个阵营，教授处心积虑设置陷阱，天使却毫不知情，没有一点防范。作家运用这种人物对应手法有利于表现作为"思想者"的人物之间的思想交锋。人物之间的对应实际上是两种思想的对应——冲突和互动。在人物的对话中,作家深入探讨了一系列问题。但应看到,人物对应也有使人物脸谱化的危险,好在列昂诺夫功力深厚,笔下的人物血肉丰满,栩栩如生。

小说艺术上的最重要的特点是象征手法的运用。小说中最重要的象征无疑就是"金字塔"。俄罗斯学者对于"金字塔"的象征意义有着诸多探讨,如 B. 费奥多罗夫认为:"列昂诺夫把自己的小说命名为《金字塔》,他是用这个标题来作为其叙事的主要和基本的象征——上帝的象征、三位一体的象征。"① T. 瓦希托娃把"金字塔"跟 A. 别雷的象征理论联系起来,认为别雷象征理论的几何模型就是"金字塔",代表的是认知与创造二元性的不同层次,而这种二元性是列昂诺夫创作的主要问题。② Л. 雅基莫娃认为,金字塔是"世界文化的永恒形象",是"一切神秘知识的无穷无尽的宝库",是"微观世界和宏观世界的完美象征"。③

我们认为,阐释"金字塔"的内涵不能脱离作品,应当从文本出发揭示它的象征意义。首先,"金字塔"是人类社会的象征。在"浪子"瓦季姆的观念中,人类社会结构是一个金字塔,人们处于不同的阶层,享有不同的权利,彼此之间绝对不是平等的。"社会等级金字塔的顶层是全权统治者和寡头精英,位于下面的是其他受奴役的阶层:从官吏一直到受着沉重压迫的默默无闻的平民,乃至奴隶。"④瓦季姆对这样的社会结构持否定态度,他所寻求的是"没有迷误、没有社会掠夺、没有苦难的社会"⑤。这是俄罗斯人乌托邦追求的一种体现。

其次,金字塔还是极权的象征。瓦季姆在他创作的小说中叙述了古埃及人建造金字塔的情景,在埃及人民付出血汗代价后,"金字塔第一次展现出全部雄姿。它的构造像真理一样朴素,但却比奇迹还要神秘,因为谁也不知道它是怎么出现在荒无人烟的沙砾中的"⑥。"在后世人们用赞

---

① B. 费奥多罗夫:《在列昂诺夫长篇小说〈金字塔〉中"奇迹"和"魔幻"的宗教哲学层面》,参见论文集《列昂尼德·列昂诺夫与 20 世纪俄罗斯文学》,第 116 页。
② T. 瓦希托娃:《列昂诺夫创作成熟期的诗学》,参见论文集《列昂尼德·列昂诺夫与 20 世纪俄罗斯文学》,第 18 页。
③ Л. 雅基莫娃:《列昂诺夫作品的潜台词和母题结构》,参见论文集《列昂尼德·列昂诺夫与 20 世纪俄罗斯文学》,第 26—27 页。
④ Л. 列昂诺夫:《金字塔》第 2 卷,第 57 页。
⑤ 同上书,第 58 页。
⑥ 同上书,第 165 页。

叹的目光仰视金字塔的时候,没有人会想到,不只是从体积上来说,甚至从重量上来说,金字塔下人民的白骨都要比石头多得多。"①故事的最后情节则是愤怒的人民把法老的尸体从金字塔中拖出来。与这个故事相对应的是瓦季姆夜游当代金字塔——"一切时代和民族的伟人"②领袖陵墓的情节,这种历史和当代的对应表现出作家对斯大林时代极权的愤慨。瓦季姆小说的结局预示着暴君将遭受人民的审判。

最后,金字塔是人类末日的象征。在"尼卡诺尔启示录"中用"金字塔"来喻指人类的命运:人类现在已经处于塔顶,接下来不可避免的是从塔顶的坠落,而坠落的结果就是毁灭。

如果抛开作品主人公们对金字塔的阐释,我们发现,用金字塔这种古老时代的神秘的宏伟建筑来定义列昂诺夫的这部小说本身,也是非常恰如其分的,还有什么词能如此准确地描述这部错综复杂、晦涩难懂、神秘莫测的鸿篇巨制呢?

小说中另一个经常出现的意象是"船"(корабль),以及与其相关的"舵手"(кормчий)。作家用它们来象征各个层面的事物:宇宙是船,人类是船,历史是船,而它们的舵手是上帝;国家是船,舵手是领袖;家庭是船,舵手是一家之长。而与这些船经常联系在一起的词则是"覆灭"。如"帝国和轮船都有其危急时刻,在危急时刻来临时,或者是民众,或者是海浪,会把它们撕裂成碎片"③。"在进化的大船上不应当有无所事事的闲人,也不应当有没用的货物。"④"没有帆的大船航行在人类命运的海洋中。"⑤"沉没在水底的老费陀谢夫家的轮船。"⑥显然,用船在大海中的沉没来喻指各个层次的覆灭非常形象生动。作为读者,我们很自然就联想起"泰坦尼克号"的沉没,以及那部在世纪末风靡一时的同名电影。而邦达列夫在《百慕大三角》中也把俄罗斯比作停在死亡地带的"大船"。看来,轮船的意象在很多作家那里都跟灭亡联系在一起。

小说中还有一些象征形象都具有末世论内涵,如,"黑板":"为了写上明天的文字,不得不强行从黑板上擦去昨天的文字。"⑦另如,"列车":"人

---

① Л.列昂诺夫:《金字塔》第2卷,第608页。
② 同上书,第172页。
③ 同上书,第128页。
④ 同上书,第309页。
⑤ 同上书,第347页。
⑥ 同上书,第668页。
⑦ 同上书,第415页。

类这趟列车的前几节车厢已经驶入了未来不祥的灰蒙蒙烟雾中。"①

正如俄罗斯学者瓦希托娃所说:《金字塔》是一部象征小说。② 小说中"金字塔"、"轮船"等一系列象征形象使得作品的末世论宗旨昭然若揭。作品的主人公们戴着各种思想面具出场,进行着激烈的思想交锋,但所有主人公却对人类末日这一思想达成了共识。他们认为,上帝和魔鬼作为善恶的两极已经达成了和解的协议,人类作为二者间多余的存在物将被销毁;这一上天的旨意已经在人类社会中有所体现:人类社会充斥着各种危机,人类发展在走下坡路,人类历史已近黄昏,人类将会通过战争自我毁灭。正如俄罗斯学者杜纳耶夫所指出:"贯穿小说的强大线索是对末世的预感、末世的形象和对于未来整体毁灭的隐晦预言——人类的彻底毁灭不仅是在地球层面上,还包括地球之外的层面。"③

作家列昂诺夫并非仇视人类的极端主义者,他的《金字塔》并非对人类的诅咒。相反,他热爱人类,热爱自己的民族和国家。如果去除小说中的神学思想,我们看到,列昂诺夫的末世论有着合理的内核:当今人类的确面临着生存危机,诸如环境污染、生态失衡、能源危机、种族冲突等都使人类的生存变得脆弱,尤其是核战争的威胁,更使得人类的毁灭随时都有可能发生。如果核武器落入恐怖分子手里,如果操控核按钮的领导人丧心病狂,如果发生核事故(对于切尔诺贝利核电站和库尔斯克号核潜艇的灾难性事故,我们还记忆犹新),如果电脑病毒发作,发出核打击的指令……我们不敢设想这一系列的"如果"。谁又能保证明天不是世界末日呢? 在此历史前景中,人类应该反思自身存在的意义和价值,应当拿出积极的对策去回应历史的挑战。作家想把人类从浑浑噩噩的生存状态里惊醒过来,让人们去直面生存危机,从而解决生存危机。如小说中所说:"这是要警告最近的几代后人关切未来可能发生的情况,希望他们能以自己的行动让未来变得更好些。"④因此,我们可以说,《金字塔》具有非常积极的社会意义,它是给人类敲的一记警世钟。

---

① Л. 列昂诺夫:《金字塔》第 1 卷,第 416 页。
② 参见 Т. 瓦希托娃:《〈金字塔〉是一部象征小说》,俄罗斯《俄罗斯文学》杂志,1996 年第 4 期。
③ М. 杜纳耶夫:《东正教与俄罗斯文学》第 6 卷,第 783 页。
④ Л. 列昂诺夫:《金字塔》第 2 卷,第 293 页。

第八章 世界终结的神话
《昂里利亚》

А.金（Анатолий Ким）(1939—)是俄罗斯"四十岁作家"群体中的一员。阿纳托利·金出生于南部哈萨克斯坦的一个朝鲜族家庭。童年时代和少年时代在远东的乌苏里地区和库页岛度过。后来在莫斯科"纪念1905年"艺术学校学习。1971年从高尔基文学院函授毕业。阿纳托利·金的工作经历丰富多彩：当过起重机司机、家具厂木工师傅、电影放映员、艺术装潢师、苏联艺术基金会监察员，还在高尔基文学院教过课，曾在出版社和杂志社工作过。阿纳托利·金最初在报纸上发表了一些诗，后来他的短篇小说《水彩画》(1973)和《野蔷薇麦卡》(1973)得到评论家关注。阿纳托利·金后来又出版了《蔚蓝岛》(1976)、《四个自白》(1978)、《夜莺的回声》(1980)、《玉腰带》(1981)等小说集。80年代他出版了长篇小说《松鼠》(1984)、《森林父亲》(1989)。90年代他的作品有《半人半马族的村落》(1992)、《昂里利亚》(1995)、《伴着巴赫的音乐采蘑菇》(1997)、《墙》(1998)、《双生子》(2000)等。阿纳托利·金的作品获得过莫斯科文学奖，还曾荣获许多国际文学奖。他的作品被翻译成英语、德语、法语、西班牙语、意大利语、日语等23种语言，在世界上数十个国家出版发行。他的作品进入了俄罗斯大学和中学的教学大纲，在俄罗斯、日本、美国、德国、波兰和保加利亚都有人以他的作品为研究对象，参加硕士和博士论文答辩。

阿纳托利·金虽是朝鲜族人，但他却始终把自己看做是俄罗斯作家，他说："在我看来，只有语言才能决定作家对文学的附属关系。一个人用哪种语言写作，用哪种语言能够最为充分地表达自己的思想，他就属于哪个民族的文学。关键不在于种族的属性，而在于语言的属性。"[①]尽管如此，民族传统却不能不对作家的世界观发生影响。另外由于作家是在远东地区长大成人，所以在阿纳托利·金身上融合了东西方文化因素。正如俄罗斯评论家В.邦达连科所言："在阿纳托利·金的小说中响彻着一个具

---

① 参见С.鲁丹科对А.金的访谈：《我写的是永生》，参见网页：http://www.hronos.km.ru/public/2001/kim01.html。

有其他民族特色的俄罗斯作家的声音。"①正是这种东西方文化的杂糅造就了阿纳托利·金这位杰出的作家。用作家自己的话说:"我不知道还有谁比我更幸运了——谁能如此自然而清楚地用俄语来表现他的东方本质呢?如果不假装谦虚的话,我可以说,正是由于这两个源头:东方人的民族出身和俄罗斯语言,我才做好了那些任何人都做不了的事情。"②

从早期创作开始,阿纳托利·金的创作就充满了奇异幻想,并有神话色彩,如《松鼠》副标题是"童话",《森林父亲》副标题是"寓言"。阿纳托利·金总是在思考存在的永恒法则:"我从来不写轰动一时的事件,或关注亟待解决的问题。我所感兴趣的总是那些对一切时代和一切人都通用的万应事物——人的形而上本质。对我而言,个体的价值总是无限地高于社会价值。"③作家的作品具有泛神论的色彩,但后来有所改变,作家对此解释说:"这种变化跟我接受洗礼有关系。我在40岁时成为基督徒。于是那个安详的泛神主义者离去了,他受洗了。内心发生了一些变化。《松鼠》是在这之前写的。我产生了贯彻基督教始终的对末日的惶恐。因为对于一个基督徒来说,最主要的期望不是战胜死亡,而是复活……"④阿纳托利·金在长篇小说《昂里利亚》(Онлирия)中虚构了一个世界历史终结的神话。

小说《昂里利亚》由两条相互交叉的线索构成。一条线索是 X 时刻(即世界末日)前各色魔鬼的灭亡过程,主要描写了撒旦下属的四个魔鬼:死神卡里姆、死神的对头——矮仙瓦达纳百、莫斯科魔鬼和无影魔鬼。另一条线索是一个普通俄罗斯女人娜佳与她三个丈夫的爱情故事。

死神卡里姆喜欢跟人玩死亡的游戏:他把装在透明塑料盒中的兰花递给垂死的人,如果那个人接过兰花,那么卡里姆就会夺走他的生命。小说一开始卡里姆就试图把兰花递给画家塔玛拉,矮仙瓦达纳百突然出现,跟他一阵激烈搏斗,阻止了他。原来,矮仙瓦达纳百到处兜售治疗癌症的药物,实际上他不过是打败死神,以此来保护客户而已。在 X 时刻到来前,按照上帝的安排,魔鬼们自相残杀,这两个强大的魔鬼也先后分别被孤独魔鬼和无影魔鬼干掉。

---

① 《20世纪俄罗斯作家生平创作词典》第1卷,莫斯科:教育出版社,1998年,第616页。
②③ 参见 T. 沃尔茨卡娅:《我想找到巴赫音乐的类似物——与莫斯科作家阿纳托利·金的谈话》,俄罗斯《俄罗斯思想》,2001年4月26日,参见网页:http://www.rusmysl.ru/2001II/4363/436318-Apr26.html。
④ 参见 C. 鲁丹科对 A. 金的访谈:《我写的是永生》。

莫斯科魔鬼这样述说自己的来历:"在天堂里谁也不会爱那些可怜的人。那里的人们根本不懂得对穷人和苦命人的爱;因为天堂根本就不会有穷人和苦命人。我之所以被驱逐出天堂,并在世界上孤独地流浪,只是因为我想寻找那些能够让我爱的人。古希腊人称我为普罗米修斯。还有个诗人称我为忧郁的恶魔。我不怕惩罚,对死亡也无所畏惧。我喜欢人类天性中离经叛道的倾向。我曾教给人们获取天火,想让他们手执火剑起来反抗上帝,并攻占他的天堂。但是毫无效果,我们大家(指魔鬼们——本文作者)的末日就要到了。整个魔鬼王国都要毁灭,并且是永远毁灭,因为不会再复活。"①他与莫斯科市政当局达成协议,他扮作天使的模样,每天在莫斯科上空飞翔,以此减轻人们在世界末日来临前的恐慌。按照他的说法:"市政当局认为,如果我出现在天空中,翱翔在高楼大厦中间,这种前所未有的神秘现象无论如何属于难解之谜。他们觉得,在期待X时刻到来的这段时间里,公民们暂时还满足于一些本能情欲的放纵,但这种原始生存状态的沉闷和苦恼有可能会弥漫到社会的整个精神领域。为了不让公民们在新王国的前夜制造骚乱或者发疯,城市的元老们雇我来从事这项奇特的工作。"②的确,当市民们看到天空中振翅飞翔的莫斯科魔鬼时,仿佛看到了未来天堂的景象。于是失去了对肉体生存的兴趣,反倒希望末日快点到来。实际上,莫斯科魔鬼是痛恨那些教人们飞行的魔鬼,想借此机会寻觅那些伪装成飞行教练的魔鬼,与他们决一死战。但不幸的是,他找到的那个魔鬼比他还强大,把他打得差点丧命。X时刻到来前,他在旧日伙伴矮仙瓦达纳百怀中丧生。

最强大的魔鬼是无处不在的无影魔鬼,他是远古时代的时间天使,现在则主管情欲:"命中注定的爱欲——这是我掌管的领地。"③他可以呈现为各种各样的人形,化身为无生命的物体。但他却始终难以割舍对人间女子娜佳的爱恋,无论娜佳轮回转世到哪里,他都跟到哪里。

这些魔鬼,按照他们自己的话说,本来是天使,曾经在上帝创世时一起点燃了天上的星星,后来却被驱逐出天堂,变成魔鬼,开始侍奉黑暗王国的君主——撒旦。但他们彼此之间并不团结,充满了争斗。在X时刻来临时,魔鬼们就按照上帝的意志开始互相消灭,直到最后连撒旦也灭亡为止。

---

① A.金:《昂里利亚》,莫斯科:文本出版社,2000年,第97页。
② 同上书,第95页。
③ 同上书,第182页。

小说另一条线索写的是娜佳与她的三个丈夫的爱情故事。第一个丈夫叶夫盖尼跟娜佳过了六年夫妻生活,他深爱着妻子,但娜佳却不爱他,最后离开了他。这时,无影魔鬼来诱惑深受情欲折磨的叶夫盖尼,欺骗他说,如果他肯自杀,就让他享有不受情欲痛苦折磨的彼岸世界。但叶夫盖尼自杀以后,他对娜佳炽烈的爱情愈发炽烈。尽管他很清楚娜佳不爱自己,却依然浪迹天涯,追踪娜佳的足迹。小说中提到他时,总是称他为"可怜的叶夫盖尼"。

　　娜佳的第二个丈夫是空中飞行的受害者。空中飞行,即不借助于任何设备,只凭借人体本来的潜能在天空飞行。在 X 时刻来临之前,恐慌的人们掀起了学习空中飞行的热潮,希望以此来躲过世界末日的彻底毁灭。实际上,教他们飞行的教练正是一些魔鬼,他们利用空中飞行使无数人从高空中摔下来,摔得粉身碎骨。娜佳的第二个丈夫瓦列里安·马什克就是这样丧失了生命。他爱娜佳,但不像叶夫盖尼那样痴情,他对空中飞行的热爱超过了对娜佳的爱情,最后导致渴望爱情的娜佳移情别恋。

　　娜佳的第三个丈夫是朝鲜族的盲人歌手俄耳甫乌斯,他拥有无比美妙的歌喉,也唯有他才真正拥有娜佳的爱情。娜佳对前夫瓦列里安·马什克这样说:"难道你还不明白,我终于遇见了终生期待着的那个人……我爱不爱他?当然爱,否则为什么要嫁给他,而且是在世界末日之前?"① 他们的爱情不仅是尘世的情欲,也包含着对以上帝为化身的终极理想境界的爱。娜佳对俄耳甫乌斯说:"当我们这么长久、这么深入地谈论我们的救世主的时候,我一下子明白了,你的歌喉中不属于人类的妙响就是那传达主显圣容的福音。亲爱的俄耳甫乌斯,你的歌喉召唤我去追求在我们生命之外的事物。"② 俄耳甫乌斯把基督称为比巴赫、亨德尔、莫扎特更伟大的作曲家,说"通过基督的音乐,世上所有人都开始明白自己是天国的臣民。基督的音乐使听到它的人们变成为一个民族,大家都是热爱基督的孩子"③。他跟娜佳炽烈相爱,死后也彼此牵挂、相互追寻。

　　娜佳真心爱着俄耳甫乌斯。在俄耳甫乌斯死后,她从死神卡里姆手中接过了兰花,但在彼岸世界里她走遍天涯海角也无法找到心中的爱人。在死亡之后的复活世界里,叶夫盖尼对瓦列里安·马什克说:"她结了三次婚,但她的心灵从没有向任何人敞开过爱情的门窗,因此她在这里(指死

---

① A. 金:《昂里利亚》,第 82 页。
② 同上书,第 40 页。
③ 同上书,第 39 页。

亡之后的复活世界里——本文作者)也给自己选择了这样的道路——走遍全世界,永远地追寻那个她永远也找不到的人⋯⋯"①

在作家看来,爱情是世界历史演进的一种内在的动力:"一切事物和现象的创造者——造物主所掌握的最重要的创造力量就是爱情。"②原本是时间天使的无影魔鬼就是因为对人间女子产生了爱欲,才走上了与上帝为敌的不归路。在小说中,撒旦的堕落也被解释为他受到人类第一个女子夏娃的诱惑。在欧洲文学传统里,经常出现一些由人变成为恶魔的情节,其原因往往是源于对情人痴心的爱恋。这些恶魔代表着人类生存的自然本能力量,而基督教代表的则是约束本能的理性力量。这两者间的对立其实是人的理性和非理性之间的冲突。

作家描写了世界末日前人类的恐慌:"电视、电台和所有的报纸此时都充斥着关于 X 时刻的各种假设、猜测、预言和新的爆炸性消息。学者们和作家们都在预测未来⋯⋯冲天大火攫获了被毁灭的混乱世界,在数以百万计的烟云中有一些黑点冉冉升起,并在天空中遨游⋯⋯这是什么?是鸟,还是凭自身飞行能力获救的人们?整个世界都沸腾着,充满了情欲和忧虑。"③而与这个惊惶不安的末日前图景构成鲜明对照的是,在巴黎一家旅馆的小房间里,俄耳甫乌斯和娜佳这对恋人安详地躺在床上,在半睡半醒之间,一切思想、意志和生命本能都悄然静止。"夜晚和白天、生命和死亡、爱欲和冷漠在这里都凝然一体,毫无分别。"④显然,这对恋人因为他们的爱情,人生境界无限升华,就连世界末日也不能破坏他们的安详心态。

作家把爱情跟死亡联系在一起,而死亡则跟复活紧密相连。瓦列里安·马什克在死亡复活后曾说:"直到现在我还在努力弄清楚,为什么在尘世上爱情和死亡具有近似的意义,为什么在那个现实中总是由死亡结束爱情,而不是相反?仿佛死亡是爱情的合理延伸,而复活,则是死亡后存在的继续。"⑤小说中多次借盲人俄耳甫乌斯之口宣称,人死后马上就会复活,就像耶稣死后复活一样。如他说:"死亡,这就是复活。我们全都是永恒不朽的。我们已然复活。但我们却不知道这一点。"⑥而且这种复活

---

① A. 金:《昂里利亚》,第 74 页。
② 同上书,第 88 页。
③ 同上书,第 118 页。
④ 同上书,第 119 页。
⑤ 同上书,第 75 页。
⑥ A. 金:《昂里利亚》,第 116 页。

还是所有的人,不分善恶,最后都能够复活。小说中几个魔鬼也承认,死亡只是他们跟人类开的一个玩笑,实际上并没有什么死亡。小说主人公叶夫盖尼、瓦列里安·马什克和娜佳都是在死亡后立即复活,并过着跟生前似乎并没有什么不同的生活,而且还能够讲一种人类共同的语言,各民族之间的交流不再有任何问题。显然,作者把爱情跟死亡联系起来,是希望能够由爱情来终结死亡,而不是由死亡结束爱情,这里传达的是一种希望爱情永恒的美好愿望。实际上,阿纳托利·金本身是相信死后复活的。当采访者问他是否相信"我们是不死的",他回答说:"我不止是相信,而且还很清楚地知道是这样。您也知道这点。否则我们就不会坐在这里谈话,不会彼此微笑。我们每个人身上都有永远不死的物质,而且这些物质的数量绰绰有余。死亡,这只不过是最低层次的物质,就像切分音一样只是节奏的一个单元。我们所有人都曾经历过无数的死和生。"①作家这种死后复活观显然不符合基督教的正统观念,应该是受到佛教转世轮回思想的影响。在基督教看来,人的生命只有一次,只有到世界末日时,所有的死人才会复活接受最后的审判,决定是在天堂享永生,还是在地狱里受永刑。能在死后马上复活的只有基督耶稣,因为他是神而不是人。

但同时,阿纳托利·金又对 X 时刻后人类获得的永恒生命发出置疑。他在小说中借瓦列里安·马什克之口说:"再也不会有任何苦难,因为没有了死亡。那么我们生命的价值、存在的光荣、生活的美好又在哪里呢?逃离了死亡,我们中的每一个人就不会再为自己担忧,不会为自己的心灵伤感,更不会去爱自己……我现在已经无须去爱自己,因为我再也不会死亡。如果我永恒存在,那么这个永恒的生命对我来说还是珍贵的吗?对于我来说,自己还是无价的吗?那么失去了对自己的爱,我更无法像基督教导的那样'爱人如己'了,在人人都不会死亡的世界,也无须这么做了。"②显然,作家感到迷惘的是,当人类获得永恒生命时,却失去了彼此相爱的理由。那么我们是选择永生,还是选择彼此间的爱呢?作家把这个难题留给了读者,那么我们该如何选择呢?中国的哲人庄子说:相濡以沫,不如相忘于江湖。而在小说主人公俄耳甫乌斯和娜佳看来,爱情比永生更重要。他们是宁可失去永生,也要执著追求爱。而在原来的时间天使,如今掌管情欲的无影魔鬼看来,他对人间女子的爱欲超过了对上帝的爱,克服了对死亡的恐惧。即便到了世界末日,面对着永远的消亡,无影

---

① 参见 C.鲁丹科对 A.金的访谈:《我写的是永生》。
② A.金:《昂里利亚》,第 137 页。

魔鬼对自己的选择依然是无怨无悔。这恐怕也是作家所赞赏的态度。

无影魔鬼是小说中的关键人物。他把两条线索紧密地联系在一起。他作为时间天使,远在上帝发洪水毁灭人类之前,就已经爱上了娜佳,确切说,是爱上了娜佳的前身。为此他受到上帝的惩罚,失去了天堂的幸福。他虽然是执掌情欲的魔鬼,但本身就是情欲的奴隶。他无法割舍对娜佳的爱,在从古至今各个时代中都伴随在娜佳身旁,并借用娜佳丈夫或者情人的身体来享受娜佳的肉体。这一情节原型是来源于《圣经》:"当人在世上多起来,又生女儿的时候,神的儿子们看见人的女子美貌,就随意挑选,娶来为妻。那时候有伟人在地上。后来神的儿子们和人的女子们交合生子,那就是上古英武有名的人。"①但这个情节同时也是以佛教的灵魂转世观念为基础的。灵魂转世轮回思想在基督教看来是不可容忍的异端邪说。但自称是基督徒的阿纳托利·金却把这水火不容的二者调和到一起,他说:"这里并不矛盾。只不过佛教徒是以感性逻辑、经验性地理解人类的存在,对他们而言,每个人的存在只是无穷长链条上短暂的一环。而基督教看问题的角度比较抽象,把握的是世界存在的所有环节:世界开始(创世)、世界末日、复活。正是因为这个原因,在佛教中个体的死亡没有成为世界末日的象征。"②这种基督教与佛教相综合的思维模式形成作家独特的世界观。

在小说结尾,无影魔鬼预感到自己即将毁灭,就对俄耳甫乌斯披露了他对世界历史的阐释:"是上帝创造了我们,也制造了天使的叛乱。为了玩那个世界规模的大游戏,他需要的不是像绵羊一样顺从的金发奴仆,而是投掷闪电、鼻孔喷烟的黑暗叛乱者。天使们之所以会变成魔鬼,只是为了玩那个大游戏。撒旦变成上帝的敌人,不是由于他自己想要这么做,而是因为他被上帝选中做上帝的对手。我现在所监管的人——约瑟夫·克劳弗有个伯伯,他是个玩纸牌的赌徒,把他父亲,一个电灯厂厂长留下的遗产全都输光了。每当他输钱后,他就到弟弟家住上一段时间。他失去了平常熟悉的氛围,感到很寂寞。当他跟侄子单独在一起时,他就偷偷地教小孩子玩纸牌。为了让游戏更像回事,他就把钱包中剩下的钱都拿出来,点清楚之后,就很诚实地把钱分成两半,把一半钱给小孩子。自然,他会渐渐地把给出去的钱全都赢回来。俄耳甫乌斯,不过也有一些时候,小孩子会突然成为胜利者……上帝和我们的君主所做的事情跟这一样。上

---

① 《旧约·创世记》6:1—2,4。
② 参见 C. 鲁丹科对 A. 金的访谈:《我写的是永生》。

帝知道当他的敌手非常不容易，就把他的强大力量分出去一些。他允许撒旦挑选出最骄傲、最强大的一些叛乱者，以便组建魔鬼王国。他还把自己珍贵的创造物——人类和地球上全部生命世界暂时交给（类似于借钱）撒旦。他甚至允许撒旦征服人类几乎全部的心灵；最后，该怎么说呢，他甚至还做出相当疯狂的举动：把自己的爱子——人子交给撒旦的刽子手，既不在他遭受屈辱时解救他，也不扶助他脱离苦难。我不知道，俄耳甫乌斯，我不知道……是否一定要付出这样的代价，为的只是最后一切都恢复原样。我不知道，我的朋友，我怀疑：这个宏大、奇异、辉煌的超历史游戏真的是必要的吗？噢，我相信，并非游戏双方都想玩这个游戏。"①"从最初开始，所存在的就只有一个目的——上帝自己，游戏的结局也只有一个：上帝的胜利。因为我们知道，这是他的游戏。上帝啊，我们一直都很清楚，最后失败的一定是我们！"②

显然，阿纳托利·金通过无影魔鬼之口表明，在上帝—魔鬼—人类这个三角关系中，上帝是绝对的主宰者，魔鬼表面上是上帝的对手，实则是上帝意志的奴仆，而人类则是上帝与魔鬼游戏中的筹码。魔鬼和人类都不能把握自身的命运，都是上帝的玩偶。所不同的是，人类最终还能进入永恒的"昂里利亚"，而魔鬼却要彻底消亡。无影魔鬼哀叹说："连我也是由他创造出来的。因此，或许错并不在我……"③既然魔鬼不能为他们所做的事情负责，那么在这个三角关系中做错事的只有上帝了。把上帝比作玩纸牌的赌徒，表现出作家对基督教中"上帝"这个神圣宗教观念的深刻怀疑。基督教神学家一向认为，上帝赋予天使和人类以选择善恶的自由，天使和人类的堕落原因在于他们主动选择背弃了上帝。而在阿纳托利·金看来，天使和人类都没有选择的自由，他们都听凭上帝的差遣，哪怕走上自我毁灭的道路。阿纳托利·金的上帝是个全能但不公正的非完美形象，这与基督教正统神学观念无疑是背道而驰的。

阿纳托利·金笔下的魔鬼跟基督教观念中的魔鬼既有许多相同点，也有相当大的差异。根据《圣经》，魔鬼是不具有形体的精灵；他们数量众多，并且有组织；他们具有超自然的力量；魔鬼们知道上帝的存在，并且最初曾与上帝和睦共处；魔鬼们可以在大地上游荡，并可以折磨不信上帝的人；魔鬼常常让人生病，遭受肉体痛苦；魔鬼在上帝面前战栗；他们传播异

---

① A. 金：《昂里利亚》，第 186 页。
② 同上书，第 187 页。
③ 同上书，第 171 页。

端邪说；他们与上帝的选民作对；他们想要摧毁基督的王国；上帝将在最后的审判上审判魔鬼。可以看出,阿纳托利·金笔下的魔鬼基本上具备上述特点。差别在于,阿纳托利·金的魔鬼少了分邪恶,多了分人情味;他们懂爱敢爱,矢志如一;他们思想深邃,富有激情;他们是宿命的奴隶,是强权的牺牲品;与其说他们是强大的恶势力的化身,不如说他们是软弱的小人物的代表。从文学传统来讲,阿纳托利·金塑造的魔鬼形象不具有弥尔顿《失乐园》中撒旦那种誓与天公一比高的狂放,也没有歌德《浮士德》中梅菲斯特的刻毒阴险,缺乏莱蒙托夫《恶魔》中恶魔的孤傲不羁,更比不上布尔加科夫《大师与玛格丽特》中魔王沃兰德的恢弘气度和潇洒自如。阿纳托利·金笔下的魔鬼是群让人哀悯的可怜虫。他们不能主宰自身的命运,只是上帝手中的玩物。他们与上帝进行一场明知要失败的游戏,最后的结局则是自相残杀至彻底毁灭。阿纳托利·金塑造的可以说是后现代社会中丧失了主体性的魔鬼形象,折射出当代俄罗斯人不能主宰自身命运,在现实中走投无路、无限凄惶的绝望心态。

值得注意的是,小说中表现出两种矛盾的思想倾向:一方面是以无影魔鬼和莫斯科魔鬼为代表的怀疑上帝、反抗上帝的典型形象;另一方面是以凡人俄耳甫乌斯、娜佳为代表的热爱上帝、顺从上帝的典型形象。这两种倾向的并存和冲突根源于作家世界观中基督教文化和佛教文化的矛盾冲突。从基督教正统神学角度来看,这无疑是对基督教的亵渎。无怪乎评论家 M. 列米佐娃要把阿纳托利·金小说中表现的思想称为"异端"了。[①] 无论是在东正教思想占主导地位的当代俄罗斯,还是在无神论思想占统治地位的苏联,作家的思想恐怕都很难得到社会主流思想的认同。或许正是因为这个原因,阿纳托利·金在开始创作十年之后才第一次发表作品,之前则在出版社和杂志编辑部到处碰壁。小说《莲花》的发表经历也说明了苏联时代主流意识形态对作家思想的排斥。[②] 即便是自由派评论家,也对阿纳托利·金的创作颇有微词,如 Л. 安年斯基就曾指责作家富有神话色彩的作品幻想太多、脱离现实。[③] 当代文学评论家 A. 涅姆杰尔甚至说《昂里利亚》这本小说"枯燥无味",还把作家比作喝醉的流浪汉,唱

---

① M. 列米佐娃:《先生们,认识一下新异端——〈十月〉杂志中阿纳托利·金的精灵们》,俄罗斯《独立报》,2000 年 3 月 31 日。
② 参见 T. 沃尔茨卡娅:《我想找到巴赫音乐的类似物——与莫斯科作家阿纳托利·金的谈话》。
③ Л. 安年斯基:《对美文风格的渴望》,俄罗斯《文学报》,1978 年 3 月 1 日。

的是毫无新意的老掉牙歌曲,只不过醉汉唱歌是想讨瓶酒喝,而作家则是想博取成功。① 应当说,这种批评很不公正,也是站不住脚的,批评态度也不够严肃,颇为意气用事。

探索阿纳托利·金的思想特点,还要把它放到俄罗斯宇宙论和西方新时代运动的大背景下来加以考察。宇宙论是俄罗斯思想的独特主题。主要分为宗教哲学的宇宙论和自然科学的宇宙论两类。宗教哲学的宇宙论包括 В. 索洛维约夫的索菲亚宇宙论、Г. 费奥多罗夫的共同事业宇宙论等, Н. 别尔嘉耶夫、П. 弗洛连斯基、Л. 卡尔文萨、С. 布尔加科夫等对此都有所论述。俄罗斯自然科学的宇宙论,其创始人物为齐奥尔科夫斯基、奇热夫斯基和维尔那茨基。此外还有诗歌—艺术宇宙论,美学宇宙论,音乐—神秘宇宙论,存在主义—末世论宇宙论,积极进化宇宙论,等等。② 阿纳托利·金继承了费奥多罗夫的共同事业宇宙论的思想传统,并把 Л. 托尔斯泰和 А. 普拉东诺夫视为自己的老师。费奥多罗夫认为:"宗教就是复活;如果宗教不是歪曲的话,它就是对祖先的崇拜,这个崇拜要求最深刻的联合、博爱。基督是复活者,因此作为真正宗教的基督教就是复活的事业。用复活定义基督教是个准确的和完整的定义。"③他把宇宙看做是实现共同事业的场所,这个事业就是最终使我们的祖先及所有死去的人复活。关于《圣经》中的世界末日和最后审判,费奥多罗夫认为,它们都是相对的,不具有绝对性,只是对人类的警告。可以看出,小说《昂里利亚》中的宇宙论与费奥多罗夫的共同事业宇宙论一脉相承。阿纳托利·金说:"我一直在写东西。最初是写生命。后来是写死亡。现在则写永生。"④看来,作家自觉继承了费奥多罗夫的共同事业哲学。作家的独到之处在于他构想出"上帝游戏说"和他特有的天国"昂里利亚"。俄罗斯学者 Э. 巴尔布罗夫把阿纳托利·金的作品称为"俄罗斯文学中宇宙论传统的独特代表"⑤,这个评语是相当中肯的。在 2000 年发表的小说《双生子》的末尾,作家表达了自己对宇宙未来发展的看法:"在基督诞辰后的两千年末,在经历了许多难以想象的全体恐怖之后,人们抛弃了转瞬即逝的

---

① А. 涅姆杰尔:《今日文学——论 90 年代俄罗斯小说》,莫斯科:新文学评论出版社,1998 年,第 198 页。
② 参见张百春:《当代东正教神学思想》,上海三联书店,2000 年,第 503—507 页。
③ 转引自张百春:《当代东正教神学思想》,第 60 页。
④ 转引自 С. 鲁丹科对 А. 金的访谈:《我写的是永生》。
⑤ Э. 巴尔布罗夫:《阿纳托利·金的诗学宇宙》,参见网页:http://cmip.narod.ru/poet39.htm。

个人幸福,于是看见了新上帝,他比原来那个上帝更大更好。是告别的时候了,那么就含笑告别过去,忘记他,然后按照永生的新法则继续去生活。祝大家新世纪快乐!新千年快乐!接受新上帝的祝福吧!为了这个祝福,写成了这部小说。至于写这部小说的那个人,在1999年1月13日夜里给小说画上句号的那个人,我却不知道他是谁。"①此处彻底表现出作家对基督教的叛逆,还流露出一些新时代运动的味道。新时代运动代表当代的一种新思潮,它称行将过去的"鱼的时代"为"基督教时代",即将到来的是"宝瓶宫新时代",表现出与基督教传统决裂的态度。作为新时代运动思想渊源的有俄国女通神论者E.布拉瓦茨卡娅的神智学和奥地利施泰纳的人智学,他们倾心于东方神秘主义,以及超常的心灵体验,相信轮回转世和通灵交感,但仍旧保留着基督教关于"基督再临"、"上帝救世"和"新天新地"等传统观念。用这些特征来描述阿纳托利·金小说的思想倾向是非常合适的。

  作者之所以用世界末日作为小说的契机,一方面固然是要借此思考人生的价值和使命,以期揭示世界发展的永恒规则;另一方面也是作家有感于当代俄罗斯社会现实的重重危机,自然联系到末日问题。小说开始处死神卡里姆寻找世界之笛,他对矮仙瓦达纳百解释自己的行为动机说:"正如你所理解的,我想拯救俄罗斯。朋友,这个伟大而美丽的国家正在消亡。"②这一情节反映出作家对俄罗斯当代社会的绝望看法。在解释世界之笛来源时,作家又为我们编写了一个美丽的传说:小牧童等待姐姐送饭来,等了两个小时还等不到,就哭起来。耶稣基督把木笛送给小牧童,并为他吹奏了一支曲子。据说如果木笛出现在世界某地,那个地方就会发生灾难和毁灭。但如果有某个纯洁的孩子能在这个笛子上吹奏出耶稣基督当年吹奏的曲调,就能够避免灾难和毁灭的发生。如今,这个世界之笛出现在濒临灭亡的俄罗斯境内。而女画家塔玛拉则在睡梦中听到她的女儿玛申卡弹奏了那个曲子。所以,尽管俄罗斯有毁灭的危险,但一定可以躲过自己的末日。小牧童等待的两个小时,还有另外一种象征意义,作者把它比拟为基督徒等待基督复临的两千年,那么在公元纪年的两千年末,应该是基督再临的时刻。拯救俄罗斯、拯救世界的则是X时刻之后的新世界"昂里利亚":它由宇宙中最纯粹的物质——光和云构成,有绿色的太阳照耀,在这个世界里没有死亡和时间,也没有仇恨和情欲,人们拥

---

① 参见俄罗斯《十月》杂志,2000年第2期。
② A.金:《昂里利亚》,第10页。

有永恒的生命,并能实现自己的一切愿望。《启示录》中的"新天新地"显然就是小说中永恒世界昂里利亚的模型:"神要擦去他们一切的眼泪,不再有死亡,也不再有悲哀、哭号、疼痛,因为以前的事都过去了。"①

　　在作家看来,在拯救人类的历史重任中,音乐起到了很重要的作用。阿纳托利·金对音乐不是简单地热爱,而是近乎痴迷地崇拜。他说:"巴赫的复调音乐对我有着巨大的影响。我想在文学中找到它的类似物,并且找到了:我所讲述的一切事物,彼此之间不只是在内容上相联系,在形式上也紧密相连。正是这种复调的形式使我能够走出纯一人类生活的樊篱。"②阿纳托利·金在小说中赋予音乐崇高超然的地位。俄耳甫乌斯和娜佳的爱情离不开美妙的音乐。娜佳说:"我们是用德语交谈。你不懂我说的俄语,我不懂你说的朝鲜语。但我们有共同的语言。这种语言恐怕要比任何一种语言都更早出现在这个世界上。或许,在道出现之前就已经有了音乐。太初有音乐,音乐与神同在,音乐就是神。③ 我的爱人,我们是在用音乐的语言交流心声。"④在小说开端,死神卡里姆在寻找世界之笛,据说这是当年耶稣交给一个牧童的笛子,而今这个笛子可以挽救濒临毁灭的俄罗斯。之后这个情节就再无延续发展,后来小说接近尾声时,才由无影魔鬼指出:"俄耳甫乌斯的歌声像白鸽一样飞翔在天空,这就是应该由一个不幸的莫斯科女孩在世界之笛上演奏的那个曲调。"⑤在阿纳托利·金笔下,已经不是"美拯救世界"(陀思妥耶夫斯基语),而是"音乐拯救世界"了。到小说结尾时,作家描写世界上出现了一只谁也不认识的鸟——"它先是非常清晰地发出悦耳的女低音,用俄语反复吟唱:'我们的信仰是否正确?我们的信仰是否正确?'然后,它沉默了一阵,又清楚地说出:'昂里罗!昂里罗!……昂里利亚……'"⑥这个连无影魔鬼也不明白的词语给世界上期待拯救的人们带来了福音。这个福音就是世界历史的终结:"人类所遭受的全部世界之恶都只是暂时的现象——这个时代已经终结了。"⑦

---

① 《新约·启示录》21:4。
② 转引自 T. 沃尔茨卡娅:《我想找到巴赫音乐的类似物——与莫斯科作家阿纳托利·金的谈话》。
③ 这句话是套用《新约·约翰福音》的第一句话:"太初有道,道与神同在,道就是神。"
④ A. 金:《昂里利亚》,第 41 页。
⑤ 同上书,第 172 页。
⑥ A. 金:《昂里利亚》,第 171 页。
⑦ 同上书,第 170 页。

《圣经》是整部小说的建构基础。小说中世界历史的整个进程与基督教历史观相一致。上帝、天使、魔鬼、复活、世界末日全都是基督教的观念。阿纳托利·金在小说中描述了 X 时刻来临之前世界历史终结的过程,这显然是以《启示录》作为蓝本。小说中描写的世界历史终结的进程,并不完全与《启示录》相符:末日前并没有出现极大的天灾人祸,没有出现敌基督的统治,基督也没有第二次降临;并没有出现善恶之间最后的总决战,而是让魔鬼王国发生内讧;也没有出现最后的审判,因为所有人,不分善恶,全都获得了永生。应该说,对于基督教而言,世界末日失去了最后的审判,也就失去了任何意义。因为这个审判要对义人进行奖赏,让他们进天堂享永福,还要对恶人进行惩处,让他们下地狱受永刑。这种最后审判的因果报应虽然不如佛教中转世轮回的三世因果那么公正合理,却是那些以无限忍耐经受磨难和痛苦的基督徒的希望之所在。应该说,真正的基督徒应当热切盼望世界末日的到来,而不是相反。因为末日的到来,是个善有善报、恶有恶报的大结局,是个让义人扬眉吐气的好日子,而在现实的尘世中我们却只能任凭罪恶肆虐而束手无策。作家以人人享永福来否定了末日审判,又以失去了爱自己、爱他人的缘由来否定了永生的幸福。可见,最后受到作家肯定的还是有爱有死亡的尘世生活。这种否定无限、肯定有限的价值取向跟基督教否定尘世、追求天国的价值取向是相矛盾的。因此,我们可以说,《昂里利亚》是一曲尘世爱情的颂歌。

第九章　基督再临的故事

　　A.斯拉波夫斯基（Алексей Слаповский）(1957—)是俄罗斯当代小说家、戏剧作家。他出生于萨拉托夫州，从十岁起住在萨拉托夫市，毕业于以车尔尼雪夫斯基命名的萨拉托夫大学语文系俄罗斯语言文学部，曾经当过中学教师、装卸工人、电视台和电台记者、《伏尔加》杂志编辑等。他写的话剧发表于《剧本》、《当代戏剧艺术》、《戏剧作家》、《角色》等俄罗斯戏剧杂志，并在莫斯科、彼得堡、雅罗斯拉夫尔、萨马拉、下诺夫哥罗德、鄂木斯克、新西伯利亚等地演出，还在德国、芬兰、瑞典、奥地利等地上演。他曾获得第一届欧洲戏剧大赛一等奖（德国，1994年），奥纳西斯基金会世界最佳戏剧奖(1995—1997,剧本《亚当的妹妹》)，以及莫斯科建城850周年戏剧大赛奖（剧本《一团东西》）。他创作的短篇、中篇和长篇小说发表在《伏尔加》、《旗》、《新世界》、《民族友谊》、《金色世纪》等杂志上。他曾四次获"布克奖"提名，他的小说《第一次基督的第二次降临》和《调查表》分别荣获1994年度和1998年度"布克奖"。因此，俄罗斯评论家称他为"当代俄罗斯文坛的重要人物"，这是丝毫不过分的。

　　小说《第一次基督的第二次降临》(Первое вторное пришествие)(1993)是作家在苏联解体后创作的一部长篇小说，叙述了一个基督再临的当代纪事，作家的写作态度是"笑谈"、"戏说"。在小说中写道：当自称基督的彼得在广场上向人们传道时，"经过这里的还有小说家阿列克谢·斯拉波夫斯基，他正绞尽脑汁想找点荒诞的素材。他停下来，但没有走近。他看着，听着，突然获得了灵感，跑回家去，开始写名为《第一次基督的第二次降临》的小说。这部小说将叙述一个人臆想自己是基督。这会是一个很有趣的故事。或许可用这个书名：《世界末日延期了！》，第二个书名给人印象深刻，第一个书名让人感到莫测高深。用哪个书名呢？……"[①]作家通过这个"有趣的故事"解构了神圣的耶稣基督，解构了人的主体性，无处不在的末日意识如阴影般笼罩着整部小说。

[①] A.斯拉波夫斯基：《第一次基督的第二次降临·调查表·我非我》，莫斯科：格兰特出版社，1999年，第214页。

一、解构神圣的耶稣基督

在小说中,作家以滑稽模仿的方法塑造了新基督彼得的形象,并对耶稣基督进行解构,颠覆基督的神性,恢复基督的人性,把基督再临变成一场闹剧。

小说中的彼得跟《福音书》中的耶稣基督有许多相似之处:两人的母亲都是童贞女马利亚;两人在30岁前都没有结婚,而且默默无闻;两人都有给人治病的神奇能力,都能变水为酒;两人都经历40天的旷野禁食考验和三次试探;两人分别有其先行者——约翰和伊万;两人都有自己的使徒;最后两人都死在十字架上……但也有很多不同之处:耶稣能在海面上行走,彼得不能;耶稣能让死人复活,彼得不能;耶稣生活纯洁,彼得却与一百多个女人有性关系,还跟姨妈乱伦;耶稣只有一次传道经历,彼得却有两次传道;耶稣传道说天国近了,让人们知道悔改,彼得传道说世界末日延期了,让人们开心生活……彼得和耶稣的种种异同表现出作家对基督进行解构的一种尝试,作家的想法或许正如小说中人物柳欣在得知彼得当过空降兵后所想:"奇怪,真的啊,耶稣基督还当过空降兵!她感觉这有点怪怪的。她曾想就此事问问彼得。随便再问些别的问题,比如说,两千年前的事情全部经过如何?这不是因为她不相信《福音书》里面讲述的事情,但她确信,在《福音书》里的事件,正如在其他文献材料中,以及电影中的事件一样,跟实际生活发生的事情完全是两回事,可能会非常接近事实,但又不完全是事实。"① 作家解构基督的目的是重构历史真实,还基督以本来面目,这样做的结果就是剥除了耶稣基督头上的神性光环,在正统神学界看来未尝不是大逆不道、亵渎神灵的行为。

一、对圣子身份的解构。耶稣基督是上帝的儿子,这是因为他的母亲马利亚作为童贞女怀孕生子,还有天使长加百列来预报喜讯。小说中的彼得在众人口中也是由他的母亲——童贞女马利亚怀孕生下来。但没有什么神的使者来说明真相,而且彼得的父亲马克西姆不像耶稣的父亲约瑟那样是个"义人",他是个不可救药的酒鬼,对妻子不闻不问,所以他也搞不懂彼得到底是不是自己的孩子。彼得的母亲马利亚也是糊里糊涂,对这个问题不加深究。他俩就此问题对质时,马克西姆说:"或许,当

---

① A. 斯拉波夫斯基:《第一次基督的第二次降临·调查表·我非我》,第112页。

我们在……当时我们俩都醉了,因此……我们都不记得这件事了?"马利亚回答说:"有可能。"① 而当彼得后来问母亲他父亲是谁时,母亲回答的本意是彼得是他父亲马克西姆的儿子,却被彼得误解为他是天父的儿子。② 在作家笔下,彼得的父亲并不一定就是神,他更可能是父母喝醉酒后的产物。既然父母都弄不清楚,作家也不想弄清楚,他宁愿让这个问题始终是千古不解之谜。

二、对神迹的解构。耶稣基督的神性在很大程度上依赖他所行的神迹来证明,因而解构了基督的神迹也就是解构了基督的神性。由于《福音书》中有大量耶稣妙手回春的事例,如他治好了长大麻风的人③、患血漏的女人④、两个瞎子⑤、害癫痫病的孩子⑥、耳聋舌结的人⑦、伯赛大的瞎子⑧、生来瞎眼的人⑨,以及众多被鬼附体的人⑩,因此作家把这些神迹当作事实来接受,也赋予彼得这种天生的神奇本领,但同时把这种本领解释为暗示的作用,就是说彼得会催眠术,所以能治病,也能让人以为水就是酒,这样就让人感到,耶稣基督可能也是一位杰出的催眠大师,他凭借的不是神的力量,而是暗示的力量,于是我们会想起耶稣在治病前要问:"你们信我能作这事吗?"⑪ 在瞎子们肯定回答后,他才出手让他们复明。至于耶稣所行的另一样神迹——在海面上行走⑫,作家构想了一个情节来为我们展示一种现实可能性:彼得为了向自己证明自己并非基督,就尝试在女服装师柳欣家旁边的伏尔加河水面上行走。彼得从岸上走到冰上,再从冰面上跳到水里,却吃惊地发现自己竟然能够站在水面上,他又向前走了几步,这才发现原来脚下是个混凝土码头,码头离岸有数米远,高度跟冰面持平。他再向前走几步,就掉进水里。他跑回屋,柳欣对他说,看

---

① A. 斯拉波夫斯基:《第一次基督的第二次降临·调查表·我非我》,第 15 页。
② 同上书,第 180 页。
③ 《新约·马太福音》8:2—4。
④ 《新约·马可福音》5:25—29。
⑤ 《新约·马太福音》9:27—31。
⑥ 《新约·路加福音》9:38—43。
⑦ 《新约·马可福音》7:31—37。
⑧ 《新约·马可福音》8:22—26。
⑨ 《新约·约翰福音》9:1—7。
⑩ 《新约·马太福音》8:28—34;9:32—33;《新约·路加福音》11:14;《新约·马可福音》8:22—26。
⑪ 《新约·马太福音》9:27—31。
⑫ 《新约·马可福音》6:48—51。

见他在水面上行走,直到他发现她在看他时,他才跳到水里。彼得实话实说:"其实我没在水面上走!"①但是柳欣"眼见为实",自然不肯信彼得的表白,只当是彼得不愿别人知道这件事。看来,这个情节很容易让我们联想到,有可能耶稣行海时,脚下也有固体支撑物,实际上他并不能在海面上走,只是旁观的人以为他在海面上走。

三、对耶稣基督品性的解构。如果说耶稣基督不是神而是人的话,那他也是人类历史上非常伟大的一个人。但对这样一个几乎可以说是完美的人,小说中却颇多怀疑之辞。彼得为了否认自己是基督,向伊万坦白自己跟姨妈卡佳有乱伦关系,但伊万·扎哈洛维奇对此很不当一回事,他说:"虽说耶稣基督从小就睿智非凡,但他在 30 岁之前跟谁有过什么关系,我们也一样不了解具体情况。但从 30 岁开始,就完全是另外一回事了。从 30 岁开始!这对你而言也是一个暗示!"②看来,伊万并不排除耶稣在 30 岁前跟姨妈乱伦这种情况。当伊万和彼得两人在经历旷野中的 40 天禁食考验时,彼得对前来盘查的警察撒谎,之后还把两个警察打倒在地,幸亏伊万阻止,否则他就会结果那两人的性命。但彼得的这一系列举动似乎没有丝毫动摇伊万认为彼得就是耶稣基督的信念。而当谢尔吉神甫听到他的耶稣基督——彼得口出脏话时,不由得很疑惑,"但他马上就想起来《福音书》中写基督像大家一样喝酒吃饭……那么就是说,他也可能像大家一样骂人"③。基督的完美无瑕再次被解构,他的形象甚至可以说是恶俗不堪了。

四、对基督再临的解构。在《福音书》里预言了基督第二次降临的情景:"闪电从东边发出,直照到西边,人子降临,也要这样。尸首在哪里,鹰也必聚在那里。那些日子的灾难一过去,日头就变黑了,月亮也不放光;众星要从天上坠落,天势都要震动。那时,人子的兆头要显在天上,地上的万族都要哀哭,他们要看见人子有能力,有大荣耀,驾着天上的云降临。他要差遣使者,用号筒的大声,将他的选民从四方,从天这边到天那边,都招聚了来。"④彼得曾据此来证明自己不是耶稣基督,而伊万却说,基督化名为彼得再次出生,只是为了给那些愚钝的人一些提示,让他们能够知道

---

① A. 斯拉波夫斯基:《第一次基督的第二次降临·调查表·我非我》,第 109 页。
② 同上书,第 36 页。
③ 同上书,第 182 页。
④ 《新约·马太福音》24:27—31。

他来了。①

对这个问题,谢尔吉神甫也有疑惑,他问彼得:"那么该怎么理解《圣经》中的指示,说你要在一些可怕的征兆之后来进行最后的审判,说你不是由母亲生出来,而是直接沿着光梯从天上下来?这是怎么回事呢?难道这不是你的第二次降临?"对此,彼得首次提出了他的"第一次基督的第二次降临"思想。他说:"一切都在上帝的掌握之中,他有生杀予夺的大权。我这是第一次基督的第二次降临。"面对谢尔吉神甫惊疑不定的神情,彼得继续解释说:"期限被延迟了。并且又给了你们一次考验。如果你们不醒悟的话,那么这一次就是真正的第二次降临。"②按照基督教神学,基督第二次降临是要来进行最后的审判,要行使奖善惩恶的大权,这将是人类历史上最震撼人心的一幕,但在小说中却变成为一个考验,彼得的第一次基督的第二次降临思想实际上是消解了基督再临的严肃性、颠覆了最后审判的必要性,这是对基督再临的无情解构。

当彼得真正以第二次降临的基督身份出现在人们面前时,其情景更像是一出可笑的闹剧。彼得仰起头,伸出手,大声说:"大家高兴起来吧!我来了!"但他这话最初的效果是:"有人笑起来。原来彼得没注意到,他伸出手的姿势跟广场纪念碑上的雕像一模一样。"③基督再临就这样被一声嗤笑给解构了,在人们眼中,彼得更像是一个小丑,而不是第二次降临的基督。彼得继续说:"我来告诉你们,我宽恕了你们,你们高兴起来吧,但要小心,因为,如果说你们能够安然迎接第一次基督的第二次降临,那么由于你们不觉悟,第二次基督的第二次降临就将会是最终的降临。"④但人们并没有高兴起来,而是在讪笑,但还不是所有人都这样。大部分人都是用阴沉的目光,甚至是凶狠的目光看着彼得。彼得的听众并不多,也就二十来个人,还总变幻不定。人们都是走来听上一会儿,又走开去。这跟《福音书》里那个庄严宏大的场面不啻天壤之别。彼得发现,有七八个人已经站了半个多小时。他想,为了他们、为了他们的期望还值得继续讲下去。可是当他问其中一个人"你在等什么"时,那个人回答说:"我在等你说些新鲜东西。不过看来我等不到了。"⑤然后他转身就走了。其他的人则一哄而散。作家还从路过的老太太的角度、年轻导游的角度、美国人

---

① A. 斯拉波夫斯基:《第一次基督的第二次降临·调查表·我非我》,第 24 页。
② 同上书,第 181 页。
③ 同上书,第 211 页。
④⑤ 同上书,第 212 页。

的角度,以及作家自身的角度分别对自称是基督的彼得进行解构。老太太看到的是一个无所事事的混混,导游看到的是一个精神病患者,美国人则见多不怪,作家看到的则是一个有趣的小说素材。然而"基督再临"这么庄严重大的事情根本就没有任何人严肃地对待,没有任何人加以认真地思索,充分表明人们对于基督再临一事多么的感到乏味。当警察出现时,彼得的使徒们四散而逃,犹如丧家之犬,没有人挺身而出保护彼得,而谢尔吉神甫甚至有如此堂而皇之的理由为自己开脱:"绝非是傲慢之心,仅仅是责任感就已经使他看到自己是未来的福音使徒。这意味着,他应当爱惜自己,以便把新出现的基督的福音传遍世界。他的使命是:把耶稣的第二次尘世生命道路走到底。"①看来,就连他的使徒们都在盼着彼得快点归天。

五、对基督徒信仰的解构。作家不仅要解构基督本身,还要解构基督徒对基督的信仰,使基督徒的信仰失去立足之地。

彼得夜里去找谢尔吉神甫,表明自己就是耶稣基督,在经过一番对话之后,"谢尔吉神甫毫无保留地彻底相信了彼得"②。但有趣的是此后他看到妻子被彼得感化,"他立时就毫无保留地彻底相信了彼得"。他这第二次"毫无保留地彻底相信"无疑是对第一次"毫无保留地彻底相信"的解构,从而让人对他的第二次"毫无保留地彻底相信"也发生了怀疑。对此作家也进行了解释:"细心的人会说:谢尔吉神甫已经有一次毫无保留地彻底相信了,他怎么可能第二次又这样呢?正如人不能出生两次,也不能死两回一样,他也不能两次都这样。但是,第一,人可以出生两次,先是肉体上,然后是心灵上,死亡也是如此,根据最新医学成果,人能死后复苏。因此,谢尔吉神甫最初是以为自己毫无保留地彻底相信了,但这只是很初级的信仰;当他第二次相信时他明白了这一点,实际上他的第二次相信才是真正的第一次相信。"③在作者看似明白的解释中,我们发现的只是对基督徒信仰的解构。按照这个逻辑推下去,人们从来也没有,而且永远不可能真正地"毫无保留地彻底相信"了。人们总以为自己是在"毫无保留地彻底相信"上帝,但总会出现下一次"毫无保留地相信"来把这一次给推翻。最后人们会发现,他们从来都没有"毫无保留地彻底相信"过。

助祭季奥米特的思想更为大胆,他明确指出一切人,包括谢尔吉神甫

---

① A.斯拉波夫斯基:《第一次基督的第二次降临·调查表·我非我》,第 217 页。
② 同上书,第 182 页。
③ 同上书,第 183 页。

在内,都不希望上帝真正地存在。他哭着对谢尔吉神甫说:"如果他(指彼得——本文作者)真的是基督,那么就是说,上帝确实是存在的。而如果上帝确实是存在的,那么人们该怎么生活?这是因为,谢廖加,你要明白:没有上帝,人们生活得很艰难;但如果有上帝,那么生活就更艰难!你要看到,人们所努力追求的永远不是生活得更艰难,更是生活得更轻松。因此,大家都不例外!大家活着,都是宁愿没有上帝!"①谢尔吉神甫反躬自问,也发现是这样:"过去我知道自己是信主的,但现在我却跟你一样可怜,被这样一个念头折磨着:我其实并不希望最后的审判真正到来,尽管我总是呼吁别人做好准备,我却担心自己还没有准备好。我的信仰到哪里去了呢?"②原来没有人真的希望上帝存在,一切基督徒的信仰都是假信仰,都是不信仰。作家借小说人物之口指出的这一现象是可以在生活中找到佐证的,真正的基督徒应当对世界末日的来临感到欢欣鼓舞,因为在最后的审判上,义人上天堂享永福,恶人下地狱受永罚。但实际情况是,所谓的基督徒们更害怕世界末日的来临——害怕自己下地狱,想来,他们都清楚自己罪孽深重,得不到基督的救赎。

  助祭季奥米特还有一些更为叛逆的思想,他对谢尔吉神甫说:"你自己也明白,重要的是基督的思想,而不是基督本身。实质上,随便哪一个人都可以成为基督,因为其他人反正都是无所谓。对他们来说,重要的是基督的思想。明白我的意思吗?正如你所知道的,弥赛亚思想在基督之前出现。这就好像法西斯思想在希特勒之前出现,共产主义思想在斯大林之前出现一样。由此可以得出结论,任何思想都是有害的!"③这简直是太离经叛道了,竟然把基督跟希特勒、斯大林相比拟,还得出弥赛亚思想也同样有害的结论。看来,作家已经不满足于解构基督,他致力于更为深入地探讨基督徒信仰本身存在的现实合理性。小说中所表达的一切信仰都有害的思想过于极端,显然是站不住脚的。

  彼得招募的13个使徒更是一个奇异的组合:谢尔吉神甫、助祭季奥米特、教区长老派来调查谢尔吉和季奥米特的代表伊万和雅可夫、还有因喝酒差点压死人的司机瓦西里和他的内兄瓦西里、彼得的中学同学——绰号伊利亚的酒鬼、背着学生家长喝酒的中学老师安德烈·扬塔列夫、突然能开口说话的哑巴疯子基斯列依卡(叶戈尔)、东西被别人偷走且只剩

---

① A. 斯拉波夫斯基:《第一次基督的第二次降临·调查表·我非我》,第169页。
② 同上书,第170页。
③ 同上书,第206页。

下买香槟酒钱的小偷阿纳托里、误了火车之后偶然到此的外省渔夫尼基塔·库佐夫列夫、期待暗恋的姑娘从窗口经过的电影放映员青年阿尔卡季,还有从萨拉依斯克赶来为父亲举办葬礼的中层领导谢尔盖。在旅馆餐厅里偶然相遇的14个人在一张大桌子上吃了一顿"最后的晚餐",除了谢尔吉神甫和助祭季奥米特,其他的11个人突然一下子就都成了彼得基督的使徒,但令人可笑的是,比耶稣基督的12使徒多出来一个,所以他们只好等将来出现犹大时把他排除掉。这些人跟随彼得,与其说是因为相信彼得的基督身份,不如说是他们想体验一种全新的生活。"在座的这些人既感到冷,又感到热。留下来吧,感到害怕;走吧,感到更害怕。他们看见自己面临着另一条陌生的道路,如果不尝试一下,就放弃这种生活,会感到很可惜。"①后来中层领导谢尔盖拿出来一个大家职位表,招来众人的非议。因为他给自己定了一个协调人的职位,而其他人或是宣传员,或是供给部的工作人员,最有趣的是他给彼得的职位是耶稣基督。耶稣基督竟然成为一个团体的最高职位,这也够滑稽的了。不知道当初耶稣基督和他的12使徒是不是也这样分配岗位。最后大家争执的结果是每个人都成为一个部门的主席,但大家对谢尔盖的协调人身份还是不满:"这会是什么情况呢?彼得是总统。谢尔吉类似于归他领导的没有实权的国务卿,而你就是总理?将出现的就是这种情况!而我们是谁呢?人民?"②益发惹人发笑了,基督竟然成了总统!后来大家决定一切职位由选举产生,从上到下选举:"那么就要从总统选举开始,当然就是,呸,选举耶稣。"③耶稣竟然能通过选举产生,未免也太荒唐了。季奥米特率先提出让大家抓阄,他撕下14张纸条,在其中一个纸条上画上十字架,把纸条揉成小团,放到帽子里,让大家抓阄决定由谁来当耶稣基督。结果竟然出现三个画有十字架的纸团,一个在季奥米特手里,一个在阿纳托里手里,还有一个在帽子里没人拿。最后还是由谢尔盖提议用无记名投票的方式来决定谁是基督。伊利亚还不让彼得参加投票,说彼得会对他施加影响。他让彼得到屋外去。13使徒的这些丑态如果说不是影射耶稣基督的12使徒,至少也是一般基督徒的缩影。耶稣基督的12使徒成为耶稣基督的使徒也完全出于偶然,使徒的灵性也不比一般人高,其中还有出卖耶稣的犹大、有三次不认主的彼得、有不信耶稣复活的多马。耶稣基督在世时,

---

① A.斯拉波夫斯基:《第一次基督的第二次降临·调查表·我非我》,第199页。
② 同上书,第205页。
③ 同上书,第206页。

他们的信仰类似于谢尔吉神甫"毫无保留地彻底相信",直至看到耶稣复活后,他们才表现出誓死传福音的热忱。

斯拉波夫斯基用戏仿手法虚构了新基督彼得的生平事迹,大致达成了以下三方面效果:一是颠覆了耶稣基督的神圣性。由于彼得事事模仿耶稣,而他的一切举动又是那么的滑稽可笑,于是耶稣基督的形象就不免让人产生怀疑,怀疑在《福音书》文本背后作为历史人物的耶稣基督的真实性和圣洁性。第二是消解了基督再临的严肃性和危机感,借新基督彼得之口推迟了世界末日的来临,给临近世纪末、担心世界末日会来临的人们以心灵的抚慰,免于陷入恐慌和焦虑,让人们继续安于现状。在作家看来,对基督再临的关注和期待只会使人步入歧途,或者如彼得舅舅那样发狂,或者如伊万和彼得那样死去,或者像谢尔吉神甫等人那样偏离正轨,或者如瓦季姆那样大发横财,却受良心谴责。小说中跟基督再临事件相关的人物几乎都没有什么好下场,这表现出作家对基督再临的否定态度。第三,作家在解构了耶稣基督和基督再临之后,实际上颠覆了基督教信仰,在作家眼中,既不存在完美的神,也不存在虔诚的信徒,更找不到所谓的真正的信仰,一切都是虚假的。然而,作家并没有就此止步,他在解构完作为客观现象的基督教信仰之后,又进一步解构了人的主体性。

二、解构自我的主体性

可以说,《第一次基督的第二次降临》这部小说描述的是主人公彼得连续地消解并不断地重构自我主体性的历程。最终的结果则是小说主人公主体性的丧失。彼得最初自认为是彼得,这时他还不具有个体主体意识;他意识到自身的存在,但没有意识到自身作为主体的存在,这还只是一种自在的存在意识,没有在意识中明确地把自己从社会和群体中分离出来;之后,他伪装成耶稣基督出现,表明他身上的个体主体意识开始苏醒,他认识到自身与众不同的能力和价值,但他实际上还是处在其他主体——伊万和瓦季姆的控制和影响之下,他还是在走别人为他设计的道路,他并没有主动行为能力;直到他第二次出来传道,这时他真正明确了自己的使命,自觉地去选择自身的命运,负责自身的行为,并以基督姿态主动去招引门徒,向人们宣扬他自己杜撰出来的"第一次基督的第二次降临"的教义,于是他的个体主体性最终到达了自为存在阶段。这是彼得个体主体性发展的三部曲。但最后发展到极致的主体性走向了自我否定:他意识到自己竟然是敌基督,这个180度的大转折一下子就把他的主体性给彻底颠覆了。

最初彼得很清楚自己是谁,他是彼得·萨拉伯诺夫,一个普通的小伙子,天生神力惊人,是女人们的宠儿,除了卡佳外,他还和很多女人有染,但并不打算跟任何人结婚。他喜欢读历史书籍,特别爱读《名人传记》系列丛书。他感觉自己生活很快乐,而他生活的理想也是追求快乐。但是突然间冒出来一个伊万·扎哈洛维奇,向他说:"你是耶稣基督"①,并举出大地震、艾滋病、布良斯克②、狼兔、童女马利亚等征兆作为证明,但这些并不能说服彼得。此后,两人之间在一段时间内都处于一种辩论状态:伊万尽一切努力想证明彼得是耶稣基督,而彼得则尽一切可能反驳他这种观点。双方的凭据都是《福音书》和《启示录》文本。伊万让彼得去尝试像耶稣一样给人治病,结果彼得意外发现自己具有手到病除的神奇能力。他们还一起在旷野里禁食40天,伊万以魔鬼的身份来向彼得进行三次试探,但彼得并没有自认为是耶稣基督,他只是出于倔强的脾气才跟伊万做这些事情。他想摆脱伊万的纠缠,就想赶紧结婚,因为耶稣基督是没结过婚的。他向认识不到两分钟的姑娘玛莎求婚,然后跟她发生了关系,想以此来证明自己不是耶稣基督。但伊万的信念已经影响了彼得,他努力证明自己不是耶稣基督,实际上却开始部分地自我认同于耶稣基督,这才会发生他尝试让死人拉萨列夫复活的事情。

在他离开莉季娅、来到车站饭店时,他开始向人们自称是耶稣基督,并展现变水为酒、心灵感应等超能力。在瓦季姆·尼科季莫夫的策划下,他在全俄罗斯的大城市里进行巡回传道。他们在海报上这样为彼得鼓吹:"民间医学魔法师,仙法教团首领,有藏医医生证书的超能力治病大师,达赖喇嘛的弟子,秉承基督教信约的使徒彼得·伊万诺夫。"③彼得为了出来"传道",连名字都由瓦季姆给改了。瓦季姆不让他用自己的真姓,觉得它发音不够好听。还因为他不想让人查出彼得的来历。他甚至把彼得护照上的名字给改为彼得·彼得罗维奇·伊万诺夫。作家在这里彻底亮开了彼得和瓦季姆的底牌:他们俩其实谁也不相信彼得是耶稣基督,所以才能如此大改身份,欺世盗名,他们只是想从巡回传道中牟取私利。彼得出现了良心的愧疚:"他感到羞愧。他想,我玩过火了。感谢上帝,尼科季莫夫还不相信我是耶稣,但已经有一个人(指柳欣)开始相信了。这是危

---

① A. 斯拉波夫斯基:《第一次基督的第二次降临·调查表·我非我》,第22页。
② 伊万·扎哈洛维奇把彼得家乡的名字解释为《圣经·启示录》中从天坠落的茵陈星。
③ A. 斯拉波夫斯基:《第一次基督的第二次降临·调查表·我非我》,第102页。

险的事情。真可怕。"①

但进一步,彼得开始从表面的、虚假的身份认同向内在的、真正的身份认同过渡。他身上彼得和基督开始并存,并进行争论:"最可怕的是,有时候在夜里,他仿佛听到了什么人的呼唤,会突然醒来。他心跳加剧,仿佛诱惑人的蛇,就是《圣经》中的那条古蛇,一个念头油然而生:难道我真的不是耶稣吗?可能连我自己也不知道自己是谁。但就在此前,我对自己的能力也都一无所知啊。只是由于伊万·扎哈洛维奇的揭示,我才知道自己有这些能力。我感到自己拥有这些力量,这甚至让人感到可怕。这件事也是如此:或许我过去并不知道自己是耶稣?但现在却知道了!要知道他还是要再次出现的。为什么我们都认为,他现身时一定要伴随着惊雷闪电,还出现种种征兆呢?他可以不为人知地悄悄地来,可以出现在任何地方。而他就已经来到了人们面前,不为人知地、悄悄地来了,出现在偏僻的布良斯克。不对,你在说谎!你说谎,你并没有觉得自己就是耶稣,你在凭空杜撰!上帝,真是可怕!可是,如果他(上帝,但愿不要这样)千真万确就是耶稣,那么该怎么生活呢?那时应当那么生活,让人们……怎么样呢?不,不,无论怎么说,都不是耶稣!没能让死人复活,没有用三个面包喂饱众人,没有在水面上……"②于是出现了彼得在水面上"行走"的一幕。彼得的这些想法和水面行走的尝试表现出彼得的自我认同发生质变的契机。

在第一次传道失败后,彼得回到了家乡,跟玛莎结了婚。当耶稣基督的经历仿佛是过去的一场噩梦,似乎已经被他彻底忘在了脑后。结婚登记时他用了妻子的姓,从此他就是彼得·古杰里扬诺夫。他在车厢修理车间干活,似乎对自己的生活很满意。他觉得自己已经在一个生活轨道上永远地固定下来:在车间干活,维修房子,生养孩子,诸如此类。但周围人们不知为什么都不跟他交往,都排斥他。不仅别人感觉他有些异样。他觉得自己身上也不和谐。有时似乎有两个人在他体内进行无意义而饶舌的争吵,一个是过去的年轻人彼得鲁沙·萨拉伯诺夫,另一个是现在的居家男人彼得·古杰里扬诺夫。③ 争吵的结果使得他对在车间干活和修房子等事渐渐失去了兴趣。他越来越喜欢自己一个人呆在森林中,并在一个冬日里发现了狼兔。

---

① A. 斯拉波夫斯基:《第一次基督的第二次降临·调查表·我非我》,第 108 页。
② 同上书,第 109 页。
③ 同上书,第 144—145 页。

彼得从卡佳口中得知伊万·扎哈洛维奇死亡的真相,他感到非常震惊,于是再次对自己的身份进行反思确认:"这一切跟《福音书》里所写的完全一样。我并不是母亲跟父亲生的……之后,我在 30 岁时遇到了伊万·扎哈洛维奇——约翰。接着,我不知怎么回事就把人们的病给治好了。再以后,我把水变成酒。后来,叶卡捷琳娜所讲的伊万·扎哈洛维奇被砍头的情况跟施洗约翰因为责备希罗底而被杀头的情形几乎一样……巧合是太多了,太多了……"①

之后,狼兔被野狗咬死,"敌基督"彼得杀人后被逮捕,谢尔吉神甫和助祭季奥米特来询问彼得是否是耶稣基督,在这一系列有象征意味的事件发生后,彼得失踪了三天三夜。显然,这些外在的环境压力需要他对"我是谁?"这个问题作出回答。他回来时,他问母亲是不是跟父亲生的他,母亲的回答使他认为自己就是天父的儿子。这时,他才真正彻底把自我认同为耶稣基督。他后来对谢尔吉神甫说他突然醒悟,明白"我就是他。我仿佛回忆起了一切"②。这种对自我身份的重新认同似乎有点神秘主义的因素在内,倒跟禅宗开悟认识到自己身上的佛性有相似之处。恰如释迦牟尼开悟时,恍然发觉"奇哉,奇哉,奇哉,一切众生,个个具有如来智能德相,只因妄想执著,不能证得,若离妄想,则无师智,自然智,一切显现"③。这时彼得已经不再是彼得,他成了耶稣基督。彼得后来想到:"就算我不成为基督,那也会是穆罕默德,弥赛亚,或是别的随便什么人!"④看来,彼得把自己的身份定位于人类的救世主。这是他的自我意识从凡人彼得到神圣救世主的飞跃。

于是他招集了 13 使徒,带领他们在萨拉依斯克市的广场上布道。这时他是真诚地以耶稣基督的身份向人们传世界末日延期了的福音,却遭到人们的冷遇,彼得被警察抓进牢房。彼得被放出来后,他在痛苦孤独中,再次对自己的身份进行反省:

> 我怎么会突然想到,我是耶稣呢?
> 没有人相信我——说明我不是耶稣。
> 在牢房里忍辱偷生,而不是视死如归——说明我不是耶稣。
> 连使徒们也留不住——说明我不是耶稣。

---

① A. 斯拉波夫斯基:《第一次基督的第二次降临·调查表·我非我》,第 173 页。
② 同上书,第 184 页。
③ 明旸:《佛法概要》,上海:上海古籍出版社,1998 年,第 16 页。
④ A. 斯拉波夫斯基:《第一次基督的第二次降临·调查表·我非我》,第 208 页。

那么我是谁呢?

他不只是彼得·萨拉伯诺夫那么简单,因为那样……因为那样就太普通了!

他是谁?

敌基督,他原来是敌基督!

这就是为什么他想要召唤人们跟随自己。

这就是为什么他那么自高自大。

感谢上帝,谁也没有受他的诱惑,人们要比他想象的聪明,人们没有向伪基督臣服,没有跟伪基督走。

那么就是说,在什么地方出现了真正的基督!彼得顿时高兴起来。应当找到他,以便好好欣赏他!

嗨!他立刻就明白了自己的心思。你不仅在欺骗别人,你还在欺骗自己,你想找到他——只是为了杀死他!①

如果从基督教神学的立场来看,彼得显然就是敌基督。正如魔鬼是上帝的猴子一样,敌基督也要处处模仿基督的作为。《福音书》里耶稣基督早就预言这一情形:"你们要谨慎,免得有人迷惑你们。因为将来有好些人冒我的名来,说:'我是基督',并且要迷惑许多人"②,他还警告弟子们说:"那时,若有人对你们说:'基督在这里',或说:'基督在那里',你们不要信。因为假基督、假先知将要起来,显大神迹、大奇事,倘若能行,连选民也就迷惑了。看哪,我预先告诉你们了。若有人对你们说:'看哪,基督在旷野里',你们不要出去;或说,'看哪,基督在内屋中',你们不要信。"③看来耶稣的预言不错,连谢尔吉神甫都被迷惑住,可见假先知的威力了。此外,由耶稣和彼得各自不同的使命也可以看出来二者有着根本的不同:耶稣传道是为了告诉人们,天国近了,让人们赶紧忏悔;彼得传道是要安慰人们,天国还远着呢,要快乐生活。二者显然有着截然相反的使命。

但作家的用意并不在于塑造一个敌基督形象,在作家看来,彼得既不是基督,也不是敌基督,他甚至也不是彼得。作家塑造彼得这个人物形象更像是为了颠覆人的主体性。我是谁,我从哪里来,我的使命是什么——自我身份认同如一道红线贯穿着整部小说,"基督"彼得·萨拉伯诺夫在不

---

① A. 斯拉波夫斯基:《第一次基督的第二次降临·调查表·我非我》,第 227 页。
② 《新约·马太福音》24:4—5。
③ 《新约·马太福音》24:23—26。

断地探问"我是谁",敌基督彼得·扎瓦卢耶夫也在证明着自己的身份,而最后的答案可以用作家另一部作品名来表示:"我非我。"正如彼得·萨拉伯诺夫回答谢尔吉神甫的问题"你到底是谁"时所说:"我是彼得·萨拉伯诺夫。我是基督,还是伊曼努依尔,或是彼得,这有什么区别呢?这并不是事情的关键!"①此处彼得对自我进行了彻底的解构。既然他可以是任何人,那么他的自我又在哪里呢?彼得说:"我们每个人都可以成为基督,因为每个人都是上帝手举的蜡烛。"②但当他最后突然意识到自己是敌基督,并想找到真正的基督以便杀死他时,这种从基督到敌基督的身份转变使他陷入了失去自我的尴尬境地。也许,我们可以借用《金刚经》中的思维方式来为主体"我"下一个定义:"所谓我者,即非我,是故名我。"对自我的认同,不过是我们的妄想执著,正应了古人"假作真时真亦假,无为有处有还无"的说法。马克思曾对宗教与自我的关系有过精辟的论述,他说:"宗教是那些还没有获得自己或是再度丧失了自己的人的自我意识和自我感觉。"③彼得主体性的变化无疑证明了这一论断。

彼得的自我主体意识不断改变。唯一不变的是他那颗不甘平凡的雄心。他可以是基督,可以是敌基督,但绝对不能只是彼得·萨拉伯诺夫,"因为那样就太普通了"。的确,对于我们每个人来说,在这世界上最重要的都是自我。但同时,我们每个人在这宇宙中也是极其渺小的个体。我们意识到自身的渺小,因而时常会有成为凌驾于宇宙之上的神的冲动。正常的人都明白自己是人不是神,而一旦自以为是神,是人类的救世主时,也就离疯癫不远了。我们看到,彼得自我认证的过程就是把自我神化的过程,即便成不了神,那也要成为神的对手,总之不能是平凡的人。彼得的悲剧就在于他本来是平凡的普通人,却不甘于做平凡的普通人,他摒弃了作为普通人的自我,却不能实现作为神的自我,结果他就失去了自我。导致他走上这条不归路的固然有内在的原因,然而外在的因素也起到了相当重要的作用:伊万·扎哈洛维奇的指认、一系列似是而非的征兆、催眠暗示的超能力、期待基督再临的环境氛围,等等。马克思说:"人的本质并不是单个人所固有的抽象物。在其现实性上,它是一切社会关系的总和。"④的确,本来无意于超凡入圣的彼得在现实环境的推动下慢慢转

---

① A. 斯拉波夫斯基:《第一次基督的第二次降临·调查表·我非我》,第 181 页。
② 同上书,第 208 页。
③ 《马克思恩格斯选集》第 1 卷,北京:人民出版社,1995 年,第 1 页。
④ 同上书,第 56 页。

变,由被动当基督变为主动自称基督,由借基督之名牟取私利到真诚地以基督自居想要拯救人类,我们看到一个人在环境作用下丧失主体性,却以为获得主体性的演进过程。这反映了当代俄罗斯社会危机重重的现实,走投无路的人们期待着救世主的来临。在《笛声报》上有对彼得的评论,标题是《又一次基督的第二次降临》,写文章的记者认为,当前人们的末日思维模式使得他们期待奇迹的发生,现在任何一个冒险家都可以自称是基督,并宣布世界末日马上就要来临,只要他这样做,就一定会给自己找到支持者和追随者。① 彼得不过是时势造英雄,应运而生的又一个基督而已。可以说,在彼得身上体现出充满末日情绪的时代精神,他是20世纪末俄罗斯的"当代英雄"。

在丧失自我的悲剧道路上,彼得·扎瓦卢耶夫比彼得·萨拉伯诺夫走得更远。基督彼得·萨拉伯诺夫起码始终保持着理性,还能够反思自我,敌基督彼得·扎瓦卢耶夫最后却丧失了理性,变得丧心病狂。基督教一向把自高自大、自命不凡看作极大的罪过,而推崇谦恭温顺的美德,看来还是很有道理的。而在佛教中也有破除我执的主张。过分执著于我相的结果就是精神分裂。如果能做到"无我相,无人相,无众生相,无寿者相"②,或许可以摆脱许多无谓的烦恼。

在小说中,无论是"基督"彼得·萨拉伯诺夫,还是"敌基督"彼得·扎瓦卢耶夫,或者"约翰"伊万·扎哈洛维奇,他们都在自我暗示和他人暗示下失去了自我。自认是约翰,自认是基督,自认是敌基督,实际上,臆想自己是约翰的伊万原本就是疯子,臆想自己是敌基督的彼得·扎瓦卢耶夫最后变成疯子,而臆想自己是基督的彼得·萨拉伯诺夫也陷入无可解脱的心灵冲突中。这三个人能够产生这种带有强烈宗教色彩的臆想,显然与俄罗斯文化的基督教背景有密切关联。尽管苏联官方七十多年一直在限制宗教、宣传无神论,但文化传统的力量毕竟是不能凭人力任意截断的。虔诚的宗教性已经深深地印刻到俄罗斯人的灵魂中。所以一旦官方的压制放松,基督教意识就会在人们的思想中重新抬头。就如瓦尔拉莫夫小说《沉没的方舟》中那个关于左手的故事,干了一辈子宣传无神论、打击宗教工作的警官自己却突然成为大家崇拜的神灵,不仅表明他多年的工作心血尽付东流,他自砍左手的行为更表明他行为的荒谬性,表明他的无神论也是一种非理性的疯狂信仰,再次印证了俄罗斯民族性格中的宗教性和极

---

① A. 斯拉波夫斯基:《第一次基督的第二次降临·调查表·我非我》,第115页。
② 《金刚经》。

端性的特征。

认识自我始终是人类不懈追求的目标。古希腊有句名言:"认识你自己。"对自我的错误认识可能会导致人生一系列谬误。俗话说:魔自心生。的确,"我是谁"这个问题正成为当代人的心魔。在一定程度上,当代人失去了自我,丧失了主体性。在大众传媒和技术理性的压迫和诱导下,我们正在由自我变成非我,变成电视、广播、报纸、杂志、互联网上所宣扬的某些价值观念的载体,把钞票、房子、汽车、美女等物质目标当作了自己的人生目的,以为拥有了这一切就拥有了幸福,最后却发现,不仅离幸福越来越远,还失去了自我。正如《圣经》中所言:"人若赚得全世界,却丧了自己,赔上自己,有什么益处呢?"①

三、小说人物的末日情怀

小说的副标题是"当代纪事"(Повесть современных лет),这显然是在模仿俄罗斯流传至今最古老的一部编年史的名称——《往年纪事》(Повесть временных лет)。《往年纪事》从大洪水和诺亚方舟讲起,即从人类的第二次起源讲起,主要内容是关于俄罗斯国家最早的一段历史。既然作家用"当代纪事"作副标题,那么这两部作品在时间逻辑上应该有一种对应关系,而作品主标题又是基督的第二次降临,显然作家是想用这种方式来暗示作品内容与世界末日的联系。实际上,无论作家在小说中解构什么,他解构不了的是笼罩整部作品的世界末日的阴影。这主要表现在作品人物的思想意识中。且不说主人公彼得·萨拉伯诺夫,作品中出现的其他主要人物无不具有浓烈的末日情怀,如自命为施洗约翰的伊万·扎哈洛维奇,臆想自己是敌基督的彼得·扎瓦卢耶夫,虔诚的神甫谢尔吉,乃至异形动物狼兔。

伊万·扎哈洛维奇·尼西洛夫是个半疯半傻的社会边缘人。他独自居住在郊外,虽说是疯子,但并没有完全傻掉。他会养鸡和羊,会种西红柿和土豆,甚至还给自己订了一份《笛声报》。他还听广播,特别害怕听到"最新消息"这个节目。他一听到这两个词,就一定要浑身哆嗦、四处环视、喃喃自语:"这是怎么回事?为什么是'最后的'②?难道不会再有别

---

① 《新约·路加福音》9:25。
② 俄语中последний一词在不同词组中有"最新的"或"最后的"的含义。

的消息了?"①即便是在这些最新消息后总是会有别的新闻,即便是这个"最新消息"节目一天中出现十次之多,他每一次听到,还是要害怕,一定要觉得就算以前没出什么事,那么现在就躲不过去了,这些消息将真正是最后的消息了。半夜里收音机沉寂了,他却在黑暗中焦虑得久久无法入睡。他觉得,早晨再也不会来临了,人们已经讲完了最后的新闻,于是一切都完了,无尽头的黑暗将从此永远覆盖大地。就这样,每一个清晨来临,他都当作收到一份礼物而欢呼雀跃,急匆匆跑到街上去,想看看人们幸福的脸庞,但他看到的只是忧愁和疲惫。于是他对人们发火,他呼唤他们露出笑脸,他对他们说,他们已经被宽恕了,但在人们脸上他找不到响应。他很理智地认为这种情况与行政当局的规定和措施相关。于是他到国家机关去,向进出的人们宣传,希望他们改变自己的行为方式,以便影响整个社会,好让全社会的人们早上起来都面露笑容。当然这没有任何结果,于是他又到人多的地方去劝人们,希望人们无须领导的提示和命令,自行高兴起来。他这些话也白说了。他就到教堂门前,要求参加礼拜的人们不要神情庄重,而要眼中充满喜悦。神职人员出来查看,他被吓得逃回了家。他白天睡了一觉,又听"最新消息",接着又出去向人们宣讲。但这次他觉得人们太无忧无虑了,甚至快乐得近乎无耻。"最后的时刻,最后的瞬间就要来到了,有什么可高兴的呢?"②于是他劝说人们,希望他们多一些忧虑和哀愁,还是没人听他的话。后来他见到了彼得,把彼得认作是第二次降临的基督,自认是施洗约翰。可见,新约翰伊万·扎哈洛维奇是一个充满了末日意识的人物形象。他身上有东正教传统的圣愚精神——在疯癫的外表下,透露出灵性的光芒。

小说中还有一个疯子是被伊万·扎哈洛维奇指认为敌基督的彼得·扎瓦卢耶夫,他是彼得·萨拉伯诺夫的舅舅。他是彼得母亲马利亚的父亲彼得·扎瓦卢耶夫跟后娶的卓娅生的孩子。两个彼得同一天降生人世。他们的父母在彼此不知道对方孩子的情形下都给孩子起名叫彼得。彼得舅舅在快到30岁的时候已经处于市政当局的高层。彼得·扎瓦卢耶夫有强烈的功名欲。他在20岁的时候,即在1980年,就非常严肃地对着镜中的自己说了这么一番话:我要在50岁时成为苏联共产党中央委员会总书记。但后来,大概在1987年左右,他早早地预感到苏联共产党的垮台,乃至苏维埃社会主义共和国联盟的崩溃,他对自己的计划做了一点修正:成

---

① A. 斯拉波夫斯基:《第一次基督的第二次降临·调查表·我非我》,第8页。
② 同上书,第9页。

为总统。"他这个决定的奇异之处在于,当时还没有苏联总统这个职位,更不用说俄罗斯总统了,谁也没曾想会发生这样的转折,但彼得知道将会是这样,尽管他也不明白是从何得知。"①他到30岁也没有结婚,因为他首先要登上一个相当高的台阶,然后再给自己找个年轻漂亮的妻子。伊万·扎哈洛维奇指认他为敌基督,他并没有太多的辩驳,显然敌基督这个身份要比总统更能满足他的虚荣心。彼得·扎瓦卢耶夫在得知伊万·扎哈洛维奇·尼西洛夫死亡之后就发疯了。"他继尼西洛夫和拉辛之后成为城市的疯子,但却没有任何人知道这件事。知道自己发疯的只有彼得·彼得罗维奇自己。"②他潜入尼西洛夫的住宅偷了尼西洛夫的笔记本,其中有关于他是敌基督的论述。尽管他发现尼西洛夫从他的姓名和生辰算出"666"来的算法有误,但自己却又找到17种计算方法单从他的姓中就能推导出数字"666"来。当领导考虑给他升职的时候,他却漠不关心,甚至改变了以往早来晚走的工作习惯。他根据上述几点迹象知道自己发疯了,他参考医生的专业笔记,发现自己患的是偏狂,即:他幻想自己是敌基督。

他害怕别人意识到他是敌基督。他想,既然连半疯半傻的尼西洛夫都知道他是敌基督了,那么其他人就更容易猜到这一点了。他研究了宗教书籍之后,知道伪基督在行为上模仿基督,即品德高尚、心地善良、聪明睿智。于是他就反其道而行之,尽量表现得愚笨、粗鲁、品德低下:他醉醺醺地去上班,并在接待室里占有了女秘书索菲,还因为没被人看到而感到遗憾,最后希望索菲能传出去,但索菲却保持沉默。最后他忍不住,就亲自向州执行委员会主席披露出来。此后他故意对工作马马虎虎,对人们大喊大叫,下达各种愚蠢的命令。最后州里来文件提升他到州里工作。但他却在夜里敲响医生好友的房门,要求把自己关进疯人病院。

在他跟好友医生康多米津诺夫的谈话中,他充分暴露出自己期盼成为敌基督的野心:"我能做一切事!为了权力!我希望自己能够站在世界之巅,而人们像蟑螂一样在我脚下爬行!不是一个国家,你懂我的意思吗,而是全世界!这才是我的目的!"③他还把伊万的笔记本给康多米津诺夫看,医生看了后,嘲笑说:"从我的名字里也能算出'666'来!"④于是

---

① A.斯拉波夫斯基:《第一次基督的第二次降临·调查表·我非我》,第62页。
② 同上书,第154页。
③ 同上书,第175页。
④ 同上书,第176页。

他很快就用自己的名字和生辰算出数字"666"来,并反问彼得·扎瓦卢耶夫:"我们俩究竟谁是敌基督呢?"①显然他推翻了彼得对自己统治世界使命的期待,已经发疯的彼得拿起枕头闷死了医生,然后去找外甥彼得·古杰里扬诺夫做"最后的决战"。他向彼得宣称:"你以为我是你的亲戚?我是你的对手!我是敌基督!……世界末日来临了!撒旦的胜利!黑暗的王国!"②但他这声嘶力竭的呼喊却被彼得·古杰里扬诺夫轻描淡写给化解了."你病了……现在是冬天,你几乎没穿什么衣服,你会冻坏的。"于是彼得·扎瓦卢耶夫就哭起来,彼得把自己的短皮袄披到他身上,把他领进屋里。这时,这个敌基督显得多么可怜又可笑啊!看来彼得·扎瓦卢耶夫是彻底发疯了,他对来抓他的警察喊道:"敌基督的奴仆们!你们竟然把手伸向了自己的君主!"③

值得注意的是,伊万·扎哈洛维奇在他接触《圣经》之前就有关于世界末日的不祥预感,彼得·扎瓦卢耶夫是在认同敌基督身份之后才开始研究相关宗教书籍,这是因为他们成长的年代,即苏联时期,无神论宣传确实完全排挤了传统的宗教思想,所以直到苏联改革后他们才有机会接触到《圣经》等宗教书籍。同时这也表明,他们身上末日意识的真正根源还是苏联末期社会大变革的时代现实。苏联时代的终结使人们自然产生世界末日之感,基督教的末日思想在这种社会思想氛围中就很容易蔓延开来。两个人的悲剧下场不仅仅是他们个人的悲剧,而且是当时社会环境中全体俄罗斯人的悲剧。

与上面两个人不同,布良斯克教堂的谢尔吉神甫是位有深厚神学素养的神职人员,他写了一本名为《盛满罪的碗》的书,阐述他自己的末世理论。他认为,人类就是盛满罪的碗。哪怕最小的善行都会使碗中的罪减少一滴,不让罪的火焰如熔岩般流溢出来。同样,我们每个人所做的最小的坏事都可能使碗满溢出来,于是上帝的忍耐就到了尽头,魔鬼却会欢欣鼓舞。由此可以得出结论,小恶会成为宇宙规模的大恶,而善行也具有不可轻估的分量。耶稣基督要求每个人都"效法他的天父"也就可以理解了,因为这不是一个人的生死问题,而是关乎整个人类的存亡。最后,谢尔吉神甫得出规范神学的思想:不是在未来的什么时候等待基督来临(这让很多人心灰意冷或若无其事),而是要每一天、每一秒都准备好迎接他

---

① A.斯拉波夫斯基:《第一次基督的第二次降临·调查表·我非我》,第177页。
② 同上书,第178页。
③ 同上书,第179页。

到来。应该说,谢尔吉神甫的末世理论有劝人为善的积极功用。但他的思想只是流于口头禅,他能劝导信徒,却不能身体力行,还时常表露出信仰的不坚定和傲慢自大的心理。他知道自己也没有做好准备迎接基督再临,甚至害怕基督第二次降临来进行最后的审判。他身上反映出许多基督徒心中既期待基督再临、又害怕基督再临的思想矛盾。

作家还虚构出一个异形动物——狼兔,它在 80 年代末期出现在布良斯克周围地区。它身子比狼小,但比兔子大,后腿长,兔子耳朵,狼嘴,跑起来的姿势也很奇特。狼兔由母狼生下来,却长着两只长耳朵,狼父亲本来想一下子就吃了它,却被猎人的枪声惊走。小狼兔没有死,靠着一只母兔的哺乳活下来。它长大后也吃草,但别的兔子害怕它的狼嘴,都离它远远的。而它更不敢靠近狼群,本能地知道不会有什么好结果。它基本上回避所有其他的动物。但它并不感到悲哀,因为它觉得这就是它的生活,它无法设想自己还能有别的命运。"无论狐狸,还是乌鸦,或是森林中的其他生物都没有对这个小生物感到奇怪,都不知道,这样的生物以前从来没有过,而且它也不应该存在。而它对自己,更不用说,也不会感到奇怪,甚至可以认为,它对自己还挺满意,特别是当吃饱的时候。"①但繁衍的需求驱使它整日里跑遍森林去找跟它外貌相同的雌兽,这时它发现事情并非那么简单。它心底里走投无路的绝望感越来越浓,挥之不去。它甚至开始讨厌吃东西,觉得只是为了养活自己而吃东西没有任何意义。后来它生病了,浑身无力地躺着等死,这时候彼得在森林里发现了它,并把它带回家。狼兔把在彼得家的生活看做是它死亡之后的事情,很快狼兔在彼得家中就变得像狗一样聪明,像猫一样可爱。后来彼得跟狼兔在森林里遭遇一群野狗,狼兔为保护主人彼得被咬死了。对于这个小生灵来说:"死后的生活结束了,天堂终结了,最终的结局来临了,之后恐怕什么也不会再有了。"②

狼兔是世界末日来临的象征,这是小说中人们的普遍看法,正如布良斯克报纸的文章所说:"老太婆们胡说八道,说什么狼兔和其他一些畸形的动物都是在世界末日前出现。"③狼兔是作家的独创,跟《启示录》中的怪兽并非一回事。小说中人们根据狼兔奇异的外形把它跟《启示录》中的怪兽联系起来,从而联想到即将来临的世界末日。实际上,狼兔是彼

---

① A. 斯拉波夫斯基:《第一次基督的第二次降临·调查表·我非我》,第 147 页。
② 同上书,第 173 页。
③ 同上书,第 153 页。

得·萨拉伯诺夫生命的象征。它跟彼得一样都找不到自己在生活中的位置:彼得失去了自我,狼兔则非兔非狼,也不知道自己的归属。他们都经历过一次新生:狼兔被彼得所救,过起"死后的生活",彼得则是两次传道,主体意识发生改变。他们都无法繁衍后代:狼兔是因为找不到配偶,彼得则患有莫名其妙的不育症。二者最后都是悲惨地死去:狼兔为保护主人被一群野狗咬死,彼得则被一群流氓在"十字架"上施以极刑。他们之间的不同在于:狼兔不具有主体意识,因而没有心灵的痛苦,而彼得则为自身的处境感到苦恼。二者之间极强的类比性加重了彼得命运的悲剧性,二者的个体生命死亡与种族整体灭亡联系在一起,给小说涂抹上世界末日的浓重阴影。

斯拉波夫斯基的《第一次基督的第二次降临》与19世纪末宗教哲学家B.索洛维约夫的预言性小说《敌基督的故事》(1899—1900)堪称姊妹篇。索洛维约夫凭借自己对基督教神学的理解和对20世纪人类历史趋势的预感虚构出世界末日前敌基督出生、掌权、灭亡的全程,以小说的形式具体形象地,并且非常严谨地表现了自己对基督教末世论问题的独到见解。今天看来,至少他在小说中描述的日本侵占中国、欧洲合众国成立的预言已经实现,不由得令人惊叹哲人的睿智。斯拉波夫斯基则根据《福音书》臆造出第二次降临的基督——实际上也是敌基督。两部小说依据的文本都是《圣经》,作品主题都与世界末日相关,中心人物都是善和恶的代表——基督和敌基督。不同之处在于,索洛维约夫的思想出发点是他相信《启示录》中关于世界末日的预言,并在此基础上做出自己的阐释;而斯拉波夫斯基则对基督教的末世论报以怀疑和否定的态度,并以滑稽模仿形式来加以解构。尽管如此,两位作者对世界末日问题的共同关注形成一个思想交叉点,向我们昭示俄罗斯思想与基督教无法割裂的密切联系。这两部作品分别站在两个世纪的门槛上,尽管思想倾向相去甚远,却遥相呼应,构成一道亮丽的风景线。

第十章　新"圣徒形象"

А.普罗汉诺夫（Александр Проханов）（1938—）是俄罗斯当代著名作家。1938年生于第比利斯，1960年毕业于莫斯科航空学院，后长期担任《文学报》记者，同时从事文学创作，作品有中短篇小说集《我走我的路》（1971）、《草地在枯黄》（1974）和《第三次碰杯》（1991），长篇小说《迁徙的玫瑰》（1975）、《事发地点》（1979）、《永恒的城市》（1981）、《大战过后》（1988）、《帝国的最后一名士兵》（1993）、《宫殿》（1995）以及四部曲《燃烧的花园》（1985）等。

普罗汉诺夫的创作一般都贴近现实，反映现实社会的重大事件。在长篇小说《车臣布鲁斯》（Чеченский блюз）（1997—1998）和《夜行者》（Идущие в ночи）（2000）中，作家描绘了车臣战争的画面。作家在创作之初，就有着非常明确的目的：他把《车臣布鲁斯》和《夜行者》称作是"献给历经阿富汗战争和车臣战争洗礼的俄罗斯军人的教堂。他像描绘教堂壁画一样写下一页页文字，在壁画中圣徒和天使的位置上放上俄罗斯的军官和士兵，而代替白马和光环的是坦克和战火"①。的确如此，在这两部作品中，我们看到作家对车臣战争的宗教阐释，以及东正教信仰对于俄罗斯军人的意义。

在《车臣布鲁斯》中，作家叙述的是第二次车臣战争开始阶段的战争情况。"布鲁斯"又称蓝调音乐，最早在黑人中兴起，是一种即兴创作的格调忧伤的音乐。作家以布鲁斯为小说命名，正是想表达一种哀婉的追悼之情，因为在小说开篇，进入格罗兹尼的俄军就被全歼，只剩下六个人死里逃生。但小说中依旧昂扬着英雄主义的悲情气息。劫后余生的六个俄罗斯军人尽职尽责，为完成自己的作战任务战斗到最后一刻，直至胜利到来。

作家着力刻画了两位主人公：前线军官大尉库德里亚夫采夫和银行家雅科夫·贝尔纳，并以他们的行动为线索，以类似于托尔斯泰的《安

---

① А.普罗汉诺夫：《夜行者》，莫斯科：ИТРК出版社，2000年，封底。除特殊标注外，文中该作品引文均出自此版本。

娜·卡列尼娜》的"拱桥式结构"来建构小说,交替呈现前线战况和后方动向,最终揭示了这次战争的宗教内涵。

小说一开始是指挥部的场景,将军向军官们部署国防部长下达的作战计划,尽管这个计划明显不符合战场实际情况,遭到军官们的质疑,但还是要坚决执行。这个不切实际的作战计划已经注定了俄军失败的悲惨结局。大尉库德里亚夫采夫作为俄军的前线指挥官,按照作战计划率领军队开进格罗兹尼城。车臣老百姓前来欢迎,称俄军是"保护者和解放者",还邀请他们到家中做客。原来这是车臣人设下的圈套,毫无戒心的俄军官兵遭到了围歼,全军覆灭。

大尉库德里亚夫采夫侥幸逃入一栋空居民楼躲起来,遇到三个幸存的战士,四个人都手无寸铁,他们到死尸狼藉的战场找来一些武器,又遇到一个活着的战士。他们几个人本来可以趁着黑夜逃回营地,但最后却一致决定留下坚守一幢房子,等待兄弟部队前来会合,因为这是作战计划中他们的战斗任务。

六个人坚守楼房,识破车臣人的一个又一个花招,打退一次次进攻。战士们接连牺牲,最后,当援军赶到时,只剩下大尉库德里亚夫采夫和士兵诺兹德里亚,还有一位俄罗斯姑娘安娜。他们三人继续狙击撤退的车臣人,胜利完成了自己的战斗任务。

大尉库德里亚夫采夫是光明磊落的钢铁硬汉形象,他把服从命令、完成任务看作自己的天职,为此置流血牺牲于度外,与敌人斗智斗勇,终于等到胜利的来临,不愧是顶天立地的英雄。在作家笔下,大尉之所以如此英勇,是因为他是光明和善的力量的代表,他受到上帝的庇护,所以能够在战火硝烟里安然无恙。在作家看来,以大尉为代表的俄军的胜利就是东正教信仰的胜利。

车臣人是战争的另一方,在小说中完全是一幅阴险狡诈的嘴脸。先是利用俄军的轻信,用虚假的微笑和热情诱使俄军入套,然后无情地杀害俄军,后来又进攻大尉和士兵们据守的楼房,但却毫无英勇的表现,一味地使用诱降、人体盾牌等卑劣手段,结果还是未能攻下楼房,最后被俄军援军击溃。小说中车臣人的形象相当龌龊,根本算不上是堂堂正正的军人,与俄军的善良和英勇豪迈形成了鲜明的对比。

小说这种爱憎分明的叙述在很大程度上是受作家民族心理的影响,作家作为一个俄罗斯人,还是相当偏袒自己民族的,他一方面对俄军进行了理想化和英雄化的描述,另一方面又刻意抹黑了车臣人。作家的这种民族偏见一般来说是战争双方必不可免的立场:我方士兵总是英勇无畏的,敌方士兵总是怯懦无耻的,我方是正义的,敌方是不正义的,这也是战争文学中常见的模式。但是,主导小说的思想倾向并不是狭隘的民族主义和爱国主义,而是东正教信仰。

在作家看来,车臣战争不只是俄罗斯和车臣两个民族之间的战争,而是以上帝和魔鬼为代表的善恶之间的战争。善的一方是以前线军官大尉库德里亚夫采夫为代表的俄罗斯军队和俄罗斯人民,恶的一方是银行家雅科夫·贝尔纳和车臣人。

作家把车臣战争爆发的原因完全归罪于银行家雅科夫·贝尔纳。为了抢夺车臣的石油,他在幕后策划鼓动对车臣的战争:"他的暗地努力,他向军人们、侦察人员们和总统家庭成员们所做的不懈工作,他跟部长们、报纸电视编辑们和众多顾问专家们的友谊,不仅是跟其中每个人的友谊,而且是所有这些友谊叠加在一起。靠着灌输信念和金钱轰炸,靠着提供各种帮助和无孔不入的劝说,在各个方面都施加影响,这一切努力最终促使国家作出了战争的决定。"①"人们实现的是他,贝尔纳的意志。"②而他的目标是车臣的石油,为此他分别与俄军和车臣人达成协议,俄军不轰炸石油基础设施,车臣人也不破坏石油基础设施。作为交换条件,他向车臣人出卖俄军作战计划,直接导致了俄军最初战斗的失利。为了扫除与他抢夺石油的竞争对手,他收买杀手杀害了多年的朋友:一位石油大亨。

可以说,银行家雅科夫·贝尔纳是一个集各种罪恶于一身的邪恶人物。作家不是在社会学的层面上探索他邪恶人性的成因,而是对此进行了宗教层面上的阐释。小说中明确指出,他邪恶的来源在于古蛇,即撒旦,附在了他的身体里:"这种失去天堂的感觉,这种无法在这里,在地上创造天堂、获得天堂快乐的无能为力的感觉时常侵袭他,一般表现为苦恼和绝望,同时还夹杂着狂暴和疯癫。从远古繁华时代唯一完好留存下来的生命就是那条鳞甲闪闪发亮的肥大的古蛇。如同巨大的绦虫,古蛇钻进了他体内,舒服地盘踞在他的胃里、肠子里、食道里,让他痛苦,让他窒息,逼迫他去行动。驱使他进行一次又一次的冒险,经历各种奇遇。让他的财富、荣誉、权力都不断增长,让他的内心燃烧着永不停息的欲望和饥渴。"③在撒旦的控制下,贝尔纳无比痛苦,"他希望自己死去"④。显然,作家认为,撒旦及其走狗的邪恶势力不仅害人,而且害己,最终逃不脱覆灭

---

① A.普罗汉诺夫:《夜行者》,第47页。
② 同上书,第48页。
③④ 同上书,第142页。

的结局。

作为善、正义、光明的化身,大尉库德里亚夫采夫则死里逃生,迎来了最后的胜利。跟他一起战斗到底并最终活下来的两个人——俄罗斯姑娘安娜和士兵诺兹德里亚都具有一定的宗教内涵。俄罗斯姑娘安娜,这个有着"月亮一般面容"的女人被作家赋予了圣母马利亚的色彩:纯洁、善良、慈爱。士兵诺兹德里亚可以说是东正教的代言人。他出身神甫家庭,从小在教堂唱歌,服完兵役后,准备进教会学校学习,将来继承父业做神甫。他在战争中时时刻刻向上帝祈祷,祈求上帝派遣庇护天使来保佑他,最后如愿以偿。作为未来的神甫,他向自己的长官大尉库德里亚夫采夫宣讲东正教教义,把俄罗斯的苦难和战争归因于俄罗斯人民自身的罪孽。正是他开启了大尉的信仰之门,使大尉在激战中获得了强大的精神力量:"库德里亚夫采夫请求士兵为他向某个强大的无法企及的人物祈求庇护,通向这个强大人物的大门对于库德里亚夫采夫来说是关闭着的。他请求士兵为他传话,转达他的祈求。他突然产生了强烈的愿望,在感到无力自保的同时热切地向往那里,穿过铁皮屋顶,抵达高空,这是那种无名力量遍撒恩泽的地方。他祈求这种力量使他们所有人都摆脱死亡的阴影,带领他们走出这幢房子,离开这个战火熊熊的广场。他如此热烈而真诚地为此祈祷,他的心灵如此紧张地祈求,以至于有一瞬间他觉得,某人的一双温暖的大手穿过屋顶向他伸来,提起他,把他带走,带回到故乡的城市,带回到蓝色的木屋,带回到系着母亲头巾的篱笆旁。"① 这一段描述非常符合东正教精神。东正教认为,只有通过教会才能得救,教会是人和上帝之间的桥梁。普通人无法与上帝直接沟通,必须通过上帝宠爱的仆人——神甫为他祈祷,才能获得上帝的庇护。士兵与大尉的关系,可以说是俄罗斯东正教与军队关系的生动展现。

小说最后一章基本上就是神甫的祈祷词。士兵诺兹德里亚的父亲德米特里神甫在家乡的教堂里为俄罗斯的统帅和将士们祈祷。他先是为俄罗斯自古至今的将士祈祷:"他为俄罗斯军人们祈祷。为最古老的军队祈祷,他们曾向皇城进军,后来又向顿河和涅普里亚德瓦河进军,他们曾在冰雪覆盖的湖面上战斗。为以后那些在斯摩棱斯克和普斯科夫城下与波兰人激战的将士们祈祷,他们把圣像置于要塞的城墙上。为在波罗金诺拼死战斗的将士们祈祷,他们后来喜气洋洋地开进了巴黎。为在白军

---

① A.普罗汉诺夫:《夜行者》,第90页。

将领旗帜下进行巴尔干征战的军团们祈祷,为那些在马祖里沼泽地牺牲的英雄们祈祷。他还为伟大战争的军队祈祷,他们在广阔的原野上和大河旁迎战德国人,最后把自己的红旗插在了欧洲之都的宫殿上。"①接着他为在车臣战斗的将士们祈祷,请求天使长向圣母马利亚提及他的儿子,希望"圣母以她无尽的慈爱保护儿子躲过各种各样的灾难,并带着儿子穿越原野和河流,跨过战壕和战场,回到故乡的村庄,回到父亲的木屋"②。神甫还为儿子的战友们祈祷。最后他为俄罗斯人民和俄罗斯祈祷。在神甫看来,或者说,在作家看来,"亲爱的、永远也看不够的俄罗斯无边无际、美丽富饶,她受到一切圣徒、天使们和圣母的祈祷的护佑"③。在虔诚的祈祷结束时,突然发生了奇迹:"仿佛万道圣光穿透了胸膛,他穿越教堂的圆顶向上升腾。这是天使长把他擎在了自己强大的翅膀上。从这里,他用无所不见的慧眼看到了儿子。他活生生地坐在支离破碎、硝烟滚滚的房屋的地板上。身旁有一个缠着绷带的军人用手臂抱着他。他们上方,还有一个女人,穿着破烂的连衣裙,有着奇异的仿佛圣像一般的面容,正在为他们驱散硝烟。"④

  小说明确表达了俄罗斯东正教教会对战争的看法。俄罗斯东正教教会在历史上总是为俄罗斯民族所进行的战争的正义性进行辩护,认为那是虔诚的俄罗斯人民在圣徒王公或是圣徒统帅的指挥下,对"不信神的邪恶的异教徒"进行的战争。这里有三点值得注意,一是俄罗斯历史上一些统领俄罗斯人民取得战争胜利的王公和统帅往往被俄罗斯东正教教会敕封为圣徒,如亚历山大·涅夫斯基大公;二是战争的敌人总是"不信神的邪恶的异教徒",具体来讲,诸如蒙古人、土耳其人、高加索人等;三是俄罗斯人民为基督教信仰而战,无论胜败,都受到上帝的庇护。东正教的战争观在小说《车臣布鲁斯》情节中得到生动体现:敌人是邪恶的异教徒——车臣人,信仰虔诚的俄罗斯军人受到上帝的保佑——小说中三个人最后活下来,迎来胜利。

  如果说在《车臣布鲁斯》中,作家的视线聚焦在两位主人公身上,并以他们为核心来交替安排篇章,那么在《夜行者》中,作家为我们展示了战争的全景镜头,与战争有关的敌我双方政治军事人物,乃至第三方相关人士,都纷纷登场亮相:俄军指挥者和战役策划者,战斗在最前线的俄军基层指挥官,被俘虏的俄军士兵,车臣首领及其情妇,法国记者,俄罗斯未来

---

① A.普罗汉诺夫:《夜行者》,第177页。
②③④ 同上书,第178页。

的总统,莫斯科政治权力的小圈子,俄军士兵的亲人……可以说,作家从各个侧面向我们了展示卷入战争的各种人物。作为战争的一个元素,各个人物共同组成了车臣战争的全景画面。

尽管《夜行者》不再以人物为中心安排结构,但在人物的塑造上还是有侧重点。在众多人物中,普什科夫上校和他的儿子普什科夫中尉,以及士兵兹沃纳列夫这三个人物是俄军的代表人物;车臣首领巴萨耶夫、情报部门长官亚当和车臣画家齐亚是车臣人的代表人物;法国记者则是作为战争第三方的西方社会的代表人物。在作家笔下,这些人物形象不是战争的机器,而是不同宗教信仰的代言人。俄罗斯人信仰东正教,是上帝力量的体现;车臣人信仰伊斯兰教,是真主力量的体现;法国记者信仰"毁灭精灵",代表了具有神秘主义通灵术色彩的邪恶力量。

普什科夫上校和他的儿子普什科夫中尉在精神气质上与《车臣布鲁斯》中的库德里亚夫采夫大尉很近似:都是英勇无畏、智勇双全、堂堂正正、顶天立地的硬汉形象。不同的是,普什科夫上校刻画得更为深刻。为了逼迫车臣人突围,以便加以围歼,他亲自下令让儿子率领的连队加紧进攻,尽管他知道在残酷的巷战中儿子随时都可能丧命。作为慈父,他希望儿子平安,作为指挥官,他希望取得胜利,在胜利与儿子之间,他选择了胜利。后来得知儿子牺牲的噩耗,他在悲痛万分时向上帝祈祷:"希望上帝夺取他自己的生命,归还他的儿子,让儿子复活,而他自己去死。"① 后来,为了围歼车臣人,他不惜孤身涉险,引诱车臣人上当。这时他又在自己的生命与胜利之间选择了胜利。然而,他并非冷血无情的战争机器。胜利对他而言,不是战争的胜负那么简单。在巡视前线时,他与儿子促膝谈心,说出了关于"俄罗斯胜利"的思想:"每个世纪俄罗斯都通过浴血战斗夺取了伟大的胜利,保持了自己的俄罗斯道路。"② 他把斯大林领导的反法西斯战争和沙皇时代的1812年卫国战争看做是19、20世纪里俄罗斯胜利的典范。"今天,俄罗斯再次发生混乱,敌人进驻了克里姆林宫,俄罗斯心灵充满了沮丧,叛徒们把我们叫做畜生,要把我们扫出历史舞台。如今,我和你再次肩负着获取俄罗斯之胜利的历史使命。要让即将到来的那个世纪成为俄罗斯的世纪。"③ 简言之,普什科夫上校的"俄罗斯胜利"的思想就是希望俄罗斯国家成为世界头等国家,而首要的工作就是拯救

---

① A.普罗汉诺夫:《夜行者》,第324页。
② 同上书,第241页。
③ 同上书,第242页。

俄罗斯。在此过程中军人应当发挥不可替代的重要作用,"俄罗斯应当相信军队"①。为了俄罗斯民族和国家的振兴,无论牺牲儿子的生命,还是自己的生命,在普什科夫上校看来,都是值得的。

　　作家相当细致地刻画了一位俄军普通士兵——兹沃纳列夫。他是神甫的儿子,童年时曾有天使向他显灵,保证他会升入天堂。"此后他一直期待着天使再次出现。他相信,天使一定会回来,携他升入天堂。"②他想在退伍后进入神学院学习,然后回到家乡教区,替代年迈的父亲当神甫。对待车臣人,他没有仇恨:"他并不把车臣人看作敌人,只是把他们当作迷途的同胞。一旦战争结束,相互之间就一定会和解。"③他在一次战斗中被车臣人俘虏。作家记述了这位士兵在被俘期间的经历和心理活动,来向读者展示信仰的神奇力量。兹沃纳列夫被俘后,丝毫没有气馁,他坐在牢房的水泥地面上,却想象自己处身教堂之中,"对他来说,教堂就是上帝"④。他把一切希望寄托在上帝身上,向上帝祈祷,请求天使搭救。"犹如深红色的煤,他的信仰、对上帝的期盼熊熊燃烧,他知道,只有凭借着这个信仰,才能很快脱身。"⑤车臣人对他展开心理攻势,想用侮辱俄罗斯国家和基督耶稣的方式来摧毁他的信仰,却都被他正义凛然地加以驳斥。最后,恼羞成怒的车臣人把锋利的刀架在他的脖子上,让他接受车臣人的信仰。兹沃纳列夫临危不惧,视死如归,宁愿被砍掉脑袋,也不肯改变自己的东正教信仰。在死亡的一瞬间,"他看见了天使,身形高大,穿着白色的衣服,面庞闪耀着光辉。天使递给他金色的蒲公英,让他贴放在火热的胸膛前……他飞上天空,飞向他们蔚蓝色的妙不可言的故乡"⑥。在他身上表现出来的信仰的奇迹犹如一道火炬照亮了整部小说。与兹沃纳列夫形成鲜明对照的是一起被俘的士兵柯雷克。柯雷克叛变投敌,还放弃了自己的东正教信仰,接受了车臣人的宗教信仰,后来又与车臣人一起设下圈套,诱杀了昔日的俄罗斯战友。两个同时被俘的俄罗斯士兵一个成为受人景仰的烈士,一个堕落为万人唾骂的叛徒,作家用对比的手法告诉读者,问题关键在于是否有虔诚的东正教信仰。如果信仰不够坚定,那么在受到生死考验的时候,就会放弃东正教信仰、背叛俄罗斯祖国、出卖自己

---

① A.普罗汉诺夫:《夜行者》,第 242 页。
② 同上书,第 292 页。
③④　同上书,第 291 页。
⑤ 同上书,第 290 页。
⑥ 同上书,第 299 页。

的战友;如果对东正教信仰能够做到矢志不渝,那么即便在尘世失去了生命,却一定会在天堂中获得永生。

在小说《夜行者》中,作家成功地塑造了车臣人的形象,如车臣人首领巴萨耶夫,车臣情报部门长官亚当,他们尽管仍旧是反面人物,但却是有血有肉的丰满形象,在一定程度上可以说是车臣民族的典型代表。另如为俄军服务的车臣画家齐亚,他对民族、宗教、战争等问题都有深邃的见解,堪称一位思想家,同时又对家人充满了亲情。这些车臣人与《车臣布鲁斯》中几乎是概念化的车臣人形象不啻天壤之别。

在《夜行者》中,作家对车臣人的精神世界进行了较为深入的探索,展示了宗教信仰对于车臣人的意义。车臣人同样需要宗教信仰的力量来鼓舞自己的斗志,如车臣首领巴萨耶夫说:"我们会赢得这场战争的胜利,因为我们的行为符合神的意志,所有高加索人都在看着我们,我们的行动方向就是世界历史前进的必然方向。"①与俄罗斯人不同的是,他们信仰的是伊斯兰教,他们膜拜的是真主阿拉。在为阵亡军官举行葬礼的时候,他们向真主阿拉祈祷;在敢死队进行自杀式冲锋的时候,他们追求的是死后上天堂的殊荣。车臣人自己说:"我们的首都是神圣的。从这里,从格罗兹尼开始的道路,是通向胜利最快的道路,是通向天堂最快的道路。"②这些铿锵有力的话语也会从俄罗斯人口中说出来。除了祈祷的对象不同,俄罗斯人与车臣人似乎没有什么不同。坚持东正教信仰、宁死不屈的俄军士兵兹沃纳列夫与那些"舍生取义、杀身成仁"的车臣敢死队队员们似乎就是一个模子塑造的双胞胎,与兹沃纳列夫一样,车臣敢死队队长乌玛尔在临死时也看到了天使接引他上天堂的景象。但信仰东正教的作家显然不能接受这种等量齐观,于是他叙述了一个细节,无形中抬高了东正教信仰。他写车臣军队突围时,车臣首领巴萨耶夫故意把他的俄罗斯情妇带在身边,因为"他要靠她来掩护自己,靠她这个活盾牌来抵挡俄罗斯敌人、俄罗斯枪弹和地雷,还有俄罗斯的上帝。准备把他拉进鬼门关的俄罗斯上帝一定不会为此杀害这个俄罗斯女人……他把她当作救命的护身符,就像那串来自圣地麦加的玛瑙念珠"③。作家叙述巴萨耶夫害怕俄罗斯上帝这个细节,是想告诉读者:车臣人的伊斯兰教信仰抵不上俄罗斯人的东正教信仰。

---

① A. 普罗汉诺夫:《夜行者》,第 265 页。
② 同上书,第 258 页。
③ 同上书,第 358 页。

作为西方社会代表人物的法国记者利特金也有其宗教信仰,他信仰神秘的"毁灭精灵",靠着毁灭精灵的庇护,利特金穿梭在硝烟战火之中,拍他的关于车臣战争的纪录片。"他,利特金是这个神秘精灵的祭司。他向精灵的美和全能膜拜。"正是由于对毁灭精灵的信仰,利特金对一切血腥、死亡、毁灭都有着特别的兴趣。可以说,他的信仰散发着浓重的邪恶气息,很有一点出卖灵魂给魔鬼以换取金钱和荣誉的意味。

作为小说的结尾,车臣画家齐亚的画作表现了宗教容忍和民族和平共处的思想。画作由两部分组成:现实世界里和天堂花园中。在现实世界里,俄罗斯军队和车臣军队殊死战斗,士兵与士兵,军官与军官,随军东正教神甫与伊斯兰教的毛拉,都在疯狂地厮打,杀死对方而后快。而在天堂的花园中,"战斗中丧生的车臣人和俄罗斯人围坐在餐桌旁,相互拥抱,互敬鲜果,倾听对方的话语和歌声……神甫给毛拉读《使徒书信》,还问'爱'在阿拉伯语中怎么说"[①]。天堂中的景象是美好的,让人无比向往,同时也让人产生疑问:是否只有在天堂中,人们才会互相敬爱,而属于尘世的,却永远是仇恨和争斗?

综观这两部小说,可以说,作家很好地完成了为自己设定的"塑造圣徒形象"的创作任务。他在《车臣布鲁斯》中塑造的库德里亚夫采夫大尉和士兵诺兹德里亚,以及《夜行者》中的普什科夫父子和士兵兹沃纳列夫都可以被称作是战火中的东正教圣徒,或如兹沃纳列夫的父亲亚历山大神甫所说,他们都是"基督的战士"[②]。在他们身上我们看到了信仰的力量。即使不是东正教徒,即使不信仰上帝,我们也不得不承认,对于战争中的俄罗斯军人们来说这种信仰的力量正是他们的勇气之源和胜利之本。同时,作家对车臣战争爆发原因进行了深入剖析,指出导致车臣战争的不是表面上的民族冲突矛盾,而是对石油资源的争夺,在最本质意义上则是上帝与魔鬼之间进行的善恶之战。从战争的结局来说,以俄罗斯军队所代表的善良、光明、正义的力量受到上帝、圣母、天使和众多圣徒的庇护,必将取得最后的胜利。可以说,普罗汉诺夫的这两部小说是对东正教战争观的生动演绎。

[①] A.普罗汉诺夫:《夜行者》,第399页。
[②] 同上书,第292页。

第十一章 "天路指南"小说

　　Л. 科斯塔马罗夫(Леонид Костомаров)(1948—)是20世纪90年代才登上俄罗斯文坛的作家,但他的写作生涯却开始得很早。他的代表作《大地与天空》(Земля и Небо)完成于20世纪80年代,十年的牢狱之灾成就了这部独具魅力的小说。读者也许对科斯塔马罗夫的名字尚感陌生,但美国著名影片《肖申克的救赎》却几乎无人不知。1997年科斯塔马罗夫赢回了《肖申克的救赎》的作者权,失踪的《大地与天空》的文稿曾成为该影片的最初蓝本。相形之下,《肖申克的救赎》对《大地与天空》进行了美国式的改编,大量具有俄罗斯特色的东西被替换成了美国式的人伦理想,但原作品却保有了更多来自灵魂深处的奥秘和暗喻,主人公的悔过自新之路是典型的俄罗斯式的复活,复活的力量不在于《肖申克的救赎》中所展现的人心智的发达,而在于俄式的灵魂复苏、信仰感召与爱的呼唤,这一切又都来自俄罗斯传统文化中所包含着的东正教因素。这种文化深层的东西在美国影片中被剔除了,因而评论家A.格拉切娃认为,美国影片中缺少了某种真正重要的东西,即人类的心灵,灵魂的圣化、复真与归根。① 而这才是小说真正的思想内核,所以无论电影以何种方式演绎小说,小说本身依然不会失去它独特的魅力,也正是在这种意义上《大地与天空》才被评论者们给予了很高的评价。

　　科斯塔马罗夫的《大地与天空》虽然属于集中营小说,但与A.索尔仁尼琴等大作家的集中营作品不同,它不落俗套,采用独白与多声部相结合的叙述模式,从多个角色,多种生活,多层空间的角度出发全面展开故事情节,作品中的视角不是单一的,不是仅仅从一个犯人,如《伊万·杰尼索维奇的一天》,也不是从一个军官的角度展开叙述,而是从多个角度展开的,小说中的每一个存在,甚至包括禁闭室里的蟑螂,都有自己的话语权,这充分体现了作家想要表达的自由的呼声,而自由的概念之一就是每一个存在都有发出自己声音的权力,都可以站在自己的立场上为自己进行

---

①　A. 格拉切娃:《关于〈大地与天空〉和斯蒂芬·金的剽窃》,参见网页:http://www.kostomarov.hostmain.ru/index.htm。

辩护,与他人进行辩论。当然,这种多元化的视角并不是杂乱无章的,它也有自己的统帅,而统率人间万象的权威之声则来自天上。在集中营上空的蓝天中,有一只全知全能的神鸟,它就是上天的使者大乌鸦。大乌鸦是小说中的智者和评论者,是站在比犯人和军官更高视角上的一个话语主体,它详知每个人的内心,明了他们未来的生命轨迹,但是它只有观察和评论的权力,却无法改变或告知。这又在无形中进一步拓展了小说的话语权,除了大乌鸦,还有一个更高更神秘更强大的主宰凌驾于一切之上,而那才是真正的裁判者,才是人间的一切存在必须面对的最终法庭。无怪乎有评论者说:"科斯塔马罗夫的集中营更像是大地与天空之间的炼狱……我们的生活酷似在某种庞大的、未知的存在面前的考验,集中营只是这种考验的一个阶段,只是天梯的一级,而这把梯子将通向何处,则取决于人自己。"①大乌鸦和它身后的伟大主宰、生命图卷、自由、永恒等因素构成了小说中的上层存在空间,这层空间可以看做是小说中的"天空",而大乌鸦翅膀下的集中营,集中营里所有的军官,各色罪犯,不幸、恶、灾难、痛苦和不自由等因素则构成了小说的另一层生存空间,而这层空间也可以看做是小说中的"大地"。天空与大地相对,自由与不自由相对,神圣与卑贱、善与恶、永恒与短暂相对,在这种力与力的交锋中痛苦挣扎的人是光明与黑暗争夺的对象,而究竟选择向上还是向下,则是人的自由,自由的悖论在此处体现得异常明显。而如何从充满苦难与黑暗的囚禁中挣脱出来,如何进入自由的天空,如何保持灵魂的真善美,并获得永恒的新生,则是小说费尽笔墨所要揭示的主题。

科斯塔马罗夫的人生经历可谓几多坎坷,苦尽甘来,他曾经遭遇了不白之冤,在狱中蹲了十年,而这十年的苦役生活并没有成为他堕落和怨恨的理由,相反,他凭着自己的信仰与信念,走过了充满痛苦与恶的暗夜,并且深深相信,苦难是上天的馈赠,是对罪人的考验,真正的苦难具有净化灵魂的作用,他甚至感恩于困难、牢狱、不幸和灾难,这在他的作品中有明显的表达。他把所有美好的期望都留给了读者,而所有经历过的痛苦都被他默默吞下,化作了生命必不可少的胆汁。正如他的良师益友 A. 米沙林所言:"我们无从知道他的苦难的程度与深度,但读完他的小说,我们可以猜测出,这所有美好的情感和整个希望的崇高世界是他付出怎样的代价才偿得的,而这一切对他而言,就是天空……而那留存在他心中的无声

---

① Г. 波雷斯卡娅:《列昂尼德·科斯塔马罗夫的〈大地与天空〉》,参见网页:http://www.kostomarov.hostmain.ru/index.htm。

的难以摆脱的痛苦渊谷,就是大地……地狱被他留给了自己,而光明乐观的生活……小说……则被他赠予了我们……"①的确,科斯塔拉罗夫的小说纵然苦难万千,但却始终给人以希望。主人公们身上散发出迷人的魅力,其灵魂深处的光芒来自对东正教的虔诚信仰,来自《福音书》之爱,而对宗教的执著与信仰是苦难中的俄罗斯人特有的表现。如果我们能从作者的人生经历来反观小说中所发生的一切,无疑会发现,那些感动与忏悔都是发自内心的真诚呼声。

诚然,集中营中关押的绝大多数人都是迷失本性的囚犯,他们或者是凶手,或者是小偷,或者是被欲望束缚的奴隶,或者是制度与阴谋的牺牲品。梅德维杰夫,小说中的主角之一,"集中营小说"中罕见的好军官形象,所从事的职业就是改造这批社会渣滓,使他们能够悔过自新,重新做人。作为军官中的异类,梅德维杰夫不贪污、不贩毒、不虐待犯人,他诚心诚意要替犯人们着想,要帮助他们改正人生的错误,重新加入到苏联社会主义建设中去。他很努力地工作,如同农夫很努力地侍弄田地一样,他那俄罗斯人特有的道德感和良知催促他不可懈怠一日,他想纠正所能纠正的一切错误,不仅仅是犯人们身上的错误,更有同事、制度中的错误。然而,事与愿违,收效甚微,不仅如此,他还耗尽了自己的体力和生命,几乎就要倒下了,却仍然不肯放弃。他之所以是一名好军官,因为他有良心,有爱心,有道德,而他的正直品质则来自于家庭的影响。他的家庭是虔诚信仰宗教的家庭,从小他就在母亲的带领下接受了洗礼,成为一名基督徒,虽然长大后他信仰共产主义与无神论,不进教堂,也不祈祷,但他身上拥有着一名基督徒应有的品质。父亲生前曾对他的工作做出过评价:"孩子,你干的并不是什么好工作!不高尚,而且徒劳……但努力做个像样的人吧。要诚实地生活!这是我的训诫。虽然你是共产党员,但要记住,你是受过洗礼的……心存上帝地生活吧!"②

梅德维杰夫的确按照父亲的训诫生活着,但是很不幸,父亲的评语在他身上应验了。他经手的犯人很多,但真正悔过自新的却很少,不少人出去了,但很快又进来了,不少人出去了,但却并没有成为真正的人。不仅在对犯人的改造中他收获甚微,在同事的贩毒阴谋面前,他也无能为力,只好睁一只眼闭一只眼,独自痛苦叹息。他日渐衰弱的身体和承受力越

---

① A.米沙林:《〈大地与天空〉,地狱十圈》,参见网页:http://www.kostomarov.hostmain.ru/index.htm。

② Л.科斯塔马罗夫:《大地与天空》,俄罗斯《莫斯科》杂志,1999年第4期,第20页。

来越差的心脏都说明他无力挽回什么,也无力挽救什么。这是小说中这位红色军官心中永远的痛,也是作家所要揭示的苏维埃社会制度所造成的巨大不幸之一,即真正有良心的人在整个制度所造成的混乱和黑暗面前无能为力。作家对这个形象充满了同情和无奈的叹息:小说最后,当梅德维杰夫出现在囚犯暴动的现场,企图以自己的身躯阻挡疯狂进攻的坦克时,他彻底失败了。在坦克的冲击下他粉身碎骨,他与暴力、恶、制度的不完善所作的斗争以失败告终。小说中全知的大乌鸦早就看到了梅德维杰夫命运的结局,在它眼中,梅德维杰夫的所有努力都是徒劳,因为他的改造没有触及囚犯们灵魂的深层,而只停留在他们的心上。按照作家的理念,只有灵魂的复活对于囚犯而言才是最重要和最迫切的。

在小说中促使囚犯灵魂复活的人是"神甫"。"神甫"是一名犯人,他因拜偶像罪被关进监狱,而他所拜的偶像就是上帝。这无疑是小说中一个巨大的讽刺,拜上帝就是罪过,而崇拜一个被神化的人就是合法的,岂不荒谬?俄罗斯著名导演 H. 米哈尔科夫的电影《烈日灼人》所揭示的就是人的神化所造成的悲剧,被偶像化的领导人好比灼热的太阳,烤焦了大地,烤得人们汗流浃背,无法正常生活下去。《圣经》中摩西所晓谕百姓的十诫中就包含了拜偶像罪:"我是耶和华你的 神,曾将你从埃及地为奴之家领出来。除了我以外,你不可有别的神。不可为自己雕刻偶像,也不可做什么形象,仿佛上天、下地和地底下、水中的百物,不可跪拜这些像,也不可事奉它,因为我耶和华你的 神是忌邪的 神。"① 按照《圣经》的说法,集中营内外的人都触犯了十诫中的某些条律,集中营内的人犯了杀人、奸淫、偷盗、贪婪等罪,而集中营外的人则犯了拜偶像之罪。与"神甫"的拜偶像罪相比,他们所犯的拜偶像罪才是《圣经》中所列数的真正罪状。莫须有的罪名使"神甫"无辜受难,而这份苦难更坚定了他对上帝的信仰。在监狱中他念念不忘上帝,常常祈祷,对嘲笑和讥讽他的人抱以深深的同情和怜悯。他从不愤怒,也从不作恶,反而常常忏悔自己的罪过,为过去酗酒打老婆感到愧疚。与梅德维杰夫相比,"神甫"身上体现出更多的谦逊与温顺的气质,梅德维杰夫渴望以自己的人力来改造人,但"神甫"却依靠上帝的神力来改造人。在改造犯人的过程中,前者失败了,而后者却在临终时成功地接受了一名浪子真诚的忏悔,这不能不说是宗教改造灵魂的胜利。从小说中可以看出,犯人们走向复活和新生,从对生活麻木不仁

---

① 《旧约·出埃及记》20:1—5。

转为对生活充满柔情,其心灵的主要动力不是来自皮鞭和制度,而是坚忍和驯顺的基督精神对他们的心灵发生了感化作用,是爱的力量软化了囚犯们坚硬的心肠,感召他们慢慢走向了灵魂的春天。

如果说"神甫"身上体现出的是人对神的爱的话,那么大乌鸦的爱则是神对人的爱之体现,这两种爱在小说的主人公,外号卡西莫多(伊万·沃伦佐夫)的囚犯身上交汇,流溢出异样的光芒。天上之爱的种子来源于一只看似普通的大乌鸦,它是撒在卡西莫多和囚犯们冰封心田上的第一颗复活的种子。正如美国电影《绿里》所展现的一样,一只小老鼠成了几位死囚犯心中希望的绿色,他们的心灵在长久的人生困顿之后经历了片刻的复苏,流露出难得一见的真情。同样,一只爱与人亲近的大乌鸦也成了小说中囚犯们的宠儿,它的存在使囚犯们粗糙蒙尘的心灵显露出片刻人性的温存与欣喜,人与大乌鸦的交流成了囚犯们的心灵向外界发出的第一条真情信息。囚犯们不是无缘无故与大乌鸦亲近的,他们最大的希望就是获得自由,而天空的无边无际和大乌鸦的自由翱翔成了他们心中自由的象征。为了获得短暂的自由,囚犯们甚至可以付出生命的代价,然而,更大更永恒的自由却不在越狱逃跑和刑满释放之中,而在于人的灵魂自由与心灵释放。但是囚犯们狭隘的智慧并不能理解这一层深刻的含义,即使主人公卡西莫多也曾经越狱逃跑。但是逃跑的人却并不自由,他们或者残忍的杀死同伴充饥,或者死于追捕的枪下,或者重回监狱,继续囚犯的生活。逃跑获得的自由只是短暂的自由,真正的自由来自灵魂,因为只有灵魂的自由才是任何人、任何制度都无法禁锢的,这正是作家在小说中所要表达的对自由的理解。主人公卡西莫多就经历了从渴望身体的短暂自由到渴望灵魂的永恒自由的过程。在这个过程中,他付出了痛苦的代价,但也收获了丰硕的果实。他曾是一名惯犯小偷,但他有自己做人做事的原则,他很少作恶,强健的身躯和惊人的毅力使他成为囚犯们的首领,公正的处世态度为他赢得了囚犯们的尊重,他是一个身上尚存有人性的真正的人,是一个让梅德维杰夫都感到诧异的充满了谜的人。正因为如此,大乌鸦的出现才能唤醒他麻木的心灵,让他的生命随之改观。作为大乌鸦的主人,他常常节省下自己仅有的面包去喂养它,用心爱护它,向它倾诉心事并忏悔罪过。然而他并不知道这不是一只普通的大乌鸦,而是天上的使者。大乌鸦在罪恶的集中营里看到了卡西莫多身上保存的善良的人性,所以才选择了他,但是卡西莫多并不知道自己的蒙选。神对人的爱通过大乌鸦的心灵慢慢输送到卡西莫多蒙尘的心灵中,卡西莫多对大乌鸦的爱和大乌鸦对卡西莫多的爱交融在一起,共同促成了卡西莫多灵魂的复苏。按照作者的构想，在这一过程中卡西莫多将慢慢靠拢灵魂自由之路。这条道路是艰辛的，他需要勇敢地背负起自己的十字架，在上帝面前，而不是在军官们面前，忏悔自己以往的过错，对自己的罪刑供认不讳。大乌鸦之死是对卡西莫多的巨大考验。大乌鸦的自由与囚犯们对大乌鸦的喜爱成了军官们心中的一根刺，当大乌鸦被军官们打死时，卡西莫多的痛苦是无以复加的，他差一点引发了囚犯们的暴动，然而他克制住了。大乌鸦的无辜受难让卡西莫多的心灵受到巨大的撞击，疼痛使他几乎窒息，然而痛苦之后的冷静却又让他想通了许多事。他回忆自己的一生，梦到自己在上帝面前接受审判，而他的罪行之深足以下地狱，但是母亲在上帝面前深深跪倒，为他谆谆求情，他的内心充满了不可赦的悔痛。清晨醒来后，他第一次跪在十字架面前，笨拙地哭泣着，祈祷着，原谅了一切人，原谅了别人对大乌鸦、对他所做的一切。上帝对他的宽恕和母亲在上帝面前的跪求让他心充满了宽恕的力量，他懂得了人要背负自己的十字架的道理，勇敢地选择了面对自己过往的罪，并要努力洗刷自己的罪孽。至此，大乌鸦完成了自己的使命，蒙召的卡西莫多为自己的罪在上帝面前深深悔过了，他走上了一条灵魂更新的道路。

　　大乌鸦对卡西莫多的关注可以说是神对人的爱的充分流露，在这个过程中，浪子卡西莫多被引领到上帝面前，接受审判和恩赐。如果说在这个过程中他是茫然地不自觉地走到了十字架面前的话，那么在这个过程之后，卡西莫多对上帝的爱觉醒了，他开始主动寻求与神交流的机会，并且通过自己的身体力行，实践了上帝关于爱的箴言。在"神甫"临终前，卡西莫多在他面前进行了人生的第一次忏悔，他的忏悔是坦率的，真诚的，其纯真和炽热甚至让"神甫"都感到嫉妒，因为就连"神甫"自己都从未在上帝面前如此真切地忏悔过："卡西莫多低沉地痛哭着，眼泪顺着他的脸颊流淌，他并不去擦拭……他的目光穿过有栅栏的窗子投向黄昏中的某处……他的牙齿可怕地嘎吱作响，喉咙中也咕嘟着……他讲啊讲啊……名字、外号……集中营、监狱、禁闭室……恶的黑线团慢慢膨胀、变大，已经压挤着他的肩膀了，而他则用汗湿的额头碰着我的膝盖……"①甚至连"神甫"都"突然……嫉妒起他孩童般的真诚来了，因为他自己从未如此这般地忏悔过"②。在讲述自己逃跑的经历时，卡西莫多的故事让神甫深深

---

① Л.科斯塔马罗夫：《大地与天空》第2部，参见网页：http://koval-i.viv.ru/cont/kost_01/1.html。

② Л.科斯塔马罗夫：《大地与天空》第2部。

地感动了。饥饿的他带着一只母鸭和几只小鸭不停跋涉,他甚至连毛都不拔就生吞了几只鸭子。但是当他清晨醒来,看见最后一只小鸭子殷切地叫唤着,依偎着他,想寻求母亲的庇护,他无论如何也不忍心再吃它了,他甚至因为自己的残忍而羞愧万分。他携带着那只幼小的生命不停地行走,和它一起熬过了折磨人的饥饿的荒野。虽然几近死亡的边缘,但他在最难以忍受的饥饿时刻,也没有吃那只小鸭子。这与其他犯人逃跑时带"肉"(较弱的犯人)的行为形成了鲜明的对比,说明他身上的"人"还活着,还没有完全被兽吞没。因而,我们就更能理解他在监狱中的种种行为了:他像父亲对待儿子一般爱护年轻犯人瓦洛加,他对大乌鸦流露出深挚的感情,他与牛奶女工娜佳在通信中建立了真诚的友谊。可以说,这些行为都闪现出了其人性中的温存与光辉。而卡西莫多面对"神甫"的忏悔则使他的灵魂进一步靠拢了上帝。

但是卡西莫多灵魂复活的关键还在于他能否真正理解并去实践《福音书》中关于爱的诫命。耶稣在"山上宝训"中说:"你要尽心、尽性、尽意爱主你的 神。这是诫命中的第一,且是最大的。其次也相仿,就是要爱人如己。这两条诫命是律法和先知一切道理的总纲。"[①]"你们听见有话说:'当爱你的邻舍,恨你的仇敌。'只是我告诉你们,要爱你们的仇敌,为那逼迫你们的祷告。这样,就可以作你们天父的儿子,因为他叫日头照好人,也照歹人;降雨给义人,也给不义的人。你们若单爱那爱你们的人,有什么赏赐呢?就是税吏不也是这样行吗?你们若单请你兄弟的安,比人有什么长处呢?所以你们要完全,像你们的天父完全一样。"[②]

按照《福音书》的教导生活,对于卡西莫多来说并不困难,但唯一的障碍就是"爱仇敌"。他可以克服心理障碍皈依上帝,衷心爱主,在十字架面前忏悔自己的罪过,但爱仇敌对他而言却很难。"神甫"教导他要用爱去化解仇恨和恶,但是要去爱他的敌人沃尔科夫,这对于卡西莫多来说几乎荒谬。因为沃尔科夫是集中营里处处针对卡西莫多的凶恶的军官,他不仅主使贩毒,而且贪污、欺凌妇女、虐待犯人,在他眼中,囚犯不是人,只是他可以任意处置和侮辱的对象。面对这样一个十恶不赦的人,卡西莫多要实践"爱仇敌"的诫命的确很难,但是他做到了,不仅做到了,而且做得很好,他不仅克服了自己的心理障碍,而且压倒了沃尔科夫一贯的嚣张气焰:

[①] 《新约·马太福音》22:37—40。
[②] 《新约·马太福音》5:45—48。

"上帝,宽恕这个傻瓜吧,"伊万在心中念道,并用一种置身事外的温柔的目光注视着沃尔科夫狼一般的眼睛,"因为他出生时也是清清白白的,生活的磕拌把他变成了如今的模样……他的婆娘是个混蛋,疯狂地想要攫取金钱、地毯、衣服……他被禁锢在一个比我们所处的集中营更糟糕的笼子里……宽恕他吧。"沃伦佐夫的思想像磨石一样翻转着,想起了波莫尔尼科祈祷中的话语……当看到这个骂骂咧咧的戴肩章的罪犯惊慌失措的样子时,沃伦佐夫感到既可笑又轻松,他已经轻声念出了祈祷,随后大声对着错愕的上尉祈祷着:"上帝啊,请怜悯他吧,宽恕他深重的罪孽吧……"

"沃伦佐夫,你这是……干什么,"沃尔科夫疑惑地眯缝起眼睛,"又喝醉了?竟为我请求起怜悯和宽恕来了?"

卡西莫多没有回答,微笑着,从自己的心中不断地驱赶着恶……他不在乎沃尔科夫现在是否会缴械投降……重要的是,沃尔科夫已经不知所措了,他痛苦地寻找着答案……他被爱击溃了……天哪,这一切是如此的简单……①

卡西莫多第一次尝试用爱、怜悯和温顺,而不是用对抗去对待自己的敌人。事实证明,他的爱压抑住了对方的心魔,他用爱战胜了自己心中的仇恨和恶,他做到了爱仇敌,在精神上胜利了,第一次彻底而轻易地战胜了恶魔化身的沃尔科夫。但这只是他走向"爱仇敌"训诫的第一步,"爱仇敌"在他身上的最终实践在于他以自己的身体保护了仇敌,以爱的行动感化了敌人,化解了两个敌对者之间的一切龃龉。当他勇敢地站起来与凶手搏斗,用自己的胸膛挡住刺向沃尔科夫的利刃时,他的爱完成了。在最后的时刻,沃尔科夫苏醒了,觉悟了,他在临终的时候不断地喊着卡西莫多的名字:"……沃尔科夫醒了过来,命令准尉把他的上身扶起来一些……血呛得他喘不过气来……士兵也把我(卡西莫多——笔者注)稍微扶起了一些,垫上了棉袄。突然听到有个声音像从雾中呼唤我:'伊万!伊万!'我转过头……沃尔科夫侧躺着,嘴唇上都是带血的泡沫,完全变成了另外一个人……他发出几乎听不见的嘶哑声:'伊—万!原谅我……再见……我走了……''上帝宽恕……'我看着那光秃秃的橡树……在高处的风中有两片干枯的叶子在抖动着……它们挣脱了生长的枝条,飞向空

---

① Л.科斯塔马罗夫:《大地与天空》第2部。

中……我的大乌鸦在飞翔,它黑色的翅膀遮住了天空……滚烫的黑暗……"①

这一刻,所有的黑暗都被爱的柔情霎时间穿透,这一刻,大地与天空交汇,卡西莫多像童话中被施了魔法的主人公一样,解除了所有的魔咒,永远地解脱了。

小说的结局极具童话色彩和宗教象征意义。卡西莫多被刺成重伤,医生宣布了他的死亡,但他从太平间奇迹般地复活了,好心的医生为他整容,隐瞒了他活着的事实,他从脸上带着刀疤的丑陋的卡西莫多变成了另一个有着崭新面孔的人,并与娜佳一起离开了集中营,奔向宁静美丽的故乡。卡西莫多的整容象征着宗教意义上的变容,更象征着灵魂的复活和重生。在《圣经》中耶稣曾经在弟子面前变容:"耶稣带着彼得、雅各,和雅各的兄弟约翰,暗暗地上了高山;就在他们面前变了形象,脸面明亮如日头,衣裳洁白如光……忽然有一朵光明的云彩遮盖他们,且有声音从云彩里出来说:'这是我的爱子,我所喜悦的,你们要听他。'"②而变容之后的卡西莫多也成了上帝眷顾的爱子,他不仅找回了自己的灵魂,也赢得了娜佳的爱情。无论他的复活还是变容都是上帝的奇迹,都可以看做是虔诚的信仰对他的补偿。按照作家的理念,正因为他皈依了宗教,用爱洗去了过往的罪恶,他才获得了新生。这正如 Л. 托尔斯泰《复活》中的聂赫留朵夫和陀思妥耶夫斯基《罪与罚》中的拉斯科尔尼科夫一样,主人公历经考验,终于获得了灵魂的新生,重新认识了人生的意义和价值,另一个生命在宗教光环的笼罩下开始了。卡西莫多也是如此,他经受住了不幸的考验,心灵发生了质的变化,他背负起自己沉重的十字架,用爱的实践洗刷了自己的罪孽,所以他脱去了一切恶与黑暗的躯壳,还原为一个崭新的人,一个纯洁的人。从这个美好的结局中可以看出作家对宗教寄予的厚望。

小说中充满各种象征。拟人化的主人公大乌鸦就是具有强烈象征意义的形象。它是连接大地与天空、人与神的中介,它的存在象征着神对人的关怀和爱。大乌鸦的无辜受难在某种意义上与耶稣的无辜受难相仿,而它的角色也带有一些耶稣形象的色彩。它预言自己的受难,并主动接受了死亡的考验。而它所做的一切都来自更高主宰的安排。因而,大乌

---

① Л. 科斯塔马罗夫:《大地与天空》第 2 部。
② 《新约·马太福音》17:1—5。

鸦实质上象征的是一条通向神的复活之路。小说中的大地与天空也同样具有象征意义,它们作为两个庞大的生命体进行着对话,人间的悲欢离合对它们而言,都是微不足道的,纵使千年万载,也只是它们一呼一吸之间,这两个庞大的主宰是人类生存的大背景,是某种更高的宇宙力量的代表,在这两种力量面前,人是渺小的。而作者在小说中也着意表现人的无知、愚昧和软弱,用人的卑微来衬托大地与天空的广阔与恢宏。

小说中主人公们的名字也具有一定的象征意义。囚犯们的名字多与鸟有关,如沃伦佐夫(Воронцов-ворон 大乌鸦)、德洛兹多夫(Дроздов-дрозд 鸫鸟)、列别杜什金(Лебедушкин-лебедь 天鹅)、扎沃龙科夫(Жаворонков-жаворонок 云雀)、茹拉夫廖夫(Журавлёв-журавль 鹤)、格拉乔夫(Грачёв-грач 白嘴鸦)、波莫尔尼克(Поморник-поморник 贼鸥)、菲林(Филин-филин 鵰鸮)等,其意义所指很明显。鸟是自由与天空的象征,以鸟为名说明囚犯们对自由的无限渴望和追求。他们的名字如同他们的人生一样,都是指向天空的,他们是立足于苦难的大地,并不断向天空呼告的受难者和囚徒。而军官们的名字,则与大地紧密相连,代表的是权威、惩罚和铁腕,如梅德维杰夫(Медведев-медведь 熊)、利沃夫(Львов-лев 狮子)、沃尔科夫(Волков-волк 狼)、沙卡洛夫(Шакалов-шакал 豺)等,这些走兽是地上的肉食者,是可怕的血腥的代言者,他们执著于大地,从不向往天空,因为秩序和规则是他们制定的,所以他们并不企图破坏规则,却喜欢在规则中游戏弱者。

无疑,从小说中我们可以看出作家对宗教的高度评价,他认为宗教在人的灵魂复活过程中发挥着至关重要的作用。作家以卡西莫多的经历印证了耶稣的话:"若有人要跟从我,就当舍己,背起他的十字架,来跟从我。因为凡要救自己生命的,必丧掉生命;凡为我丧掉生命的,必得着生命。"①而小说中第二部和第三部的题词也都引用了《圣经》中的耶稣箴言:"人若赚得全世界,赔上自己的生命,有什么益处呢?人还能拿什么换生命呢?"②"我实在告诉你们,凡你们在地上所捆绑的,在天上也要捆绑;凡你们在地上所释放的,在天上也要释放。"③由此可见,作家把《福音书》的教诲看作是小说中主人公的行动指南,如果主人公按照

---

① 《新约·马太福音》16:24—25。
② 《新约·马太福音》16:26。
③ 《新约·马太福音》18:18。

《福音书》真理去为人行事,他就能获得新生,如果他违背了《福音书》真理,他就会陷入黑暗与不幸。所以整部小说渗透着强烈的宗教色彩,堪称是一部"天路指南"小说。

下 篇
20世纪俄罗斯侨民文学与基督教

概　　述

　　俄罗斯侨民文学现象早就有之。19世纪，俄罗斯作家Н.果戈理、А.赫尔岑、Н.奥加廖夫、И.屠格涅夫，诗人Е.巴拉丁斯基、Д.韦涅维季诺夫、К.巴丘什科夫、Ф.丘特切夫等人就流亡国外，他们在异国他乡从事文学创作，写出了一批脍炙人口的文学作品。实际上，那就是19世纪俄罗斯侨民文学，只不过那个世纪的俄罗斯侨民文学没有形成规模而已。俄罗斯侨民文学是一个十分丰富和复杂的现象，它不但丰富了20世纪俄罗斯文学，从近距离向世界展示出俄罗斯文学的魅力，而且其规模和影响巨大，是一种值得注意和研究的文学现象。

　　20世纪，在俄罗斯先后出现过三次侨民浪潮。

　　第一次侨民浪潮发生在十月革命之后，即新生的苏维埃政权建立不久。这是20世纪最大的一次俄罗斯人流亡浪潮，有几百万俄罗斯人去到世界各地，开始了他们的流亡生活。引起此次俄罗斯人流亡的主要是意识形态原因。流亡者大都不接受十月革命、不接受布尔什维克领导的新生的苏维埃政权。在第一次流亡国外的俄罗斯人中间有大批知识分子，其中有著名作家А.阿维尔琴科、И.布宁、Б.扎伊采夫、П.博波雷金、В.伊万诺夫、А.库普林、А.列米佐夫、А.托尔斯泰、И.什梅廖夫、Д.梅列日科夫斯基等；有著名诗人К.巴尔蒙特、З.吉皮乌斯、И.谢维里亚宁、Н.苔菲、В.霍达谢维奇、Г.阿达莫维奇、М.茨维塔耶娃等；还有年轻一代小说家В.纳博科夫、Р.古里、Л.祖洛夫、Г.加兹丹诺夫和年轻一代诗人Б.波普拉夫斯基、И.克诺林格、И.奥多耶芙采娃、Н.别尔别托等人。这些俄罗斯作家和诗人在国外继续自己的文学创作，写出一大批文学精品，构成20世纪俄罗斯文学的重要组成部分。

　　第二次侨民浪潮形成于二次世界大战之后，这次浪潮的侨民与第一次浪潮的侨民不同，这次流亡浪潮中缺乏俄罗斯文学的"大腕"，著名的只有像Д.克拉奇科夫斯基（笔名克列诺夫斯基）、И.马特维耶夫（笔名叶拉金）、Н.莫尔申、Л.苏拉热夫斯基（笔名勒热夫斯基）等人，因此第二次浪潮的侨民文学的规模和成就远远不及第一次浪潮的侨民文学。

　　第三次侨民浪潮发生在20世纪60—70年代。这次俄罗斯侨民流亡浪潮出现依然是政治意识形态原因。一大批在苏联受到迫害的知识分子或是被驱逐出境,或是无法在苏联继续生活下去,采取了流亡西方的生存方式。作家 B. 塔尔西斯的流亡被视为第三次俄罗斯侨民浪潮的开始。此后,作家 A. 西尼亚夫斯基(笔名杰尔茨)、A. 索尔仁尼琴、B. 阿克肖诺夫、И. 布罗茨基、Г. 弗拉基莫夫、B. 沃依诺维奇、C. 多夫拉托夫、A. 季诺维也夫、B. 马克西莫夫、B. 涅克拉索夫和 C. 索科洛夫等人相继去到西方国家。俄罗斯人流亡的第三次浪潮在规模和影响上虽不及第一次浪潮,但这次浪潮发生在东西方冷战的鼎盛时期,苏维埃作家们的流亡或是对苏联官方政权的挑战和抗议,或是苏维埃官方迫害与其意识形态相左的知识分子的见证,因此备受西方世界的关注。更重要的是,60—70 年代流亡西方的俄罗斯作家们创作颇丰,其文学作品构成了继第一次浪潮后俄罗斯侨民文学创作的新高峰。

20 世纪 90 年代以来,苏联解体前后又出现了一次俄罗斯侨民浪潮,其中有不少当代俄罗斯作家诗人去以色列、美国以及其他西方国家。当代俄罗斯侨民作家诗人去西方大都不是出于政治原因,而是为了寻找更好的生存环境。因此,他们与以前的俄罗斯侨民作家的流亡不同,不认为离开俄罗斯是一种人生悲剧,对俄罗斯也没有依依不舍之情。相反,他们觉得远离俄罗斯能够以一种更为深刻清醒的目光去观察和描述俄罗斯国内发生的事件。当代俄罗斯侨民作家诗人的文学创作针对的是俄罗斯国内的读者,他们选择的题材也首先考虑到国内读者的审美情趣和口味,并争取在俄罗斯发表和出版自己的作品。比如,定居意大利威尼斯的俄罗斯侨民作家 E. 波尔登廖娃,其小说《被找到的莫斯科》(1997)中的每一个故事背后都隐含着莫斯科乃至俄罗斯的一段历史。她写这本书考虑的对象首先是俄罗斯读者,正因如此,这本书让大多数莫斯科人感到亲切。此外俄罗斯侨民作家 B. 梅夏茨的《从糖果工厂刮来的风》(1992)、O. 瓦西里耶娃的《莫斯科胡同里一座威尼斯式的房子》(2000)等作品也基本上是这样一种内容和情调。

20 世纪俄罗斯侨民文学是 20 世纪俄罗斯文学的组成部分,具有俄罗斯文学的基本特征。但俄罗斯侨民文学的一个最突出的特征是,这种文学具有明显的宗教性。

在俄罗斯侨民作家远离俄罗斯的思乡孤独中,宗教是他们人生的一种精神基础和支柱,许多俄罗斯侨民作家诗人在国外继续保持自己的东正教信仰。诚如俄罗斯侨民哲学家别尔嘉耶夫所说:"我需要宗教,因为我想永生,我想在共同生活中肯定我的个性。我想要不受限制地、而不是凭命定的需要把我自己和世界认同。"①别尔嘉耶夫的这段话表达出许多俄罗斯侨民的心声。许多俄罗斯侨民作家诗人正是基于基督教信仰构架自己的文学观并进行文学创作的。因此,俄罗斯侨民文学具有十分明显的宗教性。有的俄罗斯侨民文学作品甚至是艺术与宗教的结合。如哲学家伊里因就认为俄罗斯侨民作家什梅廖夫的小说《神的禧年》是"一个俄罗斯大艺术家的天才之作。这本书在俄罗斯文学史中、在俄罗斯历史中都是不会被忘却的……这是一个艺术的和宗教的行为"②。俄罗斯文学史家T.特鲁宾娜则干脆认为俄罗斯侨民文学就其根基来说是"一种东正教文化现象"。③

俄罗斯侨民文学的宗教性,这与俄罗斯侨民作家诗人本人的宗教信仰有关,也与基督教伦理道德观、善恶观、审美观对作家心灵及其创作的影响和渗透有关。

在俄罗斯侨民作家诗人中,不少人出生在基督教家庭或从小就处在基督教氛围很浓的环境中。如作家什梅廖夫就出生在一个恪守宗教传统的商人家庭,家里的所有人无一例外是虔诚的基督徒。在他家,除了《福音书》外很难看到其他书籍。这种家庭环境让他从童年时代起就笃信基督并按照《福音书》去看待一切,衡量一切。什梅廖夫相信上帝,他的中篇小说《一个来自餐馆的人》中的主人公斯科罗霍多夫的一生表现了人走向上帝、皈依宗教的过程。小说宣扬"没有上帝你是活不下去的"思想,强调"好人心里都有上帝赐给的力量!"在俄罗斯侨民作家中,像什梅廖夫那样受到宗教家庭观念影响的还有Л.安德烈耶夫等人。

在俄罗斯侨民作家中,有些人虽然没有出生在信仰基督教的家庭,但后来却接受了基督教洗礼,成为基督的信徒。因此,上帝、基督和基督教信仰在这些作家的创作思维、道德观和价值观中起着重要的作用。比如,侨民作家扎伊采夫很早就受到宗教哲学家B.索洛维约夫学说的影响。他说:"索洛维约夫第一个打破了我青年时代的泛神论外壳,推动了我的

---

① 转引自J.赫克:《俄国革命前后的宗教》(高骅、杨缤译),上海:学林出版社,1999年,第154页。

② M.杜纳耶夫:《东正教与俄罗斯文学》第5卷,莫斯科:基督教图书出版社,1999年,第676页。

③ 参见T.特鲁宾娜:《20世纪俄罗斯文学》,莫斯科:弗林达出版社和科学出版社,1998年,第152页。

信仰。"①侨民作家布宁承认上帝的存在并认为上帝主宰着世界。他写道:"啊,我已经感到了这个世界的壮丽神性和上帝的存在,上帝主宰着世界,并且以一种完美的物质性力量创造了世界。"②布宁不但相信上帝,而且相信上帝能够为人类创造出一个理想的世界。在布宁的思想观念里,世界历史的轴心是从《圣经》的西奈山开始的。侨民作家 Г. 伊万诺夫也是上帝的信徒,他写道:"我思考着许多事情,并且透过它们不断地想到上帝。有时候我觉得上帝也是透过上千件别人的事情在不断地想着我……有时候我甚至觉得好像我的痛苦是上帝的一部分。就是说我的痛苦愈厉害……在软弱无力的时刻,当我想大声说出——'主啊,我信仰你……'清醒在软弱时刻之后顿时产生效力。"③伊万诺夫对上帝的信仰与对人生的回忆交织在一起,使得他对上帝的信仰更加具体和真切。此外,侨民诗人霍达谢维奇、Д. 克努特、В. 斯莫连斯基等人的诗作中也贯穿着对上帝的信念,死亡和复活是他们诗作的永恒主题。

基督不但是许多俄罗斯侨民作家诗人本人的信仰,而且基督在他们创作的文学作品里几乎无处不在,基督精神贯穿着作品的始终。例如,什梅廖夫的小说《神的禧年》就是这样一本小说。实际上,什梅廖夫的这部小说宣扬"基督无所不在"的思想。贯穿全书的就是基督和基督精神:"我觉得,基督就在我们的院子里,在马厩里,在地窖口的小屋里,在每个地方。在我的蜡烛构成的黑色十字架中,基督降临了。我们所做的一切,都是为了他……我现在什么都不害怕了,因为每个地方都有基督。"什梅廖夫的小说《神的禧年》说明人只有相信上帝,接受造物主对自己命运的安排,才能得到精神的解救。他的自传体小说《死者的太阳》(1923)是作家在侨民时期创作的第一部作品,这本书写神的世界和恶魔的世界,在神的世界里一切都是美好的,而在否定上帝的恶魔世界里,一切都是虚假和丑陋的。实际上,这是一部按照基督教善恶思想构建的小说。书中的太阳具有一种宗教象征寓意,它是死者的希望,是复活的希望。侨民作家扎伊采夫的《心灵》、《白光》、《隔绝》、《神话》、《流放》、《远方》、《圣谢尔吉·拉多涅日斯基》等作品均渗透着基督精神。如《远方》(1913)的主人公由革命思想转向了《福音书》真理,《圣谢尔吉·拉多涅日斯基》(1925)的主人公拉

---

① Б. 扎伊采夫:《谈谈自己》,参见 Б. 扎伊采夫:《文集》(5 卷集)第 4 卷:《格烈勃的旅程》,莫斯科:俄罗斯图书出版社,1999 年,第 588 页。
② 《布宁文集》第 8 卷,莫斯科:文学艺术出版社,1989—1991 年,第 18 页。
③ 《Г. 伊万诺夫文集》(3 卷集)第 2 卷,莫斯科,1994 年,第 7 页。

多涅日斯基身上凝聚着作家的基督理想,小说揭示了俄罗斯东正教的精神实质。

《圣经》是俄罗斯侨民文学的一个重要源泉。俄罗斯侨民作家诗人吸收圣经文化的精华,借鉴《圣经》的寓意、故事、传说、形象,甚至叙事方式,创作出了许多具有宗教性的文学作品。

俄罗斯侨民作家布宁认为,《圣经》是上帝馈赠给世人的两本书之一(另一本是人们肉眼可见的世界)。他的一些作品构思源于《圣经》故事和传说,有些是对《圣经》思想的阐释甚至深化。如小说《洪水泛滥》这个标题就取自《圣经·诗篇》。作家把《圣经》中的西奈山视为人类的一个真正的、不可动摇的灯塔,视为人类生存的基础和支柱。布宁的许多作品发挥了《圣经·旧约》的思想主题。在《阿尔谢尼耶夫的一生》、《乡村》、《圣者》等的主人公阿尔谢尼耶夫、克拉索夫两兄弟、阿尔谢尼奇老头身上可以感受到布宁对《圣经》思想的理解。小说《净身星期一》是指东正教的一个节日。这个斋日的设立,是为了记念耶稣在约旦河受洗后在旷野的苦难经历,但在布宁笔下,《净身星期一》(1944)变成了对尘世生活不幸的文学阐释。扎伊采夫的自传性小说《格烈勃的旅程》(1937—1953)借用《圣经》中的一些寓意形象,表现主人公的宗教探索历程,是作家扎伊采夫的文学创作与《圣经》文化密切联系的见证。库普林的中篇小说《苏拉米福》(1908)具有传说的色彩,是对《旧约全书》中的所罗门之歌契机的一种独具一格的拓展。A.别雷的宗教神秘剧《敌基督者》以一种《启示录》的构思仿佛提前猜到了 B.索洛维约夫的最后一部作品《三次谈话》的内容。M.奥索尔金的代表作《西夫采夫·弗拉热克》(1928)类似一部现代的《圣经·启示录》,小说表现了善与恶、生与死的冲突。作家安德烈耶夫的小说《瓦西里·费维尔斯基的一生》(1904)是对《圣经》的现代改编,其情节的一个重要来源就是《约伯记》。在安德烈耶夫笔下,瓦西里神甫经受了房子被烧、失子丧妻等磨难,为此他对上帝提出来一系列质问,可最终他依然信仰上帝,表现了这位神甫的虔诚信仰。他的另一部小说《犹大及其他人》(1907)里的犹大仿佛是"最后一位革命者",是活生生的人。他身上有许多欲望,他爱基督,但是又怨恨基督,他的怨恨在于他妒忌约翰。这个小说中基督的弟子以及簇拥在基督身边的一帮人都是胆小鬼和市侩,这是对《福音书》的一种"可怕的"解读,但也表明这部作品与《福音书》有着许多方面的联系。索尔仁尼琴的短篇小说《玛特廖娜的小院》(1959)以艺术的形式解释了《圣经》中关于守教规者的思想。玛特廖娜做每件事都以"上帝保佑你开始",她按照心灵生活,表现出她本性中的基督教本质。

《福音书》情节和契机在俄罗斯侨民诗人的诗歌创作中也占有重要的地位。诗人 B. 霍达谢维奇的诗作《拉结的眼泪》(1916)是对《马太福音》中拉结为她子女号啕大哭的故事的转述。此外，圣经形象还是他的诗集《以种子之路》(1920)中许多诗的基础。M. 茨维塔耶娃的诗作《抹大拉城的女人》(1923)借用《福音书》中抹大拉的马利亚形象，抒发了女诗人自己的感受，她的《第一个太阳》(1921)一诗中也提到了夏娃和亚当。B. 纳博科夫以一种大胆的艺术想象再现《福音书》寓言和故事的情节，如《基督与弟子通过花园走来……》(1921)、《关于寻找木匠的老太婆的传说》(1922)、《当我登上钻石的梯子……》(1923)、《母亲》(1925)等。И. 布罗茨基在 1961—1990 年期间写了十几首关于"圣诞节"的诗歌作品，如《以撒和亚伯拉罕》(1963)、《1963 年的圣诞节》(1963)、《在村里，上帝并非在角落里居住》(1965)、《荒原上的停留》(1966)，等等。布罗茨基在这些诗作里转向《圣经》形象，对《福音书》情节进行生动的描绘，表明他对基督教思想和《圣经》文化的感悟和体验。

基督教的道德伦理观是不少俄罗斯侨民作家诗人的思想基础，他们以此构建自己的道德伦理体系。俄罗斯侨民作家诗人从基督教道德理想中汲取灵感和力量，基督教的行善和仁爱成为他们作品中主人公的道德标尺与准绳。他们用自己的作品进行宗教探索，表现生与死、人与上帝、善与恶、瞬间与永恒等重大的人生问题。

以 20 世纪俄罗斯著名作家、诺贝尔文学奖得主索尔仁尼琴为例。索尔仁尼琴是一位以基督教伦理构建自己道德体系的作家。他认识到有必要对人的生存进行基督教式的思考，要与世界上的一切邪恶作斗争。"从那时起，我明白了世界上所有宗教的真理：它们与人（每个人）身上的邪恶作斗争。把邪恶从世界上全部铲除是不可能的，但是可以从每个人身上将它挤走。"①索尔仁尼琴还接受基督教思想，强调人的"忏悔"和"自我克制"。他在《忏悔和自我克制是民族生活的范畴》(1973)一文中，视"悔过"和"自我克制"为人的"道德自我完善"的重要途径，同时他把忏悔和自我克制连接为一个整体，认为忏悔和自我克制有一种相互依存的关系。索尔仁尼琴有一句名言"不靠谎言生活"。这句话是基督教训诫"勿撒谎"的翻版。索尔仁尼琴不但本人这样做，他笔下的主人公伊万·杰尼索维奇、玛特廖娜、斯皮利东、瓦夏·佐托夫等人也都是"不靠谎言生活"的人。应

---

① 参见《A. 索尔仁尼琴文集》(7 卷集)第 6 卷，莫斯科，1991 年，第 384 页。

当承认,索尔仁尼琴的思想中有托尔斯泰主义的一些成分。索尔仁尼琴也像托尔斯泰一样主张为善服务,认为只有遵循爱的法则才能创造出尘世的"天国"。同时,在索尔仁尼琴那里,托尔斯泰的一个主要论断"上帝在人的心中"得到了进一步的阐释。

在俄罗斯侨民作家中,还有人提出自己的宗教思想并用文学创作加以艺术的表现和阐释。梅列日科夫斯基就是这样的一位代表人物。梅列日科夫斯基不仅是作家,而且也是宗教哲学家。梅列日科夫斯基曾经信奉基督教,他说:"我们走到了历史康庄大道的尽头;再前进一步都是不可能的,但是我们知道,在历史结束的地方,宗教就开始了。在悬崖边上,我们自然地、不可避免地会想到翅膀、飞翔,想到超历史的道路——宗教。"①

后来,梅列日科夫斯基的思想发生了变化,开始创建自己的"新宗教"。梅列日科夫斯基的"新宗教"集中表现为他的"第三约"思想。梅列日科夫斯基对《圣经·福音书》感到不满意,于是提出自己的新宗教思想,简言之,就是"第三约"思想。他认为《福音书》一共有9部,而不是4部。有4部是我们看得见的,还有5部是我们看不见的。他怀疑《圣经·新约》中的4部《福音书》偏离具体的现实。梅列日科夫斯基认为,第一约是《旧约》时代,是人与圣父;第二约是《新约》时代,是人与圣子;"第三约"是"新宗教意识"时代,是人与圣灵,是圣灵的约言,是圣灵的时代。梅列日科夫斯基对于圣灵也有自己新的理解,他认为圣母,永恒的女性气质就是圣灵,因此,他的观念中的圣"三位一体"就是圣父—上帝、圣子—基督、圣灵—圣母。梅列日科夫斯基认为人类真正的拯救要在"第三约"时代完成。

梅列日科夫斯基对基督的认识也与基督教的传统观点不同,他想了解一位人们所不认识的基督,一位可能隐藏在《福音书》规范之外的基督(见梅列日科夫斯基的论文《不认识的基督》,1932)。"也许,这要付出可怕的代价,但是我们最终明白了或者就要弄明白任何人在基督教两千年历史中从来也没有弄明白的东西,——弄明白基督的无人知晓的名字叫解放者,弄明白如果我们不接受自由的话,就永远认识不了他——无人知道的基督。"②他的这种思想企图推翻关于基督是救世主的基督教学说,甚至是对传统基督教教义的一次颠覆。梅列日科夫斯基的"第三约"思想

---

① 转引自 J. 赫克:《俄国革命前后的宗教》,第 150—151 页。
② 转引自 M. 杜纳耶夫:《东正教与俄罗斯文学》第 6 卷,第 421 页。

是一种"新宗教意识",是对旧的、教会传统的基督教的一种反动。

梅列日科夫斯基提出自己的"第三约"思想之后,这种新宗教思想在他的文学创作里表现出来,他企图创造出一部新的"福音书"文本。比如,在他创作的历史题材小说《在克里塔的杜坦卡蒙》(1925)中,他试图在历史的基督教里寻找对"第三约"的预感。小说里的一位人物为了拯救自己亲近的人而让自己钉在十字架上,从而成为救世主被钉在十字架上而成为牺牲品的原型。克里塔居民向具有永恒女性气质的圣母,即向圣灵乞拜,这些就是"第三约"思想的端倪。此外,他对基督的认识在他的诗作《新诗集》(1896)、《1883—1903年诗歌作品集》(1904)和三部曲历史小说《基督和敌基督者》(1895—1905)[第一部《诸神之死》(背教者尤里安),1895;第二部《诸神复活》(列昂纳多·达·芬奇),1902;第三部《敌基督者》(彼得与阿列克谢),1904—1905]中得以体现。

总之,在许多俄罗斯侨民作家和诗人的文学作品中都可以反映出文学与基督教的关系,这种关系有的表现在形象—意识形态层次上,有的表现在文学与宗教的文化学层次上,值得我们进行认真的分类研究。限于我们的能力,我们只选取了布宁、什梅廖夫、扎伊采夫和戈连施坦四位俄罗斯侨民作家的小说创作进行分析,作为我们对俄罗斯侨民文学与基督教关系问题探讨的最初尝试。

第一章　基督教道德伦理的
　　　　　艺术阐释①

"我的有生之年已所剩无几。我的体力非常衰弱,凭着这点体力我在整理我的旧稿,希望(这种希望也是微弱的)有朝一日得以出版。我即将把这些小说全部读完,我发现我过去没有给予它们应有的评价。其实这些作品无论就它们的独创性、多样性、洗练、艺术魅力、内在和外在的美来说,都是出类拔萃的,我这样讲并不感到羞愧,因为对于我这样一个衰翁来说,已没有什么虚荣心可言,我只是作为一个艺术家做出这样的评价的。"②这是俄罗斯侨民作家 И. 布宁(Иван Бунин)(1870—1953)对自己晚年的一部小说集《幽暗的林荫道》的评价。这种评价当之无愧,因为这的确是布宁"一生中写得最好,在技巧上最纯熟的一部集子"。

读者和评论界大都认为布宁的《幽暗的林荫道》是一本写爱情的书。的确,《幽暗的林荫道》中每一个短篇小说都在讲述主人公的感情生活。主人公的社会地位、人生阅历、性别年龄、职业出身不同,但是昔日的岁月、逝去的青春、失落的情感、扭曲的爱情……成为他们回忆的对象,爱情成为全书的主题,把 38 篇小说串为统一的整体。

《幽暗的林荫道》(Тёмные аллеи)(1943,巴黎)的第一篇小说就叫《幽暗的林荫道》,作家的小说集以《幽暗的林荫道》开篇并命名是有其用意的。在布宁笔下,"幽暗的林荫道"不仅是男女主人公幽会和幸福的地方,也是他们分手和不幸的处所。因此"幽暗的林荫道"往往成为小说主人公对青春、对爱情回忆的导索。此外,"幽暗的林荫道"还是一种多含义的象征。它象征着俄罗斯、庄园、家乡,也象征着岁月、青春、爱情;它象征着幸福、欢乐、甜蜜,也象征着痛苦、苦涩、悲伤……因此,Д. 利哈乔夫在《幽暗的林荫道》(1982)一文中指出:"狭窄的林荫道两边长满茂密的菩提树,它

---

① 本文曾以《海中的水绝尽,江河消散干涸》为名刊于黑龙江大学俄语语言文学基地丛书《论文集》,2003 年。

② 《蒲宁选集》第 1 卷(戴聪、任重译),合肥:安徽人民出版社,1983 年,第 414 页。

是俄罗斯花园,尤其是庄园花园的一个极为典型的特征,它构成这些花园之美。在欧洲任何地方菩提树都没有像在俄罗斯这样,长得像'一堵墙',对布宁来说,这些'幽暗的'林荫道在一定程度上具有象征性……"①

在《幽暗的林荫道》的各篇小说中,男女主人公打开自己尘封已久的记忆之库的闸门,回忆过去的爱情往事。虽说"海中的水绝尽,江河消散干涸",但他们都忘不了自己心中的"林荫道",忘不了自己心中那段刻骨铭心的感情。在这些故事中,有的男女爱得轰轰烈烈,可最后却分道扬镳;有的男女爱得死去活来,但却未能终成眷属;有的男女爱得如干柴烈火,可仅是一场疯狂的肉欲使然;还有的男女爱得很变态,最终导致香销玉殒……总之,在布宁笔下,男女间的爱形形色色,千姿百态,始末未及,难以琢磨。布宁经常写爱情的苦涩和痛苦,因而显示不出爱情的美好和甜蜜,结局往往是令人遗憾的,不圆满的,甚至悲惨的。诚如 B.阿法纳西耶夫所说:"当我们读《幽暗的林荫道》一书时,首先跳入我们眼帘的是其大多数故事的悲剧。"②这不能不引起读者和评论家的思考。有的人从俄罗斯社会的原因去解释布宁笔下爱情悲剧的根源(如阿法纳西耶夫等人),有的人则从布宁本人的爱情观去解释这种现象。如俄罗斯诗人 A.特瓦尔多夫斯基在《论布宁》一文中是这样解释的:"爱与死几乎是布宁的诗歌和小说的从不改变的基调。他描写的爱情是尘世之爱、肉体之爱、凡人之爱;这种爱或许是对人生的一切缺陷、不足、虚妄、苦痛的唯一补偿。但是这种爱往往直接归于死,甚至似乎因为好景不长、死便难免而变得崇高起来。布宁写的爱情故事结局大多数是死……由爱情发展为婚姻,并建立家庭,在布宁看来是庸俗的……这样的爱情冲突结局布宁不能接受,他笔下的爱情本身就注定要以庸俗或死告终。"③我国有的学者也有类似的观点:"布宁是善于写爱情的,善于刻画恋人的心理的,然而他却错误地认为世上最庸俗的事莫过于由爱情发展到结婚,建立家庭。于是他就把死亡作为他笔下大多数热恋中的旷夫怨女的归宿。"④还有的学者认为"布宁没有把男女之爱归结为'道德的堕落'、'魔鬼的诱惑'或是宗教意义上的'罪孽',而是将其视为人生的一场悲喜剧"⑤。上述认识和看法虽各

---

① 转引自 Ю.雷斯主编:《20世纪俄罗斯文学》,第31页。
② B.阿法纳西耶夫:《布宁创作随笔》,参见 Ю.雷斯主编:《20世纪俄罗斯文学》,第32页。
③ 特瓦尔多夫斯基:《论布宁》,参见《布宁中短篇小说选》(陈馥译),北京:外国文学出版社,1981年,第360页。
④ 参见《蒲宁选集》第1卷,第10页。
⑤ 冯玉律:《跨越与回归》,上海:上海外语教育出版社,1998年,第196页。

有其道理，但没有分析出为什么男女主人公要走"从爱到死"的道路，没有揭示出许多男女主人公爱情悲剧的实质。

布宁是基督徒，他相信上帝能够为人类创造出一个理想的世界。他说："啊，我已经感到了这个世界的壮丽神性并感到上帝的存在，上帝主宰着世界，并且以一种完美的物质性力量创造了世界。"①他感谢创世主给了他机会，让他看到人在尘世生活中更多的苦难、侮辱和不幸。布宁站在基督教的立场上，用基督教教义的道德伦理尺度去观察、衡量和描写周围人们的尘世爱情。因此，《幽暗的林荫道》中许多故事的悲惨结局不单是男女主人公的个人感情悲剧，而且是人类尘世生活的悲剧。

布宁的许多作品发挥了《圣经》的"旧约"思想主题，把《旧约》中的故事、传说作为自己创作的源泉。② 布宁一向认为人的尘世生活是不幸福的，尘世生活带给人更多的是悲剧。在布宁早期的作品，如《阿尔谢尼耶夫的一生》、《乡村》、《圣者》等小说里，在主人公阿尔谢尼耶夫、克拉索夫两兄弟、阿尔谢尼奇老头等人身上可以感受到布宁的这些思想。1918年，他曾经写过两句诗："当大限已到——主会问浪子：//'你的尘世生活是否幸福？'"③这两句诗的意思很明确：人的尘世生活是不幸的。那么尘世生活中的一个重要内容——爱情也是如此。在恶多于善，假多于真，丑多于美的尘世生活中，不可能有真正的爱情幸福。在布宁看来，尘世生活的悲剧性本身才是其笔下的许多男女主人公的爱情悲剧所在。那么，有没有出路呢？回答是肯定的。去天国，或者去天国设在人间的机构——修道院，这是唯一的出路。在修道院里，人的心灵与上帝融合，上帝永驻自己的心中，人才能找到心灵的安宁，才能找到爱，得到永生的欢乐和幸福。

1944年7月2日布宁写的小说《净身星期一》④就是基于上述思想去描写一对青年男女的尘世爱情的。他肯定了女主人公去修道院的行为，

---

① 《布宁文集》第8卷，莫斯科，1965—1967年，第18页。
② 近年来，俄罗斯学者已经做了这方面的研究。如科杰里尼科夫的《布宁的〈旧约〉性》一文（参见《基督教与俄罗斯文学》第2辑，圣彼得堡：科学出版社，1996年，第343—350页）；Г. 卡尔宾柯《布宁创作中的"被创造世界"形象和〈旧约〉传统》一文（参见《论布宁的创作》，沃罗涅什，1995年，第35—42页）。
③ 转引自 М. 杜纳耶夫：《东正教与俄罗斯文学》第5卷，第477页。
④ 《净身星期一》按照东正教日历的意义是"大斋的第一个礼拜一"，大斋是东正教的斋日之一，是春季里最大的斋戒日，在复活节前的七个星期，共48天。这个斋日的设立，是为了记念耶稣在约旦河受洗后在旷野的苦难经历。东正教规定在斋期内，教徒要穿上整洁的衣服，戒除一切欲念（不喝酒、不吃肉、不同房等），以表示对耶稣的虔敬。

这是对尘世生活和尘世爱情的一种否定。

在《净身星期一》里，莫斯科展现给男女主人公的建筑是该城中的几座大教堂：基督救主大教堂、瓦西里升天大教堂、伊维尔钟楼、天使长大教堂、扎恰奇耶夫修道院、马尔法—马林斯基修道院，等等。在这样的背景和氛围下，小说的男女主人公展开了他们"奇特的爱情"。《净身星期一》的女主人公是一位神秘女郎，她年轻漂亮，健康富有，与自己的未婚夫充分享受着生活的馈赠："我俩年轻、健康、很有钱，我们俩长得漂亮出众，因此，无论在饭店还是音乐会上人们都向我俩投以羡慕的目光。"按照常理，这样一对在物质上有保障，精神上情投意合的情侣，他俩的爱情应当走向完美的结局。但是，当他俩共同度过一个美好的良宵之后，风云突变，女主人公在大斋开始的第一个礼拜，即"净身星期一"，突然离开了自己的未婚夫，去修道院当修女。她在致未婚夫的最后一封信中写到："莫斯科我是不回去了，我暂时去修道院当见习修女，然后也许要决定削发……"她离开了他，他俩的爱情也就到此结束了。这里读者不禁要问，为什么她要牺牲自己的青春年华，为什么她要离开自己的未婚夫去修道院当修女度过余生？为什么在这对青年男女刚刚享受到爱的甜蜜的时候，就发生了女主人公命运的这种突然转折？为什么男女主人公也像这本小说集中的另一篇小说《秋千》中的那对男女主人公一样，刚刚开始体验到爱情的欢乐，就要各奔东西呢？这是作家布宁的蓄意安排，还是尘世爱情的必然结局？

20世纪初，俄罗斯社会风雨飘摇、危机四伏，动荡不安。这不但是俄罗斯社会的状况，而且是整个世界乃至尘世生活的特征。在这样一个充满危机的尘世现实中，布宁认为人的尘世爱情得不到保障，人的尘世生活得不到幸福。《净身星期一》中女主人公急流勇退，及时离开那个充满诱惑、失去道德基础的尘世，离开社会中一切都在衰败的俄罗斯，去修道院寻找心灵的和谐与安宁，这是她的正确选择，也是她的解脱。布宁认为："上帝是无穷的一切，人意识到自己是其中的一个部分。真正存在的只有上帝。人只是上帝的一种物质、时间和空间的表现。"[①] 既然人只是无穷中的一个部分，那么就应当与无穷的一切——上帝融合。女主人公去修道院就是为了这个目的。此外，她去修道院还是她在精神上和心灵上的"回归"。《圣经》上写到，"神说：'我们要照着我们的形象，按着我们的样

---

① 《布宁文集》第9卷，第24页。

式造人……'""神就照着自己的形象造人,乃是照着他的形象造男造女。"①可见,在上帝身上有男女两种因素。因此,男人和女人是按照上帝的形象造出来的。女主人公去修道院,与上帝融合也是她的"回归"。无名的女主人公的人生转折发生在大斋的第一个礼拜,在这个斋日里她离开不洁的尘世走向圣洁的天国,去寻找自己的宗教道德理想和真正的幸福。实际上,这是布宁对尘世生活和爱情的否定②,是布宁的宗教思想的折射反映。

布宁在谈到这部小说的创作时说:"我要感谢上帝,是他给了我写出《净身星期一》这部小说的可能。"③可见,作家认为是上帝给了他灵感,让他创作出了《净身星期一》——《幽暗的林荫道》中一部最为典型和在艺术上最为完美的作品。

《圣经》的题材、故事、人物、形象和典故对布宁的文学创作颇有影响,一些俄罗斯学者对这一问题也有过论述④,但很少有人涉及《幽暗的林荫道》与《圣经》的联系。其实,《幽暗的林荫道》中多数小说与《圣经》的思想有密切的联系,许多故事就是对《圣经》的某些道德伦理训诫的艺术阐释。

在《圣经》各篇中反复强调,要避免男女之间的淫乱行为。这点是基督教道德伦理的一条重要训诫。比如,在《新约·哥林多前书》中明确写道:"……要避免淫乱的事,男子各当有自己的妻子,女子也各当有自己的丈夫。"⑤《马太福音》中又写道:"神配合的,人不可分开。"⑥Л.托尔斯泰对这一点做了更为确切的解释:"无论什么人,无论与什么人,凡进入性关系的,都应把这视为进入稳定的婚姻。"⑦可是在小说集《幽暗的林荫道》里,夫妻不忠、男女之间淫乱的事情比比皆是。小说《高加索》讲的就是一位有夫之妇与他人偷情而导致丈夫自杀的故事。这位女子巧妙地骗过自己的丈夫,与情夫私奔到海滨城市索契。大海、蓝天、棕榈、香槟……在这样的环境和氛围下,他俩继续自己的"罗曼史"。就在这时,她的丈夫在索

---

① 参见《旧约·创世记》1:26—27。
② 对《净身星期一》的主题还有其他的阐释,说这个小说是谈俄罗斯及其命运的。但无论如何,创作这个作品的灵感是上帝赋予他的。
③ 参见俄罗斯《新世界》杂志,1969年第3期,第211页。
④ 见 M.杜纳耶夫:《东正教与俄罗斯文学》第5卷,第477—557页。
⑤ 《新约·哥林多前书》7:1—2。
⑥ 《新约·马太福音》19:7。
⑦ Л.托尔斯泰:《生活之路》(王志耕译),桂林:漓江出版社,1998年,151页。

契的一家旅馆开枪自杀,结束了生命。故事的女主人公与情人的私通已不是什么"爱情",而是苟合,是淫乱。她的"爱"是建立在其丈夫的痛苦基础上,是她的行为导致了一个无辜生命的消亡。故事的女主人公今后的生活将会怎样,布宁在小说中没有写,但可以想象她的爱情不会幸福,因为她的行为违背了圣训。小说《缪斯》也描述了一位淫乱的女子。缪斯·格拉芙本是音乐学院的女学生,对绘画感兴趣。后来她开始过起放荡的生活。起初与小说中的"我"姘居,后来又突如其来地与一位名叫维凯季·维凯季奇的人私通。无论男女,私通、姘居都是有悖圣训的。女主人公缪斯·格拉芙的行为很容易让人联想到《旧约·以西结书》中的那对淫妇①。在布宁笔下,像缪斯·格拉芙这样纵欲行淫的人物并不少。如《小傻瓜》中那位助祭的儿子,《安提戈涅》②中与美丽姑娘卡杰琳娜·尼古拉耶芙娜临时苟合的大学生帕夫里克,《名片》中乘"冈恰罗夫"号轮船在伏尔加河上航行、与一位年纪不轻的女士在白色的船舱里做爱的作家,《达尼娅》中与侍女达尼娅私通的少爷彼得③,《斯焦芭》中那位与著名的女演员有染、又诱骗驿站长普罗宁的女儿斯焦芭的克拉西里尼科夫,《乌鸦》中与同一个女人有染的父子俩,《在巴黎》中与饭馆服务员奥尔迦·亚历山大罗芙娜姘居的男主人公尼古拉·普拉东诺维奇,《亨利》中与几位女人分别过夜的诗人格列波夫,还有《客人》中赤裸裸地强奸了"佛来芒的夏娃"——女厨子萨莎的亚当·亚当梅奇,等等。

上述故事中男女主人公的行为来自他们对自己肉体的放纵。他们的性行为"把上帝灵魂的载体视为获得快感的工具"(托尔斯泰语),都有悖于"神配合的,人不可分开","不可奸淫","不可贪恋人的房屋;也不可贪恋人的妻子、仆婢、牛驴,并他一切所有的"④,"人和妻子既是这样,倒不如不娶"⑤等圣训。他们的性关系是"最沉重的罪孽……尽管上帝会看

---

① 《以西结书》中有一对绝色美女,一个叫阿荷拉,另一个叫阿荷利。她俩是姊妹,但生性放荡,在埃及、亚述、巴比伦等地纵欲行淫。(参见《旧约·以西结书》第 23 章)

② 古希腊神话中的一位女神,底比斯王俄狄甫斯和伊俄卡斯特的女儿。她在父亲双目失明后,为父亲导盲。后因违抗新王克瑞翁的禁令而被拘禁在墓穴里。克瑞翁的儿子海蒙与她相爱,赶到墓穴去营救她,发现她已经自缢身亡,海蒙也随之自杀。对于古希腊悲剧作家来说,安提戈涅形象是一位忠于家族的化身,布宁用她作为这个小说的题目具有讽刺意义。

③ 达尼娅是位虔诚的教徒,得知彼得要走,她请求主和圣母帮助她。这里有一个细节:他俩是在圣诞节前分手的。整个圣诞节期间她都在等着他,但是他没有来。

④ 《旧约·出埃及记》20:13—15,17。

⑤ 《新约·马太福音》19:9—10。

到,这种罪孽毕竟是不由自主犯下的"①。在上述男女的关系中,肉欲的、动物性的东西多于精神性的东西,它是肉欲的满足,"罪孽的亲近"。肉欲只会玷污人的灵魂,灵魂被玷污的人不会有真正的爱,也不会找到真正的幸福。基督教不否定肉体,但它否定被扭曲的肉体。《马太福音》在论"心里的污秽"中指出:"……从心里发出来的,有恶念、凶杀、奸淫、苟合、偷盗、妄证、谤讟,这都是污秽人的。至于不洗手吃饭,那却不污秽人。"②就是说,心灵里的、精神上的欲念毁人,让人犯罪造孽。Л.托尔斯泰指出:"罪孽——就是对肉欲的纵容。"③因此,要想避免罪孽,就应摆脱肉欲,克服人的动物的低级本性。

布宁还从基督教道德角度出发,用小说阐明感情上的"脚踏两只船"现象的不可能性。小说《娜达利》讲述的就是这样一个故事。一个男子同时爱着两个女性,最后鸡飞蛋打,他品尝到爱情和人生的失败。

1943年,布宁写过这样一段话:"在《娜达利》中有两个爱情,就像一般来说有两种爱和两种恨一样,其中的一个有时候突然会胜过另一个。"④在回忆《娜达利》这篇小说的创作时,布宁说:"有一次,不知为什么我头脑里产生了一个想法:果戈理虚构出一个乘车到处购买'死魂灵'的乞乞科夫,那我干吗不去虚构一位乘车去寻找爱情奇遇的年轻人呢?起初我以为将写成一系列相当逗人的故事,可结果写成的是一种完全另外的东西。"⑤

《娜达利》是以第一人称讲述的故事。主人公梅谢尔斯基讲了自己的爱情史,讲述他与两个女性——娜达莎("娜达莎"即"娜达利"——本文作者)和索尼娅的感情纠葛。梅谢尔斯基是位年轻漂亮的大学生,他回家度假时希望找到一种"没有罗曼蒂克的爱情"。为了实现自己的这个理想,他去了舅舅家,很快爱上自己的表妹索尼娅,并沉溺在与她的肉体欢乐之中,但他同时又钟情于索尼娅的中学女友娜达莎,与之缠缠绵绵。岁月流

---

① 这是小说《加丽娅·冈斯卡娅》中画家说的一句话。他与一位从前的海员坐在巴黎一家咖啡馆凉台里,回忆起他俩在敖德萨认识的一位共同的熟人——绝色美人加丽娅·冈斯卡娅。画家认为"加丽娅是他最美好的回忆和最沉重的罪孽,尽管上帝会看到,这个罪孽毕竟是不由自主犯下的"。画家是在加丽娅的家里认识她的,当时她才14—15岁。
② 《新约·马太福音》15:19。
③ Л.托尔斯泰:《生活之路》,102页。
④⑤ 《布宁文集》(2卷集),切博克萨雷:楚瓦书籍出版社,1993年,第405页。据说,布宁本人就有过类似的经历。他十分爱自己的妻子 В.尼古拉耶娃,但同时又钟情于女诗人 Г.库兹涅佐娃。

逝。在梅谢尔斯基和娜达利的生活中发生了许多变化。梅谢尔斯基大学毕业后到农村居住，与一位农家女①同居并有了一个小孩。娜达利二次嫁人并且等待分娩。小说结尾处这两位男女主人公重逢，真诚地坦白了自己的感情。梅谢尔斯基说："……你在舞会上，你的女性风采让你显得是那样的高傲，那样地令人生畏，那天晚上，由于自己爱的狂喜和不幸我是多么想死去啊！……"可娜达利对梅谢尔斯基说："瞧，你又与我在一起了，事情到此就了结了。我们今后甚至见面的机会也很少——我是你的一个隐秘的妻子，我难道还在众人面前能成为你的一个公开的情人？"梅谢尔斯基问到："为什么不能同时爱两个女人？"答案很简单，这是基督教道德所不容许的。梅谢尔斯基没能与他所爱的任何一位女子结婚，这是上帝的安排。后来他与农家女的私通纯粹是人的一种动物性表现，小说写得很清楚：在梅谢尔斯基疯狂的欲望中，有某种"真正无法解释的、神性的和魔鬼的东西"。在梅谢尔斯基这个人身上显示出灵与肉的矛盾，展现出精神的人和动物的人的斗争。布宁号召人抛弃肉欲的诱惑，走向道德的纯洁和人的童贞。其实，早在布宁之前一些俄罗斯作家就在自己的作品里艺术地探讨过"为什么不能同时爱两个女人？"这一问题。如陀思妥耶夫斯基的长篇小说《白痴》中的梅什金就是一位同时爱着娜斯塔西亚·菲利波芙娜和阿格拉雅的男主人公，Л.托尔斯泰的短篇小说《魔鬼》中的男主人公伊尔杰涅夫也同时爱着丽莎和斯杰帕尼达。结果无论是梅什金，还是伊尔杰涅夫都没有获得爱情。这是因为，这两位笃信宗教的作家知道，男女在双重的感情中不可能获得幸福，基督教道德伦理不容许男人或女人在感情和婚姻上"脚踏两只船"。布宁也认识到了这点，他笔下的主人公梅谢尔斯基爱情生活的失败就是佐证。

《幽暗的林荫道》中有些主人公还思考生与死、此世与彼世等问题。读罢布宁的小说，发现他的一些主人公相信灵魂的永生，认为人并不因肉体的死亡而死亡，生命将寓于永生的灵魂中。因此，有些主人公寄希望于彼世，相信获得信仰后会再生，希望在天国得到幸福。

《祖母绿》中的女主人公克谢尼娅·安德烈耶芙娜与自己的心上人赏月的时候说："这种颜色大概只有在天堂里才会有。当你这样去观看这一

---

① 小说中，布宁把这个女人称做"夏甲"。据《圣经》传说，夏甲是埃及女子，亚伯拉罕的情妇，她与亚伯拉罕生了一个儿子，后来在亚伯拉罕妻子撒拉的唆使下，夏甲与其子被赶出家门，去到阿拉伯沙漠。

切的时候,你怎能不相信有天堂、天使、神座的存在呢……"她认为在尘世中没有美丽的祖母绿,只有在天国才会有。这里,祖母绿是爱情和幸福的代名词,它只在天堂,而不在尘世。这种思想在《寒秋》里也得到了表现。《寒秋》讲述了一个女人的人生悲剧。女主人公的未婚夫战死在第一次世界大战的疆场上,没有归来。她孤零零地生活了30年,因为她一直相信未婚夫在彼世等着她:"他正在彼世的什么地方等着我——他还是那么年轻,还像那个晚上一样爱着我。"每当回忆过去岁月和尘封的往事时,她认为自己"只有过一件东西,就是那个寒秋的夜晚",那就是她"一生中所拥有的全部东西,而其余的不过是一场多余的梦"。在那个寒秋的夜晚,她与自己的未婚夫诀别。临别时,未婚夫对她说:"如果我被打死了,我将在彼世耐心地等待你,你该活下去,享受一下人间的欢乐,然后再到那里找我。"这席话深深地铭刻在她的心底,成为她活下去的精神力量,长期为她的独身生活注入营养。显然,彼世的存在是她唯一的信念和信仰。另一篇小说《深夜》的男主人公也一直生活在来世存在的信念中。7月的一个深夜,他踏着银色的月光来到曾经心爱的姑娘的墓地,以忧伤和悲痛的心情回想起自己与这位姑娘的爱情,回想起当年对女友说过的话:"如果有来世的生活,如果我俩在来世中相逢,为了今世给我的一切,我会跪在你面前亲吻你的双腿。"这几位主人公相信彼世,相信基督可以使他们复活。因为"……叫耶稣从死里复活者的灵,若住在你们心里,那叫基督耶稣从死里复活的,也必借着你们心里的圣灵,使你们必死的身体又活过来"①。

此外,《深夜》这篇小说中的那条"修道院大街"的象征意味深长。人无论是回家还是去到彼世都要经过"修道院大街":"修道院大街是通往田野的一段间距和一条路:有些人从城市回家,回到乡下,另一些人——去到死人的城市。"这条大街是人生和人死的必经之路,人人都要经过这条"大街"的净化。

罪与罚一直是基督教一个重要的道德伦理思想。犯罪必然要受到惩罚,《幽暗的林荫道》中有几篇小说都写到人因淫欲犯罪而受到惩罚的故事。像《幽暗的林荫道》的主人公尼古拉·阿列克谢耶维奇、《在巴黎》的主人公尼古拉·普拉东诺维奇、《亨利》中的女新闻记者亨利、《克拉拉小姐》中那位格鲁吉亚男子,等等。

---

① 《新约·罗马书》8:11。

小说《幽暗的林荫道》讲述老将军尼古拉·阿列克谢耶维奇来到一家驿站,在48岁的女驿站长娜杰日达身上认出了她就是自己30年前热恋并卑鄙地抛弃的那位姑娘。娜杰日达至今未嫁,因为还永远记着他,爱着他。尼古拉·阿列克谢耶维奇却早已把娜杰日达忘掉了。对于他来说,爱情、青春、历史都会随着时间流逝而去。"一切都会过去,一切都会忘掉",他还引出《旧约·约伯记》中的话作为佐证:"海中的水绝尽,江河消散干涸。"但对娜杰日达来说,"一切都会过去,但并非一切都会忘掉的。"她相信"上帝是人的主宰","每个人的青春会消逝的,爱情可是另外一回事"。尼古拉·阿列克谢耶维奇与娜杰日达的爱情悲剧是双向的:娜杰日达落了一个终生孤独的结果,尼古拉·阿列克谢耶维奇也没有得到幸福,他的妻子背叛了他,儿子是个败家子和无赖。因此他坦诚地对娜杰日达说:"我一生都没有过幸福的时候……"尼古拉·阿列克谢耶维奇对娜杰日达有罪,他的人生是对他的一种惩罚。《长满小橡树的城郊》讲述的也是一个罪与罚的故事。23岁的男主人公在乡下长满小橡树的城郊过圣诞节期间,结识了拉甫尔和安菲莎夫妇。他利用拉甫尔外出的机会,与安菲莎幽会。正当他与安菲莎柔情脉脉的时候,后者的丈夫拉甫尔因天气恶劣半道折回。见状后,拉甫尔当时没动声色,可半夜把安菲莎给杀了。拉甫尔本来是受害者,他的妻子与人通奸是有罪的,但拉甫尔杀死妻子,是一种以恶抗恶的做法,也是违背"勿抗恶"的训诫。《圣经》上说:"凡杀人者,难免受审判。"①"打人以致死的,必要把他治死。"②因此他自己也受到惩罚,被毒打之后送到西伯利亚的矿井服苦役。一位笃信基督的少女玛申卡,父母双亡后到一个贵族老爷家当了佣人,她经常向一位"狼神"祈祷,这点令人感到奇怪。由此引出《叙事曲》这个故事。原来,这家的贵族老爷欲强奸自己的儿媳时而被一只狼咬死。这是他的淫乱带来的惨重后果。因为他违背了《圣经》摩西十诫中"不可奸淫"的戒律。尽管临终前他意识到自己的罪孽,决定领圣餐并让人为狼画像,摆在他的墓上以训后人。但这只是他弥留之际的忏悔,无法挽回上天对他的惩罚。小说《铁毛》③的故事是在阐释"女人若与兽亲近,与它淫合,你要杀那女人和那兽,总要把他

---

① 《新约·马太福音》5:22。
② 《旧约·出埃及记》21:12。
③ "铁毛"是当地人对熊的称呼。据说这种熊能与女人交合。因此,在她上吊的树下,在她光裸的脚下有一只熊坐在雪地上。

们治死,罪要归到他们身上"①这句圣训的。男主人公的父母给他娶了一位有钱的美丽姑娘,但在新婚之夜她拒绝了他,因为她认为不能在圣母像前做爱,认为这是亵渎圣灵。"人一切的罪和亵渎的话,都可以赦免;唯独亵渎圣灵,总不得赦免。"②但男主人公不顾她的强烈反抗,强行地占有了她。这时他发现她已不是处女。她羞愧难言,从卧室直接跑到林中上吊了。原来,这位新娘与熊有过交合,她没等别人按照圣训去惩罚她,自己就惩罚了自己。《过夜的地方》的故事发生在西班牙南方一个偏僻的山城。一位摩洛哥人来到夜店,夜店老板和她 15 岁的侄女热情接待了他,给他做吃的东西。他在小姑娘半夜给他送水的时候想趁机强暴她,但被小姑娘的那只名叫"涅格拉"的狗及时赶到,把他的喉咙给咬断了。这是一个典型的罪与罚的故事。《犹地亚的春天》讲述的故事发生在犹地亚。犹地亚沙漠,约旦河的谷地,这是基督活动的地方。男女主人公在那里回忆起《圣经》中的"雅歌"③。男主人公说,他就是在犹地亚度过了那些遥远的岁月。他当时参加了一个考察队,有机会认识了阿伊德的侄女,很快就在自己的房间里与她做爱。男主人公的这种做法既是逢场作戏,又是纵欲行为。尤其是这件事发生在圣地犹地亚,简直是亵渎神灵。这件事被阿伊德猜到后,阿伊德在男主人公离开的那天,想开枪结果他的性命,结果却只将他打伤。这也是对他的行为的一种惩罚。

《圣经》中说:"凡没有律法犯了罪的,也必不按律法灭亡;凡在律法以下犯了罪的,也必按律法受审判。"④"罪的工价乃是死。"⑤上面故事中凡因自己的淫欲作恶而受到惩罚的,按照基督教教义都是罪有应得。这恐怕也是布宁写这些人物结局的初衷。

通过上述介绍和分析可以发现,《幽暗的林荫道》是作家布宁对人生中一种最美好的感情的观察、思考和描述。可布宁笔下的爱情很少有美好的、甜蜜的、永恒的和幸福的;大都是丑陋的、苦涩的、短暂的和不幸的。"爱情没有人的面孔。它只有上帝的圣容和魔鬼的面孔。"⑥因此,布宁

---

① 《旧约·利未记》20:16。
② 《新约·马太福音》12:31。
③ 《圣经》的"雅歌"是"所罗门的歌,是歌中的雅歌"。"雅歌"歌颂的爱情是美好的,甜蜜的,圣洁的。
④ 《新约·罗马书》2:12。
⑤ 《新约·罗马书》6:23。
⑥ 《厄洛斯或俄罗斯的爱情哲学》,莫斯科:进步出版社,1991年,第99页。

说:"这本书的所有小说只谈爱情,谈爱情幽暗的、往往是十分阴暗的和残酷的林荫道。"①

布宁通过对主人公们的这种感情的描写,表达出他对生与死、爱与恨、灵与肉、罪与罚等问题的认识。这种认识与布宁的宗教思想有着紧密的联系,表明在这位作家的审美直觉和艺术世界里,有对《圣经》文化和基督教教义的偏重。因此,小说集《幽暗的林荫道》在一定程度上就变成对基督教道德伦理观念的独特的艺术阐释。

---

① 布宁1944年2月23日致苔菲的信,参见Ю.雷斯主编:《20世纪俄罗斯文学》,第31页。

第二章　获得救赎的《神的禧年》

И.什梅廖夫(Иван Шмелёв)(1873—1950)是著名的俄罗斯小说家,是一个其创作洋溢着浓厚基督教精神的虔诚信徒。他对俄罗斯的热爱,以及他作品中所描绘的俄罗斯传统、俄罗斯百姓的日常生活、民间宗教仪式等一切被认为是"俄罗斯之根"的东西,使他完全有权利被称为"最地道的俄罗斯作家"。他又是一个"世界苦难的诗人",作为一个受尽苦难却没有对生活失去信心的作家,一个对俄罗斯人民怀有深深同情的作家,其基本的创作理念,就是开拓出一条让人步出黑暗的道路,引导人民穿过苦难和忧伤走向光明。

一

什梅廖夫于1873年出生在莫斯科一个恪守宗教传统的建筑承包商家庭里,在他家里,上至父亲,下至仆人和工人,都是虔诚的教徒。作家回忆到,他们家里除了《福音书》外看不到任何一本其他的书。而那些住在院子里的手艺人却成了未来作家"活的教科书",什梅廖夫的童年就是在他们身边度过的,在那些人身上,作家得到了"能让心灵感到温暖的一切,能让人感到痛惜和愤怒的一切,能促使人去思考和感受的一切"[①],也正是这些东西,让什梅廖夫的创作充满着浓郁的俄罗斯味道,构成了他的小说的基本内涵。

还是在中学读书期间,作家就展现了自己的创作才华。1895年,他在《俄罗斯观察》杂志上发表了处女作、短篇小说《磨房边》。1897年,他出版了第一部旅行随笔集《在瓦拉阿姆悬崖上》,但这部小说被审查机构修改得面目全非,而且遭到一些批评。在此后近十年的时间里,什梅廖夫完全停止了写作。1898年,作家毕业于莫斯科大学法律系,服完兵役后,他做了一年半助理律师,之后又在税务稽查部门工作了八年。这其中的

---

① B.阿格诺索夫:《俄罗斯侨民文学史》(刘文飞等译),北京:人民文学出版社,2004年,第139页。

一大半时间他都是在外省度过的，这种经历扩大了作家的创作视野。他说:"之前我了解首都，了解小手工业者和商人的生活。现在我了解了乡村、外省的官吏们、工厂区和小地产贵族。"①1910年，作家重新开始创作，这一次，他变成了一位职业作家，他也从首次发表作品时的少年变成了成熟的中年人，积蓄已久的创作能量一下子迸发出来，作家的作品一部接一部问世，他进入文学圈，结识了 И. 布宁、A. 库普林、Б. 扎伊采夫等著名作家，成为有名的文学小组"星期三"的成员。

1911年，作家发表了他革命前最著名的作品——中篇小说《一个来自餐馆的人》，这部小说为作家带来了空前的声誉，同时也体现了作家革命前创作的主要特点。小说是由一个餐馆服务员——雅科夫·索符罗诺维奇·斯科罗霍多夫的独白构成的。主人公是一个经历了人世间几乎所有苦难的中年人，他的妻子早逝，女儿被坏人诱惑，生下孩子后又被抛弃，儿子是一个革命者，在侥幸逃脱死刑后逃亡到了国外，雅科夫本人在工作中也承受了种种不愉快的事。但是，他不仅保留住了自己的工作位置，同时也维护了自己作为一个人的尊严，与那些不耻于"舔上司脚后跟"的人相比，什梅廖夫的主人公是一个真正高尚的人。作家在斯科罗霍多夫身上展现了一个人走向上帝、皈依宗教的过程，他让一个迷惑"生活的真理究竟在哪里"的人，一个寻找"真理的闪光的人"，逐渐地了解到了上帝的力量，了解到了"没有上帝就没法儿活"的真理，主人公在小说结尾说:"如果所有人都明白了这些，并且能够珍藏于心中的话，生活会是多么的轻松啊。"

《一个来自餐馆的人》体现了作家革命前创作的这样两个特征:首先是清醒的、有时甚至是严酷的日常生活描写与独特的、被理想化的现实的结合。作家描写的是莫斯科商人和下等公民的生活，他关注他们生活中的不公正、欺骗、贫苦，也就是那些所谓的"恐怖场景"，然而，他却总是能"在生活的丑恶中找到其中被隐藏起来的美丽"。在表象的背后看到内在的、真实的东西，这就是什梅廖夫的主要目的。他清醒地意识到，无论他描写的内容多么阴霾，它们最终都是指向光明的，他具有某种并不盲目的乐观主义，他热爱生活，并将这种高尚的情感传达给每一个阅读他作品的人。他的这个特点在《一封没有邮票和邮戳的信》(1908)、《我的火星》(1910)、《海岸上》(1910)、《有一个夜晚》(1910)、《光明的一页》(1910)、

---

① П. 尼古拉耶夫:《俄罗斯作家辞典》，莫斯科:教育出版社，1990年，第415页。

《蜜糖饼干》(1911)等作品中也有所体现。

其次,作家关注小人物,深入挖掘小人物的内心世界,这一点和陀思妥耶夫斯基有着极为相似之处,早在20世纪初,评论者就已经意识到了这一点,并把《一个来自餐馆的人》和陀思妥耶夫斯基的《穷人》相提并论。什梅廖夫认为,小说最重要的描写对象就是主人公的精神世界,因此,他的小说情节性并不强,那些意义最为重大的内容似乎都在情节之外、在主人公的内心之中。作家赋予那些地位卑微的主人公以美德、崇高的灵魂和纯洁的心灵,他很多作品中的主人公都和斯科罗霍多夫一样,在精神上高于那些他们所为之服务的人。对小人物的同情,对他们的感同身受,成为什梅廖夫描写小人物的原则。对于作家而言,人不仅要体会整个世界的苦难,还要同情和怜悯那些经受这些苦难的人,并且将这些苦难承载于自己身上,只有如此,人才能在精神上获得成长,才能够靠近上帝。

在作家革命前的创作中,并没有体现出太多的东正教世界观,他触及的是那些抽象的、全人类的价值观。在为一些主人公寻找出路时,作家虽然也让他们在信仰中找到了真理,如作品《乌克列依金公民》《来临之后》中的主人公,但那似乎都是作家在无意识之中做到的。只是在侨居国外之后,在经历了社会、国家以及个人生活的种种磨难之后,什梅廖夫的宗教世界观才真正形成。

1917年革命爆发后,什梅廖夫与妻儿一起到了克里木,在那里,他失去了他唯一的儿子,遭受了巨大的打击。在这里,他继续对曾经发生的事情和正在发生的事情进行艺术思考,他的很多作品都和克里木有关,如《死者的太阳》(1923)、《两个伊万》(1924)、《石器时代》(1924)、《智慧的光亮》(1926)和《十字架》(1936)等,它们构成了所谓的"克里木系列短篇"。《死者的太阳》是什梅廖夫侨居时期的第一部作品,同时也是他创作中最为优秀的作品之一,这部中篇小说写的就是作者在俄罗斯的印象:克里木的饥饿,丧子之痛,长久的奔波。但是,作家对个人的痛苦却没有过多的描述,他以宏大的手笔叙述了太阳之下万物的命运——人民、国家、历史和宇宙的命运。《启示录》中所写到的神的世界和恶魔的世界的冲突,以另外一种形式在作家的笔下得到了艺术的描述。在小说的前半部分,作者以一种抒情的语调叙述了神的世界的生活,在这里一切都是快乐的、美好的、安宁的,涌动着生命的激情,"雪白的教堂用自己的十字架庇护着它这温馨的教区"。然而,在小说的下半部分,作者笔锋一转,写到小城的宁静与祥和是虚假的,一切都即将死去,一切都散发着死亡的味道,很多人道德沦丧,破坏了世界的祥和,小说的恶魔主题也在这些人身上得到了体现。作家将世界衰败的原因归结为对上帝的背离,他们为了获得个人的幸福,把世界变成了人类的屠宰场,他们否定上帝,否定永恒的真理,祥和的世界在他们的手下变成了充满死亡和末日气息的地狱。在这部作品中,什梅廖夫在两个层面上指出了太阳的含义:在神的世界里,太阳给人以光明和生命;在恶魔的世界里,太阳变成了死亡的太阳,它"泼出苍白的液体",可以"烤焦一切"。评论家伊·伊里因写道:"《死者的太阳》初看上去是写克里木的,是描写日常生活、描写历史的,可是它却具有深刻的宗教内涵:因为它指向了那高居天国、给人以生命和死亡的上帝。"[1]

1922 年秋天,作家应布宁之邀移居巴黎,在侨居国外的 30 年间,他创作出多部优秀作品,如《一位老妇人的故事》(1925)、《朝圣》(1931—1948)、《神的禧年》(1933—1948)等,也正是在这里,作家的世界观形成了,他不再用社会标准思考生活,而是形成了更为宏观的看待生活的立场,对于什梅廖夫来说,他对生活的思考标准是独特的,即"热爱俄罗斯的和对俄罗斯冷漠的;能够认知上帝的真理的和不希望认知的"[2]。漂泊在外的什梅廖夫在宗教中找到了归属感,他的作品中越来越多地体现出了东正教的精神。如果说他在革命前所努力尝试的是显现出"生活中隐含的内容","隐藏的美丽",那么现在,他要做的则是将这些东西和东正教精神联系在一起。他从《旧约·以赛亚书》中获得了顿悟,为所有那些令他怀疑和迷惑的问题找到了答案:"那些称恶为善、称善为恶的人,那些以暗为光、以光为暗的人,那些以苦为甜、以甜为苦的人",都会感到痛苦,那些厌弃耶和华的教诲、蔑视以色列圣者言语的人,"他们的根必像朽物,他们的花必像灰尘飞腾"[3]。什梅廖夫在自己的创作中为人们指出了最终的出路,那就是和他一样,相信上帝的存在,彻底走近上帝,投入上帝的怀抱。在革命前的创作中,作家喜爱"出走"这一主题,以此来为他的主人公们找到生活的出路,即让主人公投身革命或者是被动地接受神意而告别从前的生活。在侨居岁月中,直至他生命的最后一刻,这一主题一直在不断深化,与从前不同的是,在这一阶段的创作中,他的主人公是主动地选择了信仰,去寻找幸福、安宁和自由。作家在他侨居时期的作品中,以各种方式告诉人们"上帝无处不在"、"只有为世界感到痛苦,才能够靠近上帝"这样一些思想。

---

[1] 转引自 B. 阿格诺索夫:《俄罗斯侨民文学史》,第 147 页。
[2] M. 杜纳耶夫:《东正教与俄罗斯文学》第 5 卷,第 646 页。
[3] 《旧约·以赛亚书》5:20—21,24。

1936年,什梅廖夫与之相伴多年的妻子去世,他遭遇了生命中第二次沉重的打击。作家比妻子多活了14年,他后来因心脏病突发而死去,当时,他正走在通向巴黎郊外的圣母修道院的路上。作家最终也没能够实现被安葬在莫斯科顿河修道院家族墓地里的愿望,但是,他却凭借自己的书籍回到了祖国。

二

《神的禧年》(Лето Господне)是什梅廖夫晚期创作的巅峰之作。关于这部作品,伊里因曾经写道:"这是一个俄罗斯大艺术家的天才之作。这本书在俄罗斯文学史中、在俄罗斯历史中都是不会被忘却的……这是一个艺术的和宗教的行为。"①

《神的禧年》这个名称是极具深意的,它指明了整部作品的含义。在《旧约·以赛亚书》中写道:"报告耶和华的恩年,和我们神报仇的日子"②,然而作为俄罗斯作家中为数不多的、善于独特而又天才地描写美好善心的作家,什梅廖夫在他的作品中没有写神的报仇,而只写了神的恩典。"禧年"就是以色列人和全人类获得神救赎的时间。从这里可以看出,什梅廖夫的作品写的就是上帝如何挽救人,而人——作品中所描写的普通的人,又是怎样获得这种救赎的。

作品分为三个部分——《节日》、《节日—欢乐》、《忧伤》。前两部分是按教会节日的时间顺序来进行叙述的——从大斋、复活节、报喜节、圣灵降临节、苹果节、圣诞节、主显节、谢肉节一直写到斋期的最后一个星期日,正好是整整一年中的所有节日,每一个章节都写一个教会节日或事件。到了第三部分《忧伤》,这种节日的周期排列以及始终与之相随的"欢乐"气氛,却由于主人公父亲的伤病和离开而中止了。小说的情节从斋期的礼拜一开始,这时是5月的春天,最后的结局则发生在12月的隆冬,似乎恰好象征着人的一个生命周期,而三部分的标题也说明了人在生命中所要经历的一切——节日、欢乐和忧伤。什梅廖夫从宗教信仰层面全面而又深入地展示了俄罗斯人民的生活,记录了东正教节日的风俗传统以及与之相关的宗教含义,无论从前还是当今,这部作品都成了很多东正教信徒的案头书,成了一部独特的教会节日的百科全书。

---

① M.杜纳耶夫:《东正教与俄罗斯文学》第5卷,676页。
② 《旧约·以赛亚书》61:2。

小说是以一个七岁儿童瓦尼亚的视角进行叙述的,孩子的眼睛清澈透明,没有掺杂任何灰尘,对于他来说,世界上的一切都是崭新的,他稚嫩的童心充满了认知"造物主创造的世界"的渴望。小说的第一部分记录的就是小男孩接受世界、接受"上帝恩赐"的过程。小瓦尼亚带领我们进入了19世纪末的俄罗斯,我们看到了当时俄罗斯人的生活内容,看到了一幅幅与教会节日相关的画面。在《圣诞节》这一节中,作家描述了人们庆祝圣诞节的场景:满天的大雪遮住了房屋,"接连三天都看不见光亮",人们结束了七周的斋戒,可以吃肉了,雪橇拉着各种肉类聚集在莫斯科的市场上,肉铺里的肉一直堆到天花板;广场和市场上的小枞树排成了森林;人们去教堂聆听钟声、唱圣歌,"从教堂出来,一切都不一样了。雪是圣洁的。星星是圣洁的,崭新的,圣诞节的星星。圣诞节!"①在小男孩的眼中,节日是和很多具体的事物联系在一起的,摆满了鱼子酱和熏鱼的商铺,飘散出各种香气的小吃店,还有五光十色的节日餐桌,家里人忙碌的身影,这些都是节日的组成部分。作家以日常的、世俗的口吻讲述生活,与此同时,他又没有忘记叙述一个还懵懂无知、对任何事物都心存惊异的小男孩在生活中见到的奇迹——上帝的存在。他在一切事物中都能感受到上帝的存在,哪怕是吃苹果的时候:"他也在想着苹果……他看一看,会对所有人说:'好的,随便吃吧,孩子们。'现在,人们吃的是完全不一样的苹果,不是买来的,而是教堂的苹果,是神圣的……"②作家将世俗的、感性的东西,将那些最平常的生活体验和神秘的、具有宗教内涵的东西联系在了一起,而这二者的巧妙结合也是作家创作的独特之处。他以充满爱、温柔和感激的口吻叙述留在记忆中的一切,记录了小男孩按照自己的方式感受上帝、认知圣人世界的过程。

在小说的第二部分《节日—欢乐》中,这种认知继续着,和在第一部分一样,作家仍然强调主人公与世界的亲近,以及人与物、人与自然的和谐统一。无处不在的欢乐洋溢在字里行间,作家强化了第一部分中的快乐感觉,还有儿童的"心灵的跃动",这种喜悦甚至传达到了动物的身上,就连"蜘蛛也高兴"节日的来临,马匹在节日的时候也不同寻常,它们比人类还敏感,听到祈祷前的钟声就会竖起耳朵。此外,在这一部分中,作家着重记录了瓦尼亚身边的那些人,他和父亲、老管家科索伊、戈尔金、教父、教父的儿子和叶戈尔等人的交往,以及小主人公如何渐渐养成了对人对

---

① 什梅廖夫:《神的禧年》,莫斯科:斯列坚斯基修道院出版社,2005年,第142页。
② 同上书,第135页。

事的基督教态度。在作品的第二部里,小男孩慢慢长大,他那种对苦难生活的概念开始形成了,而第一部分中所描写的欢乐氛围因为他对生活的思考、对死亡的思考而变得复杂起来。

第三部分的前三节《神圣的欢乐》、《活水》和《莫斯科》是对前两个章节的总结。在这几节中,主人公父亲的身体短暂地获得了康复,家里因父亲生病而产生的愁闷气氛开始有所缓解,他们去澡堂洗澡,要彻底"洗去疾病";父亲和儿子一起欣赏莫斯科的夜景,背诵关于莫斯科的诗歌,生活似乎又都恢复了原样。作家借用这些内容告诉我们,尘世生活是充满快乐的,是美好的,人与人之间的爱以及对故乡的感觉构成了这种生活中最为崇高的价值。但是,正如小说的主人公戈尔金所说:"事情千头万绪,它的去处却只有一个。"主人公的父亲最终要面对的却是死亡。在这一部分中,戈尔金和主人公的父亲做的那些有预兆的梦,如盛开的花园、鸽子的死亡等,都为小男孩父亲的死做了铺垫,同时,小说的叙述也借此完成了向悲剧性结尾的过渡。

写作《神的禧年》时的什梅廖夫已经是一个虔诚的基督教徒,他在作品的每一个事件、甚至是每一个瞬间之中,都置入那种可以揭示事物"隐藏的意义"的真理。在这部作品中,作家的这样几个思想是非常突出的。首先,是世界统一、一切皆为一体的思想,这种统一包括人、兽、自然的统一,如作品中描写的融雪时的水滴,"像是在窗外哭泣",小黄雀在冬天"轻轻地唱起歌来",还有那匹摔伤了主人公父亲的马在离开时父亲所感觉到的伤心。作家在描述这些事物的时候,那种抒情的、充满关爱的叙述声调使得人与物、人与自然浑然一体的感觉跃然纸上;这种统一还是基督元素与物质元素的统一,叙述者在腌白菜这样的事情中也能看到神秘的宗教意义,主人公戈尔金为"盐"祈祷,让它高高兴兴地去"牺牲",而一棵普通的柳树在搬进教堂之后,变成了一棵会唱赞美诗的"圣树";这种统一还是过去、现在和未来之间的统一,瓦尼亚从父亲手中接过了圣三位一体圣像,那还是爷爷传给父亲的,而圣像的传递,就意味着先辈们度过的那种虔诚快乐的基督徒生活将会在儿子这里得到继承。对于作家来说,过去之所以成为过去,是因为什梅廖夫笔下所描写的俄罗斯早已不复存在,但是,旧日的俄罗斯受到了上帝和天使们的保护,还会一直活在人们的心中,直到永远,这也是作品之外的过去和将来的统一。

其次,作者在小说中始终强调了上帝无处不在的信念。这一信念既是老管家戈尔金对小主人公的教诲,同时也是瓦尼亚在生活中经过感知而得出的结论。"我觉得,基督就在我们的院子里,在马厩里,在地窖口的小屋里,在每个地方。在我的蜡烛构成的黑色十字架中,基督降临了。我们所做的一切,都是为了他……我现在什么都不害怕了,因为每个地方都有基督。"有了这一信念,无论什么都不会让人感到恐惧。曾经让小主人公感到害怕的"那些人"——蓝色的影子、撒旦的仆人、魔鬼的诱惑者,在他感受到了上帝的存在之后,就都不值得一提了。在作品中,小瓦尼亚按照自己的方式感知上帝的存在,在他看来,所有教会生活的事件就是人和彼岸世界的人之间的相互交流,他能够在一切事件中体会到上帝的存在,无论是在家中迎接圣母像这样的大事中,还是在吃苹果、腌白菜这样的日常小事中。最重要的东西进入了他的心中:"我们院子的人为圣洁的事业献身,甚至不惜自己的生命……在这神奇的一刻我明白了最重要的东西……人们拥有某种高于世上一切的东西——那就是神圣的上帝。"

作品所体现的另外一个重要的宗教思想,就是复活和永恒生活必定存在的信念。从形式上看,作品前两部分的结构——节日的周而复始——部分地传达了这一思想。从内容上看,这种思想主要是通过小主人公如何接受父亲的离世而表达出来的。关于死亡,小瓦尼亚早已经有了理性的认识,在作品前半部分的几个章节中,他已经道出了对死亡的了解:"死亡,这只不过就是这样——所有人都会复活的","我们都会在'那里'相遇","从前的生活结束了,应该为天上的新生活做准备。"①在小说的结尾,在瓦尼亚的父亲即将离开人世的时候,瓦尼亚的梦是非常有象征意义的。在梦里,他和父亲相遇了,在遍地黄色花朵的田野上,父亲还是那么年轻、健康、快乐,似乎还是以前的样子。这个梦就象征着主人公和父亲在另外一个世界的相遇。作家描述了基督教式的死亡,其中既有离别的痛苦,也有重新相见的快乐。在小说结尾处的《永恒的记忆》中那祈祷性的词句"神——圣——的……不——朽——的……//请——你……饶——恕……//我——们——吧……"②,让这一思想得到了体现和升华。

什梅廖夫在谈到《神的禧年》时写道:"我在其中展示的是神圣罗斯的面孔,我一直将它装在自己的心中,那是装载在我童心之中的俄罗斯。"他写的是一个孩子接受上帝的过程,艺术地展示了一颗俄罗斯的东正教心灵在上帝面前的觉醒。他通过一个有信仰的儿童的心路历程,为我们展示出了东正教俄罗斯生活的虔诚和魅力。选取一个七岁儿童的视角来进

---

① 什梅廖夫:《神的禧年》,第 74—75 页。
② 同上书,第 622 页。

行叙述,可以让作品不虚伪、不做作、不矫情。小主人公重复他听到的大人说的话,一本正经地模仿大人的样子,很多含义深刻的话经过他的口中传达出来,就没有了说教的意味。作家叙述了一个小孩子认知上帝的独特方式,在身边的一切事物之中感受上帝存在的体验,他对生与死的理解,等等,甚至还写了小男孩的走神、溜号(做祈祷时听到神父的肚子咕噜咕噜响,在斋戒的时候偷吃火腿),在通向神之路上的犹豫和怀疑(他的恐惧,以及抱怨上帝对父亲的死无能为力),这一切都是最自然、最本色、最真实的,不会让人产生任何怀疑。这也是什梅廖夫小说的艺术魅力所在。伊里因对此写道:"俄罗斯文学史自存在以来,艺术家首次展现了照亮世界的东正教和一个敞开的、热情温暖的孩童心灵的相遇。作家不是在教义中,不是在圣礼中,不是在祈祷仪式中,而是在日常生活中写了一部关于这种相遇的抒情史诗。"[①]《马太福音》中的一段话似乎就是对作品这种叙述角度的一个十分精辟的概括:"我实在告诉你们:你们若不回转,变成小孩的样式,断不得进天国。"[②]

在作品中,什梅廖夫还刻画了一系列信守教规的俄罗斯人形象,他们对小男孩内心世界的形成起到了不可或缺的辅助作用。小说中,最引人注目的角色就是瓦尼亚的父亲谢尔盖·伊万诺维奇。从外表上看,他是一个非常俄罗斯化的人,他穿着考究,身上散发着新鲜橙花的味道,其中还掺杂着马匹和刨花的气味。他是一个建筑承包商,热爱工作,关心工人,他常常和工人一起干活,生气的时候会责骂他们,但是他从不轻视他们。谢尔盖·伊万诺维奇生性快乐,是一个真正的基督徒,他得到了身边人的尊重和爱戴。他过命名日的时候,来自莫斯科各个地方的人都来为他庆祝,喀山教堂破例为他敲了钟;他生病的时候,所有人都为他祈祷,给他带去各种偏方。他的性格中有基督徒的宽容,他不为名利,悄悄地给他手下已经退休的老工人发放退休金,款待乞丐和穷人。他总是能够给大家带去欢乐,他会想尽办法用各种小主意、小礼物让子女们开心;他不惜重金在城里建了一座冰屋子,让所有人都感到惊喜。作品还间接地对谢尔盖·伊万诺维奇的人品进行了描写。他去澡堂洗澡的时候,那些澡堂工见到大病初愈的他而发出的欢笑是出自内心的;而在父亲去世的时候,一位受到了小主人公款待的老人说:"你真关心人,真客气,好孩子……像你

---

① 什梅廖夫:《神的禧年》,第682页。
② 《新约·马太福音》18:3。

爸爸。"①

如果说父亲对小男孩的影响是血缘上的,是潜移默化的,那么,小说中另外一个人物——戈尔金则对他产生了直接的影响,许多教义和道理都是通过他的口说出来的。这个人物形象最初出现在《朝圣》中,在《神的禧年》中,作家对他进行了更为细腻的描写。他在这个家里生活了47年,先是在事业上帮助了谢尔盖·伊万诺维奇,之后又帮他照料去世后留下的孤儿寡母。他是助手,是出主意的人,是神圣传统的守护者,他就是"真理本身"。他的言行所传达出来的,或是真诚的宗教内省,或是善意的关心,或是精神上的愉悦。戈尔金并不是一个从事伟大事业的人,但他是一个善于祈祷和唱圣歌的人,上帝让他从事的是一种卑微的事业,然而他却做得明亮而又纯洁。他就是一部活的《圣经》,能够给人以心灵的力量和安慰。作品中,小主人公在斋戒期间偷吃了火腿之后,感到万分地羞愧,他含着眼泪对戈尔金坦白之后,戈尔金"跪下来,看着我的眼睛,用粗糙的手指擦去泪花,抚摸着我的眉毛,那样温柔地看着我……'说出来了,悔过了……上帝会原谅你的。流着眼泪悔过了……你身上就没有罪孽了'。他亲吻我湿润的眼睛。我感到轻松了"②。戈尔金向男孩传达出了基督教义的本质,帮助他理解上帝,克服罪孽。小男孩的父亲去世的时候,男孩曾跺着脚对戈尔金叫喊:"大家都可怜孤儿……可是上帝为什么不可怜我们,为什么不让奇迹出现呢?!"③作家让戈尔金出面向瓦尼亚解释了这一罪孽的实质,安抚了男孩失去父亲的痛苦。后来,"他抱住我,伤心地哭了。我俯在他潮湿的大胡子上,也哭了。晚上,我们一起在他燃着油灯的小屋子里流了眼泪。之后又一起做了祷告。心里轻松了一些"。戈尔金身上有那种能够给人以平静的力量,他不是干巴巴的苦行僧,更不是偏执的宗教狂,他永远是温和的,深入人心的。

作家在《神的禧年》中构建了一个独特的笃信宗教者的画廊,比如老管家瓦西里·科索伊,虽然有爱喝酒的毛病,但却是诚实的,守本分的,他面对上帝会像孩子一样哭泣,在他的眼泪中,有"对罪孽的软弱的意识……有他灵魂的童心";在谢尔盖·伊万诺维奇生病时主动前来照顾他的安努什卡,温柔善良,富有爱心和同情心;守林人米哈伊尔·伊万诺维奇和他的妻子,卖鸟人索洛多夫金,花匠安德烈·马克西姆维奇,等

---

①③ 什梅廖夫:《神的禧年》,第597页。
② 同上书,第551页。

等。所有这些人和谢尔盖·伊万诺维奇、戈尔金一道,在小瓦尼亚的成长过程中起到了不可估量的作用。作家在这些活生生的、平凡的俄罗斯人身上所发掘出来的基督教精神,使小说《神的禧年》成了一部"形象化了的神学著作"。

第三章 《福音书》之光照亮《格烈勃的旅程》

Б. 扎伊采夫（Борис Зайцев）(1881—1972)是俄罗斯侨民文学第一浪潮著名的小说家，也是它的最后一位作家。在20世纪上半叶动荡不安的生活中，他用自己的文字营造出一个宁静澄澈、虔诚光明的抒情艺术世界，开拓出一条通向永恒、接近上帝的精神之路。

一

1881年扎伊采夫出生于奥廖尔省一个贵族家庭，童年在宁静幽美的庄园中度过，广袤丰饶的大自然给他留下了深刻的印象。随后的少年和青年时代均在动荡的社会历史环境中度过，外部生活的混乱喧嚣使他更倾向于关注自己的内心世界，最终他放弃了理工科和法律专业，选择了文学这条思想探索者之路。

扎伊采夫的文学创作道路大致可以划分为两个阶段：第一阶段从1901年到1922年，这段时间他在国内从事文学创作。这一阶段又可以划分为两个时期：从1901年到十月革命前，作家处于艺术探索状态，无论作品的外在结构还是内在思想都没有完全成熟，对宗教也只有朦胧的感觉；从十月革命到1922年，作家的宗教世界观逐步形成，基督教精神在作品中清晰呈现，作家的内心世界发生了重大转变，确定了自己未来的艺术追求方向。第二阶段是侨民创作时期，从1922年到1972年作家去世为止，这一阶段其作品中洋溢着浓郁而深沉的宗教气氛，作家的创作趋于成熟，日臻完善，宗教信仰与文学有机结合，独具抒情魅力的光明艺术世界得以形成。

扎伊采夫的文学创作最初深受印象主义影响。1901年他在《信使报》上发表了第一篇小说——《在路上》。关于这部作品作家在《谈谈自己》(1943)中曾说，与Л.安德烈耶夫会面后返回莫斯科的火车上，"在车厢的窗户旁，我感觉到我将按照新样式写下的作品的韵律、气质和容量。那是某种无始无终的东西——火车的轰鸣、雾气、星辰、草地……我试图用词语的飞奔来表达夜晚、火车和孤独的印象"①。尽管这部小说尚不够纯熟,但作家认为,以后的作品都是从"这颗种子"成长起来的。

20世纪初的十几年,扎伊采夫的文学创作道路是顺畅的。1906年他的第一部短篇小说集出版,从此他正式跨入白银时代作家群的行列。1909年,1911年,1914年作家又先后出版了几本作品集,1916年至1919年莫斯科作家出版社出版了他的八卷本选集。1904年,作家曾去意大利待过一段时间,从此他与意大利结下了不解之缘,意大利被他称为自己"心灵的第二故乡",但丁的《神曲》是他终生热爱的书籍。1908年他发表了随笔《意大利》,1909年又发表了与意大利有关的作品《平静》。

早期的文学创作使扎伊采夫获得"小说诗人"的称号,他的作品中充满纯诗歌感受和音乐精神,水彩画般的色调和心灵抒情渗透其中,无情节性体现得较为明显。在随后的创作中,他的艺术世界慢慢打开,屠格涅夫、契诃夫发挥了自己的影响,现代主义和现实主义的因素交互作用,宗教也进入了他的视野。

相对而言,扎伊采夫的家庭对待宗教比较冷淡,所以作家并没有很快对东正教产生兴趣,"但是,这一兴趣一旦产生之后,便成了他的世界一个不可分割的特征"②。对于自己内心世界的变化,扎伊采夫曾说:"对于我的内心世界,内心世界的成长,弗拉季米尔·索洛维约夫是非常非常重要的。这不是文学,而是在哲学和宗教方面开启了新的东西……索洛维约夫第一个打破了我青年时代的泛神论外壳,推动了我的信仰。"③于是在创作中,"完全的无情节性消失了,宗教的主题开始出现,取代了早年的泛神论。尽管宗教主题还不甚明朗(如《神话》、《流放》),但却具有基督教精神。这种宗教精神在第一部长篇小说《远方》(1913)中表现得更加清晰了……"④1918年至1921年,作家的宗教世界观已经明确地反映在《心灵》、《白光》、《圣尼古拉街》等作品中。

1918年扎伊采夫发表了国内阶段最重要的作品:《蓝色的星星》(Голубая звезда)。作家认为这是他前半段创作道路上"最饱满、最富有表现力的作品"⑤,标志着一个阶段的结束。这部小说重在刻画人物的心理

---

① Б.扎伊采夫:《谈谈自己》,参见 Б.扎伊采夫:《文集》(5卷本)第4卷:《格烈勃的旅程》,第587—588页。
② В.阿格诺索夫:《俄罗斯侨民文学史》,第172页。
③ Б.扎伊采夫:《谈谈自己》,第588页。
④⑤ 同上书,第589页。

轨迹，表现光明与黑暗、精神与物质的对立。主人公阿列克谢·彼得罗维奇·赫里斯托福罗夫是一个思想探索者，一个纯洁如孩童般的幻想者，一个向往永恒与爱的流浪者。他喜欢与星星交流，蓝色的织女星是他的守护者和朋友，在星辰中他看到了爱，而这种爱与他对玛舒拉的爱交织在一次，于是尘世的爱也带有了神圣的特征。赫里斯托福罗夫身上闪现着圣愚和耶稣的面容，他与陀思妥耶夫斯基笔下的梅什金颇为相似，可以说，他已经带有了圣徒的特征，是作家以后刻画的圣徒形象的铺垫。他的名字阿列克谢就是圣徒的名字，这个名字在俄罗斯文学中不止一次用在具有神性倾向的主人公身上。他的姓赫里斯托福罗夫（Христофоров）来自基督（Христ）一词。他所喜爱的玛舒拉，其名字是圣母马利亚这个名字的昵称，而玛舒拉则在"白色鸽子"宗教小组中找到了精神依靠。这些都说明，作家更钟爱精神至上的主人公，正是在这类人物身上他寄托了自己的理想。《蓝色的星星》并不是赫里斯托福罗夫故事的完结篇，作为一名思想探索者，他还在继续寻觅真理。在随后的小说《奇异的旅程》（1925）中他为自己的人生画上了圆满的句号——按照基督仁爱的法则献出了宝贵的生命。

《蓝色的星星》体现了作家前期创作的几点重要特征：首先是情节的淡化。在20世纪初的作家群中，扎伊采夫是最少受到陀思妥耶夫斯基影响的作家，密集的情节发展、尖锐的矛盾、大起大落的情绪反差在他的作品中很少出现，即使是描写决斗，也尽量弱化冲突，淡淡几笔，即让这一事件消融在永恒的生活之流中。其次是心灵风景的独特展现。作家在小说中几乎不关注外部事件，"历史事件在一旁滑过"，"内心生活在走着自己独特的道路"，"在这一生活中没有大的事件，但是这一生活是卓越的"，"喘息更像是内在的，而非外在的"。① 小说中一切都为展现内在精神生活服务，一切都与心灵的运动相关。第三是作品中宁静和谐的气氛。这份无法被外界的喧嚣、痛苦和焦虑所打破的和谐源于作家对更高远的精神世界的关注，体现在小说主人公身上，则是他对星空的特殊爱好，这种与星星的交流使他在即将发生动荡的时代面前保持了一份常人无法理解的平静。总体而言，这些前期创作的特点在作家以后的创作中也得到了充分的体现。

1917年至1922年，扎伊采夫的生活发生了巨变。二月革命中他的

---

① B. 阿格诺索夫：《俄罗斯侨民文学史》，第184页。

外甥被杀,1919年父亲去世,随后妻子与前任丈夫的儿子被枪毙,1921年作家本人也被关进监狱,1922年他又差点死于斑疹伤寒。可以说,十月革命使他无论在精神上还是身体上都经受了巨大的磨难,这些不幸使作家的思想发生了决定性的变化。在《谈谈自己》中作家说:"革命造成的苦难和动荡,不止在我一个人身上激起了宗教热情。这一点也不奇怪。与混乱、流血和无耻相对立的,是来自《福音书》和教会的和谐与光明……人又怎能不去追求光明呢?"①这种对光明的追求和对《福音书》的信仰为作家以后的生活和创作打下了坚实的基础,直到去世,他都是一名虔诚的东正教徒,而他所写的东西也延续了上述这一宗教信念。

1922年扎伊采夫告别祖国俄罗斯,生活和创作的第二阶段——侨民阶段开始了。在自传性作品《格烈勃的旅程》中扎伊采夫曾借流亡国外的主人公之口说:"离开莫斯科,开始了以前从未设想过的全新的一切。另一种生活,侨民生活,开始了。这是放逐。不会再有普罗西诺庄园,不会再有莫斯科,不会再有过去的生活,一切都留在了那边,一切都只能活在心里。"②然而正是这颗被放逐的心灵为扎伊采夫开拓了新的创作时空和人生境界。

这一阶段扎伊采夫的创作颇为丰富,主要作品有小说《金色的花纹》(1925)、《圣阿列克谢》(1925)、《圣谢尔吉·拉多涅日斯基》(1925)、《帕西的房子》(1935)、《格烈勃的旅程》(1937—1953)、《时间的河流》(1964),随笔《阿封山》(1927)、《瓦拉阿姆》(1936),传记《屠格涅夫的一生》(1932)、《茹科夫斯基》(1951)、《契诃夫》(1954),回忆录《莫斯科》(1939)、《遥远的一切》(1965)等,这些创作与前期相比更加成熟,更加深刻,也更具有宗教倾向。

扎伊采夫在侨民阶段的创作中贯穿着两大主题:一是俄罗斯主题。扎伊采夫曾说:"总体而言,离开俄罗斯的岁月却是在创作中与她联系最为密切的时期。我在国外创作的一切几乎都来自俄罗斯,充满了俄罗斯气息。"③二是宗教主题。俄罗斯形象被扎伊采夫赋予了神圣的宗教光环,东正教信仰、圣徒、普通教民、宗教仪式、圣地……在他的作品中占据中心位置。"从此这位被放逐的俄罗斯作家意识到自己的使命就是要向国外同胞和西方世界介绍神圣罗斯所保存的伟大财富——东正教,要'深

---

① Б.扎伊采夫:《谈谈自己》,第589页。
② Б.扎伊采夫:《文集》(5卷本)第4卷:《格烈勃的旅程》,第557页。
③ Б.扎伊采夫:《谈谈自己》,第590页。

入欧洲和世界,将来自俄罗斯之树的神奇幼芽嫁接到西方'。"①正是基于这一信念,扎伊采夫在创作中把俄罗斯主题与宗教主题合二为一,从宗教立场出发,重新审视发生在俄罗斯的一切。

对于俄罗斯的革命,扎伊采夫表达了自己的看法。在《金色的花纹》中作家描述了十月革命前后俄罗斯的生活变迁,他认为革命是对俄罗斯的惩罚,人们应该接受惩罚,忏悔罪过。"在这部小说中有非常明确的宗教哲学底蕴——这是对革命、对那种生活方式、对因此而蒙受苦难的人们的某种审判。这既是谴责,也是忏悔和认罪。"②在"有罪——受惩罚——忏悔——得解脱"的《福音书》思想指导下,主人公平静而驯顺的承受着降临在他们身上的考验。

在随后的作品《圣阿列克谢》和《圣谢尔吉·拉多涅日斯基》中,扎伊采夫对俄罗斯的神圣信仰做出了独特思考,重塑了俄罗斯圣徒形象。《圣阿列克谢》是依据圣阿列克谢(1354年任俄国总主教)的传记资料创作的,《圣谢尔吉·拉多涅日斯基》的情节来源于智者叶皮凡尼(14—15世纪的俄罗斯修士作家)的《谢尔吉·拉多涅日斯基传》和《德米特里·伊万诺维奇大公传》的片段。这两部小说分别对圣徒传进行了艺术加工,作品语言简洁质朴,人物形象洗练丰满。圣阿列克谢是作家对赫里斯托福罗夫这一形象的再现和深化,最终他找到了可以依靠的真理:基督之爱。而圣谢尔吉则以自己简单而虔诚的修道生活成为"教会恭顺的儿子",他用自己的一生,"通过循序渐进的、清新明朗的、内在健康的运动",获得了创造奇迹的能力。③ 在扎伊采夫笔下,俄罗斯圣徒获得了全新的面貌,他们不再具有"丑陋、歇斯底里和疯癫"的特征,他们体现出俄罗斯人性格中"明朗、透明而又匀称的光明"。④

在侨民阶段扎伊采夫完成了两次朝圣之旅。在圣地随笔《阿封山》和《瓦拉阿姆》中,扎伊采夫深化了自己的信仰,"焕然一新,从内到外都变得明亮了"⑤。在《阿封山》中,他从一个普通旅行者的视角出发,向读者展现了东正教圣地神圣而纯洁的生活画面。作品中没有虔诚的布道和说教,都是朴实而真切的感受,是对圣地生活的点点滴滴所作的审美描述。

---

① A. 柳勃穆德罗夫:《鲍里斯·扎伊采夫的神圣罗斯》,参见网页:http://www.pravoslavie.ru/jurnal/culture/zaitsev.htm。
② Б. 扎伊采夫:《谈谈自己》,第590页。
③ B. 阿格诺索夫:《俄罗斯侨民文学史》,第181页。
④ 参见 B. 阿格诺索夫:《俄罗斯侨民文学史》,第179页。
⑤ A. 柳勃穆德罗夫:《鲍里斯·扎伊采夫的神圣罗斯》。

正如作家在《前言》中所说:"我想努力传达出我对阿封山的感受:我是如何在其中观察、倾听和呼吸的。"对于作家而言,阿封山是一种远离尘世但却始终为尘世祈祷的守护力量,"它充满了基督教的芬芳气息,也就是说,使它充盈的不是律法而是神恩,使它圆满的不是威慑而是爱"①。而神恩和爱正是扎伊采夫本人对宗教的切身体验。

在侨民阶段的创作中,扎伊采夫还有不少描写修道生活的小说。在《帕西的房子》中修士梅利希谢德克身上体现出东正教对世界、对苦难等问题的看法:"神的公正、恶、世界命运的最终秘密对我们而言是秘而不宣的。我们只能说:爱神、信神,他不会有坏的安排。"在最后一部小说《时间的河流》中,扎伊采夫塑造了两种不同类型的修士形象。一位是普通民众出身的修士大司祭萨瓦吉,另一位是知识分子出身的修士大司祭安德罗尼克(其原型是扎伊采夫家的神甫——大司祭基普里昂)。前者身上带有较多尘世特征,而后者则对世界充满诗意幻想,尽管他们两位都虔诚修行,渴望与神亲近,但小说中最接近神的却是修道院的看门人。他没有受过正规的神学训练,但却表现出内在的深度恭顺。对于神所安排的事情,无论是赐予的,还是夺走的,他都毫无怨言的接受,并始终抱着一颗感恩的心。他引用圣保罗的话说:"要常常喜乐,不住的祷告,凡事谢恩……"②

可以说,在扎伊采夫侨民阶段的创作中宗教占据了主导思想地位。作家认为隐忍、恭顺、信心、博爱等基督教道德准则值得颂扬,同时他还肯定了苦难的价值、忏悔的力量和不以暴力抗恶的原则。这些观点体现出《新约》,尤其是《福音书》对作家创作的重要影响。作家本人曾说:"有些真理只能静观,有些真理只能体会……无法解释什么是善、光、爱(只能去接近)。我应该自己去感受。某种我存在深处的东西应该连接起来、拆分开,起航、靠岸……我还记得 15 年前的那个瞬间,我突然感觉到《福音书》的全部光明,这本书第一次像奇迹一样打开在我面前。尽管我从童年时代就读过它。"③《福音书》真理不仅体现在扎伊采夫的创作中,也体现在他的生活中——侨民阶段他始终过着简朴诚实、严谨虔诚的生活。对他而言,一切都是"你的旨意",无论生活还是创作,上帝都不会有坏的安排。

---

① Б. 扎伊采夫:《阿封山》,参见网页:http://st-jhouse.narod.ru/biblio/athon/boza/foreword.htm。
② 《新约·贴撒罗尼迦前书》5:16—18。
③ A. 柳勃穆德罗夫:《鲍里斯·扎伊采夫的神圣罗斯》。

在侨民作家中,扎伊采夫以自己的创作和人品赢得了很高的声誉。1928 年他被南斯拉夫国王授予圣萨瓦勋章,1947 年起直到去世他一直担任法国的俄罗斯作家协会主席。1972 年,91 岁的扎伊采夫在巴黎安然逝世,人们在圣亚历山大·涅夫斯基教堂为了他举行了安魂祈祷仪式。十几年之后,扎伊采夫的作品才得以回归俄罗斯。

对于扎伊采夫其人,同时代人如此评价:作家 M. 奥索尔金认为他是"一个俄罗斯人,一个有信仰的人,一个有爱心的人";熟悉他的 M. 诺维科娃—普林茨回忆道:"一张瓜子脸,有几分像圣像画……在鲍里斯·康斯坦丁诺维奇的身上,完全没有什么功利色彩。他总是不慌不忙,浑身上下都流露着轻柔和纤细。他是一个地地道道的诗人作家……";几乎所有认识他的人都谈到他那"圣像般的面容",他的宁静与神圣。① 对于他的创作,A. 勃洛克说:"鲍里斯·扎伊采夫打开了自己抒情意识的所有迷人国度:宁静的和透明的一切。"П. 克岗说:"我们不知道还有如此热情的爱着生活和她的所有表现的诗人。"A. 戈恩费里德说:"他的话语是聪慧的、敏锐的、温柔的、明晰的——就像他在《静静的朝霞》中所描绘的湖泊一样……"② B. 阿格诺索夫在《俄罗斯侨民文学史》中对扎伊采夫作了总结性的评价:"他的写作风格没有什梅廖夫那样鲜艳的色彩,没有列米佐夫那样的文字游戏,也没有纳博科夫那样的精细雅致。但是,若是缺少了扎伊采夫,缺少了一位无论是作为作家还是作为个人的扎伊采夫,俄罗斯的侨民文学,甚至整个俄罗斯文学,也许都是不完整的。"③

二

《格烈勃的旅程》(*Путешествие Глеба*)是扎伊采夫的自传四部曲,也是他侨民阶段创作的总结。有评论者把它与布宁的《阿尔谢尼耶夫的一生》、什梅廖夫的《神的禧年》相提并论,④也有评论者认为它是扎伊采夫最佳的"抒情小说",⑤而作家本人则称它为"小说—编年史—叙事长

---

① 参见 B. 阿格诺索夫:《俄罗斯侨民文学史》,第 171 页。
② T. 普罗科波夫:《鲍里斯·扎伊采夫:命运和创作》,参见网页:http://www.classic-book.ru/lib/sb/book/877。
③ B. 阿格诺索夫:《俄罗斯侨民文学史》,第 192—193 页。
④ 参见 B. 阿格诺索夫:《俄罗斯侨民文学史》,第 191 页。
⑤ M. 米哈伊洛娃:《侨民阶段 Б. К. 扎伊采夫的创作》,参见网页:http://www.portal-slovo.ru/rus/philology/258/558/。

诗"（роман-хроника-поэма）。

《格烈勃的旅程》创作时间跨度较大，它由四部各自独立又相互联系的小说构成：《朝霞》(1937)、《宁静》(1948)、《青年时代》(1950)、《生命树》(1953)。这四部小说的名称分别象征主人公生命历程的不同阶段：伊甸园般无忧无虑的童年时光、寂静成长中的沉思少年、热情探索的青年时代、信念坚定的中年格烈勃及其家人。小说从19世纪80年代开始写起，一直写到20世纪30年代，地点涉及俄罗斯不同省份的庄园、小城、莫斯科，再到德国、意大利、芬兰、法国。主人公的旅程不仅是时间的旅程——生命成长的轨迹，也是空间的旅程——在俄罗斯大地和欧洲大地上的流浪与朝圣。在小说中，作家希望通过描绘格烈勃"对生活目的的寻求、宗教困惑和接近真理的道路"[①]，表现世纪之交俄罗斯青年的命运和"20世纪的人接近上帝之途径"[②]。

《朝霞》从格烈勃五六岁写起，直到他去卡卢加上中学为止。这段时光是格烈勃一生中最无忧无虑的日子，田园诗般的自然美景和优越的物质生活包围着他，在父母的宠爱中他健康成长。世界对他而言充满善意和惊喜，每一个日子，日子里的每一个小小的事件，对他来说都是崭新的，都是值得赞叹的。小说开篇就是一个6月的清晨，这个清晨并无特别之处，但对一个五六岁的孩子而言，每一天都是与众不同的："……某种不可思议的、耀眼的光，那些云雀，蔚蓝色的天空，草地热腾腾的芬芳——虽然刈草季节尚未到，但那甜蜜的气息已令人融化，所有的一切都在光里颤动、凝神、飞舞，仿佛有只看不见的长脚秧鸡在敲打着光的音乐。似乎马上就要在幸福和天堂的感觉里窒息……"[③]懵懂的格烈勃尚浑然不知，但上帝的"光"已打在他的身上："赞美神，称颂上帝之名！这个孩童尚不知天堂为何物，上帝是谁，但一切都在乡村闪光的清晨降临了……"[⑤]同样是一个毫不出奇的冬夜，孩子们滑雪回来，喝过茶，父亲在灯光下给他们读果戈理的《塔拉斯·布尔巴》。对格烈勃而言，这个夜晚依然与众不同："这个夜晚对于格烈勃来说充满了强烈而崇高的感情。他第一次体会到了诗意，接触到了比日常生活更高远的世界。这种诗意不仅在书中，也在周遭。当然，他还太小，还无法理解这所有美好的恩赐——围绕着他的爱、关怀和温柔的氛围。桌上的灯，果戈理，身边的亲人，宽敞舒适的家，

---

① Б. 扎伊采夫：《谈谈自己》，第592页。
② В. 阿格诺索夫：《俄罗斯侨民文学史》，第191页。
③④ 《格烈勃的旅程》，第27页。

原野,俄罗斯的森林——这种幸福他还无法理解,不过这个夜晚他也无法忘却。"①从这两个细小的生活片断可以看出,小说从一开始就营造出了双重的艺术世界。一个是通过格烈勃的眼睛和心灵观察到的世界,这是物质的世界,懵懂的世界;另一个是从全能的观察者的视角看到的世界,这是精神的世界,信仰的世界,充满光明与和谐的世界。而格烈勃的旅程也可以看作是从第一个世界到第二个世界的旅程。

童年的格烈勃对信仰并没有太多感触。他的家庭对宗教没有表现出特别的热情,一切都按照传统的习惯进行,过节去教堂,婚丧嫁娶也去教堂。此时宗教对格烈勃而言还远非信仰,只是生活必备的仪式。比如圣诞节要请神职人员来家里:"父亲第一个走近十字架,随后是母亲,最后是孩子们。格烈勃毫无感觉地俯身倾向十字架。他最担心的问题就是不要做出什么尴尬的动作来,不要引起那个穿着法衣、戴着奇怪的雪青色帽子的老头的不满。"②

在《宁静》中,格烈勃的生活发生了变化,童年的乐园一去不返,枯燥而刻板的中学时代开始了。卡卢加的中学生变得更加孤独,更爱沉思了。一些童年时代从未出现过的问题开始困扰他:何为人?何为生活?死代表什么?永生又是什么?年少气盛的他总想通过自己的努力弄清这些问题。对于宗教,他还没有认真思考过,但对于《旧约》,他却已经有了自己的看法。在神学课上,他忍不住批评以利沙③的残忍,认为他不应该报复童子,他不明白为什么上帝可以容忍这样的暴行。对于这个有抵触情绪的孩子,神学教师帕尔菲尼神甫没有生气,相反,他一直关注着他,并有些为他担心。对于他的困惑,帕尔菲尼神甫解释道:"我们不该评判主所选的人的行为","也许随着时间的推移,你会明白那些现在令你激动不安和晦暗不明的问题。"④在课后的谈话中,帕尔菲尼神甫对格烈勃谈到了信仰,他认为信仰是一种心境,"在这种心境中,折磨人的问题会自己走开,被另外一些东西所取代。这一刻格烈勃觉得他几乎是信的,这并非因为有什么道理说服了他,而是出于一种感觉:此时此刻他感到了某种平静

---

① 《格烈勃的旅程》,第54页。
② 同上书,第57页。
③ 以利沙去伯特利的路上,"有些童子从城里出来,戏笑他说:'秃头的上去吧!秃头的上去吧!'他回头看见,就奉耶和华的名诅咒他们。于是有两个母熊从林中出来,撕裂他们中间42个童子。"(参见《旧约•列王纪下》2:23—24)
④ 《格烈勃的旅程》,第225页。

的、光明的东西,某种可以与之快乐生活的东西"①。这种平静与光明的东西正来自小说中那个信仰的世界,但信仰对于少年格烈勃而言还充满迷茫。他不理解《旧约》中"以牙还牙"的原则,也不理解大司祭约翰·喀琅施塔茨基的神圣意义。但无疑,帕尔菲尼神甫以自己的平静和智慧推动了格烈勃对信仰的理解。

中学时代的学监亚历山大·格里戈利奇也对正在迷雾中摸索的格烈勃产生了一定的影响。当格烈勃在神学课上因为不熟悉"大洪水"的情节而得了二分时,学监找到了他。这位学监没有责备他,而是真诚地谈到了自己对这一问题的看法。他认为关于上帝的内容是不能死记硬背的,信仰需要用生命去体会:"我年轻的时候也像你一样并不怎么虔诚,很少去钻研神的律法——这一点我现在很懊悔,并在努力弥补……《福音书》、《使徒行传》、《旧约》,这些我现在常常读。""信仰有时候很难,需要生活经历。你越是生活下去,就越会觉得生活的艰难,也就越需要不变的真理。如果你真的信仰真理,那就应该不去评判生活,而应该像接受造物主布置的作业一样接受它,不管是好还是坏,都要去完成它。"②这位学监以自己的亲身经历向格烈勃证明了信仰的必要性,虽然他事业不如意,身体也不好,但即使在他重病将死的时候,他也丝毫不抱怨生活,不抱怨上帝,他真诚的话语和感恩的心灵给格烈勃留下了强烈的印象。如果说帕尔菲尼神甫试图在精神上引领格烈勃进入信仰世界的话,那么学监则以实例向格烈勃证明了信仰与生活密不可分的联系。

但中学时代的格烈勃还没有真正介入生活,他只是生活的旁观者。不过周围人的悲欢离合已经使他感到生活不再像童年时那样稳固与和谐了,生活的苦难正在慢慢向他显露。虽然倔强的少年依然企图通过自己的智慧去弄明白一切,但他也诚实地发现,生活中有太多他无法明了、无能为力的事。对于这个徘徊在信仰门槛的少年,帕尔菲尼神甫说:"去生活吧,去体会吧……""重要的,重要的是要知道,神就在我们之上。神与我们在一起。神在我们心中。永远。""信仰吧,信仰神吧。爱神吧。一切都会来临的。要知道,他不会有坏的安排。对世界如此,对我们的生活也是这样。"③可以说,这两位中学教师都没有用抽象的理论去说服格烈勃,他们与格烈勃分享自己对生活的真实感悟,以虔诚而达观的信仰者的精

---

① 《格烈勃的旅程》,第 226 页。
② 同上书,第 259—260 页。
③ 同上书,第 287—288 页。

神感染着格烈勃。正是在这样的思想指导下,格烈勃迈入了自己的青年时代。

《青年时代》讲述了格烈勃在莫斯科的大学生活——爱情、事业、朋友、家庭。小说没有继续讨论格烈勃的信仰问题,但显然,他在按照帕尔菲尼神甫的话继续自己的生命旅程——生活,并体会。他不再是一个旁观者,而是生活的积极参与者,品尝着人生的悲喜。小说也不再仅仅局限于谈论格烈勃的一切,而是展开了画卷,别人的生活、社会的动荡、历史的车轮——进入读者的视野。在人群中,格烈勃寻找着未来的道路,进行着紧张的内心探索。经过彷徨和思考,他最终选定了自己的事业,要成为一名作家。他的创作天分不断展现出来,在艺术世界里,他表达着自己对生活和历史的观感。在经历了1905年革命的动荡之后,第一次世界大战、十月革命、国内战争接踵而来,充斥着暴力和恐怖的混乱生活开始了。这时的格烈勃对人、对生活已经有了更深的理解,他不再以自己的判断去解读《旧约》,而是从《旧约》的"以牙还牙,以眼还眼"走向《新约》,《新约》,尤其是《福音书》,对他影响很大。值得指出的是,帕尔菲尼神甫等人只是把格烈勃引到了信仰的门口,而如何信仰,却需要格烈勃自己去体会。值得庆幸的是,20世纪的苦难与不幸没有压垮格烈勃,反而推动了他的信仰。如果说在《宁静》中童年的世界随着格烈勃的成长而变得越来越不稳固、越来越脆弱,那么在《青年时代》,这个世界已经开始倾斜、瓦解,第二个世界——和谐光明的信仰世界接纳了格烈勃。他完全按照《新约》的指导和《福音书》的教诲做人做事,对于发生在周围的灾难和不幸,他没有抱怨、没有憎恨、也没有反抗,他以谦恭驯顺的态度承受着一切,坚持写作,坚持光明的信念,即,上帝不会有坏的安排。到此为止,可以说格烈勃对宗教和信仰已经有了充分的认识。

在《生命树》中,格烈勃的信仰与俄罗斯的命运紧紧联系在一起。重病的格烈勃在死亡的边缘徘徊了13个昼夜,在医生已经放弃的情况下,妻子艾丽虔诚的祈祷拯救了他。这说明上帝没有遗弃格烈勃,信仰会拯救苦难中的人们。这段情节也具有深刻的象征意义,即,俄罗斯的命运尽管岌岌可危,但对上帝的信仰将帮助她渡过难关。正如他们的朋友沃连卡临终时所说:"你记得我在你们家的晚会上读过的安德烈·别雷的诗吧:世界会消失,上帝会将它遗忘。夜里碰巧又想起来了。这当然是不对的。上帝还在,他不会遗忘,记住这一点……上帝还在,也不会抛弃我们,但他的道路,他的道路不是我们的头脑可以想明白的。"①这种信念一直存在于格烈勃和艾丽心中,东正教信仰支撑着这个被迫离开祖国的家庭。永别俄罗斯的那一夜,格烈勃一家像"大洪水"中的挪亚一样登上了"方舟",几经辗转,他们来到意大利。夜晚,当格烈勃独自坐在广场上,在星空的寂静中,"忽然从天上缓缓的、在有些神秘的飞行中旋转着,降下一枚鸽子的羽毛,它小小的,轻轻的——落在格烈勃的肩上……它从哪里来呢?鸽子们早已睡着……但它却飞来了……格烈勃有些激动的取下了它"②。这枚鸽子的羽毛被格烈勃一家赋予了神圣的意义,就像大洪水中挪亚的鸽子一样③,这枚羽毛象征着可以栖居的土地,也预示着上帝不会抛弃流落异乡的俄罗斯人。由此可见,在《生命树》中信仰已经深深扎根在格烈勃的心灵土壤中了。"生命树"所象征的不仅是后代的繁衍——格烈勃的女儿等新一代希望,也象征着信仰之树的生生不息——新一代对信仰的继承。格烈勃的尘世旅程会结束,第一个世界会随着生命的烛灭而消失,但第二个世界,信仰的世界,平静与光明的世界会永存。格烈勃虽然失去了第一个世界,但他获得了第二个世界。在远离俄罗斯的土地上,格烈勃书写着关于俄罗斯的一切,他要把俄罗斯、俄罗斯的神圣信仰、俄罗斯的圣徒保存、珍藏起来,他相信俄罗斯的生命之树将永不会枯竭。

　　小说中格烈勃的形象包含着两个重要的思想特征。第一,谦恭驯顺的基督徒美德。这首先体现在格烈勃的名字中。在基辅罗斯时期,弗拉基米尔大公有三个儿子——斯维亚托波尔克、格烈勃和鲍里斯。大公死后,斯维亚托波尔克为了争夺大公之位,向两个弟弟宣战。格烈勃和鲍里斯本可以反抗,但为了避免内战,他们自愿接受死亡,无辜受难。1040年他们被封为圣徒,以表彰他们虔诚恭顺的基督徒美德。小说中主人公的名字与圣格烈勃相同,而作家本人的名字与圣鲍里斯相同,这里的寓意非常明显,无论作家还是主人公都将按照基督徒的美德走完自己的人生道路。第二,忏悔的主题。在格烈勃看来,上帝不是无缘无故惩罚俄罗斯的,每个人都应该为这种惩罚去忏悔赎罪。对于格烈勃而言,这种忏悔与

---

①　《格烈勃的旅程》,第420页。
②　同上书,第489页。
③　挪亚首先放出去一只乌鸦,随后"他又放出一只鸽子去,要看看水从地上退了没有。但遍地上都是水,鸽子找不着落脚之地,就回到方舟挪亚那里,挪亚伸手把鸽子接进方舟来。他又等了七天,再把鸽子从方舟放出去。到了晚上,鸽子回到他那里,嘴里叼着一个新拧下来的橄榄叶子,挪亚就知道地上的水退了。他又等了七天,放出鸽子去,鸽子就不再回来了。"(参见《旧约·创世记》8:6—12)

他童年和少年时代的打猎行为紧紧联系在一起。在父亲的带领下，格烈勃曾沉迷于打猎，丝毫没有考虑这一行为意味着什么。虔诚信仰天主教的奶奶默默地谴责这种杀生游戏，姐姐丽莎也因为他射杀小松鼠而生他的气，女教师索菲亚认为向鸟儿开枪是可耻的行为。但格烈勃一直沉浸在打猎的乐趣中，直到他完成自己的壮举：杀死了一头成年驼鹿。不过这种快乐却伴随着空虚，"这是一头带着小驼鹿的母驼鹿。射杀它，格烈勃甚至违背了猎人的原则而犯下了罪行"①。在这之后，格烈勃再也没有感觉到打猎的快乐，当他慢慢接近信仰的道路后，这种打猎行为再也没有出现在他的生活中。除此之外，小说中的忏悔主题还体现在少年格烈勃对教堂、圣徒的漠不关心的态度上，成为侨民的格烈勃站在芬兰边境遥望对岸的俄罗斯，他为自己中学时代对待大司祭约翰·喀琅施塔茨基的轻浮态度而懊悔不已。过去的骄傲、无知、倔强已经被谦恭、驯顺、温和所代替，成年格烈勃面对以往的过错不断忏悔，勇敢地背负着自己的十字架。

除了格烈勃的旅程，小说中还穿插了其他人的旅程。尤其在《生命树》中，作家着力刻画了几个具有鲜明特征的俄罗斯信仰者形象，他们对宗教的深刻理解从不同侧面烘托了小说的主题。

《生命树》中根纳季·安德烈伊奇的形象在小说中占有重要的地位。他是艾丽的父亲，一位古钱币学家。他潜心学问，无论做人做事，都严格要求自己。然而革命改变了他的生活，周围的混乱和灾难使他开始重新思考一切，过去从来不去教堂的他，却发现原来教堂的礼拜仪式和庄严气氛能够抚慰人心。他不再像以前那么严肃，女儿和外孙们都觉得他变得和蔼可亲了，他甚至请求妻子原谅他以前太过忽略家庭的过错。在格烈勃一家离开祖国的时候，他把一张古老的圣像送给了格烈勃的女儿塔尼娅，这张代代相传的圣尼古拉像是受难者和旅行者的保护神。作家通过他的口说出了格烈勃等人对革命的看法："这是一场最巨大的灾难。但它是主施与的。这是他的神圣旨意，也就是说，是我们应得的……"②而如何在这苦难的世纪中穿行，作家也通过他的话点出了小说最推崇的道德准则：谦恭温顺。他为自己的曾外孙取名"安德烈"，这是谦恭温顺的圣安德烈的名字，这种驯顺精神恰好对抗可怕的时代。"这种对立就像'山上宝训'与恶的对立一样，这个名字本身就包含着永恒而伟大的真理，任何

---

① 《格烈勃的旅程》，第 151 页。
② 同上书，第 529 页。

地狱的力量都不可能战胜这种真理……"①在临终时,根纳季·安德烈伊奇再次强调了能够照亮一切的《福音书》真理。他把一本旧《福音书》传给女儿安娜,并且说:"这是《福音书》……书签正好夹在《路加福音》第六章。山上宝训。那里包含了一切。拿去读吧。去爱吧。传授给孩子们,转赠给他们,让他们去读,去敬仰……这就是全部。一切尽在这本小书中了。生活在继续,旧的世界崩塌,新的又被建立,我们不明白这一切,但我们会活下去,会相爱,会有苦难,也会有死亡,会互相折磨,也会互相撕咬。而这本小书将长存,永放光明。"②正是这本"永恒之书"为小说营造出了一个光明和谐的信仰世界,它的光照彻了整部小说,而小说中的人物,几乎都按照《福音书》真理实践着自己的尘世生命。

叶夫多基娅·米哈伊洛夫娜就是福音书真理的实践者之一。她是一名普通的俄罗斯妇女,唯一的希望就是正直善良的儿子,但这位刚刚毕业的年轻军官,在1917年的二月革命中第一次值勤就死于非命,他的无辜受难让叶夫多基娅痛不欲生。"对于我来说,谢廖沙就是生活的全部,但他被夺走了。不过那时上帝没有遗弃我。他没有让我陷入绝望。我对自己说:'一切都是你的旨意!'拿走他,意味着会有更好的安排。也就是说,为了某个原因必须这样做。"③苦难使叶夫多基娅的信仰更加坚定了,她除了从事残疾儿童工作,就是去教堂,在那里她与神甫一起帮助穷苦人,为受难者祈祷。她对格烈勃的母亲说:"除了信仰,如今生活中还剩下什么呢? 如果连这种最崇高的东西都要拒绝,那还靠什么存活在这可怕的世界上呢?"④对于小姑娘科萨娜的胆怯温顺,她也有自己的看法:"也许,胆怯、温柔和些许恭顺恰好能够帮助她在如今这残酷的生活中立足。"⑤尽管生活遍布苦难,但叶夫多基娅不抱怨,也不懊恼,她与《时间的河流》中那位看门人一样,始终对上帝抱着一颗感恩的心。

在叶夫多基娅的影响下,温顺的科萨娜也走上了信仰的道路,甚至在压制和迫害宗教信仰的无神论时代,她也坚守信仰。格烈勃的母亲曾认为信教是普通民众的事,知识分子不该像他们一样。但受过高等教育的叶夫多基娅和维克多神甫却都是虔诚的教徒,她也慢慢改变了自己的看

---

① 《格烈勃的旅程》,第 560 页。
② 同上书,第 571 页。
③ 同上书,第 550 页。
④ 同上书,第 546 页。
⑤ 同上书,第 545 页。

法。临终前她提出要领圣餐,但神甫来到时她已经去世。按照教会的说法,如果临终的人因为某种障碍而无法领圣餐,圣瓦尔瓦拉会以神秘的方式为其授圣餐。而格烈勃的母亲恰好叫瓦尔瓦拉。她一生虽然对宗教仪式比较冷淡,但在行为上却堪称一个严守教规的人。除此之外,还有热情虔诚的索尼娅、温顺的丽莎、像太阳一般温暖人心的艾丽,以及许多出现在格烈勃旅程中的普通信仰者,他们和主人公们一起,共同营造了一个由信仰支撑的苦难而光明的俄罗斯形象。

第四章 虔诚的罪和《赞美诗》①

《赞美诗》(Псалом)是俄罗斯侨民作家Ф.戈连施坦(Фридрих Горенштейн)(1932—)的代表作之一,它写于1975年,1986年发表于国外,1991—1992年作为回归文学发表于俄罗斯《十月》杂志上。这部小说中包含了不少作家本人的基本观点和思想,其中涉及了宗教、道德、社会、民族、文化、历史等问题,是一个时代的反映,同时也是作家在漫长的岁月中苦难历程和虔诚思虑的结晶。

《赞美诗》以寓言故事的形式写成,很难把它归入某一流派。有人认为在受《旧约》影响方面它类似卡夫卡的作品,但在魔幻现实主义方面又可以类比马尔克斯的作品,在偶遇和巧合的情节布置上酷似《日瓦戈医生》,但在神话和现实的交织方面又与《大师与玛格丽特》相仿,冗长的论述和全能者的手笔似乎来自Л.托尔斯泰的影响②,但对罪的痴迷又让人想到陀思妥耶夫斯基。在小说中戈连施坦的笔调之残酷、描写之冷漠,使其作品酷似凌驾于堕落的人类之上的道德—审美法庭。③ 小说中提出了一系列存在主义的问题:命运、死亡、罪和救赎,其中罪和报复是小说的主题。④ 同时戈连施坦还是一位把性带入苏联文学的作家,但却是带着对性的仇恨回归的人。⑤ 他的小说中充满着大提琴的痛苦和美交织在一起的旋律,其中主要讨论了三个问题:爱,基督教和沙文主义。⑥ 可以说,这是一部残酷时代的残酷小说,其中只听见"骨头的碎裂声和牺牲的呻吟"。⑦ 20世纪90年代这部小说问世之后,评论家们纷纷发表文章,从不

---

① 本文的大部分内容曾刊登于《俄罗斯文艺》,2006年第1期,第40—43页。
② В.伊万诺夫:《〈赞美诗〉:关于神的四种死罪的沉思小说》,俄罗斯《十月》杂志,1991年第10期,第3—6页。
③ П.尼古拉耶夫主编:《20世纪俄罗斯作家》,莫斯科:科学出版社,2000年,第199页。
④ И.普鲁萨科娃:《残酷世纪的作家》,俄罗斯《涅瓦》杂志,1993年第8起,第260页。
⑤ Е.季哈米洛娃:《来自地下室的厄洛斯》,俄罗斯《旗》杂志,1992年第6期,第223页。
⑥ Н.伊万诺娃:《隐秘的情节:世纪之交的俄罗斯文学》,圣彼得堡:俄罗斯—波罗的信息中心出版社,2003年,第433页。
⑦ И.普鲁萨科娃:《残酷世纪的作家》,第266页。

同角度阐释这部作品的主题和内涵,侧重虽有不同,但却一致认为《赞美诗》是一部难能可贵的经典作品,其中探讨了爱、恨、恶、罪、救赎等宗教性问题。这部小说的寓言形式和其中对《圣经》的大量引用,对基本的宗教问题的讨论,对《福音书》的解析,以及贯穿小说始终的敌基督形象等,都使这部小说具有丰富的文化内涵和宗教情愫。

《赞美诗》是一部神圣文本和世俗文本相结合的小说。它的神圣层面以《圣经》为基础,对《圣经》中的情节和人物进行模仿和改观,对《旧约·以西结书》中的隐喻进行阐释,直接引用大量《圣经》文本语言作小说的对白,这些因素都为小说营造出一种神圣的气氛。同时,小说亦有其丰满的世俗性内容和发展线索,它紧贴现实,体现世俗生活,描写苏联时期普通民众的命运和遭遇,并糅合了不少作家本人的亲身经历,这又使该小说充满了生动的情节和感人的故事,具有很强的可读性。下面主要从小说人物形象的角度入手分析,阐释主人公命运中所隐含的象征性代码,寻找这部小说的主题曲。

敌基督(антихрист)是小说中最重要的人物形象,他是神圣文本的主角,也是连接神圣文本和世俗文本之间的纽带。敌基督这个名称乍听起来似乎是基督的对立面,是相对于拯救而言的陷害、诱惑和堕落,是相对于神而言的魔鬼,是相对于上帝而言的撒旦。敌基督一词在《约翰一书》中出现过,约翰说:"小子们哪,如今是末时了。你们曾听见说,那敌基督的要来;现在已经有好些敌基督的出现了,从此我们就知道如今是末时了。"[1]他又说:"谁是说谎话的呢?不是那不认耶稣为基督的吗?不认父与子的,这就是敌基督的。"[2]此处的敌基督正好对应《福音书》中提到过的假基督(лжехрист),耶稣说:"那时,若有人对你们说:'基督在这里,'或说:'基督在那里,'你们不要信。因为假基督、假先知,将要起来,显大神迹、大奇事。倘若能行,连选民也就迷惑了。"[3]《启示录》中也提到龙、古蛇、魔鬼、撒旦,[4]它们也是《圣经》中所言的敌基督的一种变体。通常《圣经》意义上的敌基督是人神,即自称为神的人。"在俄罗斯神学思想里,人神也被称为敌基督。"[5]但小说中的敌基督并不是人神,也不是《圣

---

[1] 《新约·约翰一书》2:18。
[2] 《新约·约翰一书》2:22。
[3] 《新约·马太福音》24:23—24。
[4] 《新约·启示录》20:2。
[5] 张百春:《当代东正教神学思想》,第511页。

经》中所提到的假基督、敌基督,而是本质上与基督相通的神人。此处作家用自己完美的艺术构思塑造了一个完全另类的敌基督形象,即,不是代表恶与虚伪的敌基督,而是带有某种叛逆精神和复仇性质的敌基督,他作为圣言的另一种表达形式,是认耶稣为基督的神性存在,是神人。神人主要指基督耶稣,他是神,也是人,在他身上人性和神性完美结合,他具备完整的人性,但却不沾染原罪,他是理想的人,是具有神性的人。小说中的敌基督虽然可以称为神人,但他与基督还是有一定的区别,他本身虽然没有原罪,但他却会犯罪,接受撒旦的诱惑。可见,小说中的敌基督是一个比较综合的形象,他追随基督,但还未达到基督的完美程度,所以,他是作家创造出来的基督的辅助角色,是作家的宗教思想的一种表达形式。

  在小说中敌基督是贯穿始终、连接五个寓言故事的一条红线,他既是神圣文本中的评判者和旁观者,又是世俗文本中的直接参与者。敌基督是上帝的使者,被派到人间来,不是为了拯救和爱而降临人世,而是为了诅咒和惩罚。他带着与他的兄弟——雅各第四个儿子犹大的后代耶稣——相反的使命进入世界,他拯救的对象不是罪,而是罪的牺牲,不是驱逐者,而是被驱逐者。他诅咒、惩罚、报复,但他并非撒旦,并非冷漠无情的魔鬼,而是对人类流露出深深同情和悲悯的神人。他是基督的兄弟和助手,不是他的敌人,不是要把魔立于神之上者,而是从另一条途径行神事者。① 在小说中提到,敌基督是雅各的儿子但的后代。为什么但的后代成为了敌基督呢?这是因为在《圣经》中雅各早就预言了但的命运:"但必判断他的民,作以色列支派之一。但必作道上的蛇,路中的虺,咬伤马蹄,使骑马的坠落于后。耶和华阿!我向来等候你的救恩。"② 由此我们可以推知,敌基督作为神,下降为人,带着上天的使命来考验世人,协助基督。敌基督不是人神,他是虚己的,不是为了自己的荣耀,而是为着天父的荣耀而行事,这是他与《圣经》中的假基督和敌基督所不同的地方,也是他与基督相似的地方。雅各把但一族比喻为蛇,是非常具有象征意义的。蛇的形象非同小可,早在伊甸园中它就不甘寂寞,开始干涉人和上帝之间的事务,引诱人类犯罪。由于蛇的诱惑,人具有了原罪,开始进入苦难的人间。可以说,蛇是人类苦难的一个原因。在小说中,蛇的化身敌基督是作为一个判断的形象出现的,他引诱人犯罪,并以此来判断人类的心灵是否坚定,用选择的自由来考验人类的意志。从这个方面说,蛇作为撒

---

① H.伊万诺娃:《隐秘的情节:世纪之交的俄罗斯文学》,第 429 页。
② 《旧约·创世记》49:16—18。

旦的那种反叛上帝的傲慢消失了,蛇成了上帝的助手,代表智慧和试探,代表人类堕落的某种界限。但是敌基督作为上帝的使者,也在等待着上帝的救恩,因为相比较基督而言,他并没有那么完美,但正因为他的不完美他才成其为一个独特的角色,而不仅仅是对基督的简单模仿。他作为人,受到魔鬼的诱惑,也同样经历了自己走向上帝的苦难历程。从某种角度来说,他的角色和先知的角色非常相近,所以小说中很多该他说话的地方,都用《圣经》中先知的语言代替了,但是,他又比先知多了一分神性的力量。如果从《圣经》方面来界定的话,我们可以认为敌基督是一个杂糅的形象。

在第一个寓言故事,即关于丢失的兄弟的寓言故事中,敌基督作为一个犹太少年出现在1933年苏联的某个集体农庄中,怀念着遥远的故乡。由于施舍了一块面包给小女孩玛莎,敌基督被拖拉机队长追捕。但由于他具有神赐的力量,可以瞬间消失,也可以瞬间击败敌人,并施以惩罚,所以企图伤害他的拖拉机队长受到了应有的处置。在其他故事中,敌基督也曾经运用自己的神力使罪人立刻死亡,他的惩罚和诅咒表现得很分明,这也是他所背负的上帝使命之一。他像基督一样在人间行走,但却很少与人交往,他窥见人们内心的阴暗和恶,感受着人们异样的目光,但却始终保持沉默,没有像基督一样处处传道,试图感化世人。在几个寓言故事中,敌基督都是突然出现,又突然消失的,他时不时闪现在小说的某处,起着非常关键的作用,然后又离开,把小说的发展带到另外的某处。对于作家而言,他是小说的脊梁,是作家本人的影子。他是一个尘世的漂泊者,在这点上他又同基督很相似。他接受上天的指示,到应该去的地方去,寻找应该寻找的人,完成自己的使命,然后出发去另一个地方。他从少年变成一个老人,并且以人类的躯体接受了死亡的入侵。在这方面他也酷似基督。如果说他身上的人性使他必须接受人类的弱点的话,那么无法抗拒的死亡就是其中之一,正如《圣经》中所言:"因为罪的工价乃是死。"① "罪既长成,就生出死来。"② 死亡在第一亚当选择了自己的道路时,就紧紧地与人类的命运联结在一起,死亡是人堕落的结果,而神性的使者必须在自己的身上包容死亡,才有可能用神性去克服和消弭死亡,进入神的天国。

但小说中作家并没有刻意关注死亡,虽然死亡在小说中比比皆是。

---

① 《新约·罗马书》6:23。
② 《新约·雅各书》1:15。

死亡只是一种表现手段,通过死亡,作家想要强调的是上帝的全能和人类的罪,死亡烘托出的是人类生存的苦难意识。整部小说中充满了各种各样的苦难,反复提到的苦难不外乎四种,即来自《圣经》的刑罚,先知以西结道出的四种灾祸:饥荒、刀剑、淫欲和瘟疫。这些灾祸与其说是在惩罚人类,不如说是在历练人类,人类的心灵在这些苦难中得到神圣的洗礼。按照作家的构想,上帝使灾难降临到人类头上,但却并没有用大能的手彻底摧毁他们,说明他对人类依然怀有深深的爱,而灾难的降临也说明人身上依然存在着罪,而他们走向上帝的道路也充满了曲折和险阻。在作家笔下,上帝给小说中所有的人物以选择的自由,人可以选择跟随上帝,也可以选择跟随魔鬼。人往往被魔鬼诱惑,做出恶的行为。敌基督也曾经因此而成为淫欲的奴隶,两次受到撒旦的诱惑,无法克服人身上的堕落,完成了自己的罪。但作家认为,上帝的苦难和惩罚也是对人类的一种救助手段,因为在苦难中,人才能更加自觉地明白真理的意义,于是也就更加能够自愿地去靠拢上帝,这才是上帝最为赞赏的自由的价值。敌基督虽然具有神赐的力量,但他从不干预人的选择,他尊重人自由选择的权利,他只是作为一种潜在的力量默默注视着在选择中彷徨和犹豫的人,并且依据他们的选择给予他们相应的惩罚和诅咒。但是整部小说中,我们可以看到,人的确拥有选择的自由,但是人常常滥用这种自由,人的力量是如此的微不足道,以至于其命运颠沛流离,充满苦难和折磨,因此,敌基督也和上帝一样,在心中充满了对人类的深深悲悯。

  敌基督并不逃避尘世的纠结,完全融入于尘世,犯罪,并等待上帝的救赎。他所经历的诱惑和折磨是来自淫欲的攻击,他接受撒旦的诱惑,做了淫欲短暂的奴隶,分别同玛莎、薇拉、养女路菲娜结合,使她们生出了三个男孩。在人间他从事最卑微的工作,他是看门人、清洁工、打扫院子的人,他默默无闻,谁也不知道他身上所具有的神圣使命。同时,作为犹太人,敌基督也经历了苏联的反犹主义风波,感受到人们对犹太人的恨。作家本身就是犹太人,也曾经受过很深的迫害,所以小说中所反映出来的犹太问题是他心中最深刻的隐痛之一。敌基督在苏联所经历的那些对他的鄙夷和憎恨也许就是作家自己曾经穿越过的苦难的日子,是他作为犹太人所经历的难言的痛苦,而这些痛苦又都从作家的心底流露出来,统统反映在了敌基督身上。如果说文学是一种艺术复仇行为的话,那么也可以说,作家本人的经历也就造就了他笔下的敌基督,造就了这样一种诅咒和复仇式的阴暗残酷的写作风格。① 正如《圣经》中所言:"没有义人,连一个也没有。"②"因为世人都犯了罪,亏缺了神的荣耀。"③所以作家才偏爱犯了罪的主人公和有罪感意识的主人公,认为他们才是宗教意义上的人。在作家笔下,真正的罪人都意识到自己的罪,甚至主动去犯罪,去寻找罪,去感受和体验罪,并在经历这种尘世的磨难之后消解罪,从罪中升华。小说中的敌基督与女主人公们几乎都是宗教意义上的罪人,这种主动向罪、对罪的特殊偏爱是俄罗斯民族性中最根深蒂固的因素之一。小说中的敌基督与基督最大的不同之处,就在于他对肉欲的执著,在于这其中所包含的罪。如果说耶稣基督以死来担当人类的罪的话,那么敌基督通过对罪的担当向世人昭示了一条走向上帝的道路。从这个层面而言,两者的道路是相辅相成的。敌基督是带着恨来到人间的,他使人死亡,诅咒人,使人更深地陷入苦难,使人更加堕落。敌基督虽然带给人们的不是爱,但在沉重的苦难里,也有他对人类不幸的深深同情和怜悯。在小说最后一个寓言中,敌基督模仿基督的"山上宝训",也在小山上对年轻一代进行训诫。当他把自己的使命留给即将在复活节诞生的儿子之后,他以肉身死亡的形式结束了自己在人间的使命。敌基督是以基督的形象为参照被塑造出来的人物,但是他身上却更多的带有作家本人的痕迹,一个以恨和复仇为初衷来写作的人,其风格是卓尔不群的,而这恨和复仇背后所蕴含着的同情、悲悯、爱因此也就更加具有了丰富的内涵,渗透着作家对俄罗斯的深深的爱和良苦用心。

  B.伊万诺夫认为小说中敌基督的形象相对于其他人物形象而言有些模糊不清。④ 事实也的确如此,不过我们应该看到,作家塑造敌基督形象的目的不是要给读者一个血肉丰满的人物,而是要传达出一种寓意,一种象征,一种道。敌基督本身就是圣言的一种表述形式,所以在小说中敌基督和上帝的对话几乎都是引用《圣经》中的先知之言,或者是套用基督的传道之言,他本身只是一个载体,一种工具。他作为一个被派遣的使者,其世间的生命所承载的就是一个试探和评判的功能,而他的肉体所犯的淫欲也只是他的使命的一部分,是上帝的指示。

  如果说敌基督的形象是小说中比较抽象的含义集合的话,那么小说

---

① Б.哈赞诺夫:《全世界只看见俄罗斯》,俄罗斯《十月》杂志,1992年第2期,第116页。
② 《新约·罗马书》3:10。
③ 《新约·罗马书》3:23。
④ B.伊万诺夫:《〈赞美诗〉:关于神的四种死罪的沉思小说》,第3页。

中与这种抽象形象相对的,则是具体的、甚至特别细节化的血肉丰满的女性形象:小女孩玛莎、小女孩安努什卡、薇拉、路菲娜(女先知别拉盖雅),等等。И. 普鲁萨科娃把这些女性统称为俄罗斯,"对作家而言,女性,俄罗斯女人,那些被侮辱的、辛苦困顿的、充满不幸的女人,就是俄罗斯……带着历史和悲剧而来的俄罗斯是戈连施坦心中永远无法消弭的痛"①。Б. 哈赞诺夫认为《赞美诗》中只有一个无边无际的俄罗斯,全世界都消隐在俄罗斯的全人类性和无边性之中。② 由此我们可以这样来理顺女主人公的形象意义:在小说中作家让俄罗斯代表了全世界,又让俄罗斯的女性代表了俄罗斯。俄罗斯女性这个集合在小说中具有非常庞大的内涵:她是罪人,受难者,淫欲的牺牲品,人类繁衍种族的希望,她是无助的、受侮辱的、虔诚的、邪恶的、冷漠的、狂热的、被人践踏的、接近上帝的、罪恶的、纯洁的,等等。关于她的形容词可以一直罗列下去,而这个形象本身所代表的,就是俄罗斯。俄罗斯在小说中是被诅咒的、被侮辱的、被侵害的、被践踏的,它是冷漠的、残酷的、悲剧性的、无边无际的、丰饶的、苦难的,它经历了四次灾难的打击,为罪付出了代价,接受了惩罚,但它并没有被上帝毁灭,它依然存在着,依然拥有着救赎的希望,依然是上帝的选民。在小说中女性所构成的俄罗斯形象和整个大的俄罗斯国家、地域、民族的形象互为补充,互相渗透,互相渲染,形成了一个厚重的、丰饶的、多苦多难的俄罗斯大地形象,而大地的形象在很多神话传说中都是由女性来充当的。在这块苦难的俄罗斯大地之上,笼罩着的是上帝的光辉和爱,敌基督和基督就是作为一对上帝的使者被派遣到人间,而这个人间就是由俄罗斯来代表的。俄罗斯代表全人类,代表整个地上的世界,而敌基督则代表天国,敌基督与俄罗斯女性的结合可以看做是天与地的某种连接,于是在这里天上和地下就联系在了一起,整部小说所建构的就是这样一种恢宏的《圣经》体结构,而这其中,那些受难的女罪人们则成为上帝的赞美者。"女性在小说中是某种意义上的隐秘的赞美诗歌者,她是保有秘密的人。"③而这秘密就是人类生存的希望和救赎的希望。如果说这部残酷的小说中还存有美好的东西的话,那么这美好的东西就蕴藏在女主人公们身上。她们不仅是尘世中的受难者、罪人、信徒,她们更是通过自己的身

---

① И. 普鲁萨科娃:《残酷世纪的作家》,第 265 页。
② Б. 哈赞诺夫:《全世界只看见俄罗斯》,第 119 页。
③ B. 卡米亚诺夫:《一个世纪像逝去的现实》,俄罗斯《新世界》杂志,1993 年第 8 期,第 239 页。

体连接两个世界的某种桥梁,她们使天与地沟通、结合,并且诞生出新的人类,在新人中有坏的果子,也有良善的果子,而后者就是未来的希望,也是她们所保有的终极秘密之一。

下面我们来逐一分析小说中的女性形象。

第一个寓言和第二个寓言中的两个小女孩形象非常相似。她们都没有父亲,都有兄弟、母亲,都变成了孤单无助的漂泊者,都被强暴,都经历了过早来临的死亡,都曾在最无助的时刻获得了上帝的恩赐——神的哭泣,都是被上帝选中的罪人,都曾经与敌基督相遇。不止一位评论者认为,戈连施坦最擅长描写的就是关于女性、尤其是小女孩的悲惨经历,在这种故事的残酷性上他的成功几乎是无与伦比的。因此,我们看到的是可怜的小乞丐玛莎,她被母亲抛弃,弄丢了弟弟,被姐姐哥哥们抛弃,四处流浪,到处乞讨,居无定所,身无分文,是一个彻底的物质贫困者,最后甚至变成了一个小妓女,以死亡完成了自己在人间的苦难历程。毫无疑问,她是一个罪人,因为她本身也受到了淫欲的折磨,曾经放荡自己,并为了得到敌基督的一块面包而与他结合,生下了一个小男孩。尽管如此,她依然是纯洁的、值得怜悯的。因为她短暂的一生所犯的错误,都作为诅咒加在了她身上。B.伊万诺夫谈到小说中的淫欲时说:尽管作品中没有提到弗洛伊德,但在主人公们身上却栖息着最难以克服的力比多力量的诅咒,这力量征服了具有神性的敌基督,征服了那些早夭的纯朴死者,特别是征服了女性。而小说中对于女性的裸体、强暴行为、情仇等等的描写,正是《旧约》带给作家的灵感的反映。① 其描写的冷酷与残忍、简洁与无情,与《旧约》文本中很多故事都具有相似性,尤其是描写玛莎和安努什卡被强暴的情节更是如此,其中表现了无助的女性逆来顺受承受苦难的隐忍和不幸,而敌基督恰恰就是为了这些牺牲而来的。第一个寓言中的玛莎经历了饥荒的折磨,她的一生都在为吃饱肚子而挣扎。在被物质贫困逼迫到极点的时候,人在尘世间的异化常常能达到最小的程度,此时也是人最容易接近上帝的时刻,因此,玛莎可以得到上帝的恩赐,获得神的哭泣的奖赏。这种物质的几近于无而导致精神飞升的例子并不少见,基督在沙漠中经历四十天考验的过程就是最好的明证,张承志的《心灵史》中所描写的亦是此种绝境中的精神信仰。可见,这所有的苦难对于玛莎而言,都只是一种在人间的赎罪过程,她以一个女受难者的身份完成了自己的尘

---

① B.伊万诺夫:《〈赞美诗〉:关于神的四种死罪的沉思小说》,第6页。

世生命,却丝毫没有意识到这是一种神圣,只有敌基督的慧眼看到了她,并且选中了她。而第二个寓言中的小女孩安努什卡也是一个被上帝选中的罪人。她经历了战火的灾难,在德国入侵苏联时,她作为一个女俘虏被送往德国服劳役,在被强暴之后,主人虐待她致死。但是临死之前,她记起了敌基督的嘱咐,把写着诅咒的纸条沉入了罪恶土地上的河流之中。随后她得到了上帝的恩赐,经历了跟玛莎相同的神的哭泣,在甜蜜的情欲的梦中幸福地死去。但小说中上帝并不是一概而论的面对世人的,他也有偏爱之分,他会给一个多一些,给另一个少一些。这种选民意识在小说中多多少少都有一些体现,并不是小说中出现的所有女性都被选中,有一些,比如玛莎的姐姐等,就是上帝手中漏掉的秕谷。而这种选民意识更多的是来自《旧约》的影响,其中也不乏俄罗斯传统文化中的选民意识的影响。由此可见,分析这部小说单从一个方面介入是远远不够的,它涉及了俄罗斯文化、乃至基督教文化的很多方面。

小说中各个章节虽然以不同的灾难为主题,但始终贯穿小说的一个灾难就是淫欲。戈连施坦的色情描写,不像纳博科夫,也不像劳伦斯,他自有一种残酷的冷静之味,不带丝毫生活的浪漫和幻想,对他而言,肉欲的激情就是一种诅咒,但罪不在于性本身,而在于驱使人淫荡的那股力量。[1] 情欲的诱惑贯穿着小说的始终,四个可怕的灾难常常相互交织,相互渗透。在敌基督所犯的淫欲之罪中,他同薇拉的肉欲之激情所带有的邪恶和堕落的成分最多,但是这却并没有带来恶果,薇拉因此而经历了典型的从罪走向信仰的过程。在第三个寓言中几乎每一个人物都经历了淫欲的惩罚。在见到了敌基督之后,薇拉和女儿塔霞同时爱上了他,但是两个人的爱有所不同。薇拉是作为一个成熟的女人产生了强烈的情欲,而塔霞则是少女情怀初开。为了得到敌基督,满足自己的情欲,薇拉不惜牺牲自己的女儿塔霞。在她的布置下,敌基督和塔霞在林中相遇,并且互相拥抱着感受对方的爱。但是很快这爱也变得尘世化了。由于垂涎塔霞的浪荡酒鬼巴甫洛夫的挑拨,塔霞的父亲非常愤怒。另一方面,敌基督的养女路菲娜也不能容忍薇拉的情欲。当薇拉终于满足了自己的情欲之后,一切都因为丈夫的死亡而结束了。塔霞放弃了敌基督,敌基督带着养女离开了。由于巴甫洛夫的强暴未遂,反而促使路菲娜发掘了自己的本质,变成了女先知。而这种情欲的诅咒不仅没有毁灭薇拉,反而让她开始觉

---

[1] И.普鲁萨科娃:《残酷世纪的作家》,第264页。

醒,发生了本质的转变,成为一名虔诚的类似女先知的信徒。这就再次印证了作家的话,也再次印证了小说中一再提到的上帝之路:上帝通过自由和魔鬼来历练人类,让人类真正明白走向上帝的艰辛,也更加坚定自己的选择,所有的罪都只是人类走向上帝的一种途径和手段。

如果说敌基督是小说中的一个象征的话,那么女先知别拉盖雅(即敌基督的养女路菲娜)可以说是另一个象征。相对于其他女主角,特别是玛莎和安努什卡而言,她的形象要相对抽象一点,模糊一点。她几乎不是一个罪人,是一个纯洁的人,30岁依然保持着处女之身,作为一个贞洁的形象存在,而且她很冷静、从容,几乎很少情绪化,她从小就受到宗教熏陶,阅读《圣经》。还在少女时期她就已经感受到了自己的先知天赋,并且一直保持着自己的优越性和独特性。但是也因此,对她的塑造不那么具体化和细节化。即使在她受到撒旦的诱惑,被淫欲俘虏的时候,她依然不同于其他女主人公,表现出的是一种内在的冷静,一种好像身在其中又似乎置身事外的感觉。如果说作家有意把她塑造成圣母的话,那么她同圣母马利亚相比还是少了一点慈悲和柔和,相对于其他女主角而言她又少了一分人性化的丰满。她是敌基督的一个辅助角色,是相对于圣言和道来说的某种人间的东西,即先知。她具有通神的本领,能够预知未来,但她仍然是人,被人的命运所限定。

小说中的女性形象的排列是一个渐渐演进的顺序。玛莎和安努什卡是普通的受难者和女罪人,她们由于过早的死亡,并没有悟出太多上帝的真理,而是作为一种比较盲目的不自觉的选民跟随着上帝的指引前进。而薇拉则是一个更深层的罪人,因为她身上体现出了更多自觉犯罪的因素,所以她走的路要比前两个女主人公更深刻,因而也悔悟得更彻底,所以她成为一个自觉的上帝选民,自愿地跟随上帝的指引。路菲娜天生就是女先知,所以她的罪就更加具有神性的意味,她是明知故犯,主动去接近罪,完成罪,克服罪,消灭罪,在罪中实现自己的神化。所以与其说是撒旦诱惑了她,不如说是她利用了撒旦。因为这一切都是上帝的安排,正因为罪的诱惑,才结出了甘美的果子。所以性本身并没有过错,罪只在于那股诱惑人的邪恶的力量。这其中隐含着的是作家对于生的赞美和对生命的热爱。也许这就是小说叫做《赞美诗》的原因之一。

综上所述,我们可以认为《赞美诗》的确是一部宗教性质的小说,其中探讨的是永恒的问题,关注的是全人类的命运,其笔调之沉重,感情之真挚,叙述之深刻,堪称20世纪俄罗斯文学中的一部力作。不管小说是作家的艺术复仇,是他过往的悲惨经历的反映,还是一个犹太人对世界和生命的深刻感悟，我们都可以从中感受到他对生命的执著信念和对世界的由衷热爱。中国古人曰：文章憎命达。也许这正是对戈连施坦最好的安慰。作为一位不幸的作家，他并没有沉溺在自己的悲苦中，而是以俄罗斯人特有的方式，把自己的苦难及于俄罗斯，及于全人类，从宗教哲学、伦理道德、美学等角度去思考恶、罪、救赎等问题，并且以一颗赤诚的心面对世人，面向苍天，寻找着人类真正走向精神复活的道路。这对于一位命运多舛的作家而言是难能可贵的。他以他独特的经历和艺术手法继续着俄罗斯传统意义上的寻觅，继续着陀思妥耶夫斯基和托尔斯泰的苦恼与苦难的历程，他是一位真正的人世间的苦行者和虔诚信徒。

结　　语

　　文学是人学，宗教是神学，两者有很大的差别。但是，文学和宗教均属于意识形态和文化现象，两者之间有着渊源的，乃至不可分割的联系。

　　俄罗斯文学这种人学与基督教这种神学的联系比西方文学与宗教的联系更加密切。基督教在俄罗斯文学中作为一种信仰和行为存在，俄罗斯文学不但接受了基督教认识世界和解释世界的方式，而且也接受了基督教关于世界的终极命运的观念。因此，俄罗斯文学的整个发展历程不但是与基督教携手前进的范例，而且是文学与宗教联系的佐证。在俄罗斯文学作品里，可以处处感到基督教思想作为主人公和其他人物的信仰、思维方式和行为准则而存在，可以看到俄罗斯人按照基督教方式去认识世界、解释世界，发现俄罗斯作家诗人基于《圣经》的形象、寓意、情节去构建自己的作品。俄罗斯文学一直有基督教和《圣经》的伴随，走过了从基辅罗斯至今的存在和发展历史。

　　20世纪俄罗斯文学的发展历程尤为坎坷和曲折。由于在俄罗斯大地上发生的社会变革，完整的俄罗斯文学被割裂为本土文学和境外文学两大块；由于意识形态原因，俄罗斯文学在这个世纪经历了由"多元"到"一元"，再由"一元"到"多元"的发展过程。但是，无论这个实际的俄罗斯文学被怎样地割裂，文学发展经历怎样的历程，俄罗斯文学与宗教的联系始终存在，基督教信仰依然是许多俄罗斯作家诗人创作的一种灵感，基督教的价值观和道德观在这个世纪依然在俄罗斯文学里起着重要的作用并且构成俄罗斯文学的一种精神理想，《圣经》赋予他们的创作一种取之不尽的源泉。

　　我们以上通过对诗人勃洛克、阿赫玛托娃，小说家布尔加科夫、帕斯捷尔纳克、叶罗菲耶夫、斯拉波夫斯基、列昂诺夫、阿纳托利·金、瓦尔拉莫夫、普罗汉诺夫、科斯塔马罗夫、布宁、什梅廖夫、扎伊采夫和戈连施坦等人作品的分析，可以窥见20世纪俄罗斯文学与宗教联系之一斑，表明这个世纪俄罗斯文学所具有的宗教性。

　　勃洛克、阿赫玛托娃、布尔加科夫、帕斯捷尔纳克、叶罗菲耶夫等人生活在苏维埃时代，生活在官方宣扬的无神论社会氛围之中，但他们是那个时代俄罗斯作家诗人中的"另类",他们以艺术家的良知和勇气创作出《十二个》、《安魂曲》、《大师与玛格丽特》、《日瓦戈医生》和《从莫斯科到别图什基》。这几部作品虽然(除《十二个》外)遭到苏维埃官方的查禁而不得不或是转入地下,或是在国外出版。但它们以自己的深邃思想和艺术魅力,以对基督教道德伦理的弘扬,尤其是以对基督教思想和《福音书》的独具一格的阐释而成为20世纪俄罗斯文学的杰作乃至世界文学的精品。

斯拉波夫斯基的《第一次基督的第二次降临》、列昂诺夫的《金字塔》、阿纳托利·金的《昂里利亚》、瓦尔拉莫夫的《生》、普罗汉诺夫的《车臣布鲁斯》和《夜行者》、科斯塔马罗夫的《大地与天空》等作品是在苏联解体后问世的,这些作品的出现在宗教又重新回到俄罗斯社会生活之中的年代。在这个时期,"不少俄罗斯作家不但认识到宗教作为文化现象对俄罗斯社会生活和俄罗斯人的作用和影响,而且面对物欲横流的当代俄罗斯社会中大量的邪恶现象,开始寻找战胜社会邪恶,消除社会不义的良方。他们在寻找过程中,渐渐发现基督思想是战胜社会邪恶、不义等丑恶社会现象的法宝和'灵丹妙药'。于是,宗教成为俄罗斯作家、诗人创作的热门题材,基督教思想和圣经人物、情节、故事等成为他们文学创作的重要的内容和契机,他们创作出一大批具有强烈宗教性和表现作者自己探索的文学作品"。因此,宗教题材文学成为90年代俄罗斯作家诗人的文学创作的新"热点"。

在俄罗斯侨民文学中,更凸显出文学与宗教的联系。由于篇幅和资料的缘故,我们只选出布宁、什梅廖夫、扎伊采夫和戈连施坦四位不同时期俄罗斯侨民作家的代表,对他们的《幽暗的林荫道》、《神的禧年》、《格烈勃的旅程》和《赞美诗》中的宗教性进行分析和论述,这是我们从另一种视角研究分析俄罗斯侨民文学的尝试。

20世纪俄罗斯文学与宗教关系是一个很有意义的课题。研究20世纪俄罗斯文学与宗教的关系不但可以进一步认识到宗教这种意识形态和文化现象在20世纪俄罗斯社会中的地位和作用,而且可以发现这个世纪俄罗斯文学的新鲜性、丰富性和多样性。

参考文献

中文书目

文学作品类：

1. 艾特玛托夫著：《断头台》(冯加译)，北京：外国文学出版社，1987年。
2. 布宁著：《布宁中短篇小说选》(陈馥译)，北京：外国文学出版社，1981年。
3. 顾蕴璞编选：《白银时代诗选》，广州：花城出版社，2000年。
4. 帕斯捷尔纳克著：《日瓦戈医生》(蓝英年等译)，桂林：漓江出版社，1997年。
5. 蒲宁著：《蒲宁选集》第1卷(戴聪、任重译)，合肥：安徽人民出版社，1983年。
6. Л.托尔斯泰著：《生活之路》(王志耕译)，桂林：漓江出版社，1998年。
7. 瓦尔拉莫夫著：《生——瓦尔拉莫夫小说集》(余一中译)，北京：外国文学出版社，2002年。
8. 吴泽霖主编：《玛利亚，你不要哭——新俄罗斯短篇小说选》，北京：昆仑出版社，1999年。
9. 周启超主编：《在你的城门里——新俄罗斯中篇小说精选》，北京：昆仑出版社，1999年。

文学研究类：

10. В.阿格诺索夫著：《俄罗斯侨民文学史》(刘文飞等译)，北京：人民文学出版社，2004年。
11. В.阿格诺索夫著：《20世纪俄罗斯文学》(凌建侯等译)，北京：中国人民大学出版社，2001年。
12. Н.别尔嘉耶夫著：《论人的使命》(张百春译)，上海：学林出版社，2000年。
13. 冯玉律著：《跨越与回归》，上海：上海外语教育出版社，1998年。
14. 高莽著：《帕斯捷尔纳克——历尽沧桑的诗人》，长春：长春出版社，1999年。
15. 金亚娜等著：《充盈的虚无》，北京：人民文学出版社，2003年。
16. 蓝英年著：《被现实撞碎的生命之舟》，广州：花城出版社，1999年。
17. 翟厚隆编：《十月革命前后苏联文学流派》，上海：上海译文出版社，1998年。
18. 赵桂莲著：《漂泊的灵魂》，北京：北京大学出版社，2002年。

文化研究类：

19. С.布尔加科夫著：《东正教——教会学说概要》(徐凤林译)，北京：商务出版社，2001年。
20. J.赫克著：《俄国革命前后的宗教》(高骅、杨缤译)，上海：学林出版社，1999年。

21. Н. 洛斯基著:《俄国哲学史》(贾泽林等译),杭州:浙江人民出版社,1999 年。
22. 明旸:《佛法概要》,上海:上海古籍出版社,1998 年。
23. 李毓榛、任光宣等著:《俄罗斯:解体后的求索》,长春:吉林摄影出版社,2000 年。
24. 汤普逊著:《理解俄国:俄国文化中的圣愚》(杨德友译),北京三联书店,牛津大学出版社,1998 年。
25. 乐峰著:《东正教史》修订本,北京:中国社会科学出版社,2005 年。
26. 张百春著:《当代东正教神学思想》,上海:上海三联书店,2000 年。

其他:

27. 《金刚经》。
28. 《列宁选集》第 3 卷,北京:人民出版社,1975 年。
29. 《马克思恩格斯选集》第 1 卷,北京:人民出版社,1972 年。
30. 《马克思恩格斯选集》第 1 卷,第 19 卷,第 2 版,北京:人民出版社,1995 年。
31. 《新旧约全书》,南京:中国基督教协会印发,1992 年。

俄文书目

文学作品类:

32. *Ахматова А.* Лирика. М.: Издательство художественной литературы, 1989.
33. *Ахматова А.* Стихотворения и поэмы. Л., 1977.
34. *Блок А.* Собр. соч. Москва-Ленинград, 1960—1963.
35. *Бунин И.* Собр. соч. В 8 томах. М., 1993—1997.
36. *Бунин И.* Избранное. В 2 томах. Чебоксары: Чувашское книжное издательство, 1993.
37. *Варламов А. Н.* Затонувший ковчег. М.: Молодая гвардия, 2002.
38. *Варламов А. Н.* Ночь славянских фильмов. М.: Хроникер, 2001.
39. *Горенштейн Ф. Н.* Псалом. М.: Слово, 1993.
40. *Ерофеев Вен.* Мой очень жизненный путь. М.: Вагриус, 2003.
41. *Ерофеев Вен.* Москва-Петушки. М.: Вагриус, 2001.
42. *Ерофеев Вен.* Москва-Петушки, с комментариями Эдуарда Власова. М.: Вагриус, 2003.
43. *Зайцев Б. К.* Собр. Соч. В 5 томах. Т. 4. Путешествие Глеба: Автобиографическая тетралогия. М.: Русская книга, 1999.
44. *Ким А. А.* Онлирия. М.: Текст, 2000.
45. *Леонов Л. М.* Пирамида. М.: Голос, 1994.
46. *Пастернак Б.* Собр. соч. М.: Издательство художественной литературы, 1989—1992.
47. *Пастернак Е.* Борис Пастернак: Биография. М., 1997.
48. Переписка Бориса Пастернака. М.: Издательство художественной литературы, 1990.

49. *Пастернак Б.* Собр. соч. В 5 томах. М.: Издательство художественной литературы, 1989—1991.
50. *Пришвин М.* Собр. соч. Т. 2. М.: Издательство художественной литературы, 1956—1957.
51. *Проханов А. А.* Идущие в ночи. М.: ИТРК, 2001.
52. *Распутин В.* Собр. соч. В 2 томах. Калининград: Янтарный сказ, 2001.
53. *Слаповский А. И.* Первое вторное пришествие. Анкета. Я-не я. М.: Грантъ, 1999.
54. *Солженицын А. И.* Собр. Соч. Т. 1. М.: Терра, 1999.
55. *Чуковский К.* Дневник. 1901—1929. В 2 томах. М., 1991.
56. *Шмелёв И. С.* Лето Господне. М.: Издание Сретенского монастыря, 2005.

文学与宗教研究类:

57. *Грюбель Р.* и *Одиноков В.* Русская литература и религия. Новосибирск: Наука, 1997.
58. *Дунаев М. М.* Православие и русская литература. В 6 томах. М.: Христианская литература, 1996—2000.
59. *Есаулов И. А.* Категория соборности в русской литературе. Петрозаводск: ПетрГУ, 1995.
60. *Захаров В. Н.* сост. Евангельский текст в русской литературе XVIII—XX веков. Петрозаводск: ПетрГУ. Выпуск 1, 1994; Выпуск 2, 1998; Выпуск 3, 2001.
61. *Зеркалов А.* Евангелие Михаила Булгакова. М.: Текст, 2003.
62. *Котельников В. А.* сост. Христианство и русская литература. СПб.: Наука. Сборник 2, 1996; Сборник 3, 1999; Сборник 4, 2002.
63. *Кулешов В.* Русская литература 19-ого века и христианство. М.: Издательство МГУ, 1997.
64. *Мень А.* Библия и литература. М.: Храм бессребреников Космы и Дамиана в Шубине, 2002.

文学研究类:

65. *Баевский В.* История русскрй литературы 20-ого века. М.: Языки русской культуры, 1999.
66. *Баевский В.* Перечитывая классику. Б. Пастернак. М.: Издательство МГУ, 1997.
67. *Богданова О. В.* Москва-Петушки Венедикта Ерофеева как пратекст русского постмодернизма. СПб.: Филол. Фак. СПбГУ, 2002.
68. *Бондаренко В.* День литераруры. М.: Палея, 1997.
69. *Буслакова Т.* Литература русского зарубежья. М.: Высшая школа, 2003.
70. *Буслакова Т.* Русская литература 20-ого века. М.: Высшая школа, 1999.
71. *Жирмунский В.* Поэзия Александра Блока. Петербург, 1922.

72. *Иванова Н. Б.* Пастернак и другие. М. : ЭКСМО, 2003.
73. *Иванова Н. Б.* Скрытый сюжет: русская литература на переходе через век. СПб. : Русско-Балтийский информационный центр БЛИЦ, 2003.
74. *Кузнецова Ф.* ред. Русская литература 20-ого века. Т. 1. М. : Просвещение, 1995.
75. *Лысый Ю.* Ред. Русская литература 20-ого века. М. : Мнемозина, 1998.
76. *Муромский В. П.* и *Вахитова Т. М.* сост. Леонид Леонов и русская литература XX века. СПб. : Наука, 1998.
77. *Немзер А. С.* Литературное сегодня. О русской прозе 90-е. М. : Новое литуратурное обозрение, 1998.
78. *Нефагина Г. Л.* Русская проза конца XX века. М. : Флинта; Наука, 2003.
79. *Николаев П. А.* Русские писатели: Биобиблиографический словарь. М. : Просвещение, 1990.
80. Публикация русского зарубежья (1920—1945), Сборник статей. М. : Союзполиграфпром, Факультет журналистики МГУ, 1999.
81. *Трубина L. А.* Русская литература 20-ого века. М. : Флинта;Наука, 1998.

其他:

82. *Бердяев Н. А.* Русская идея. Харьков: Филио; М. : АСТ, 2002.
83. Библия. М. : Российское Библейское Общество, 2002.
84. *Каариайнен К.* и *Фурман Д. Е.* ред. Старые церкви, новые верующие: Религия в массовом сознании постсоветской России. СПб. М. : Летний сад, 2000.
85. *Кривельская Н. В.* Секта: угроза и поиск защиты. М. : Фонд Благовест, 1999.
86. *Лихачёв Д.* Раздумья о России. Санкт-Петербург: LOGOS, 1999.
87. *Николаев П. А.* сост. Русские писатели 20 века: Биографический словарь. М. : Большая Российская Энциклопедия; Рандеву, 2000.
88. *Скаскин Д.* Ред. Настольная книга атеиста. М. : Издательство политической литературы, 1985.
89. *Солженицын А. И.* Россия в обвале. М. : Русский путь, 1998.

后　记

　　20世纪俄罗斯文学与宗教关系是一个丰富庞杂的课题。无论对这个世纪俄罗斯文学的流派思潮、文学现象与宗教的关系,还是对这个世纪作家的创作思想及其作品与宗教的关系都需要进行全方位的梳理和个案的研究。因此,20世纪俄罗斯文学与宗教关系问题不是我们这部专著的叙述和研究所能穷尽的,而需要俄罗斯文学的研究者们进行长期的、细致的和系统的研究。

　　本书的几位撰稿人任光宣、刘涛、任明丽和陈方均为从事俄罗斯文学教学和科研工作的高校教师,他们是北京大学俄罗斯语言文学系不同年代的毕业生,如今分别在北京大学、上海外国语大学、南开大学和中国人民大学任教。2003年课题立项后,几位撰稿人立即启动了工作。但因他们各自承担着繁重的教学任务,故撰写工作持续了几年,终于在2007年秋完稿。全书完稿后,任光宣通读全稿并对个别内容做了修改,任明丽对全书文字进行了认真的校阅,之后每位撰稿人又对自己撰写的章节作最后的校对。此外,北京大学外国语学院俄语系博士生王帅也为本书的问世做了不少工作,在此向她表示谢意!

　　这本书仅是我们对20世纪俄罗斯文学与宗教关系问题的初步探讨。我们的探索和研究还十分稚嫩,甚至可能有可笑乃至谬误之处,因此殷切希望听到专家学者们的意见和指正。假如这本书能为国内同行的俄罗斯文学研究起到抛砖引玉的作用,那我们将会感到莫大的欣慰。

任光宣
2008年初于北京大学

本书撰稿分工:

任光宣:序言、"上篇"的概述(与刘涛合写)、第一章、第二章、第三章、第四章;"下篇"的概述、第一章、结语。

刘　涛:"上篇"的第六章(与任明丽合写)、第七章、第八章、第九章、第十章。
任明丽:"上篇"的第五章、第十一章;"下篇"的第三章、第四章。
陈　方:"下篇"的第二章。

普通高等教育"十一五"国家级规划教材

《俄语》(全新版)

(1—8册)学生用书/教师用书

黑龙江大学俄语学院　编
总主编　邓军　郝斌　赵为

　　《俄语》(全新版)在充分领会新教学大纲的基础上,以最新的外语教学理论为指导,在编写理念、选取素材、结构设计等方面都力求体现和满足俄语专业最新的教学要求,集多种教学模式和教学手段为一体,顺应社会和时代的发展潮流,突出素质教育思想,注重教授语言知识与培养言语技能的有机结合。

　●采用低起点教学原则,从语音导论开始,到最后篇章修研结束。编写主线以语法为纲,酌情引入不同专题内容。低年级阶段以教学语法为基础,高年级阶段以功能语法为纲,以适合众多俄语专业基础阶段和提高阶段的使用。

　●力求反映出 21 世纪俄罗斯风貌、当今时代俄语最新变化。紧密联系中国国情,结合教学实际,注重日常生活交际,突出实用性。

　●保障常用词汇数量,保障典型句式数量。教材内容贴近生活、贴近现实,学生可以通过本套教材的学习,了解俄罗斯人的生活习俗、行为方式、思想方法以及人际交流模式。

　　《俄语》(全新版)共分为 8 册,包括学生用书、教师用书、配套光盘、电子课件等相关配套出版物。

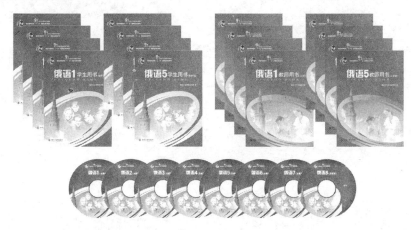

北京大学出版社

外语编辑部电话：010-62767347　　市场营销部电话：010-62750672
　　　　　　　　010-62765014　　邮购部电话：010-62752015
Email: zbing@pup.pku.edu.cn